…ant …g, www.klarant.de
…N: 9…96586-253-1
…uflage, …020
…chlagabbildung: Klarant Verlag unter Verwendung von
…terstock-Bildern.

…nted in the EU.

…esuchen Sie uns im Internet: www.klarant.de

**Klarant Verlag**

*Bärbel Muschiol* wurde 1986 in Weilheim, Oberbayern, geboren. Glücklich verheiratet lebt und arbeitet sie mit ihrem Mann und ihren zwei Kindern heute noch immer im tiefsten Bayern. Im Genre Erotik und in der Belletristik hat sich die Autorin mittlerweile einen festen Platz in den Bestsellerlisten geschaffen.

# Wenn
# Blo

**Klarant Verlag**

Cop
Klar
ISB
1. A
Um
shu
All
Ge
Pr

B

# Rocker frühstücken nicht

## Prolog

### Die Zuckerwatte Fanatikerin

Es gibt so Tage, an denen hilft nur Schlaf, eine Flasche Rotwein oder eine große Portion Zuckerwatte.

Dummerweise hat das mit dem Schlafen nicht besonders gut funktioniert und da es erst elf Uhr vormittags ist, werde ich auf den Rotwein wohl oder übel verzichten müssen.

Ganz davon abgesehen müsste ich nach einer ganzen Flasche wahrscheinlich sowieso mit einer Alkoholvergiftung ins Krankenhaus eingeliefert werden.

Bleibt mir also nur die Zuckerwatte, aber selbst die ist im Moment unerreichbar für mich, was bedeutet, dass ich mich mit einer Tüte Gummibärchen zufriedengeben muss.

Was echt beschissen ist, denn Zuckerwatte ist nun mal Zuckerwatte und so schnell kann die durch *nichts* ersetzt werden ...

Ein „Verdammt noch mal!" murmelnd, stelle ich mich an das Fenster, schaue über die Straße und beobachte, wie eine Handvoll böser Kerle rauchend und lachend an ihren schweren Motorrädern lehnt und sich unterhält.

*Einfach nicht zu fassen!*

Als ich vor drei Jahren mein kleines Café, das *Mia's*, aufgemacht habe, gab es diesen Rockerclub noch gar nicht in unserer Kleinstadt.

Zwar war der *Bloody Kings Motorcycle Club* jedem der dreizehntausend Einwohner hier in Meadville Pennsylvania ein Begriff, aber keiner von uns hatte jemals einen dieser Kutten tragenden Outlaws gesehen. Für mich waren diese Biker genauso weit weg wie die Löwen im New Yorker Zoo und mindestens so unerreichbar wie die sexy Hollywoodstars aus den Kinofilmen.

Was ein Pech, dass sich das jetzt geändert hat.

Mir wäre Chris Hemsworth alias Thor bedeutend lieber gewesen als diese Kriminellen und ihre viel zu laut knatternden Harleys.

Aber jetzt sind sie da, diese *Bloody Kings*, und so wie es aussieht, werden wir sie auch so schnell nicht mehr los.

Ohne dass ich es verhindern kann, schweifen meine Gedanken zu Chris Hemsworth und seinen äußerst beeindruckenden Bauchmuskeln ab, während ich mir ein weiteres Gummibärchen in den Mund schiebe.

Nach was dieser Mann wohl schmecken würde, wenn ich mit der Zunge über die Hügel seines Sixpacks lecke?

*Sabber ...*

Meine Fantasie läuft auf Hochtouren, ich bin so abgelenkt, dass ich mir aus Versehen auf die Zunge beiße, der heftige Schmerz holt mich zurück in die Realität.

Wo war ich stehen geblieben?

Ah ja, genau ... Bei den rücksichtslosen, lauten und stets fluchenden Rockern, die wie Heuschrecken über unser schönes Städtchen hergefallen und seitdem einfach nicht mehr verschwunden sind.

Für gewöhnlich bin ich ein sehr friedfertiger Mensch, ehrlich!

Ich fluche eigentlich nie – wobei ich vielleicht eher ein selten daraus machen sollte.

Ich habe so gut wie keine Mordfantasien und auch der Drang, jemanden zu schlagen, ist für mich eher etwas ungewöhnlich. Zumindest war das so, bevor diese *Kings* direkt gegenüber von meinem Café ihr Clubhaus eingerichtet haben.

Seitdem hat sich so einiges verändert – seitdem habe ich mich verändert.

Ich fluche oft, wenn auch nur gedanklich, stopfe Unmengen Süßigkeiten in mich rein und kann kaum noch schlafen.

Hier in Meadville ticken die Uhren anders als im Rest des Landes.

In unserem Städtchen gibt es keine großen Franchise-Unternehmen, keine wirkliche Kriminalität und auch keinen Lärm.

Alles ist friedlich, so friedlich, dass unser Sheriff schon seit Jahren ohne Waffe und nur mit seiner Dienstmarke bewaffnet durch die Gegend fährt.

Zumindest hat er das noch bis vor drei Wochen getan – bis zu dem Tag, an dem Black, wie der Präsident der *Bloody Kings* genannt wird, mit seinen Brüdern unser Ortsschild passiert und sich hier niedergelassen hat.

Seitdem trägt Grant, unser Gesetzeshüter, nicht nur seine Dienstwaffe, sondern auch eine schusssichere Weste.

Einfach traurig.

Er dürfte inzwischen Anfang sechzig sein und kurz vor seiner Pensionierung stehen. Dass er sich noch mal mit Männern wie diesen Bikern auseinandersetzen muss, damit hätte er sicherlich auch nicht gerechnet. Aber jetzt ist es so und wir alle müssen uns an diese Typen gewöhnen. Am Anfang waren es nur eine Handvoll Rocker, mittlerweile sind es mindestens ein Dutzend, wenn nicht sogar mehr.

Ihre dicken Motorräder rasen über die Straßen, sind laut und stinkend.

Einzig die Tatsache, dass diese Kerle einfach immer Hunger zu haben scheinen, hat etwas Positives für mich, mein Umsatz hat sich seit ihrer

Ankunft nahezu verdreifacht und das, obwohl sich der Präsident selbst erst einmal im *Mia's* blicken lassen hat.

Der Kaffeekonsum dieser Rocker ist gigantisch, nicht mal der Umstand, dass ich für diese Kriminellen den Preis verdoppelt habe, hält sie davon ab, ständig hier aufzutauchen und sich einen zu kaufen.

Ein klares Anzeichen dafür, dass ihre zwielichtigen Geschäfte ordentlich Geld einbringen müssen.

Keiner dieser Biker wirkt auf mich, als ob er ein Problem damit hätte, fast fünf Dollar für einen normalen Coffee-to-go zu bezahlen.

Einfach unglaublich, meine normalen Kunden würden das nie tun. Aber das müssen sie ja auch gar nicht, immerhin verlange ich bei ihnen nur die Hälfte.

Ich bin fest entschlossen, diese Fremden spüren zu lassen, dass sie hier in Meadville nicht willkommen sind.

Wir wollen hier keine Starbucks-Filialen, keine Casinos und keine Bordelle.

Natürlich weiß ich nicht zu hundert Prozent, womit diese Rocker ihr Geld verdienen, aber es sind Gerüchte im Umlauf, Gerüchte, bei denen sich mir die Haare sträuben.

Angeblich mischen diese *Bloody Kings* in allen üblen Machenschaften mit, die man sich nur so vorstellen kann.

Von Prostitution über Glücksspiel bis hin zu Waffenhandel sollen die *Kings* überall ihre Finger im Spiel haben.

Angeblich sind sie echte Killer, die nicht mal vor so etwas Fürchterlichem wie Auftragsmord und Entführungen zurückschrecken.

Wieder schiebe ich mir ein Gummibärchen in den Mund, lasse meinen Blick zu Black schweifen und frage mich, was ein Mann wie er hier in Meadville will?

Dass er der Präsident ist, wundert mich nicht.

Er ist der bedrohlichste und furchteinflößendste der Biker.

Er hat dieses gewisse, düstere Etwas, das dafür sorgt, dass alte Omas die Straßenseite wechseln und Frauen wie ich nachts von erotischen und zugleich finsteren Träumen heimgesucht werden.

Die jungen Mädchen himmeln diese Outlaws regelrecht an, sie flirten mit ihnen und erhoffen sich so ein kleines bisschen Aufmerksamkeit.

Aber soweit ich das bisher beobachten konnte, scheinen die Rocker kein Interesse an sechzehnjährigen Schulmädchen zu haben.

*Zum Glück!*

Diese Kuttenträger wirken auf mich wie Männer, die kleine Mädchen zum Frühstück verspeisen, ehe sie losziehen, um süße Hundewelpen zu entführen.

Zu meinem Leidwesen muss ich zugeben, dass ich nicht ganz so immun gegen diesen Bad-Boy-Effekt bin, wie ich es gerne wäre.

Aber verdammt, wie sollte ich auch?

Diese Rocker sind allesamt groß, muskulös und haben markante Gesichtszüge. Sie tragen abgewetzte Jeans, schwere Stiefel und schwarze Kutten, die mit verschiedenen Aufnähern versehen sind. Einige von ihnen könnte man fast als schön bezeichnen, wenn da nicht dieses harte Funkeln in ihren Augen wäre, dieses Raubtierhafte, das nur schwer zu übersehen ist.

Wäre das alles nur ein Film und nicht die Realität, würde ich es toll finden und der Frau in dem Film raten, sich den düsteren Präsidenten zu schnappen, um mit ihm wilden, hemmungslosen Sex à la Shades of Grey zu haben. Nur ohne die Gerte und diese seltsame Spreizstange, mit der dieser Grey seine Mrs. Steele wie einen Pfannkuchen gewendet hat. Auf solche Spielchen könnte ich echt gut verzichten.

Doch mal wieder guten, richtig harten Sex zu haben, wäre schon was Tolles.

Ich bin seit einem halben Jahr Single, genauer gesagt seit dem vierzehnten Februar, dem verfluchten Valentinstag.

Für die meisten Frauen mag dieses Datum mit Romantik und Liebe in Verbindung stehen, für mich hingegen ist er wie ein schlechtes Omen.

Ich bin nicht sonderlich gut kompatibel, Männer sind für mich wie ein Buch mit sieben Siegeln. Völlig egal was ich mache oder wie viel Mühe ich mir auch gebe, meine Beziehungen gehen einfach immer in die Brüche und das meistens an diesem Valentinstag.

Meine beste Freundin Claire ist der festen Überzeugung, dass ich verflucht bin und vielleicht hat sie damit sogar Recht.

Obwohl ich schon immer lauthals behauptet habe, dass ich gegen diesen Bad-Boy-Effekt zum Großteil immun bin, stimmt das zu meinem Leidwesen nicht – nicht ganz – okay, überhaupt nicht ...

Mein letztes Beziehungsding – ich nenne es so, denn eine richtige Beziehung kann man das eigentlich nicht nennen, hatte ich mit Warren, dem Inhaber der einzigen Autowerkstatt von Meadville.

Und na ja, wie es uns alle Klischees immer weismachen wollen, haben diese Werkstatt-Männer schon so eine gewisse Bad-Boy-Ausstrahlung.

Ölverschmierte Hände, dreckige Shirts, harte Muskeln und dieser göttliche Geruch von Arbeiterschweiß, der nur Männern anhaftet, die ihr Geld nicht sitzend in irgendeinem stickigen Büro verdienen.

Warren war bis zu dem Tag, an dem die Biker hier angekommen sind, so ziemlich das Bad-Boyigste Exemplar der Gattung Mann im Umkreis von geschätzt fünfzig Meilen.

Warren wusste, wie es läuft. Er hat mich mit genau der richtigen Mischung aus machohafter Coolness und Draufgänger-Romantik rumgekriegt.

Für ihn habe ich sogar mein absolutes Tabu gebrochen und mich auf Analsex eingelassen.

*Einfach nicht zu fassen!*

Ich habe mich von ihm in den Po bumsen lassen, in der Hoffnung, so vielleicht gegen den Valentinstag-Fluch anzukommen.

Geholfen hat es nicht.

Wie sollte es auch?

Einen Schwanz im Arsch zu haben, hat auch nicht wirklich was mit Liebe zu tun.

Gut, zugegeben, es hat sich bedeutend besser angefühlt als gedacht, zumindest als der erste Schmerz nachgelassen hat, trotzdem bin ich jetzt wieder Single und extrem untervögelt.

So untervögelt, dass ich gedanklich damit anfange, Black, den absoluten Oberrocker, auszuziehen, meinen Rock nach oben zu schieben und mich willig über sein Motorrad zu beugen, damit er mich zum Kreischen bringen kann.

*Hilfe! Hilfe! Hilfe!*

Claire würde so etwas tun, im Gegensatz zu mir findet sie es ganz toll, dass die Rocker sich in Meadville niedergelassen haben. Sie betitelt diese Kriminellen als Frischfleisch, ich hingegen sehe in ihnen nicht weiter als sexy Probleme auf zwei Beinen.

Habe ich gerade etwa *sexy* gesagt? *Upsssss ...*

Ich meinte natürlich als *ärgerliche* Probleme.

Aber das versteht sich ja von selbst.

Oder Mädels?

Jede emanzipierte Frau mit Verstand weiß, dass sie sich von diesen *Bloody Kings* fernhalten muss, zumindest wenn sie keine Probleme haben will. Keine fast zwei Meter großen, trainierten, muskulösen, nach Mann und Abenteuer riechenden und garantiert megapotenten Probleme, die höchstwahrscheinlich auf Analsex stehen, Hintern versohlen und genug Geld haben, um einen ganzen Laster voller Rotwein und rosa Zuckerwatte zu kaufen.

*Ist das etwa Sabber an meinem Mundwinkel?*

Schnell wische ich den Tropfen ab und rede mir ein, dass die leckeren Gummibärchen an meinem erhöhten Speichelfluss schuld sind und nicht der Rockerpräsident, der sich gerade gebückt hat, um etwas aufzuheben und mir dabei, unwissentlich, seinen Knackarsch entgegengestreckt hat.

Ich schlucke, meine Nippel ziehen sich zusammen und in meinem Bauch beginnt es zu kribbeln.

*Oh verdammt!*

Wenn es um diesen Black geht, scheint der gefährliche Bad-Boy-Effekt über die Straße und durch das Fenster hindurch zu funktionieren.

Ob das wirklich nur daran liegt, dass ich seit einer Ewigkeit mit meinem rosa Delfinvibrator vorliebnehmen muss?

Oder vielleicht doch daran, dass dieser Präsident einfach heiß wie die Hölle ist?

So oder so ... Es spielt keine Rolle.

Ich bin viel zu intelligent, um mich auf eine Affäre mit diesem Kriminellen einzulassen.

Ganz davon abgesehen, ist mein Vibrator einfach viel handlicher als dieser Biker.

Mein wohlproportionierter Delfin hat genau die richtige Länge, die richtige Dicke und mit vollen Batterien die richtige Ausdauer. Überhaupt ist absolut alles an ihm *richtig* und an diesem Rocker ist alles mega *falsch*. Ganz besonders weil mein geliebtes Sextoy einen Ausknopf hat, keine Ansprüche stellt, keine dreckigen Socken in meiner Wohnung verteilt und keine Ahnung von Valentinstagen und dergleichen hat.

Ich bin frei und glücklich!

Und wenn ich mir das lange genug einrede, dann werde ich das sicherlich auch schon bald glauben.

Männer haben eine ungute Eigenschaft, sie sind nur dann interessant, wenn sie gefährlich und verboten sind. Sobald sie nett, harmlos und zuverlässig sind, sind wir Frauen leider ziemlich schnell gelangweilt und sehen uns, wenn auch nur unterbewusst, wieder nach den Kerlen um, die definitiv in die Bad-Boy-Kategorie fallen.

Handschellen, rosa Zuckerwatte und multiple Orgasmen passen nun mal leider nicht zu braven Bürohengsten.

Und dieser Black ... yummy ...

Der hat diese verdammte Kategorie geradezu erfunden ...

Was ein Glück, dass ich viel schlauer bin als diese jungen High-School-Mädels und dass ich nie auf die Idee kommen würde, heißen Kopfsex zu haben, in dem ich Black anflehe, mich hart und tief zu vögeln, während er mir den Po versohlt, mich an den Haaren zieht und mir mit dunkler Stimme ins Ohr knurrt, dass er mich sein ganzes Leben lang gesucht hat.

*Fifty Shades of Black ...*

Über mich selbst verwundert, schlucke ich das letzte Gummibärchen runter und zwinge mich, den Blick von dem Biker abzuwenden.

Diese Männer sind nicht gut, weder für mich noch für diese Stadt und ich werde gewiss nicht den Fehler machen und mich auf einen von ihnen einlassen.

Multiple Orgasmen hin, multiple Orgasmen her ...

Rotwein, Zuckerwatte und eine Stunde Schlaf extra haben schließlich den gleichen Effekt und sind mit Sicherheit gesünder für mein vom Valentinstag verfluchtes Herz.

## 1. Kapitel

## Der Präsident mit dem Kaffeemädchen-Hirn-Porno

Bunte Häuser, aufwendig verzierte Backsteinfassaden und alte, knorrige Bäume, die wie stumme Wächter neben den schmalen Straßen stehen.

Meadville ist definitiv eine der schönsten Städte, in denen ich bisher gelebt habe.

Alles hier ist friedlich, geradezu idyllisch – die perfekte amerikanische Kleinstadt eben.

Hunde im Vorgarten, Kinder auf den Straßen und Frauen, die mit bunten Einkaufskörben durch den Supermarkt schlendern.

Alles ist fast schon zum Kotzen perfekt.

Als Kind hätte ich diese Stadt geliebt. Sie verspricht genau das, was sich jeder Junge wünscht – Frieden und eine gesicherte Zukunft.

In meiner Kindheit gab es weder das eine noch das andere.

Mein Vater war ein Säufer und meine Mutter eine Hure, beides für sich schon beschissen, doch in Kombination mehr als unheilbringend.

Es gab wenig zu Essen, aber dafür umso mehr Schläge.

Mit vierzehn bin ich von Daheim abgehauen und nie wieder zurückgekehrt. Ich habe zwei Jahre auf der Straße gelebt, war in verschiedenen Gangs und bin dann schlussendlich bei den *Bloody Kings* gelandet.

Das ist jetzt zwanzig Jahre her. Ich war erfolgreich.

Auf den Straßen, für die ich einst ein unbedeutender Streuner war, werden jetzt Geschichten über mich erzählt.

Dank meiner tödlichen Gnadenlosigkeit bin ich zu einer gottverdammten Legende geworden, die von den meisten gefürchtet und von meinen Brüdern respektiert wird.

Im New Yorker Chapter der *Kings* habe ich fast ein Jahrzehnt den Posten des *Sergeant at Arms* besetzt, ehe Bullhead, der dortige Präsident, mir befohlen hat, hier in Pennsylvania ein weiteres Chapter zu eröffnen.

Jetzt bin ich ebenfalls ein Präsident und stehe vor einer gewaltigen Aufgabe.

Meadville und seine Bewohner sind nicht bereit für Outlaws wie uns.

Der Sheriff dieses Städtchens steht seit unserem Auftauchen vor einem Monat beinahe täglich vor den Türen unseres frisch eröffneten Clubhauses.

So wie ich die Sache einschätze, denkt er nicht mal im Traum daran, die letzten Monate seiner Dienstzeit damit zu verbringen, uns auf die Füße zu pissen. Er will einfach nur für Ordnung und Ruhe sorgen.

Was sein Glück ist, ich habe kein Problem damit, einen Cop verschwinden zu lassen.

Aber so wie ich diesen Sheriff einschätze, hofft er einfach nur, dass wir, bis er endlich in Pension gehen kann, keine Leichen in seinem Zuständigkeitsbereich anhäufen.

Aber da muss ich ihn leider enttäuschen – Leichen gibt es – Dutzende, aber die sind in dem Fundament der Werkstatt, die wir gerade errichten, gut aufgehoben. Dort wird niemand nach ihnen suchen.

Der Grundstein eines neuen Chapters besteht meistens aus Blut und Knochen, Schweiß und Schmerz, aber das ist okay. So muss es sein ...

Meadville ist jetzt meine Stadt.

Das *Präsidenten-Patch*, das endlich meine Kutte ziert, habe ich mir hart erarbeitet. Seit zwanzig Jahren trage ich mein Leder, zwanzig Jahre habe ich mir den Arsch für die *Bloody Kings* aufgerissen – jetzt ist endlich meine Zeit gekommen!

Bullhead vertraut mir, ich werde ihn nicht enttäuschen.

Sein Ziel ist es, das Gebiet des MCs auszuweiten, er will es verdoppeln, das soll mir nur recht sein.

Je größer unser Revier ist, umso mächtiger werden wir.

Vom obdachlosen, halb verhungerten Straßenjungen zu einem der mächtigsten Männer dieses Landes zu werden, ist eine Entwicklung, die mir gut gefällt, die jedoch noch lange nicht abgeschlossen ist.

*Zur Hölle!*

Ich werde erst ruhen, wenn es mir gelungen ist, alles, was ich mir einst in einer kalten Nacht vor zweiundzwanzig Jahren geschworen habe, zu erreichen.

Nie wieder werde ich dieser verzweifelte Junge sein, nie wieder werde ich Hunger leiden und mich nie wieder vor etwas fürchten.

Bei allem was mir heilig ist, wenn es Furcht gibt, dann nur, weil die Leute endlich kapiert haben, wozu ich fähig bin.

Meadville gehört mir, dieses Chapter gehört mir und eines Tages wird mir der gesamte verdammte Club gehören.

Und daran wird auch diese zickige Tussi, die mir dreimal die Woche die Bullen auf den Hals hetzt, nichts ändern können.

Dieses ungefickte Miststück denkt, dass ihre Anrufe bei den Cops anonym sind, aber ich bin schlauer als sie und lasse die Zentrale der örtlichen Polizei überwachen.

Ich kenne ihre Nummer, ich weiß unter welchem Vorwand sie mir das Leben schwer macht und auch, wie ich sie stoppen werde.

Durch Angst, pure Angst, die dafür sorgen wird, dass sie nie wieder auf die Idee kommt, so dumm zu sein.

Frauen einzuschüchtern ist nicht gerade meine übliche Vorgehensweise, für gewöhnlich ficke ich sie lieber, aber in diesem Fall bin ich bereit, eine Ausnahme zu machen.

Das Luder von gegenüber hat uns ab der ersten Sekunde behandelt, als wären wir eine Plage, die über ihr verschlafenes Städtchen gekommen ist.

Absolut lächerlich.

Die Einwohner von Meadville haben nichts vor mir und meinen Brüdern zu befürchten, nicht so lange sie sich um ihre eigenen Angelegenheiten kümmern und uns in Ruhe unser Ding machen lassen. Im Grunde genommen sollten sie sich freuen, dass wir hier sind, denn wo wir sind, gibt es keine Kriminalität, keine Einbrüche, Drogen oder Überfälle. Wo Löwen sind, halten sich Hyänen fern.

Wir *Kings* halten unser Umfeld gerne sauber. Kurz gesagt: Wir scheißen nicht, wo wir essen! Ganz einfach.

Dass die Zicke von uns das Doppelte für einen Kaffee verlangt hat, wie für all ihre anderen Kunden, hat mich nicht weiter gestört.

Geld ist das Letzte, worum ich mir Gedanken machen muss.

Aber das sie uns alle Hundscheiße eine Streife auf den Hals hetzt, geht mir gehörig auf den Sack! Das muss aufhören, sofort.

Aye, der Sheriff ist alt und will einfach nur seine Ruhe, das trifft jedoch zu meinem Leidwesen nicht auf alle Cops in Meadville zu.

Hanks, ein Deputy, ist jung und engagiert und scheint eine Schwäche für das Miststück auf der anderen Straßenseite zu haben. Anders kann ich mir nicht erklären, warum er jedes Mal, wenn sie mit dem Finger schnippt, springt.

Auch dieser Warren, ein Typ, der bis zu unserer Ankunft die einzige Autowerkstatt in dieser Stadt hatte, scheint ein Auge auf die Tussi geworfen zu haben.

Kein Wunder, das Mädchen ist schön, sehr schön sogar. Ihre langen blonden Haare sind leicht gewellt und erinnern mich an flüssiges Gold, ihre Augen sind kornblumenfarben und ihre helle Haut ist mit Sommersprossen übersät.

Sie erinnert mich an diese vielen Frauen aus den verschiedenen TV-Werbespots, die glücklich in die Kamera grinsen und dabei ihr Leben perfekt im Griff haben.

Mehr als einmal habe ich die Tussi bereits in meinem Hirn gefickt, genauer gesagt tue ich das jedes Mal, wenn wegen ihr mal wieder eine Streife vor den Toren des Clubs auftaucht. Gedanklich packe ich mir das Miststück, beuge es über die Motorhaube des Polizeiautos, hebe ihren Rock hoch und ficke sie tief und hart.

Ich ficke sie so lange, bis sich sämtliche Zickigkeit auflöst und sie endlich aufhört, mir das Leben schwer zu machen. *Und verdammt!*

In meiner Fantasie ist die Kleine wirklich gut zu ficken.

Sie bockt und schreit, wehrt sich am Anfang und wird dann nach und nach williger.

Schlussendlich presst sie mir ihren prallen Po entgegen und schreit laut, während sich ihre Pussy zuckend um mein Glied herum zusammenzieht.

Genau wie jedes Mal, wenn ich sie mir gedanklich packe, wird mein Schwanz hart und zuckt ungeduldig.

Was überhaupt nicht gut ist.

Frauen wie sie bedeuten Ärger und Komplikationen.

Ich halte mein Leben gerne einfach, was auch erklärt, warum ich Nutten bevorzuge.

Das Problem ist nur, hier in Meadville gibt es keine Prostitution, hier gibt es nur Blumen am Straßenrand und Katzen auf weißen Gartenzäunen.

Seit unserer Ankunft hatte ich keine Frau mehr.

Zur Hölle, für einen Mann wie mich, der es gewohnt ist, Nacht für Nacht seinen Druck an irgendeiner Clubbitch auszulassen, ist das hart – und zwar im wahrsten Sinne des Wortes.

Die Zicke von Gegenüber heißt Mia Mathewson, ist sechsundzwanzig Jahre alt und wurde hier in Meadville geboren.

Sie war nie verheiratet, hat keine Kinder und wohnt direkt über dem kleinen Café.

Woher ich das weiß? *Fuck!*

Ich kenne sogar ihre Sozialversicherungsnummer, das Kennzeichen ihres Fords und die Höhe der Summe, die sie monatlich für ihre Altersvorsorge weglegt.

Nachdem uns diese Mia Mathewson das erste Mal die Bullen auf den Hals gehetzt hat, habe ich sie durchleuchten lassen. BlingBling, der Kassenwart unseres neuen Chapters, ist ein absoluter Profi, wenn es darum geht, Informationen über jemanden herauszufinden.

Warum ich ihn auch gleich auf diesen Warren angesetzt habe, kann ich nicht logisch begründen.

Dieser Typ taucht mehrmals die Woche hier auf, manchmal sogar täglich. Dann sitzt er stundenlang in seinem Auto vor dem Café und beobachtet das Mädchen.

Wenn er aussteigt, kommt es zum Streit.

Diese Mia scheint sich über seine Besuche nicht sonderlich zu freuen. Meistens schickt sie ihn weg, in vier von fünf Fällen schreit sie dabei und droht ihm damit, den Deputy zu rufen. Die Nummer zum Polizeirevier hat sie sicherlich im Kurzwahlspeicher ...

Wenn ich raten müsste, würde ich tippen, dass sie und dieser Warren ihren Ritt hatten und dass er nicht funktioniert hat.

Der Kerl benimmt sich wie ein Ex-Freund, für den die Sache noch lange nicht abgeschlossen ist.

Selbst jetzt steht sein Chevrolet auf der Straße, sein Arm hängt aus dem Fenster, zwischen den Finger klemmt eine Kippe.

Knife, mein Sergeant at Arms, taucht neben mir auf, folgt meinem Blick und lacht.

„Fuck Black, ehrlich?"

„Was ehrlich?"

„Beobachtest du das Kaffeemädchen schon wieder?"

*Bullshit ... Erwischt.*

„Nein. Ich starre nur aus dem Fenster."

Sein Lachen wird noch lauter, hinter meinen Schläfen breitet sich ein unangenehmes Ziehen aus.

„Sicherlich. Der runde Arsch der Kleinen und ihr knapper Rock haben nichts damit zu tun."

Die Kippenschachtel aus der Hosentasche ziehend, zünde ich mir eine Lucky an und inhaliere den warmen Rauch.

„Nein!"

Er nickt, lehnt sich an die Wand. Zusammen beobachten wir, wie dieser Warren aus dem Wagen steigt, seine Zigarette auf die Straße schnippt und in das Café stürmt.

„Das könnte interessant werden."

„Der Kerl will das Mädchen."

Ach, was er nicht sagt.

„Respekt, du hast ja eine schnelle Auffassungsgabe."

Meine Stimme trieft nur so vor Spott.

Knife lässt sich nicht von mir provozieren.

„Die halbe Stadt will diese Frau ficken und wenn ich die Sache richtig einschätze, geht es dir genauso."

Ich sage nichts, wieso auch? Abstreiten würde nichts bringen.

„Seit wir hier angekommen sind, macht uns diese Tussi nur Ärger."

Er nickt, schiebt sich einen Kaugummi in den Mund, kaut und formt eine Blase.

Der Geruch von Zimt breitet sich aus, mein Magen zieht sich angewidert zusammen.

„Und seit wann wollen wir Ärger ficken?"

*Gute Frage ...*

Seitdem er so verdammt sexy ist.

„Es gibt hier keine Nutten."

„Aye, das ist mir aufgefallen."

Wir schweigen, ich rauche meine Lucky fertig und beobachte das Schauspiel auf der anderen Straßenseite. Das Mädchen fuchtelt aufgebracht mit den Armen durch die Luft, dieser Warren will sie packen, sie weicht ihm aus. Einer der kleinen Tische kippt um, der darauf stehende Blumentopf zerbricht.

„Vielleicht braucht sie einen Retter, Präsident?"

*Scheißdreck!*

„Tu dir keinen Zwang an, Bro."

Wieder formt er eine Kaugummiblase, der Geruch nach Zimt wird immer stärker.

„Wie kannst du nur diesen Scheiß essen?"

Er zuckt mit den Schultern.

„Ich brauche eine Oralersatzbefriedigung, sonst schaffe ich es nie, mit dem Rauchen aufzuhören. Außerdem esse ich den Kaugummi nicht, ich spucke ihn wieder aus."

*Holy Shit.*

„Dieser eklatante Mangel an Nutten macht uns alle noch wahnsinnig. Wir brauchen ein paar Bitches, dann könntest du an einer Pussy nuckeln und müsstest dir nicht so einen Dreck in den Mund schieben."

Ein Grunzen ausstoßend, dreht er sich um und verschwindet aus meinem Büro.

Es riecht noch immer nach frischer Farbe, bis auf den Schreibtisch und den großen Safe ist es leer. Der Streit auf der anderen Straßenseite eskaliert. Der Kerl packt sich das Mädchen, drückt es grob an die Wand und zwingt es zu einem Kuss. Instinktiv ballen sich meine Hände zu Fäusten, eine irrationale Wut kocht in mir hoch.

Ich habe kein Recht auf diese Frau, ich habe keinen Anspruch auf sie – trotzdem will ich diesem Wichser für das, was er mit Mia macht, das Genick brechen.

Der Drang, da rüberzugehen, wird immer stärker, aber das liegt nicht an meiner selbstlosen Seite, sondern einzig und allein daran, dass ein Teil meines Ichs diese Frau für sich will.

Mein Schwanz hat entschieden, dass das Mädchen ihm gehört, mein Hirn hingegen weiß es besser.

Mia Mathewson ist nicht mein Problem.

Im Gegenteil, sie *ist ein Problem* und wenn sie es noch mal wagen sollte, mir die Bullen auf den Hals zu hetzen, werde ich der Nächste sein, der sie zu hart anfasst und der dafür sorgt, das dunkle Male ihre schmalen Oberarme zieren.

## 2. Kapitel

## Das Mädchen mit dem falschen Männergeschmack

Hungrig beiße ich in den Muffin, koste den cremigen Geschmack der Vanillesahne und verdrehe genussvoll die Augen.

Ein Stöhnen entweicht mir, Noah, der Zulieferer der Backwaren, beobachtet mich amüsiert.

„Wenn du schon solche Geräusche beim Essen machst, wie klingst du dann erst im Bett?"

Gute Frage. Mein letzter Sex ist so lange her, dass ich keine Ahnung habe, wie ich dabei klinge.

Aber das werde ich Noah ganz bestimmt nicht verraten.

„Das, mein Lieber, kommt ganz auf den Mann an."

Er grinst, seine Augen blitzen amüsiert auf.

Gerade als er den Mund öffnen und mich ganz sicher nach einem Date fragen will, ertönt die kleine Messingklingel, die über der Eingangstüre hängt und die mir verrät, dass Kundschaft da ist – perfektes Timing.

Ich meine, Noah ist *nett*, ehrlich.

Er hat einen leichten Bauchansatz, trägt immer hellblaue Jeans und dazu meistens ein locker sitzendes Shirt.

Die Schuhe an seinen Füßen sind stets sauber und poliert, er trägt niemals Turnschuhe und hat die Ausstrahlung von Balu, dem Bären aus dem Disneyfilm *Dschungelbuch*.

Als Kumpel wäre er sicherlich eine gute Wahl. Kino, Popcorn und der ganze andere Kram wären sicherlich *nett* mit ihm, aber das war es dann auch schon. Noah zieht mich sexuell nicht an, es knistert nicht zwischen uns und mein Hirn spielt mir auch keinen heißen Fantasieporno ab. Meine Libido beginnt in seiner Nähe ein Nickerchen zu machen und das, obwohl er sicherlich ein toller Mann ist, der seine Herzensfrau gut und respektvoll behandeln würde.

Ganz anders als Warren es gestern gemacht hat, oder als Black, der Rockerpräsident, es tun würde.

*Nett* ist für Kumpels toll, oder für die Angestellten in einem Callcenter, aber nicht für einen Mann mit dem Frau Sex haben will.

In dem Fall ist das Wörtchen *nett* leider ein anderes Synonym für Scheiße!

Bei Noah schlägt mein Bad-Boy-Sonar nicht aus, was eigentlich für ein Date sprechen würde. Aber! Aber ... Aber? Aber – Aber –Aber ...

Ich kann mich nicht dazu durchringen.

Mein Ex ist gestern richtig durchgedreht, Warren war nicht nur wütend, sondern ist sogar handgreiflich geworden.
So habe ich ihn noch nie erlebt.
Ja, grob war er schon immer, aber nicht so. Er ist schuld, dass ich heute ein leichtes Jäckchen trage, das die violetten Fingerabdrücke, die meine Oberarme zieren, verdeckt, und das, obwohl wir heute fast dreißig Grad haben.
Die Sommersonne zeigt sich von ihrer besten Seite, es ist ein herrlicher Tag.
Aber ich muss unbedingt verhindern, dass jemand die Hämatome sieht, denn dann wäre das Gerede groß, und das will ich nicht.
Ich bin es so leid, der Mittelpunkt des Stadttratsches zu sein.

*„Hast du schon das Neueste über Mia gehört ...“*
Oder:
*„Mia und ihre Männer, das klappt einfach nie.“*
Oder:
*„Ich habe gehört, Mia hat sich mal wieder verliebt.“*

Bla, bla, bla.
Ich kann es echt nicht mehr hören.
Seit ich denken kann, haben sich alle für mein Privatleben interessiert, was mit Sicherheit daran liegt, dass ich mich geweigert habe, direkt nach der Schule zu heiraten, Kinder zu kriegen und fett zu werden.
Stattdessen habe ich alleine ein Café eröffnet, mir verschiedene Liebhaber gegönnt und mein Leben genossen.
*Tja Pech!*
Stacy, die blöde Kuh, die damals den Quarterback geheiratet hat, ist mittlerweile geschieden und Mutter von vier verzogenen Jungs, die absolut überhaupt keine Manieren haben.
Sie hatte damals viel bessere Noten und war wunderschön, ihr wäre die ganze Welt offen gestanden, heute ist sie froh, wenn sie mal alleine einkaufen gehen kann.
Genau das erwartet mich, wenn ich Noah ein Date gebe, dann würde ich zu einer Stacy werden und das will ich nicht, und darum danke ich Emma, die sich zusammen mit ihrer Mutter an einen der freien Tische setzt und sich die Kuchenkarte durchliest.
Schnell drehe ich mich zu Noah um, bedanke mich bei ihm für die Lieferung und lasse ihn dann stehen.
Ja, ich bin herzlos, aber was soll ich denn tun?

Es wäre falsch, ihm Hoffnungen zu machen, wo absolut keine sind.

Wenn Black mich hingegen um ein Date bitten würde ...

*Ajajajajajaj ...*

Dann müsste ich natürlich *Nein* sagen.

Aber ob ich das auch tun würde?

Wohl eher nicht. Mein Männergeschmack ist mindestens so gefährlich wie eine Tretmine – er kann gut gehen, muss er aber nicht.

Allerdings ist die Wahrscheinlichkeit, dass er mich um ein Date bittet, gleich Null.

Bad Boys wie er bitten nicht, sie befehlen einfach, aber selbst das wird nicht geschehen, denn die letzten Wochen habe ich mindestens dreimal Hank, unseren Deputy Sheriff angerufen und ihn darum gebeten, dass er bei den *Bloody Kings* für Ruhe sorgen soll.

Laute Musik bis weit nach Mitternacht, dröhnende Motoren, Schreie und Flüche ... So kann keiner schlafen.

Keine Ahnung was die Rocker da drüben treiben, aber es ist laut und es werden immer mehr von ihnen.

Black sehe ich täglich, zwar immer nur auf Abstand, aber das macht nichts.

Allein seine Nähe bringt mein armes Herz regelmäßig aus dem Takt.

Diese Straße, mit nicht mal fünf Metern Breite, kommt mir vor wie ein unüberwindbarer Graben, auf dessen anderer Seite ein gefährliches, jedoch auch extrem heißes Monster auf mich lauert.

Wobei das natürlich Quatsch ist, ich habe keine Ahnung, ob mich dieser Black überhaupt als lohnende Beute in Betracht ziehen würde.

Seine Männer kommen immer noch, um sich bei mir überteuerten Kaffee zu kaufen. Kaum zu glauben, aber diese harten Biker scheinen eine Schwäche für Naschkram zu haben. Sie lieben Muffins, Zimtschnecken, Törtchen und jede Menge andere süße Sachen.

Was mich etwas überrascht hat, ich meine, keiner dieser Kerle sieht übergewichtig aus, sie alle scheinen nur aus Kraft, Muskeln und Härte zu bestehen.

Sie sind wandelnde Sixpacks auf zwei Beinen und strahlen pures Testosteron aus – Luxustestosteron, wie Claire sagen würde.

Noch immer ganz in Gedanken versunken, winke ich Noah nach, der Country-Songs hörend die Straße entlangfährt und kümmere mich um Emma und ihre Mutter.

Die nächste Stunde vergeht friedlich, ich zähle die Kasse, fülle das Wechselgeld auf und räume die neue Lieferung ein.

Heute ist ein ruhiger Tag, es ist kaum was los. Was mit Sicherheit zum Teil auch daran liegt, dass sich direkt gegenüber von meinem Café ein Rockerclub eingenistet hat.

So schön meine Tischchen auch gedeckt sind, die meisten der Einwohner meiden die *Bloody Kings*, die erst heute Morgen das große, rote Leuchtschild an ihrem Clubhaus befestigt haben. Direkt darunter hat einer der Biker einen gigantischen Totenkopf gesprayt, dessen schwarze Augenhöhle wie das Tor zur Hölle aussieht.

Der Schädel wird von einer wahrhaft majestätischen Krone geziert und von roten Rosenblüten eingerahmt, die zwar wunderschön sind, jedoch nicht wirklich zu dem Skull passen.

Direkt darunter befinden sich zwei überkreuzte Revolver, auf die das nicht zutrifft – sie passen perfekt.

Vor allem wenn man bedenkt, wie oft ich jetzt schon mitten in der Nacht von Schüssen geweckt wurde.

Keine Ahnung auf was oder wen Black und seine Männer schießen, auf Fledermäuse den Mond oder die Sterne vielleicht?

Wahrscheinlich ist es besser, wenn ich es nie erfahre.

Es reicht mir schon, dass mich dieser Rockerpräsident Nacht für Nacht in erotischen Träumen heimsucht, auf Albträume, in denen er ebenfalls die Hauptrolle spielt, kann ich durchaus verzichten.

Nach einer Stunde verabschieden sich Emma und ihre Mum.

Kaum dass sie verschwunden sind, taucht Warren auch schon wieder vor dem Café auf.

Sein schwarzer Chevrolet steht mit laufendem Motor am Straßenrand, sein Arm hängt wie üblich aus dem geöffneten Fenster, im Gegensatz zu Noah hört mein Ex niemals Musik. Unsere Blicke treffen sich, sofort beginnen die Male auf meinen Armen wieder zu schmerzen. Mein Körper will mich wohl daran erinnern, dass dieser Mann mittlerweile nur noch Gefahr und Ärger für mich bedeutet.

Schon verrückt, im Januar war ich noch bis über beide Ohren in ihn verliebt und jetzt würde ich mich am liebsten in meinem Büro einschließen und warten bis er verschwunden ist.

Anstatt die verängstigte Maus zu spielen, atme ich tief ein, strecke den Rücken durch und kämpfe gegen meine Furcht an.

Ich habe noch nie zu der Sorte Mensch gehört, die sich schnell einschüchtern lässt, und damit werde ich jetzt bestimmt nicht anfangen.

Warren hat eine Grenze überschritten, er hat mich angegriffen, gegen meinen Willen geküsst und verletzt – das muss aufhören – seine Besuche müssen aufhören.

In der Hoffnung, so selbstsicher wie nur irgend möglich zu wirken, gehe ich auf ihn zu. Auf der anderen Straßenseite bewegt sich etwas, das aus Eisenstangen bestehende Tor, das die Rocker von der Außenwelt abschirmt, öffnet sich.

Black tritt heraus, die Hände in den Hosentaschen und eine Zigarette im Mundwinkel steht er da und sieht zu mir rüber. *Himmel hilf ...*

Sofort ist mein Ex vergessen, meine komplette Aufmerksamkeit konzentriert sich auf den Bad Boy mir gegenüber.

Der Präsident scheint nichts Besonderes vorzuhaben, er steht einfach so da, groß, mächtig, stark und beobachtet mich.

Aber warum? Was soll das?

Irritiert runzle ich die Stirn, lasse den Blick über ihn gleiten und sauge jedes Detail in mich auf. Schwarze Stiefel, Bluejeans eine breite silberne Gürtelschnalle, ein weißes Shirt und darüber die schwarze Weste. Sein Kiefer ist kantig und von einem dunklen Bartschatten bedeckt. Trotz der Entfernung bilde ich mir ein, zu erkennen, dass seine Stirn in Falten gelegt ist. Auch wenn es mir so vorkommt, als würden diese Rocker immer wegen irgendetwas grimmig schauen, wirkt Black heute besonders düster.

Trotz seines finsteren Auftretens und der Tatsache, dass ich ganz genau weiß, dass dieser Biker nur Ärger bedeutet, zieht es mich wie magisch zu ihm rüber.

*Dumm ... Dumm ... Dumm ...*

Black lässt sich am besten mit einem großen Stück Sahnetorte und dem letzten Schnaps in einer durchzechten Nacht vergleichen. Wir alle wissen, dass wir es besser lassen sollten, wollen die Torte und den Tequila aber trotzdem.

Es kostet mich einiges an Beherrschung, dass ich nicht einfach zu ihm gehe, mich auf die Zehenspitzen stelle und mit meiner Nase an seinem Hals entlangstreife, um ein wenig an ihm zu schnuppern. Nichts ist erregender und süchtig machender als ein Kerl, der gut riecht. Aber nicht nach Parfüm oder so, sondern einfach nur nach Mann, Seife, ein bisschen Schweiß und Testosteron.

Warren bemerkt, dass meine Aufmerksamkeit nicht ihm gilt, steigt mit einem Fluch aus und knallt so laut die Wagentüre zu, dass ich erschrocken zusammenzucke.

„Leck mich, Mia! Ist das dein neuer Stecher? Servierst du mich deswegen ab?“

*Stecher?*

War er früher etwa auch schon so vulgär?

Wahrscheinlich schon, Warren war noch nie besonders feinfühlig oder irgendwie charmant, ein Grund, warum ich gar nicht so traurig darüber bin, dass uns der Valentinstag-Fluch getrennt hat.

„Wovon sprichst du bitte?"

„Von dem Arschloch auf der anderen Straßenseite. Du sabberst ihn an wie ein Knasti 'ne Nutte."

*Na hoffentlich nicht ...*

„Du solltest leiser reden, wenn er hört, dass du ihn beleidigst, könnte das ein böses Ende für dich nehmen."

Meine Warnung entlockt ihm nur ein müdes Lachen.

Entweder ist er extrem dumm oder einfach nur idiotisch mutig.

„Dieser Pisser kann mich mal. Das hier ist meine Stadt und du bist mein Mädchen. Der Rocker soll sich gefälligst hinten anstellen."

Okay. Jetzt habe ich meine Antwort, er ist extrem dumm.

„Ich bin nicht mehr dein Mädchen. Schon vergessen?"

Seine Augen blitzen wütend auf.

Instinktiv weiche ich einen Schritt zurück.

Meine erneut aufsteigende Furcht niederkämpfend, spreche ich einfach weiter.

„Und darum will ich auch, dass deine ständigen Besuche aufhören. Meine Arme sind blau und schmerzen, du hast mir gestern echt wehgetan. Du bist zu weit gegangen, Warren!"

Mein Ex reagiert genau wie erwartet – zornig und stur.

„Was soll das heißen? Natürlich bist du mein Mädchen. Du zickst gerade nur etwas, aber das legt sich auch wieder. Du weißt, dass du mich willst, die ganze Stadt weiß es."

*Wie bitte?* Ich glaub, ich muss gleich kotzen.

Manchmal habe ich echt das Gefühl, dass Warrens Verstand mit dem von einem sechsjährigen Jungen zu vergleichen ist.

Vielleicht liegt das ja an seinem Job, vielleicht hat er in den letzten Jahren einfach zu viele Abgase geschnüffelt?

*Ach Scheiße!*

Im Grunde genommen ist es egal, von mir aus kann er sich auch das Motoröl durch die Nase ziehen, Warren ist nicht mehr mein Problem.

Genervt reibe ich mir über die Stirn, riskiere einen weiteren Blick zu dem Rockerpräsidenten und stelle fest, dass er uns beobachtet.

*Gott! Das ist peinlich ...*

In der Hoffnung, das ein für alle Mal klären zu können, sehe ich wieder zu Warren. Mein Ex hat die Hände in die Hüften gestemmt, er ist wütend und so wie ich ihn kenne, wird es nicht mehr lange dauern, bis er erneut die Kontrolle verliert.

Ich versuche es mit einer anderen Taktik, vielleicht klappt die ja besser.

„Bitte Warren, du weißt genauso gut wie ich, dass unsere Beziehung nicht funktioniert hat. Wir waren nicht glücklich miteinander."

Auf seiner Stirn tritt eine Ader hervor, sie pulsiert gefährlich.

„Nicht glücklich?"

Ich schüttle den Kopf.

„Tu nicht so, als ob das eine Überraschung für dich wäre. Wir haben uns nicht ohne Grund getrennt."

Sein gezischtes „Fick dich, Mia." überhöre ich wohlweislich. Es ist besser, nicht darauf einzugehen.

„Du hast dich von mir getrennt, in meinen Augen sind wir immer noch zusammen."

*Himmel Halleluja ...*

„Wenn sich einer trennt, ist eine Beziehung vorbei."

Er schüttelt den Kopf, rauft sich die Haare und kommt dann auf mich zu. Sofort schnellt mein Puls in die Höhe, erneut breitet sich eine bittere Angst in meinem Magen aus.

Nervös sehe ich mich um, doch bis auf den Rocker sind wir alleine.

Was gut ist, ich brauche keine Zeugen, ich habe es so satt, das Stadtgespräch zu sein ...

Warrens Arm schießt vor, er packt mich am Handgelenk und zieht mich bestimmend zu sich.

„Es ist erst dann vorbei, wenn *ich* es sage!"

Er klingt wie ein kleines Kind, dem man sein Lieblingsspielzeug weggenommen hat. Absolut psycho und total unsexy. Hätte er mich innerhalb kürzester Zeit durch ein hübsches junges Ding ersetzt, wäre ich vielleicht sogar eifersüchtig geworden und hätte meinen Entschluss bereut. So aber? *Never ...*

Unreife Männer finde ich genauso abschreckend wie eine Wurzelbehandlung beim Zahnarzt.

Verdammt bin ich froh, dass ich Schluss gemacht habe!

Seine Finger schlingen sich schmerzhaft um meinen Arm, es fühlt sich so an, als würde er meine Knochen zermalmen.

„Aua, du tust mir weh!"

Anstatt mich wieder loszulassen, beginnt er mich zu schütteln, sodass meine Zähne krachend aufeinanderschlagen und ich mir aus Versehen auf die Zunge beiße. Tränen schießen mir in die Augen. Warren sieht zu Black rüber, er knirscht mit den Zähnen.

„Gib es zu, Schlampe. Gib zu, dass der dreckige Biker dein Neuer ist."

„Lass mich los!“

Er ignoriert mich.

„Lass mich sofort los oder ich rufe Hank!“

Meine Drohung, den Deputy zu rufen, lässt ihn völlig kalt.

„Wie praktisch, dass dein kleiner Hilfssheriff für dich immer auf Abruf steht. Fickst du jetzt etwa schon Cops?“

Warrens Eifersucht scheint keine Grenzen zu kennen.

Wobei seine Idee vielleicht nicht die schlechteste ist. Hank ist nett, zuverlässig und sieht nicht schlecht aus. Genau wie die meisten Frauen stehe ich auf Männer in Uniformen. Blöd nur, dass Hank genau wie Noah absolut kein Bad Boy ist.

Das einzig Maskuline an Hank ist seine Dienstwaffe – das war es dann auch schon.

„Ich habe überhaupt keinen Neuen. Will ich auch gar nicht.“

Anscheinend wollte Warren genau das hören, endlich hört er auf mich zu schütteln.

„Na also, dann passt es ja, dass für mich unsere Beziehung noch nicht beendet ist.“

*Wie bitte?*

Fassungslos sehe ich ihn an.

„Wenn du mich nicht endlich in Ruhe lässt, werde ich dich anzeigen und eine Unterlassungsklage einreichen.“

Endlich lässt er mich los, gerade als ich hoffe, dass er es jetzt endlich kapiert hat, packt er mich an den Schultern, schubst mich gegen seinen Wagen und umfasst grob mein Gesicht.

„Bist du jetzt völlig durchgeknallt?“

Die Frage sollte wohl eher ich ihm stellen.

„Oh nein, ich sehe es ganz klar. Du bist ein totaler Freak. Ich kann nicht glauben, dass ich jemals so dumm und mit dir zusammen war.“

Das war dann wohl die falsche Antwort.

In der Sekunde, in der er mir eine verpasst und ein flammender Schmerz auf meiner Wange explodiert, breitet sich eine Art Schock in mir aus. Dass er so weit geht, damit habe ich ehrlich gesagt nicht gerechnet.

Warren scheint genauso überrascht zu sein wie ich, er verharrt und sieht mich entsetzt an.

„Mia ... Ich ...“

„Lass mich los! Sofort!“

Er tut es nicht. Natürlich nicht.

„Das es so weit gekommen ist, hast du dir selbst zuzuschreiben!“

*Shit!* Was?

Entschlossen versuche ich, ihn von mir zu stoßen, es klappt nicht.
Wie sollte es auch. Warren ist zwar nicht so groß, wie die Rocker es sind, überragt mich jedoch um mehr als eine Kopflänge. Was nicht sonderlich schwer ist, bei meinen 1,63 Metern.
Ich bin so auf meinen Ex konzentriert, dass ich gar nicht mehr an Black gedacht habe, zumindest habe ich das solange nicht, bis der Präsident plötzlich hinter meinem Ex auftaucht, ihn am Genick packt und scheinbar mühelos auf den Boden befördert.
*Halleluja!*
Ganz der Idiot, der mein Ex nun mal ist, kapiert er immer noch nicht, dass es besser wäre, die Klappe zu halten, umständlich richtet er sich wieder auf, ballt die Fäuste und will Black angreifen.
Obwohl meine Wange noch immer brennt, kann ich es mir nicht verkneifen, genervt die Augen zu verdrehen.
Was soll das?
Warum gibt er nicht endlich klein bei, zieht den Schwanz ein und verschwindet?
Warren hat keine Chance gegen diesen *King*. Er ist eine Ratte und dieser Rocker ein verdammter T-Rex.
„Fass das Mädchen noch ein einziges Mal an und ich werde dafür sorgen, dass du deine Hände nie wieder benutzen kannst. Kapiert?"
*Wow ...*
Warren flucht und schüttelt den Kopf.
„Nein. Nicht kapiert."
Er versucht, dem Rocker eine zu verpassen, aber der weicht Warrens Schlag mühelos aus, und verpasst diesem einen perfekten rechten Haken, der meinen Ex erneut zu Boden befördert. 2:0 für den T-Rex.
„Bleib unten oder du bereust es."
Mein Ex steht wieder auf, dieses Mal etwas schwerfällig. Seine Lippe ist aufgeplatzt, er leckt sich das Blut ab. *Igitt ...*
Das Spiel wiederholt sich, und genau wie zu erwarten, geht mein Ex wieder zu Boden.
Warren ist atemlos, der Rocker wirkt völlig cool. Jetzt steht es 3:0.
„Bleib unten. Ein viertes Mal stehst du nicht mehr auf. Versprochen."
Blacks Stimme ist völlig ruhig, so als wäre es für ihn nichts Besonderes, sich am helllichten Tag zu prügeln. Und vielleicht ist das ja tatsächlich so. Wer weiß schon, was diese Outlaws so alles in New York getrieben haben, bevor sie nach Meadville gekommen sind?
Warren kapiert endlich, dass er diese Auseinandersetzung nicht gewinnen kann und bleibt am Boden. Was ihn aber nicht davon abhält, mir einen hasserfüllten Blick zuzuwerfen.

„Wusste ich es doch, dass du den Rocker fickst."

*Arghhh ...*

Peinlich berührt sehe ich zu Black. Bevor ich Warren *erneut* widersprechen kann, ergreift der Präsident das Wort.

„Ganz richtig, Mia gehört jetzt mir. Also belästige sie nicht mehr, besuch sie nicht mehr, sieh sie am besten nicht mal mehr an. Wenn du hier noch mal auftauchst, breche ich dir sämtliche Knochen!"

*Ach du heilige Scheiße!*

Habe ich mich etwa gerade verhört, oder hat der furchteinflößende und mindestens zwei Meter große Präsident des *Bloody Kings Motorcycle Clubs* laut und im Brustton der Überzeugung verkündet, dass ich ihm gehöre?

Irgendwo im hintersten Winkel meines Hirns ertönen bereits die Kirchenglocken.

Ta damm dammm dammm ... Ta damm dammm dammm ...

Meine innere Romantikerin übt schon mal den Hochzeitswalzer, mir wird heiß und kribbelig.

Was läuft hier?

Diese Warnung scheint mein Ex verstanden zu haben.

Mit schmerzverzerrter Miene rappelt er sich vom Boden auf, wischt sich mit dem Handrücken das Blut vom Gesicht und steigt in seinen Wagen. Die Art wie er mich dabei ansieht, lässt es mir eiskalt den Rücken runterlaufen.

Er hat zwar nichts mehr zu mir gesagt, aber das war auch gar nicht nötig, ich habe auch so kapiert, dass wir noch nicht miteinander fertig sind.

## 3. Kapitel

## Der unfreiwillige Held
## mit Fäusten aus Stahl und Heißhunger auf Kirschtorte

*Fuck!*

*Doppel Fuck!*

So war das nicht geplant.

Zugegeben als ich gesehen habe, dass der Wichser schon wieder vor dem Café steht und das Mädchen beobachtet, hat mir das nicht gefallen. Ganz und gar nicht gefallen.

Also habe ich beschlossen, die Sache im Auge zu behalten. Ich bin davon ausgegangen, dass der Typ, wenn er bemerkt, dass ich ihn beobachte, kalte Füße kriegt und diese Mia nicht anpackt.

Aber verdammt!

Das war diesem Arschloch so was von egal, was wiederum mir nicht egal war.

Mag sein, dass ich der Böse in dieser Geschichte bin, der Outlaw, der Leichen im Fundament seiner neuen Werkstatt einbetoniert, mit Waffen handelt und sich das Blut seiner Opfer von den Händen waschen muss, bevor er kurz vor dem Morgengrauen ins Bett geht.

Trotzdem! Frauen schlägt man nicht.

Das ist eine ganz einfache und international geltende Regel.

Selbst bei uns Outlaw Bikern. Ein *Nein* ist ein ganzer Satz und muss nicht begründet werden.

Frauen sind klein, vor allem die, die ich gerade beschützt habe, ist kaum größer als eine Praline. Sie haben körperlich keine Chance gegen uns. Ein Fehler der Natur, oder ein Vorteil beim Ficken.

Das kann jeder sehen, wie er will, ich hingegen bin jedoch der Meinung, dass wir Männer unsere Frauen beschützen müssen, wenn es sein muss auch vor uns selbst.

Ich kann verstehen, dass dieser Idiot angepisst ist, weil er das Kaffeemädchen verloren hat. *Ehrlich ...*

Die Kleine ist echt heiß, sie hat die perfekte Größe um an die nächstbeste Wand gedrückt und hart rangenommen zu werden.

Mia ist am besten mit einem ihrer mit Zuckerguss überzogenen Cupcakes zu vergleichen, die man mit einem Bissen verschlingen kann.

Wenn ich schlau gewesen wäre, dann hätte ich mich umgedreht und mich nicht eingemischt.

Dieser Bullshit hier war nicht meine Angelegenheit.

Aber wegschauen konnte ich auch nicht.

Aye, Mia ist eine Zicke, eine Zicke, die uns wieder und wieder die Cops auf den Hals gehetzt hat, aber deswegen hat sie es noch lange nicht verdient, bedroht und geschlagen zu werden.

Warum ich sie als mein Mädchen bezeichnet habe, weiß ich nicht. Ehrlich.

Wahrscheinlich, weil es die einfachste und effektivste Art war, diesem Arschloch klarzumachen, dass es seine Finger von ihr lassen soll.

Dieser Warren mag ein Idiot sein, aber selbst er kann sich denken, was passiert, wenn man einem *Bloody King* die Frau stiehlt.

Man stirbt. So einfach ist das.

Zufrieden beobachte ich, wie er in seinen Chevrolet steigt und verschwindet.

Ich schüttle meine Faust aus und sehe zu dem Mädchen neben mir.

„Geht's dir gut?"

Sie zögert.

„Ja, dank dir."

Ich nicke und sehe dem Wichser nach.

„Du hast einen schlechten Umgang, Babe."

Ihre Mundwinkel zucken.

„Und das sagt der Outlaw-Präsident."

Mutig ist sie, das muss ich ihr lassen.

„Im Gegensatz zu deinem Ex schlage ich keine Frauen."

„Aber du tötest Menschen."

Zu mutig.

Skeptisch sehe ich ihr tief in die Augen, Kornblumenblau mit einem hellgrünen Kreis um die Iris. Einfach wunderschön, so wie alles an ihr.

„Wie kommst du darauf, Kaffeemädchen?"

Weiß und scharf vergraben sich ihre Schneidezähne in dem rosa Fleisch ihrer Unterlippe.

Wie sie wohl schmeckt? Nach Kirschen?

*Fuck!*

Ich will es wissen! Shit, das ist nicht gut. Gar nicht gut!

Unser Club braucht Pussys, willige, scharfe, tabulose Nutten und keine kleinen Zicken mit einer Vorliebe für Cops.

Nervös senkt sie den Blick, reibt sich über die Arme und sieht dann aus halb gesenkten Lidern zu mir hoch.

„Ich habe die Schüsse mitten in der Nacht gehört."

Denkst sie wirklich, dass wir einfach so, auf unserem Clubgelände Leute hinrichten?

*Wie süß ...*
„Aye, das hast du und die Bullen hast du auch gleich gerufen."
Mia zuckt getroffen zusammen.
„Hast du echt gedacht, das wüsste ich nicht?"
Ehrlich wie sie ist, bejaht sie diese Frage.
*Doppel süß ...*
Aufrichtigkeit finde ich extrem sexy.
Ich bin die Katze und sie ist die Maus und dieses Spiel beginnt mir langsam zu gefallen.
Um herauszufinden, wie mutig die Kleine wirklich ist, nähere ich mich ihr, streiche mit der Daumenkuppe über die Kirschlippe und beobachte ihre Reaktion auf meine Berührungen genau.
„Wenn ich jemanden töte", ich spreche mit gesenkter Stimme, „dann garantiert mit Schalldämpfer. Ich könnte es direkt neben deinem Bett tun und du würdest nichts davon bemerken, sondern selig weiterschlafen."
Ein Schauer durchläuft sie, die feinen Härchen auf ihren Armen stellen sich auf.
Ihr Kehlkopf hüpft, sie schluckt, wirkt sichtlich eingeschüchtert, schafft es jedoch, meinem eindringlichen Blick standzuhalten.
Respekt. Das schaffen die wenigsten.
„Warum schießt ihr dann nachts?"
Neugieriges kleines Luder.
„Das, meine Süße, wirst du erst herausfinden, wenn du uns einen Besuch abstattest."
„Einen Besuch? Bei euch? In eurem Clubhaus?"
Sie klingt ungläubig.
„Ja, du willst doch sicherlich mit einer Torte vorbeikommen und noch mal *Danke* sagen, weil ich dich gerade gerettet habe."
„Mit einer Torte?!"
Mittlerweile stottert sie. Anscheinend kann sie nicht fassen, was ich von ihr verlange.
Mir geht es da ganz ähnlich. Was zur Hölle tue ich da eigentlich?
„Yeah, ich stehe auf Süßes."
Die Zweideutigkeit in meiner Stimme kann sie nicht überhört haben und so wie ihre Augen aufblitzen, hat sie es auch nicht.
Der Drang, sie kosten zu wollen, gewinnt an Intensität.
Die verbotenen Früchte sind meist die süßesten ...
Ob da was Wahres dran ist?
Ich beschließe es herauszufinden.
Warum sollte ich auch nicht?

Erst vor wenigen Minuten habe ich laut verkündet, dass diese Frau mir gehört.

Langsam, um sie nicht zu verschrecken, strecke ich die Hand nach ihr aus, lasse meine Finger an ihrer linken Gesichtshälfte entlanggleiten und umfasse bestimmend ihren Nacken. Mias Atem stockt, an meinem Handballen spüre ich ihren rasenden Puls.

„Was machst du?“

„Herausfinden, wie du schmeckst.“

„Warum?“

*Blöde Frage ...*

„Weil ich es kann.“

Sie will noch etwas sagen, ich bringe sie zum Schweigen.

Öffne mit der Zunge ihre Lippen und fahre durch die samtene Höhle ihres Mundes.

Weich, warm und verführerisch. Mia schmeckt nicht nach Kirschen, aber dafür nach etwas anderem, was ich zwar nicht beschreiben kann, jedoch unbedingt wieder und wieder kosten will.

*Bei allen Bloody Kings!*

Mir wird heiß, das Blut in meinen Adern kocht und mein Schwanz zuckt ungeduldig, will unbedingt in diese Frau.

Etwas, das sich nach einem elektrischen Schlag anfühlt, zuckt an meiner Wirbelsäule entlang, entlockt mir ein Knurren.

Instinktiv schlinge ich meine Arme um das Kaffeemädchen, halte es besitzergreifend fest und realisiere mit einer gewissen Zufriedenheit, dass sie das Spiel meiner Zunge nach kurzem Zögern erwidert.

Ich ficke ihren Mund, spüre, wie sich ihre prallen Titten gegen meinen Brustkorb pressen, und kämpfe mit dem Drang, sie hier und jetzt über einen ihrer Tische zu beugen und hart und schnell zu ficken.

Es wäre ein Leichtes, ihren Rock nach oben zu schieben, ihr Höschen zu zerfetzen und mich in sie zu rammen. Sie würde schreien und bocken, aber dann, wenn sie erst mal gespürt hätte, wie perfekt mein Schwanz in ihre enge Pussy passt, würde sie ihre Gegenwehr einstellen und mich heiser anflehen, sie noch viel fester ranzunehmen.

In meinem Hirn läuft ein Porno, es kostet mich einiges an Kraft, mich zurückzuhalten.

*Fuck! Fuck! Fuck!*

Mias leises Wimmern, die Art, wie sie sich an meiner Kutte festkrallt, und der Duft von Vanille, der sie umgibt, helfen mir nicht gerade dabei, das Richtige zu tun.

Aber was zum Teufel ist das Richtige?

Was kann an gutem, hartem Sex falsch sein?

Ihre raue Zunge windet sich um die meine, als Reaktion darauf ziehen sich meine Eier puckernd zusammen.

*Meins ...*

Dieses eine Wort hallt durch meinen Schädel, verpasst mir einen Schock. Sofort lasse ich das Mädchen los und weiche einen großen Schritt zurück.

*Nein. Nicht meins! Verdammt! Nicht meins!*

Mia wankt, öffnet flatternd die Lider und sieht mich überrascht an.

Der Anblick ihrer geschwollenen Lippen lässt meinen Schwanz noch steifer werden.

*Himmel und Hölle!*

Sicherheitshalber entscheide ich mich dafür, zu gehen. Erst als ich mitten auf der Straße stehe, stoppe ich wieder.

Ohne mich zu Mia umzudrehen, rufe ihr über die Schulter hinweg zu, dass es eine Kirschtorte sein soll.

Noch bevor ich am Tor des Clubs angekommen bin, weiß ich, dass ich am Arsch bin.

Das. War. Nicht. Geplant!

Zielstrebig verschwinde ich in mein Büro, setze mich auf die Tischkante und zünde mir eine Kippe an. Fluchend ziehe ich den nikotinhaltigen Rauch tief in meine Lungenflügel, behalte ihn da so lange, bis mir der Sauerstoff ausgeht, und lasse ihn dann durch die Nase entweichen.

Eine Schlägerei – ein Besitzanspruch – ein Kuss und eine Kirschtorte.

*What a Fuck!*

## 4. Kapitel

## Das Mädchen mit den Blaselippen und dem Revolver in der Handtasche

Was um alles in der Welt war das denn?

Ich meine, Halleluja!

Mir ist gerade eine geballte Ladung Testosteron um die Ohren geflogen, es ist ein Wunder, dass ich kein Schleudertrauma davongetragen habe.

Mein Ex hat mir eine geknallt und der Präsident des *Bloody Kings Motorcycle Clubs* hat mich als sein Mädchen bezeichnet, mich gerettet und *bämmm* ... geküsst.

Und was für ein Kuss das war. *Holy Shit!*

*So* wurde mein Mund noch nie gevögelt. Und es war Zungensex, anders kann dieses Erlebnis nicht beschrieben werden.

Dieser Rocker küsst, wie er aussieht: hart, schnell, gnadenlos und düster sexy.

Obwohl das alles jetzt schon mehr als eine Stunde her ist, hat es mein Herz noch nicht geschafft, wieder in seinen Rhythmus zu finden.

*„Was machst du?"*

*„Herausfinden wie du schmeckst."*

*„Warum?"*

*Blöde Frage ...*

*„Weil ich es kann."*

Weil ich es kann.

*Ha ...*

Dass ich nicht lache, Mr. Grey lässt grüßen.

Um ehrlich zu sein, finde ich diesen Rocker sogar bedeuten heißer als diesen Schlipsträger. Leder, Harleys und schwielige Finger, was will das Frauenherz denn mehr? Richtig. Einen süchtig machenden Körpergeruch und den hat dieser Black definitiv. Eine Mischung aus Benzin, Schießpulver, Leder und Mann – *yummi*!

Kein Wunder, dass mein Puls sich noch immer vor Aufregung überschlägt.

Wahrscheinlich wäre es intelligenter, mir über meinen irren Ex den Kopf zu zerbrechen, als darüber nachzudenken, wie dieser Biker küsst.

Aber na ja *schulterzuck* was soll ich tun?

Wenn es um Kerle geht, war ich noch nie die Schlaueste, wie meine derzeitige Situation bestens beweist.

Black weiß, dass ich die Cops angerufen habe und er will trotzdem, dass ich seinen Club besuche. Und dann noch diese Sache mit dem lautlosen Töten, dem Schalldämpfer und dem Schlafen.

*Huiuiuiui ...*

Das ist krass. Ehrlich. Aber auf eine skurrile und ziemlich abgefahrene Art auch fast schon wieder heiß.

Findet ihr nicht?

*Ich bin verloren ... Hoffnungslos verloren ...*

Black will eine Kirschtorte ... Ist das zu fassen?

Wobei es noch viel unglaublicher ist, dass ich jetzt tatsächlich in der Backstube stehe und mich daran mache, den Teig für den Boden anzurühren.

Was Claire wohl dazu sagen würde?

Ich kann es mir durchaus vorstellen. Zuerst würde sie mit mir Warrens plötzliches Ableben planen und mir dann eine Packung ihrer geliebten pinken, gerippten Einhornkondome mitgeben, die angeblich dafür sorgen, dass wir Mädels garantiert auf unsere Kosten kommen.

Ausprobiert habe ich die bisher aber noch nie, Warren mochte keine Gummis und so dumm wie ich war, habe ich ihm natürlich all seine Wünsche erfüllt. Alle, inklusive Analsex.

Über mich selbst den Kopf schüttelnd, mache ich den Teig fertig, fülle ihn in die Form und bin wirklich dankbar dafür, dass den Nachmittag über nicht mehr viel los ist.

Dank eines Blicks in den Spiegel weiß ich, dass meine Wange nur minimal geschwollen ist, meine Unterlippe ist leicht aufgeplatzt, aber das wird schnell verheilen.

Warren hat wirklich ordentlich zugeschlagen. Ich hätte nie gedacht, dass er so weit gehen würde.

Aber so kann man sich in den Menschen täuschen.

Leider!

Um Punkt sieben Uhr abends sperre ich das *Mia's* zu und verziere die Torte mit Sahnecreme und Amaretto-Kirschen. Fertig.

Das Ergebnis kann sich mehr als sehen lassen!

Plötzlich nervös räume ich die Backstube auf, stelle die Kirschtorte in die Kühlung und mache mich daran, das Café für morgen vorzubereiten. Ich lasse mir extra viel Zeit, erledige alles, was ich seit Wochen aufgeschoben habe, und schlage damit zwei Stunden heraus. Mittlerweile ist es neun Uhr und meine Nervosität ist ins Unermessliche gestiegen. Was soll ich nur tun?

Den Präsidenten beim Wort nehmen, rübergehen und mir den Rockerclub mal genauer ansehen, oder einfach die Dankeschön-Torte vor das Tor stellen und mich dann so schnell wie möglich in meiner Wohnung verstecken?

*Mist! Verdammter Mist!*

Wenn ich doch nur nicht so schrecklich neugierig wäre, würde es mir viel leichter fallen, mich von den *Bloody Kings* fernzuhalten.

Aber ich will wissen, wie es bei den Bikern aussieht, ich will wissen, wie diese Rocker ticken und auf was um alles in der Welt sie mitten in der Nacht schießen.

*Du willst Black wiedersehen ...*

Die Stimme in meinem Kopf hat recht.

Dieser Rocker hat die ganze Zeit schon eine ungeheure Anziehungskraft auf mich ausgeübt und jetzt, wo er mich geküsst hat, ist diese in ziemlich gefährliche Höhen geschnellt.

*Ach Scheiße!*

Wem mache ich da eigentlich etwas vor?

Natürlich werde ich rübergehen. Was sonst?

Der vernünftige Teil meines Ichs weiß längst, dass diese Rocker nicht gut für mich oder Meadville sind, dummerweise ist der jedoch nicht sonderlich stark ausgeprägt und hat gegen meine Neugierde keine Chance.

Und selbst wenn ich Blacks Einladung nicht annehmen würde, dank Warren zerreißt sich garantiert schon die halbe Stadt das Maul über mich. Der Idiot wird nach der Auseinandersetzung mit Black sicherlich sofort in die Kneipe gegangen sein, um sich volllaufen zu lassen.

Und wenn er erst mal ein paar Bier intus hat, weiß er nicht mehr, was er redet. Er hat bestimmt längst hinausposaunt, dass ich jetzt mit dem Oberrocker zusammen bin. Ich kann Warren nicht mal böse sein, immerhin hat er diese Information direkt von Black, es gibt keinen Grund für ihn, an dessen Wort zu zweifeln.

*Mia Mathewson und der Präsident der Bloody Kings ...*

Das klingt irgendwie nach einem echten Abenteuer.

Über mich selbst verwundert, schalte ich das Licht aus, lasse nur die kleine Beleuchtung vorne in den Fenstern an und mache mich dann auf den Weg nach oben in meine Wohnung.

Bevor ich mich in die Höhle des Löwen wage, muss ich erst ein paar Vorbereitungen treffen. Beine rasieren, Muschi rasieren, duschen, Haare waschen, sexy Dessous anziehen und mich schick machen.

Auch wenn ich nicht vorhabe, Black so nah an mich ranzulassen, dass er herausfinden wird, ob ich frisch rasiert bin oder nicht.

Die Wahrscheinlichkeit, dass zwischen diesem Rocker und mir heute Nacht mehr passiert, ist ziemlich gering, aber sie ist da und darum kann es nicht schaden, auf Nummer sicher zu gehen.

*50 Shades of Black ...*

Wenn ich ehrlich sein soll, kann ich es kaum erwarten.

Ich brauche mehr als eine Stunde, bis ich endlich mit meinem Spiegelbild zufrieden bin.

Meine Hotpants sitzen knapp auf meinen Hüften, enden kurz unter meinem Hintern und passen perfekt zu dem ausgefransten schwarzen Top, für das ich mich entschieden habe. Dazu trage ich Sandalen mit leichtem Absatz und meine Haare hängen offen über meine Schultern. Der silberne Lidschatten lässt meine Augen größer wirken. Schwarze Wimperntusche und ein gerader Lidstrich runden mein Make-up ab.

Die Lippen habe ich nachgespurt, sie glänzen dank dem durchsichtigen Lipgloss, der Warren immer einen Ständer gezaubert hat. Mein Ex meinte, mit dem Gloss sehen meine Lippen aus wie der perfekte Blasemund. Mal sehen, ob Black das auch so sieht.

Wie der Rocker wohl schmeckt?

Sofort läuft mir die Spucke im Mund zusammen.

Es ist bestimmt der Hammer, vor diesem Outlaw auf dem Boden zu sinken und an seinem Schwanz zu lutschen.

Ich schlucke, zwinge meine Gedanken in eine andere Richtung.

Mittlerweile ist es kurz vor halb elf.

Ob es mittlerweile zu spät für einen nachbarschaftlichen Besuch ist?

Im Normalfall schon, aber wenn es sich bei den Nachbarn um einen MC handelt, wohl eher nicht.

Nachdem ich meine großen Creolen an die Ohren gehängt habe, atme ich ein letztes Mal tief durch und hole den alten Revolver aus meiner Schlüpferschublade, in der ich ihn sicherheitshalber aufbewahre.

Keine Ahnung wieso, aber ich bin mir sicher, dort wird kein Einbrecher nach einer Waffe suchen. Den Revolver habe ich mir kurz nach der Eröffnung des *Mia's* gekauft. Am Anfang hatte es sich merkwürdig angefühlt, ganz alleine in diesem Haus zu wohnen.

Aber mittlerweile ist meine Angst, überfallen zu werden, verschwunden.

Meadville ist kein gefährlicher Ort, zumindest war er das nicht, bevor Black und seine Männer hier aufgetaucht sind.

Die *Smith & Wesson* hat einen langen Lauf und eine Trommel mit fünf Kammern, was bedeutet, dass ich mich im Ernstfall mit fünf Schuss verteidigen kann.

Und obwohl ich mir ziemlich sicher bin, dass mich nicht mal fünfhundert Schuss vor Black beschützen könnten, falls er mich überwältigen wollte, stecke ich den Revolver zu den Einhornkondomen in meine Handtasche.

Allein die Kombination verrät ja schon, dass ich mich wahrscheinlich nicht wehren würde, falls der große, böse, muskulöse und teuflisch gut küssende Rocker über mich herfällt.

Insgeheim hoffe ich sogar, dass das passiert, denn wenn nicht, habe ich mir die Muschi völlig umsonst rasiert.

Okay. Ich bin bereit!

Mit flatterndem Puls gehe ich nach unten, hole die Torte aus der Kühlung und mache mich dann auf den Weg über die Straße.

Trotz der späten Uhrzeit ist es noch immer erstaunlich hell.

Der sichelförmige Mond steht am langsam dunkler werdenden Nachthimmel. Mit jedem Schritt, mit dem ich mich dem unüberwindbar wirkenden Stahltor nähere, wird mein Herzschlag immer heftiger. Ein Schauer rieselt zwischen meinen Schulterblättern nach unten und meine Lippen beginnen vorfreudig zu kribbeln, sie können es kaum erwarten, erneut von Black in Besitz genommen zu werden. Denn genau das war sein stürmischer Kuss vorhin – eine Inbesitznahme.

Mit der Torte in der Hand komme ich auf der anderen Straßenseite an – Feindesgebiet.

Ein junger Typ, wobei jung relativ ist, ich schätze, er ist so alt wie ich, steht mit einer riesig aussehenden Waffe auf der anderen Seite und sieht mich skeptisch an.

Gegen dieses Ding, ich glaube, es ist eine russische Kalaschnikow, wirkt mein Revolver wie ein kleines Spielzeug.

„Was willst du?"

Seine Stimme klingt herrisch und mehr als unfreundlich.

Verdattert sehe ich ihn an.

Was ich will? Das verrate ich ihm gerne.

„Einen düsteren Prinzen, einen echten und keinen Trottel in Strumpfhosen. Ein schönes Schloss, heißen Sex, multiple Orgasmen, eine Million, oder ach ne, gleich zehn Millionen auf dem Konto, einen Amazon-Account, auf dem ich bestellen kann, was ich will, ohne dass es mir in Rechnung gestellt wird, und immer schönes Wetter."

Dem Biker fallen fast die Augen aus dem Kopf.

„Was? Bist du irre?"

Idiot.

„Du wolltest wissen, was ich will und ich war so nett und habe es dir gesagt und jetzt beleidigst du mich? Du bist ein echtes Arschloch!"

Überraschung zeichnet sich auf seinen Gesichtszügen ab, seine Arme beginnen zu zucken.

„Weißt du eigentlich, wer ich bin, Tussi?"

„Nein. Und weißt du, woran das liegt? Weil du so unhöflich warst und dich mir nicht vorgestellt hast."

Es ist dem Kerl deutlich anzusehen, dass er keine Ahnung hat, was er mit mir anfangen soll. Tja, willkommen im Club – da geht es ihm wie den meisten Männern.

„Soll ich dich abknallen?"

Ich tue so, als müsste ich über die Antwort heftig nachdenken.

„Nein. Nicht heute. Aber falls ich an einem anderen Tag mal das Bedürfnis nach etwas Blei in meinem Körper verspüre, sage ich dir Bescheid und komme gerne auf dein Angebot zurück. Und jetzt lass mich rein."

Völlige Verwirrtheit blitzt in seinen grünen Iriden auf.

„Wieso sollte ich?"

Ganz offensichtlich ist der Rocker mit dem *Prospect-Patch* auf der Kutte, der König der dummen Fragen.

„Ich habe Kirschtorte."

Das scheint ihn etwas milde zu stimmen.

„Und wie kommst du darauf, dass wir *Bloody Kings* Torte mögen?"

*Ding – Ding – Ding!*

Das war dann wohl ein geistiger Schuss ins Knie.

„Na ganz einfach, weil ihr Biker seit knapp einem Monat beinahe täglich zu mir ins *Mia's* kommt und euch mit Backwaren vollstopft."

Überrascht kneift er die Augen zusammen und mustert mich prüfend.

„Du bist das Kaffeemädchen?"

„Ja, ich bin Mia."

„Fuck Baby, was hast du mit dir gemacht? Ich hätte dich fast nicht erkannt."

Ehrlich?

„Nichts."

„Doch, du siehst heiß aus."

„Ach, und sonst tue ich das nicht?"

Seine Mundwinkel ziehen sich nach unten.

„Nope, nicht so. Hast plötzlich so dicke Lippen und Titten."

Tja, das liegt an dem Lipgloss und meinem neuen Wonderbra.

„Also was ist? Lässt du mich jetzt rein?"

Er zögert noch immer.

„Was willst du bei uns?“

„Black hat mich eingeladen. Außerdem hat er die Kirschtorte bestellt.“

Der Kiefer meines Gegenübers klappt nach unten. Es hat etwas Merkwürdiges, sich durch diese Stahlstangen zu unterhalten, mit einer Torte in der Hand und der *Smith & Wesson* in der Tasche, während ich mir anhören muss, dass ich nicht nur dicke Lippen, sondern auch dicke Titten habe.

*Immer mal was Neues ...*

„Der Präsident hat dir gesagt, dass du kommen sollst?“

Er klingt so ungläubig, dass es fast schon einer Beleidigung gleichkommt.

„Jep, gleich nachdem er meinen Ex verkloppt, mich als sein Mädchen bezeichnet und mich geküsst hat.“

*Was glaubst du denn, warum ich mir die Muschi rasiert habe?*

Den letzten Satz denke ich mir nur, obwohl er absolut der Wahrheit entspricht.

*Ich meine verdammt!*

Mein Tag war lang und anstrengend und *trotzdem* habe ich mir die Mühe gemacht, zu backen und nach dem Rasierer zu greifen.

Ich habe sogar die komplizierten Stellen an meinen Knöcheln ganz ohne Blutvergießen hinbekommen und das schaffe ich nur selten.

Der Tag war scheiße aber die Nacht, die könnte verdammt heiß werden. Zumindest wenn mir dieser Prospect nicht länger im Weg steht.

## 5. Kapitel

## Der Präsident mit dem Dämon in der Seele und dem Skull an der Kehle

Amüsiert bleibe ich hinter dem Mauervorsprung stehen, lausche der Diskussion zwischen Mia und Dog, unserem Prospect, und kämpfe gegen das dümmliche Grinsen an, zu dem sich meine Lippen verziehen.

Sie will also einen bösen Prinzen, einen Haufen Geld und viel dreckigen Sex. *Interessant ...*

Dass sie meine Einladung angenommen hat, verrät mir, dass sie mehr Mut hat, als gut für sie ist. Es ist mir längst gelungen, einen Blick auf sie zu werfen, und Fuck!

Die Kleine sieht heiß aus, wie eine Praline, die vernascht werden will.

Ihre Haare schimmern golden, während sich die knappen Hotpants verflucht eng an die Rundung ihres Arsches drücken.

In meiner Fantasie habe ich das Kaffeemädchen schon ein Dutzend Mal gefickt. In dem Kopfporno, der mich beinahe in den Wahnsinn treibt, habe ich sie gepackt und mich bis zu den Eiern in ihren engen Schlitz gerammt und abgespritzt während ich auf ihr winziges Poloch gestarrt habe.

*Holy Shit!*

Diese Frau macht nur Ärger, sie ist eine Ansammlung von Komplikationen und dennoch will ich nicht, dass Dog sie wieder wegschickt. Ich will sie reinlassen, ihr den Club zeigen und sie dann in mein Büro bringen und ihr die enge Hose vom Leib reißen.

Die süßen Riemchensandalen an ihren winzigen Füßen würden einfach perfekt neben meine Ohren passen, während Mias lustvolle Schreie durch die komplette Stadt hallen. Ich will, dass dieser Warren hört, was ich mit seiner Ex mache, ich will ihm beweisen, dass sein Anspruch auf diese Frau ein für alle Mal Geschichte ist.

Warum mir das so wichtig ist – *Bullshit* – darüber will ich mir lieber erst gar keine Gedanken machen.

An diesem Chaos in meinem Hirn und dem unpassenden Besitzanspruch, der in meinem Inneren tobt, ist nur der eklatante Mangel an Schlampen schuld.

Mia ist die heißeste Frau in Meadville, es ist also kein Wunder, dass ich sie für mich beanspruchen will.

Ich bin der Präsident dieses Chapters, das hier ist jetzt meine Stadt und wenn ich diese Zicke will, nehme ich sie mir, ohne zu zögern.

„Also was ist jetzt? Lässt du mich rein oder machst du weiterhin einen auf starken Macker?“

Lachend schüttle ich den Kopf.

Es wird mir ein Vergnügen sein, ihr loses Mundwerk zu stopfen.

Nachdem ich mir eine Kippe angezündet habe, verlasse ich meine Deckung, schlendere auf das Tor zu und lasse meinen Blick nun zum ersten Mal langsam und ganz bewusst über ihr Erscheinungsbild gleiten.

*Fuck! Hot as Hell!*

Kein Wunder, dass Dog sie nicht sofort erkannt hat.

In den blumigen Sommerkleidern, die sie sonst immer trägt, sieht sie schon sexy aus. Aber jetzt?

Nur eine Frau, die es unbedingt besorgt kriegen will, stylt sich so auf, ehe sie sich in einen MC voller Männer wagt.

Pure Vorfreude pulsiert durch meine Venen. Dass die Praline vernascht werden will, passt mir gut, denn ich habe einen unstillbaren Hunger auf blonde Haare, volle Titten, kornblumenblaue Augen und cremeweiße Haut.

Die großen Creolen in ihren Ohren schwingen hin und her, sodass sich das Licht in dem Silber bricht – mich geradezu hypnotisiert.

Dog bemerkt mich, tritt respektvoll einen Schritt zur Seite und macht mir Platz.

Der Prospect ist gut, beinahe schon vielversprechend.

Die ersten zehn Monate seines Anwärterjahres hat er erfolgreich hinter sich gebracht. Wenn er sich jetzt keinen Patzer erlaubt und weiterhin kein Problem damit hat, meine Leichen zu beseitigen und die Drecksarbeit zu erledigen, stehen die Chancen, dass er sein *Back-Patch* bekommt, ganz gut. Hector kommt auf uns zugerannt, in seinem riesigen Maul steckt ein gigantischer Knochen.

Das Ding ist schon komplett abgenagt, aber trotzdem lässt er einfach nicht von ihm ab. Hector ist Dogs schwarze Deutsche Dogge.

Mit seiner Schulterhöhe von knapp neunzig Zentimetern ist dieses Vieh der größte Hund, den ich jemals gesehen habe und der Grund, aus dem Dog von uns allen nur Dog genannt wird.

Dieser Junge und sein Hund sind unzertrennlich, meistens riecht er sogar wie er. Wahrscheinlich bringen sie sogar dasselbe Gewicht auf die Waage.

„Hey Präs, die Tussi hier behauptet, eine Einladung zu haben.“

Mias lautes *Hmpf* verrät mir, dass es ihr ganz und gar nicht gefällt, als Tussi bezeichnet zu werden.

„Wenn sie das sagt, wird das wohl stimmen.“

Der unverkennbare Knall eines Schusses ertönt, das Mädchen zuckt erschrocken zusammen, lässt beinahe die Torte fallen.

*Ziemlich schreckhaft ...*

Meinem Befehl folgend, öffnet Dog endlich das Tor und lässt Mia passieren. Kaum dass sie neben mir steht, steigt mir auch schon ihr unverkennbarer Duft in die Nase. Vanille, Zimt und Frau, eine göttliche Kombination, die mir das Wasser im Mund zusammenlaufen lässt. Mia reicht mir kaum bis zur Schulter, es wäre ein Leichtes, sie über diese zu werfen und zu verschleppen.

„Hätte nicht gedacht, dass du tatsächlich kommst."

Unter halb gesenkten Lidern sieht sie zu mir nach oben.

„Hast du jetzt, wo ich da bin, Angst, dass du nicht mit mir fertig wirst?"

Von wegen, ich habe eher Angst, dass ich zu grob zu ihr bin und sie beim Ficken zerbreche.

Mein letzter Sex ist zu lange her, um mich beherrschen zu können.

„Keine Sorge, Zuckerarsch. Ich bin zwar kein Prinz, aber ich trage keine Strumpfhosen. Das mit dem Schloss könnte kompliziert werden, aber dafür habe ich einen Club, was viel besser ist, glaube mir. Multiple Orgasmen sind mein Spezialgebiet und was die Millionen angeht – daran arbeite ich gerade."

Offensichtlich hat sie nicht damit gerechnet, dass ich ihr Gespräch mit Dog gehört habe, denn eine leichte Röte überzieht ihre Wangen.

„Kein Prinz also?"

Angespannt beobachte ich, wie ihre Zungenspitze vorschnellt.

Sie leckt sich über die Unterlippe, mein Schwanz pumpt sich mit Blut voll. Ich weiß noch genau, wie es sich angefühlt hat, diesen Mund zu küssen und mit meiner Zunge durch ihn zu kreisen.

„Nein. An mir ist nichts Heldenhaftes."

Den Kopf leicht schief legend, zieht sie die Augenbrauen zusammen.

„Das stimmt nicht. Du hast mich heute vor meinem Ex beschützt."

„Das war nicht heldenhaft, sondern selbstsüchtig. Prinzen verlangen keine Gegenleistung, ich hingegen schon."

Kaum dass ich das Wort *Gegenleistung* ausgesprochen habe, blitzt es in ihren Augen auf.

„Was wäre das denn für eine Gegenleistung?"

Ich lasse den Blick an ihr herabgleiten, stoppe an den Hügeln ihrer Titten und betrachte dann den dünnen Spalt Haut zwischen Hotpants und Fransentop.

„Das, Zuckerarsch, wirst du noch früh genug herausfinden."

Ein Schauder lässt sie erbeben, ich nehme ihr die Torte ab und bringe das Mädchen dann rein in unser Clubhaus. Es sieht sich neugierig um, betrachtet die Sandsäcke, die von der Decke hängen, die Spielautomaten und die neuen Billardtische, die ich bestellt habe und die erst vor wenigen Tagen geliefert wurden.

Im Gegensatz zu unserem New Yorker Chapter stinkt es hier nicht nach Muschi, billigem Parfüm und dem Stress der vergangenen Jahre.

Hier in Meadville ist alles noch neu, aber meine Brüder und ich sind gerade dabei, diesem Club seine Geschichte zu verpassen.

Letzte Woche haben wir so einige Leichen angehäuft und wir sind noch lange nicht fertig.

Dank der Nähe zu Kanada bietet uns Pennsylvania genau wie New York jede Menge Möglichkeiten. Wir *Bloody Kings* handeln seit jeher mit Waffen, Sprengstoff und Munition. Wir transportieren Drogen, führen Auftragsmorde aus und sind gerade dabei, uns im Online Glücksspiel zu etablieren.

Das Internetbusiness bietet uns jede Menge Vorteile und das nicht nur die Steuer betreffend. Die Anonymität des World Wide Web eröffnet uns ganz neue Möglichkeiten.

Ein neues Chapter aufzubauen, ist harte Arbeit, aber davor habe ich mich noch nie gescheut. BlingBling kommt auf uns zu, er ist, zusammen mit Tyler, meinem Vizepräsidenten, und Ruben, einem weiteren Member, der zugleich unser Sprengstoffexperte ist, dabei, die Bar fertigzustellen.

„Wir brauchen mehr Holz und die Winkel sind auch aus."

Er sagt das zu mir, doch sein Blick klebt an Mia.

„Dann kauf das Zeug."

Er nickt. An dem Ausdruck in seinen Augen erkenne ich, dass er gerade dabei ist, seinen Schwanz in das Mädchen zu rammen.

Zorn flutet meine Nervenbahnen, es kostet mich einiges an Beherrschung, dass ich ihm die verdammte Torte nur übergebe und nicht in die Visage klatsche.

„Bring die in die Küche."

Noch immer starrt er Mia an, noch immer finde ich das zum Kotzen.

Was zur Hölle ist nur los mit mir?

Seit wann stört es mich, mit meinen Brüdern zu teilen?

In New York kam es des Öfteren vor, dass wir uns eine Clubbitch geteilt haben. Schlampen haben drei Löcher ...

Also wo ist mein gottverdammtes Problem?

Ich weiß es. Mia ist keine Schlampe. Sie ist der Hammer, eine Praline auf zwei Beinen und darum will ich nicht, dass meine Männer sich einen Kopffick mit ihr gönnen.

Der Kassenwart macht keine Anstalten, sich in Bewegung zu setzen, meine Wut kocht über. Ich will mir gar nicht erst vorstellen, in welchem von Mias Löchern er in seinem Hirnporno gerade abspritzt. Es spielt auch keine Rolle, denn es wird nie passieren!

Nicht solange ich auch nur ein Wörtchen mitzureden habe.

„Sofort!“

Der Klang, den meine Stimme angenommen hat, lässt das Mädchen neben mir zusammenzucken und sorgt dafür, dass BlingBling endlich verschwindet.

Sein Glück. Noch eine Sekunde länger und ich hätte mit ihm genau dasselbe gemacht wie mit diesem Warren. Ich beobachte diese Frau jetzt schon seit Wochen, genauer gesagt seit unserer Ankunft.

In der Zeit habe ich sie verflucht, gehasst, verteufelt und in meinen Träumen wieder und wieder so hart rangenommen, dass es ein Leichtes war, die Erinnerung abzurufen und mir beim Duschen einen runterzuholen.

Das Wichsen hat mir gereicht, fürs Erste zumindest.

Aber jetzt, wo ich weiß, wie diese Frau schmeckt, will ich alles von ihr – absolut *alles*.

Mit weniger werde ich mich nicht zufriedengeben!

Mia ist in meinen Club gekommen, obwohl sie wusste, dass ich sie ficken will, was einer Einwilligung gleichkommt. Das jetzt und hier ist bereits unser Vorspiel, nicht mehr lange und ich werde ihr meinen Schwanz in den Mund schieben und sie jeden harten Zentimeter schlucken lassen, während sich ihre dicken, glänzenden Lippen nach außen wölben und ihre Pussy klitschnass für mich wird.

„Wow. Wenn ich es nicht besser wüsste, würde ich kaum glauben, dass ihr erst vor wenigen Wochen eingezogen seid.“

„Wir haben hart gearbeitet.“

„Anscheinend ...“

Ich führe sie weiter.

Unser Vollstrecker Seven, der auf einem der Sofas sitzt und an einem Scotch nuckelt, sieht Mia verwundert an. Kein Wunder.

In der letzten Woche habe ich kaum ein nettes Wort über das Kaffeemädchen verloren und jetzt liegt meine Hand besitzergreifend auf der unteren Hälfte ihres Rückens, während ich es durch unser Clubhaus führe.

Irritiert zieht er eine Augenbraue in die Höhe.

Mia folgt meinem Blick.

„Wie heißt der Kerl, der uns beobachtet? Er war noch nie im *Mia's*."

Das zu hören überrascht mich nicht.

Unser Enforcer meidet Menschen, ich glaube kaum, dass er Kuchen isst und Kaffee habe ich ihn noch nie trinken sehen.

„Seven."

Es dauert einen Moment, bis sie kapiert, dass das gerade eben die Antwort auf ihre Frage war.

„Der Rocker heißt Seven? Seven wie Sieben?"

Ich nicke und führe sie immer weiter in die Richtung meines Büros.

Wenn ich sie nicht bald ficken kann, verliere ich entweder den Verstand oder aber meine Eier platzen – beides würde ich gerne verhindern.

„Warum heißt er so?"

Neugieriges kleines Luder.

Seufzend bleibe ich stehen und drehe mich zu ihr um.

„Du solltest dir eine Sache merken, Mädchen. Ich hasse es zu lügen, und die Wahrheit zu beschönigen ist auch nicht mein Ding. Das hier ist ein OMC ein Outlaw Motorcycle Club und keine Ponyfarm. Wenn du also eine Frage stellst, dann musst du dir auch sicher sein, dass du die Antwort hören willst."

Sie schluckt hart, ihr Kehlkopf hüpft, mein Schwanz zuckt.

*Fuck!*

Seit wann ist ein Frauenhals eigentlich so verdammt erregend?

Das Blau ihrer Augen wirkt tief wie der Ozean, ihr Pupillen sind geweitet.

Ist das Erregung oder Angst, wohl eher Angst – noch jedenfalls.

Ich werde mich darum kümmern, dass sich das schon bald ändern wird.

„Und, Black? Will ich diese Antwort wissen?"

„Das musst du entscheiden."

Zögerlich sieht sie zurück zu Seven, der uns noch immer beobachtet.

„Um ehrlich zu sein, bin ich mir gerade nicht mehr so sicher."

Nur verständlich.

„Dann verzichte auf die Antwort."

Zu meiner Überraschung schüttelt sie den Kopf.

„Geht nicht. Leider ... Meine größte Schwäche ist die Neugierde. Claire, meine beste Freundin, sagt immer, dass mich die eines Tages umbringen wird."

Eine Hand auf ihre Schulter legend, umfasse ich mit der anderen ihren Kiefer und zwinge Mia so, mich anzusehen.

„Seven ist der Vollstrecker unseres Clubs. Sein Job ist es, unsere Feinde ausfindig zu machen und zu töten. In einer Nacht vor ein paar Jahren ist er in einen Hinterhalt geraten. Seine Munition war leer, er hatte nur sein Messer, mit dem er sich verteidigen konnte. Die Angreifer waren zu siebt, sie hatten Munition – doch sie hatten keine Chance.“

Die Sekunden verstreichen, das Mädchen zeigt keine Reaktion.

Im ersten Moment bin ich mir nicht sicher, ob sie verstanden hat, um was es in der Geschichte ging. Doch dann erschaudert sie, räuspert sich leise und leckt sich erneut über die Unterlippe, was zur Folge hat, dass sich mein Schwanz mit immer mehr Blut vollpumpt.

„Er hat sie alle getötet?“

Sie flüstert, was mich amüsiert.

„Aye, das hat er.“

„Das ist ein bisschen wie in diesem Märchen ‚Sieben auf einen Streich‘.“

„Das Märchen kenne ich nicht.“

Kaum dass ich ihr schlankes Kinn losgelassen habe, sieht sie wieder zu unserem Vollstrecker.

„Ich denke, ich werde zukünftig ganz besonders darauf achten, diesen Seven nicht zu verärgern.“

Gute Entscheidung.

„Keine Sorge, Zuckerarsch, ich werde aufpassen, dass er dir nicht zu nahe kommt.“

Und das meine ich absolut ernst. Solange ich mit dieser Frau nicht fertig bin, wird kein anderer Mann sie anfassen!

Weder Seven noch BlingBling, noch dieser Warren.

Ihre Augen gleiten wieder zu mir, neugierig betrachtet sie den schwarzen Totenkopf, der auf ewig meine Kehle ziert.

„Warum hast du dir dieses Tattoo stechen lassen?“

*Wegen der Sache mit den Fragen hatte ich sie gewarnt ...*

„Es verkörpert den Dämon in mir.“

„Welchen Dämon?“

Das werde ich ihr sicherlich nicht hier erklären.

Ungeduldig bücke ich mich, fahre mit den Armen an ihrem Rücken und ihren Kniekehlen entlang und hebe sie dann hoch, sodass sie mit einem leisen Quietschen gegen meine Brust rutscht und ich sie mit großen Schritten in mein Büro tragen kann.

Mia wehrt sich nicht, sondern akzeptiert die Tatsache, dass ich sie von den Füßen gerissen habe.

Teufel noch eins. Sie fühlt sich so perfekt in meinen Armen an.

Weich, nachgiebig und kostbar ...
In meinem Büro angekommen, verpasse ich der offen stehenden Türe einen Tritt, trage meine Beute durch den Raum und zögere, als es darum geht, Mia wieder abzustellen.
Sie zu halten, fühlt sich einfach viel zu gut an.
Ohne Einleitung führe ich unser Gespräch fort.
„Der Skull an meinem Hals stellt den Dämon dar, der in mir wohnt.“
„Du glaubst, du hast einen Dämon in dir?“
Glauben? Falsch!
„Ich weiß es. Er spricht mit mir. An manchen Tagen fordert er das Blut meiner Feinde ...“
Sie nimmt es ruhiger auf, als ich dachte.
„Und was fordert er heute von dir?“
Den Kopf senkend, fahre ich mit der Nase über ihre Stirn, inhaliere den köstlichen Duft ihres winzigen Körpers.
„Dich!“
Zitternd krallt sie sich an meiner Kutte fest.
„Mich?“
Ich nicke, ein raues Knurren steigt aus meinem Brustkorb auf.
„Keine Kirschtorte?“
Sie klingt atemlos, der Scherz war ein verzweifelter Versuch, die elektrische Spannung zwischen uns zu lockern.
Funktioniert hat es nicht.
„Nur dich!“
Wieder schluckt sie, wieder fällt mir auf, wie grazil ihr Hals ist.
Wie er wohl schmeckt?
Entschlossen es herauszufinden, setze ich sie auf dem Schreibtisch ab, streife ihre Haare beiseite und lasse meine Zunge vorschnellen. Ich lecke über die samtene Haut, lasse sie meine Zähne spüren und sauge mich an ihr fest. Mia gibt ein atemloses Wimmern von sich, biegt den Rücken durch und vergräbt ihre Finger in meinen Haaren.
*P.E.R.F.E.K.T.*
Als ich mich einige Herzschläge später wieder von ihr löse, ziert ein violettes Mal ihren Hals. Ich betrachte es und stelle fest, dass es sich verdammt gut anfühlt, sie markiert zu haben.
„Black ...“
Gehaucht kommt ihr mein Name über die Lippen. In meinem Kopf dreht sich alles, alles, woran ich noch denken kann, ist, diese Frau in Besitz zu nehmen.
*Bei allen Kings!*

Mia hat uns die Cops auf den Hals gehetzt. Und das nicht nur einmal – sondern wieder und wieder. Sie verlangt für alle Clubmitglieder das Doppelte pro Kaffee und trotzdem will ich sie ficken.

Das ist irre – völlig irre!

Dieses Mädchen bedeutet nur Probleme, doch Fuck!

Noch nie haben Probleme so verteufelt sexy ausgesehen, so gut gerochen oder gar so gut geschmeckt.

Willig spreizt sie die Knie, sodass ich ihr noch näher kommen kann, dann pinnt sie ihren Mund auf den meinen.

Sofort schenkt sie mir ihre Zunge, stöhnt an meinen Lippen und beginnt, ihre Pussy an meinem Bein zu reiben. Mein Schwanz zuckt, mittlerweile ist er so hart, dass er richtig schmerzt.

Einen Fluch in den Kuss murmelnd, übernehme ich die Kontrolle, vergrabe meine Faust in ihren goldenen Strähnen und beiße mich an ihren Kirschlippen fest.

Das Wimmern, das sie daraufhin von sich gibt, klingt halb gepeinigt, halb erregt.

Von einem unstillbaren Hunger getrieben, schiebe ich ihr meine Zunge in den Hals, wühle mich durch die Höhle ihres Mundes und reiße ihr den Kopf in den Nacken, sodass sie mir hilflos ausgeliefert ist.

Ungeduldig zerre ich an den Knöpfen ihrer Hotpants, kaum dass es mir gelungen ist, sie zu öffnen, schiebe ich meine Hand hinein und drücke sie so weit nach unten, bis meine Finger die feuchte Hitze spüren, die ihre Muschi ausstrahlt.

Ihr Höschen ist feucht, der unverkennbare Geruch von weiblicher Lust erfüllt den Raum.

„Ich will dich ficken, Süßarsch."

Mia keucht, unterbricht den Kuss und sieht mich aus vor Lust verschleierten Augen an.

Die Lippen dieser Frau sind gefährlicher als Sprengstoff und ihre stürmischen Küsse haben auf mich dieselbe zerstörerische Wirkung wie Molotowcocktails – Molotowcocktailküsse.

„Dann nimm mich, Rockerpräsident!"

*Das* muss sie mir nicht zweimal sagen ...

## 6. Kapitel

### Ein Revolver und ein Mädchen, das es satthat, Frösche zu ficken und an Feen zu glauben

Zupackende Hände, kratzige Bartstoppeln, Blacks heißer Atem und feste Lippen ...

Die Kombination aus all dem reißt meine innere Romantikerin aus ihrer Totenstarre, in die sie nach der Trennung von Warren gefallen ist.

Dieser Rocker weckt meine Libido aus der Welt der Träume und bringt sie zurück in die Realität. Das hier fühlt sich verflucht viel besser an als Sex mit meinem Delfinvibrator.

„Süßarsch ..."

Black und seine Kosenamen.

Zuckerarsch und Süßarsch – wie geil ist das denn bitte?

Meine bisherigen Liebhaber haben mich Süße, Baby, Hase oder Schnecke genannt. Diese Ponamen finde ich viiieeeell besser. Ob das ein Zeichen dafür ist, dass Black ebenfalls auf Analsex steht?

Vielleicht?

Mit ein bisschen Glück werde ich das schon ganz bald herausfinden.

Zittrig schließe ich die Augen, spüre, wie er sich an meiner Unterlippe festbeißt, ehe er mir die Hotpants auszieht, vor mir auf den Boden sinkt, bestimmend meine Knie auseinanderreißt und meinen String zerfetzt. Achtlos wirft er den Stoff durch sein Büro, während seine Augen auf meinem Schlitz festgepinnt sind.

Dieser Moment ist so intim, seinem Blick bleibt nichts von meiner Muschi verborgen.

„Oh yeah. Deine Pussy ist der Wahnsinn!"

Sein heißer Atem weht gegen meine empfindlichen Falten.

Geschickt teilt er mit seinen langen Fingern meine Schamlippen, reibt über den Knubbel und entlockt mir so einen leisen Schrei.

„Jetzt werde ich dich fressen."

Keine Ahnung womit ich gerechnet habe, als ich zum Club gegangen bin, aber garantiert nicht damit, dass ich fünf Minuten nach meiner Ankunft auf dem Schreibtisch des Präsidenten des *Bloody Kings Motorcycle Clubs* sitze und er mir die Muschi leckt.

Rau schnellt seine geschickte Zunge über meinen Kitzler.

Er umspielt ihn, saugt ihn in seinen Mund und gleitet zeitgleich mit zwei seiner Finger bis zum Anschlag in mich hinein.

Wimmernd biege ich den Rücken durch, kralle mich an seinen breiten Schultern fest und genieße die süße Folter.

Ich brauche mehr! Viel mehr!

Ich bin kein Kind von Traurigkeit. Wenn sich mir eine Gelegenheit für geilen Sex bietet, ergreife ich sie. In der Vergangenheit hatte ich schon so einige Liebhaber, manche von ihnen waren Frösche, andere sahen aus wie Prinzen. Zu meinem Leidwesen haben sich die Frösche nach dem Vögeln nicht in Prinzen verwandelt und manche der vermeintlichen Prinzen waren keine Helden in strahlender Rüstung, sondern nur in Alufolie gewickelte Vollidioten mit zu kleinen Schwänzen, zu feuchten Lippen und der Ausdauer einer Eintagsfliege.

Für eine Frau, die auf der Suche nach ihrem Mister Perfect ist, ist das Leben manchmal ganz schön schwer.

Es gibt Hunderte, Tausende, ach Quatsch Millionen von potenziellen Kandidaten, die wir alle prüfen müssen, um herauszufinden, ob einer von ihnen tatsächlich unser Traumprinz ist.

Das kann natürlich manchmal gut sein und Spaß machen, aber die meiste Zeit ist es einfach nur verdammt anstrengend.

Warren ist das beste Beispiel dafür, dass diese ganze Liebesgeschichte mit einigen Risiken gespickt ist.

In welche Kategorie dieser Rocker wohl fällt?

Ist er ein in Leder gekleideter Froschkönig, ein Prinz oder einfach nur ein Killer mit einer Vorliebe für Tattoos und Waffen?

Keine Ahnung ... Aber ich bin fest entschlossen, es herauszufinden.

Zitternd spreize ich die Beine noch etwas weiter, genieße das Gefühl seiner Zunge auf meinem Kitzler und das Knurren, das sich aus seiner Kehle löst.

Den Geräuschen nach scheine ich ihm zu schmecken ...

Ich sehne mich nach mehr Druck und einer schnelleren Geschwindigkeit, doch der Biker vor mir lässt sich nicht drängen, sondern umzirkelt mit seiner göttlichen Zunge weiterhin viel zu langsam meine Klit.

Blacks Mund zwischen meinen Beinen zu haben, sollte sich nicht so unfassbar gut anfühlen. Doch das tut es, es ist so gut, dass ich kaum noch einen klaren Gedanken fassen kann. In der Sekunde, in der er sich an meinem Kitzler festbeißt, stoße ich einen erschrockenen Schrei aus und komme so heftig, dass es sich so anfühlt, als würde ich in tausend Teile zerplatzen.

Flüssige Lava flutet meine Venen, eine dünne Schweißschicht überzieht meinen Nacken, ich vergesse zu atmen.

„Du bist ja eine echte Rakete.“

Ich muss zugeben, das ging schnell. Nicht viele Männer schaffen es, mich innerhalb weniger Minuten in den verdammten Olymp zu lecken.

Meine Zehenspitzen kringeln sich, in meinem Bauch erwacht ein Schwarm Schmetterlinge zum Leben. Sie scheinen mit Sprengstoff bewaffnet zu sein, denn eine Explosion nach der anderen erschüttert meinen Unterleib.

Black kennt noch immer kein Erbarmen, leckt sich unermüdlich weiter durch meine Muschi und besorgt es mir mit seinen Fingern.

„Du schmeckst nach Kirschen und Vanille – wie eine verfickte Torte!“

Also das mit den Komplimenten hat er drauf ...

Erst als die Kontraktionen in meinem Inneren langsam nachlassen, lässt seine Zunge von meiner Mitte ab. Mit dem Daumen gleitet er durch meinen Schlitz, benetzt ihn mit meiner Feuchtigkeit und drückt dann auf den empfindlichen Ring meines Polochs.

„Bis die Sonne aufgeht, werde ich in jedem deiner Löcher abgespritzt haben!“

Das war nicht sonderlich romantisch, dennoch ist seine gebrummte Androhung extrem erregend. Ich steh auf dominante Bad Boys, die wissen, was sie wollen und kein Problem damit haben, es sich zu nehmen.

„Und wer sagt, dass ich dir das erlauben werde?“

Seine Mundwinkel zucken, seine Lippen glänzen feucht.

Wenn ich ihn jetzt küsse, dann schmeckt dieser große, böse und gefährliche Rocker nach meiner Pussy. Zugegeben, das gefällt mir. Mein Blick huscht zu dem Totenkopf an seiner Kehle, je öfter ich ihn betrachte, umso passender und schöner finde ich ihn.

Dieser Rocker ist wie ein lebendes, düsteres Kunstwerk, das vor den Toren der Hölle platziert werden sollte.

„Oh Cherrypussy, wenn du denkst, dass ich dich um Erlaubnis fragen werde, liegst du falsch!“

*Hoppla ... Hui ui ui ...*

Wenn ich intelligenter wäre, würde ich diese Aussage nicht so teuflisch sexy finden.

Aber mein Bad-Boy-Radar schüttet nichts als Seufzhormone aus.

Süchtig nach dem kratzigen Gefühl seiner schwarzen Bartstoppeln strecke ich die Hände nach seinem kantigen Kiefer aus, umfasse sein Gesicht und reibe mit den Daumen über die stacheligen Härchen.

Unsere Blicke treffen sich und, noch bevor ich es verhindern kann, spreche ich aus, was mir auf der Zunge liegt.

„50 Shades of Black ...“

Seine Lippen zucken.

„Echt jetzt, Cherry? Du stehst auf diesen langweiligen Scheiß?“

*Wie peinlich ...*

„Na ja, ganz so langweilig finde ich den *Scheiß* gar nicht."

Seine rechte Augenbraue wandert nach oben, mein Puls rast. Die Tatsache, dass ich noch immer mit nackter und pochender Muschi vor ihm sitze, ist mir mehr als bewusst.

„Du stehst drauf, den Arsch versohlt zu kriegen?"

Was nun? Nicken oder den Kopf schütteln?

Prüfend sehe ich zu Blacks großen, kraftvoll wirkenden Händen.

Wenn ich jetzt *Nein* sage, werde ich das für den Rest meines Lebens bereuen. Wetten?

Ich meine, wie oft hat man schon die Chance, sich den Po von dem König aller Rocker verhauen zu lassen?

Ich schlucke, ein Feuerball bestehend aus Nervosität bildet sich in meinem Magen – wird größer und größer.

„Keine Antwort?"

*Öhm ...*

„Dann werde ich das wohl selbst herausfinden müssen!"

Noch bevor ich auch nur dazu komme zu blinzeln, werde ich gepackt, herumgewirbelt und bäuchlings auf die harte Holzplatte des Schreibtischs gedrückt.

Das Herz schlägt mir so heftig gegen die Rippen, dass ich mir sicher bin, dass es mir aus der Brust springen würde, wenn es das könnte.

Black fängt meine Hände ein, biegt sie mir auf den Rücken, umspannt mit seinen langen Fingern meine Gelenke und hält mich so gefangen.

„Letzte Chance *Stopp* zu sagen, Mädchen."

Letzte?

„Wie, gibt es bei dir kein Safeword?"

Grollend löst sich ein Lachen aus seiner Kehle.

„Oh Süßarsch. Bei mir gibt es keine Reißleine und keinen doppelten Boden. Wenn du mit mir ficken willst, dann gilt volles Risiko."

*Halleluja!*

Ich schlucke, der kratzige Stoff seiner Jeans reibt über meine empfindliche Haut und mein Kitzler pocht und pulsiert.

Mit seiner freien Hand über meine Pobacke streichend, lässt er mich erzittern.

*Gott!* Ich bin so nervös und aufgeregt, dass es mir schwerfällt zu atmen. Meine Nerven liegen blank. Einerseits will ich, dass er mich schlägt, andererseits hingegen ...

„Das kostet dich etwas."

Brummend lässt er seine Daumenkuppe zwischen meinen Arschbacken nach unten gleiten, streicht über meine Rosette und taucht dann in meine Muschi ein.
„Du willst mir einen Preis nennen?“
Ich nicke.
„Gut, dann nenn ihn mir.“
Den Kopf auf die Seite drehend, suche ich über meine Schulter hinweg seinen Blick.
„Rotwein, rosa Zuckerwatte und eine Packung Aspirin.“
Überrascht runzelt er die Stirn.
„Das ist eine seltsame Kombination.“
„Der Rotwein ist für meine Nerven, die Zuckerwatte für meine Seele und das Aspirin ...“ Bevor ich fertig sprechen kann, fällt Black mir ins Wort und bringt meinen Satz zu Ende.
„... ist für deinen schmerzenden Arsch.“
Mein gewispertes „Richtig!“ bringt die Muskelberge in seinen Armen zum Zucken.
In seinen nachtschwarzen Augen blitzt es.
„Das war dann wohl ein *Ja*.“
Wieder nicke ich, sein Daumen steckt noch immer in meiner Pussy, macht es mir schwer, mich auf das Gespräch zu konzentrieren.
Sein Finger stößt zu, wieder und wieder, legt sich dann auf mein Poloch und übt Druck aus. Instinktiv spannt sich der ringförmige Muskel an, eine dekadente Angst beschleicht mich.
Einerseits will ich diesen Sex, andererseits hingegen würde ich ihn am liebsten um Gnade anbetteln. Millimeter für Millimeter durchbricht er meine Gegenwehr, schiebt sich immer tiefer in meinen hinteren Eingang und entlockt mir so ein Wimmern.
Mit meinen auf den Rücken gebogenen Händen fühle ich mich ausgeliefert und schutzlos. Meine Vagina zieht sich eifersüchtig zusammen, sie hätte nichts dagegen, ausgefüllt zu werden.
Erst als sein Finger komplett in mir steckt, stoppt er seine Invasion. Unsere Blicke sind noch immer miteinander verschmolzen. Der Rocker beobachtet mich ganz genau.
Sein Daumen zieht sich zurück, ich japse nach Luft. Doch die Erleichterung ist nicht von Dauer, denn nun drücken sich zwei seiner Finger in meinen Anus.
Die Pein ist heftiger, Tränen steigen mir in die Augen. Meine Lust und der Schmerz vermischen sich zu einem berauschenden Cocktail, der sich wie brennendes Öl in mir ausbreitet, meine Adern, meine Nerven und meine Sehnsüchte in Flammen setzt.

Tiefer und tiefer dringt er ein, drückt sich in mich und biegt meine Arme noch ein Stückchen weiter nach oben. Ich biege den Rücken durch, was dafür sorgt, dass ich mich seinen Fingern entgegenpresse.

„Dein Arsch fühlt sich unglaublich an. Wenn er an meinen Fingern schon so geil ist, wie fantastisch wird er sich dann erst um meinen Schwanz anfühlen?"

Mit Warren war der Analsex anders. Grob und schnell. Black hingegen nimmt sich Zeit, nimmt meinen Po in Besitz, scheint regelrecht fasziniert von ihm zu sein.

Er dehnt mein enges Loch, macht mich für seine Erektion bereit.

Schluchzend beiße ich mir auf die Unterlippe. Erst als er sich wieder aus mir herauszieht, schaffe ich es zu atmen. Kaum dass ich meine Lunge mit frischem Sauerstoff gefüllt habe, landet seine rechte Hand klatschend auf meiner Pobacke.

Obwohl dieser Schlag definitiv nicht mit voller Kraft ausgeführt wurde, ist der brennende Schmerz heftig. Das war kein sanfter Klaps, kein schüchternes Ausprobieren, sondern ein selbstsicherer Angriff auf meine arme Rückseite.

Ich zucke schreiend nach oben, und obwohl ich mich instinktiv wehre, bin ich froh, dass er mich bestimmend zurück auf den Tisch presst. Um mir einen Teil des Schmerzes zu nehmen, beginnt er meine auslaufende Pussy zu fingern. Ich bin so erregt, dass es nicht mehr lange dauern wird, bis ich von einem erneuten Orgasmus hinfortgerissen werde.

*Ohhhh meinnnn Gottt ...*

Wieder schlägt er zu, dieses Mal öfter und in schneller Reihenfolge.

Ich bäume mich auf, Tränen rinnen mir über das Gesicht und das Gefühl der Hilflosigkeit verstärkt sich um ein Tausendfaches.

Nie habe ich etwas Geileres erlebt – nie hat mich ein Mann etwas Besseres fühlen lassen.

Black spankt mich, fickt mich mit seinen Fingern und reibt immer wieder über meinen brennenden Po.

Mit seinen Füßen schiebt er die meinen noch etwas auseinander, sodass ich weit geöffnet vor ihm liege.

Erneut landet seine Hand gnadenlos auf meinem Hintern. Fester und fester – meine Schreie werden lauter, hallen von den Wänden wider.

Der Rocker lobt mich für meine Tapferkeit, kennt kein Erbarmen und treibt mich weit über meine Grenzen hinaus.

Gerade als ich mir sicher bin, dass ich keinen einzigen Schlag mehr aushalten würde, lässt er von mir ab, packt mich an den Haaren und drückt mich blitzschnell vor sich auf den Boden.

Jetzt befinde ich mich auf den Knien, die Tränen auf meinen Wangen sind noch nicht getrocknet. Geschickt öffnet er seinen Gürtel, schlingt mir diesen um die Handgelenke, fesselt mich und holt sein beeindruckendes Glied aus der Hose.

*Wow ...*

Ich habe schon viele Schwänze gesehen, aber keiner, absolut keiner war so gigantisch wie dieser hier.

Seine Eichel wirkt wie eine dicke Krone, sein Glied ist nach oben gebogen und so lang, dass es mir fast von allein in den Mund springt.

„Du siehst wunderschön aus, Süßarsch. Die Tränen stehen dir."

Dazu sage ich nichts, beuge mich stattdessen einfach vor und lecke den ersten Tropfen von seinem zuckenden Glied. Black belohnt mich mit einem gezischten „Fuck!", gibt mir so den Mut weiterzumachen.

Schwer legt sich seine Hand auf meinen Hinterkopf, bestimmend drückt er mich gegen sich und somit auch tiefer auf sein Glied. Ich schlucke es Zentimeter für Zentimeter, lasse es tief in meinen Rachen gleiten und beginne zu würgen.

Er spürt es, lacht und zwingt mich, ihn bis zur Wurzel in mir aufzunehmen. Jetzt steckt er so unfassbar tief in meiner Kehle, dass ich nicht mehr atmen kann und mir erneut salzige Tropfen aus den Augenwinkeln rinnen.

Mein Hintern brennt dank des Spankings, meine Mitte pocht und sein Gürtel schneidet sich tief in meine Handgelenke, während sein Schwanz so tief in meinem Hals steckt, dass ich wieder und wieder schlucken muss.

Das brave Mädchen in mir schreit verzweifelt, aber mein inneres Miststück schnurrt zufrieden, sieht nach oben und genießt die ersten Auswirkungen des Sauerstoffmangels.

„Du hast die perfekten Blaselippen."

Meinen Kopf noch fester gegen sich pressend, lässt er seine Hüfte vorzucken.

Dick und lang füllt sein Glied nicht nur meinen Mund und meine Kehle, sondern auch meine Gedanken. Krampfend zieht sich meine Lunge zusammen, vor meinen geöffneten Augen tanzen Punkte, ich versuche etwas zurückzuweichen, aber das erlaubt er mir nicht.

Immer mehr Tränen laufen mir über das Gesicht, erwecken den Anschein, dass ich leide, was ich auch tue, dennoch genieße ich jede Sekunde.

Black ist der erste Mann, der es verdient, mich zu unterwerfen.

Er ist groß, mächtig und so verdammt gefährlich, dass seine Dominanz nicht gespielt ist, sie ist ein Teil seines Charakters, ein Teil seiner Persönlichkeit und darum fühlt sie sich auch so gut und richtig an. Ein Feuer wütet in meinem Inneren, ein Teil meines Hirns schaltet sich ab – jetzt ist mein komplettes Sein nur noch aufs Fühlen eingestimmt.

Black bemerkt die Veränderung, die in mir vorgegangen ist.

„Braves Mädchen."

Langsam zieht er sich aus meinem Rachen, seine Augen ruhen auf meinen Lippen.

Ich kann immer noch nicht atmen und obwohl sich mein Körper nach Sauerstoff sehnt, stört es mich nicht mehr.

Ich bin losgelöst, gehöre ganz ihm ...

Langsam beginnt er meinen Mund zu vögeln, er macht das so gut, dass sich die ersten Anzeichen eines dritten Höhepunkts in mir ausbreiten.

Das hatte ich auch noch nie, dass ich komme, während ich einem Kerl einen blase.

Die Krone seines Gliedes reibt an meinem Gaumen entlang, presst sich gegen meine Zunge, bahnt sich ihren Weg tief in mich hinein.

Black knurrt, flucht und stöhnt und gerade, als ich denke, dass er mich seinen Saft schlucken lässt, zieht er sich aus mir heraus.

„Fuck Sweetheart, wenn ich gewusst hätte, wie gut du zu mir passt, hätte ich dich gleich nach meiner Ankunft in Meadville hierhergebracht."

Noch immer vor ihm kniend, sehe ich ihm dabei zu, wie er sich endlich auszieht.

Muskeln – das Erste was ich sehe, sind gewölbte, starke und mit Kraft gefüllte Muskeln. Neben dem Totenkopf an seiner Kehle und der Krone, die er sich auf seinen rechten Handrücken stechen lassen hat, zieren noch viele andere Tattoos seinen Körper.

Auf seiner Brust steht in großen, eckig gestochenen Lettern der Name seines Clubs: *Bloody Kings.*

Drei in einer Reihe angeordnete Sterne ziehen sich an seiner Hüfte nach oben, unter seinem linken Rippenbogen befindet sich eine Linie blutiger Stacheldraht, an dessen Ende eine runde Narbe darauf wartet, von mir entdeckt zu werden.

Sie wirkt wie von einer Schusswunde.

Alles an diesem Rockerpräsidenten ist hart, finster, gnadenlos aber vor allem wunderschön. Ich kann mich kaum an ihm sattsehen ...

Gott hat diesen Biker nicht nur mit einem Sixpack, sondern gleich mit einem Eightpack ausgestattet. Er hat eine schmale Hüfte, einen knackigen Arsch und muskelbepackte Beine.

Black wirkt wie aus Stein gehauen, wie ein Gott, der aus einer griechischen Saga zu uns herabgestiegen ist. Er ist weder ein Froschkönig noch ein Prinz, sondern eine ganz andere Liga Mann, für die es keine passende Bezeichnung gibt.

Männer wie er werden in Märchen nicht erwähnt, denn neben ihnen würden alle Monster, Drachen und bösen Zauberer harmlos und vertrauenerweckend wirken.

Die Tatsache, dass er mehr als eine Waffe und mindestens drei Messer auf seinem Schreibtisch abgelegt hat, ist der beste Beweis dafür, dass dieser Outlaw auf absolut alles vorbereitet ist.

Wenn Warren so dumm ist und sich noch mal mit ihm anlegt, dann Gnade ihm Gott.

Seine warmen Finger umfassen meine Schultern, er hilft mir hoch. Doch anstatt seinen Gürtel von meinen Händen zu lösen, damit ich mich ebenfalls ausziehen kann, nimmt er sich einen der Dolche vom Tisch, und schneidet mein Top kurzerhand auf. Die Klinge ist so scharf, dass sie mühelos zwischen meinen Brüsten hindurchgleitet und sogar meinen neuen Wonderbra killt. *Mist, der war teuer.*

Es ist ein Wunder, dass er meine Haut nicht einritzt.

Vielleicht ist es auch kein Wunder, vielleicht liegt es einfach daran, dass er mit Messern umgehen kann.

Woran das wohl liegt?

Woran er wohl geübt hat?

Wahrscheinlich will ich das besser gar nicht wissen.

Jetzt stehe ich bis auf die Sandalen an meinen Füßen nackt vor ihm, eine dünne Schweißschicht überzieht meinen Nacken, am liebsten würde ich Black um einen Kuss anbetteln, aber das ist gar nicht nötig. Er packt mich an den Haaren, zieht mich an seinen harten Körper und dringt mit seiner Zunge tief in mich ein.

Wild, bestimmend und gnadenlos erobert er meinen Mund, raubt mir nicht nur den Atem, sondern auch den Verstand.

Erst als ich wanke und kraftlos gegen ihn sinke, gibt er meine Lippen nach einem kurzen Biss wieder frei.

Sein raues „Oh verdammt, Mädchen!“, bringt mich zum Kichern.

Und ehrlich, ich habe keine Ahnung, wann ich das letzte Mal wie ein Schulmädchen gekichert habe.

„Du gehörst nur mir, Süßarsch. Zumindest so lange, bis diese Gier endlich weg ist. Wenn dein Ex es wagt, dich anzufassen, flipp ich aus.“

Seine langen Finger streichen durch den Spalt meines Hinterns, treffen auf meine geschwollenen Schamlippen und rammen sich tief in meine Pussy. Ich schreie und spüre, wie sich ein weiterer Orgasmus in mir aufbaut.

Der Druck in meinem Unterleib nimmt zu, wird zu einem heftigen Gewitter, das kurz davor ist, sich zu entladen.

Wieder und wieder rammt er sie in mich, treibt mich bis an die Grenze des Erträglichen.

Ich zittere, gerade als ich denke, dass er mich über die Klippe stößt, entzieht er mir seine Finger, reibt ein paarmal über meine Klit und verpasst mir dann drei heftige Schläge.

Die brennende Lust in Kombination mit dem bittersüßen Schmerz macht mich high.

„Nimm mich, Rocker."

Mein Flehen entlockt ihm ein Knurren, dann legen sich seine großen Hände auf meine Hüfte, er vergräbt seine Finger in meinem Fleisch und reibt mit seiner harten Erektion durch meinen feuchten Schlitz.

„Fick. Mich. Jetzt. Endlich. Verdammt ..."

Sein dunkles Lachen hallt durch meine Nervenbahnen. Plötzlich löst er den Gürtel und gibt meine Hände frei. Es kribbelt heftig, als das Blut wieder zu zirkulieren beginnt.

Dann hebt er mich hoch, zusammen landen wir auf dem Boden. Er auf mir und ich unter ihm. Endlich spüre ich die geschwollene Wulst seiner runden Eichel an meiner Mitte.

„Kondome?"

Er knurrt das Wort, als wäre es ein Fluch.

„Hast du keine?"

Sein Kopfschütteln ist mir Antwort genug.

„Ich schon. In meiner Handtasche."

An seinen Mundwinkeln beginnt ein Lächeln zu zupfen.

„Kluges Mädchen."

Nachdem er mir einen feuchten Kuss auf die Nasenspitze gepinnt hat, springt er auf, schnappt sich meine auf dem Schreibtisch liegende Handtasche und durchwühlt sie.

Ich erkenne den Moment, in dem er meinen Revolver entdeckt. Als er die Hand aus der Tasche nimmt, hält er nicht nur die *Smith & Wesson* in den Fingern, sondern auch die pinken, gerippten Einhornkondome.

„Echt jetzt, Zuckerarsch? Das nenne ich mal eine interessante Kombination."

Eine Augenbraue anhebend, zucke ich nichtssagend mit den Schultern.

„Als Frau zahlt es sich aus, auf alle Eventualitäten vorbereitet zu sein."

Das bringt ihn zum Lachen.

„Du bist echt der Hammer."

„Das nehme ich dann mal als Kompliment."

„Solltest du auch!"

Interessiert mustert er den langläufigen Revolver, klappt routiniert die Trommel auf und stößt einen Pfiff aus, als er feststellt, dass er geladen ist.

„Kannst du mit dem Ding umgehen?"

„Lass mich hier noch lange ungefickt liegen und du findest es heraus."

Schmunzelnd lässt er die goldenen Patronen auf die Tischplatte fallen, sie rollen über das Holz, fallen scheppernd zu Boden.

„Was hast du vor?"

Schweigend kommt er mit dem Kondom *und* mit der Waffe zu mir zurück, kniet sich vor mir auf den Boden.

Die Schmetterlinge in meinem Bauch drehen durch, fliegen Loopings und knallen dann aneinander und sterben. Angespannt beobachte ich, wie er den kalten Stahl des Revolvers über meine Brust gleiten lässt, den Nippel umrundet und dann damit über meinen Bauchnabel streift, bis hinab zu meinem Schamhügel.

Die Waffe ist kalt, lässt mich erschaudern.

Der Lauf der *Smith & Wesson* gleitet über die empfindliche Haut, teilt meine Schamlippen, stupst gegen meine Öffnung, dringt ein winziges Stück in mich ein.

*Oh Hilfe ...*

*Was soll das werden?*

*Was hat er vor?*

Der Stahl fühlt sich verboten an, in meinem Unterleib zucken Blitze.

Die Kälte der Waffe ist der komplette Gegensatz zu der Hitze, die mich innerlich verbrennt. Es ist ambivalent. Einerseits weiß ich, dass das, was er da gerade mit mir macht, falsch ist.

Andererseits fühlt es sich verboten gut an.

Ich hatte schon so einiges in mir, Dildos, Vibratoren, Finger, Zungen, Schwänze. Einer meiner ehemaligen Liebhaber stand auf Gemüsesex, was das bedeutet, könnt ihr euch sicherlich vorstellen.

Aber eine Waffe? *Halleluja ...* Eine Waffe hatte ich noch nie in mir.

Blacks Blick ist auf meine Mitte gerichtet, er beobachtet, wie der Lauf der Pistole in meiner Pussy verschwindet, es muss ein faszinierender Blick sein, denn seine Nasenflügel blähen sich, an seinem eckigen Kiefer beginnt ein Muskel zu zucken.

„Tödlich schön ...“

Tiefer und tiefer dringt der Stahl in mich ein, instinktiv drücke ich mich ihm entgegen, schließe die Augen und genieße das verdorbene Spiel.

Immer mehr Feuchtigkeit tropft aus mir heraus. Blacks raue Finger finden meinen Kitzler, beginnen ihn kreisend zu stimulieren.

Meine Scheidenwände zurren sich um den Revolver herum zusammen, ich beiße mir auf die Lippe, keuche laut.

„Fuck! Was ein Anblick!“

Die Stimme meines Rockers klingt rau und belegt, ich sehe zu ihm, stelle fest, dass sein Schwanz vor Ungeduld zuckt.

Obwohl ich es kaum erwarten kann, ihn endlich in mir zu spüren, will ich noch nicht, dass das Waffenspiel endet.

Dafür ist es viel zu erregend ...

Erst als mein Unterleib zuckt und ich kurz davorstehe, erneut zu den Sternen zu fliegen, zieht er die *Smith & Wesson* aus mir heraus, legt den Revolver beiseite, rollt sich den pinken Gummi über den Ständer und lässt ihn dann ein wenig in mich gleiten.

Im Gegensatz zu der Waffe ist sein Glied heiß und geladen.

Er zieht sich wieder zurück, nur um sich dann einen Atemzug später wieder mit der Spitze in mich zu schieben.

Verzweifelt drücke ich ihm meine Fersen in den Rücken.

Ich bin so erregt, dass es schmerzt ...

Black kennt keine Gnade, er lässt mich zappeln, foltert mich mit meiner eigenen Lust und genießt es, mich zu dominieren.

Unsere Blicke treffen sich, verschmelzen – dann rammt er sich mit einem heftigen Stoß bis zum Anschlag in mich. Seine dicken Hoden klatschen gegen meinen Damm, es fühlt sich so an, als ob er mich innerlich zerrissen hätte.

*Himmel!* Dieser Schwanz ist soooo groß.

Meine Muschi kämpft, krampft und brennt, als wäre sie gerissen. Durch seine harte Inbesitznahme gerät mein Herz aus dem Takt.

Black hat sich in mich gebohrt, mich gepfählt und denkt nicht mal daran, sich wieder rauszuziehen.

Schluchzend vergehe ich vor Qual und Lust.

Das harte Laminat unter meinem Rücken nehme ich kaum noch wahr.

Stöhnend drücke ich mich fester auf seinen Schwanz und spüre, wie sich der Schmerz in ein heftiges Prickeln verwandelt.

„Jetzt bist du mein."

Nicht fähig zu sprechen, erwidere ich einfach nur seinen Blick und ertrinke in den dämonisch dunklen Tiefen.

Endlich beginnt er sich zu bewegen, schenkt mir die befriedigende Reibung, die ich so dringend brauche. Der tiefe Rhythmus, in den er verfällt, ist schnell und gut und es vergeht keine Minute bis ich von einem heftigen Orgasmus hinfortgetragen werde.

Vor meinen Augen zucken grelle Blitze – der Rocker braucht keine Pause, er macht weiter – weiter und weiter.

Black beißt die Zähne fest aufeinander, sein Gesicht wird zu einer Fratze der Lust. Erneut vergräbt er seine Faust in meinen Haaren und tackert seinen Mund auf den meinen. Bis zum letzten Millimeter ausgefüllt, mit durchgebogenem Rücken, zitternden Knien und rasendem Puls, muss ich darum kämpfen bei Bewusstsein zu bleiben.

Wieder rammt er sich kraftvoll in mich, wieder fühlt es sich so an, als würde er mich zerreißen. Die königlich dicke Spitze seines Gliedes stupst gegen meine Gebärmutter, der dekadente Schmerz, der in meinem Inneren entsteht, lässt mich erneut schreiend kommen.

Das war dann Höhepunkt Nummer?

*Shit!* Ich habe den Überblick verloren.

Black hat nicht gelogen, als er behauptet hat, dass multiple Orgasmen sein Spezialgebiet sind.

*Einfach nur verdammt unglaublich!*

Der Biker hat dafür gesorgt, dass ich mich in ein verschwitztes, kraftloses Hormonbündel verwandelt habe. Es fühlt sich so an, als hätte ich keinen einzigen Knochen mehr im Leib.

Gerade als ich mit dem Gedanken spiele, ihn um Gnade anzuflehen, spüre ich, wie sich die Muskeln in seinen Oberschenkeln anspannen, dann wird sein Rhythmus noch etwas heftiger. Er brüllt laut, während er seinen Samen Schub für Schub in die dünne Latexmembran pumpt, die unsere Körper voneinander trennt.

Blacks Orgasmus scheint eine Ewigkeit zu dauern, als er sich dann irgendwann aus mir zurückzieht und mich loslässt, bleibe ich reglos und völlig verdreht auf dem Boden liegen und versuche, etwas Sauerstoff in meine Lungenflügel zu bekommen.

*Oh – Hilfe – war – das – geil!*

Das war gut, jedoch auch grenzwertig. Sehr grenzwertig.

Er hat mich mit meiner eigenen Waffe gefickt.

Was ist verrückter?

Dass ich das zugelassen oder dass ich es auch noch genossen habe?
Keine Ahnung ...
„Alles okay bei dir, Waffenmädchen?“
Wenn ich das nur wüsste.
„Ist es pervers, dass ich das wieder will?“
Er bleckt die Zähne, grinst und legt den Kopf schief.
„Nein gar nicht. Ich will dich wieder, das nächste Mal mit meinem Schwanz in deinem Arsch und der Waffe in deiner Pussy.“
Die Bilder, die seine Worte in meinem Hirn aufploppen lassen, sind erotisch, düster und werden hoffentlich bald Realität.
In meinem Leben habe ich schon viel erlebt, sehr viel, aber das eben hat alles getoppt. Dieser Sex und dieser Rockerpräsident sind mit nichts zu vergleichen – mit absolut nichts!
Zufrieden grinsend lässt er sich mit einem Brummen neben mir auf den Boden sinken, einen Arm bettet er unter seinem Hinterkopf, mit dem anderen zieht er mich zu sich heran.
Also eines ist sicher, nach dieser Nummer hier habe ich definitiv keine Lust mehr, Frösche zu küssen oder an Feen zu glauben.
Traumprinzen sind was für kleine Mädchen, ich will den großen, bösen Rockerpräsidenten mit den Tattoos, dem Leder und dem göttlichsten Schwanz dieses Planeten.
Black hat mich mit seiner gefährlichen Rockerromantik angefixt. Ich fühle mich, als würde Schießpulver durch meine Venen rauschen und als würde ich in Flammen stehen.
*50 Shades of Black ...*
Einen dieser Schatten habe ich heute schon zu spüren bekommen.
Dieser Biker ist der König aller Bad Boys und ich bin in dieser Nacht sein Mädchen ...

Die restliche Nacht verlief genau, wie sie begonnen hatte, mit Lustschmerz, bissigen Küssen, heißen Händen und einem verboten guten Schwanz.
Black hat seine Androhung wahr gemacht, wir hatten Sex auf alle Arten, die man sich nur vorstellen kann.
Auch Analsex und hujujujuj, der war der Hammer.
Warren kann einpacken, jetzt wo ich weiß, wie es sein kann, erkenne ich erst, wie schlecht es mit meinem Ex war.
Ich weiß nicht wann genau, aber irgendwann hat Black mich hoch in seine Wohnung getragen, die sich im zweiten Stock der alten Tuchfabrik befindet, und wir sind eng umschlungen auf die weichen Decken gefallen. Im Vergleich zu dem harten Boden bin ich mir in

dem Bett vorgekommen wie im siebten Himmel. Weit nach Mitternacht, es war wohl eher vor dem Morgengrauen, haben wir uns über die Kirschtorte hergemacht.

Erst als die Sonne längst aufgegangen war und den Himmel in den schönsten Orangetönen eingefärbt hat, bin ich wund, erschöpft und müde über die Straße zurück zu mir gerannt.

Da Black mein Top zerschnitten hatte, trug ich dabei einen seiner Pullover, er ging mir bis weit über die Knie, sodass von meinen Hotpants nichts zu sehen war. Mit den Sandalen in der Hand, dem Bissabdruck am Hals und einer völlig zerstörten Frisur habe ich mich wie ein Teenager nach Hause geschlichen. Und obwohl ich wirklich darauf geachtet habe, von niemandem gesehen zu werden, hat das nicht funktioniert.

Warrens Chevrolet stand wie üblich vor dem *Mia's*, das Schicksal fand das bestimmt sehr witzig.

Wir haben nur einen Blick gewechselt, er hat sofort gewusst, was los war und wo ich hergekommen bin. Dann hat er Gas gegeben und ist mit quietschenden Reifen um die nächste Kurve gerast.

Schon verrückt. Ich bin sechsundzwanzig und das war die beste Nacht meines Lebens.

Daran können auch mein wütender Ex und die Tatsache, dass mein Hintern wie Feuer brennt, nichts mehr ändern.

## 7. Kapitel

### Ein Killer, der seine romantische Seite entdeckt – oder auch nicht.

Die kommenden Tage werden anstrengend.

Ein neues Chapter zu gründen, bedeutet harte Arbeit, Blut, Schweiß und Tränen. Jedoch nicht meine Tränen, sondern die der Wichser, die sich uns voller Absicht in den Weg stellen und versuchen, unsere Pläne zu durchkreuzen.

Mein Kaffeekonsum hat sich verzehnfacht und ich habe so viele Cupcakes gegessen, dass es ein Wunder ist, dass ich nicht längst an Diabetes erkrankt bin.

Woran das liegt? Ganz einfach, an dem Süßarsch, der es geschafft hat, mir in nur einer einzigen Nacht den Kopf zu verdrehen.

Die Zicke von Gegenüber hat sich als verflucht scharfe Braut herausgestellt.

Die letzten Nächte habe ich nicht nur mit, sondern hauptsächlich in ihr verbracht und was soll ich sagen?

Ich habe noch lange nicht genug ...

Diese Frau ist süß wie die vielen Kuchen, die sie verkauft, ihr Arsch passt perfekt zu meiner Hand und der Klang ihrer gepeinigten und zugleich lustvollen Schreie will mir einfach nicht mehr aus dem Kopf gehen.

Ich wusste, dass man alkoholabhängig oder spielsüchtig sein kann, aber mir war nicht klar, dass es möglich ist, von einer Frau angefixt zu werden.

Mia ist mein Koks, sie ist wie Ecstasy, wie ein verdammter Schuss, der meine Sinne berauscht und mich high macht.

Egal womit ich auch beschäftigt bin, ein Teil meines Hirns ist immer bei dem Mädchen, das es genossen hat, dass ich es mit seiner eigenen Waffe gefickt habe.

Ist das zu fassen?

Keine Ahnung was mich geritten hat, so weit zu gehen, aber es war geil und ich werde es wieder tun. Mia und ich haben in unserer ersten Nacht die Grenzen überschritten und seitdem nicht mehr zu ihnen zurückgefunden. Wir eskalieren Nacht für Nacht und ich will nicht, dass es jemals wieder endet.

Endlich kann ich verstehen, warum sich dieser Warren einfach nicht damit abfinden kann, die Frau verloren zu haben. Sie ist einzigartig – sie ist der Hammer!

Selbst jetzt, wo ich eigentlich konzentriert sein sollte, ist mein Verstand nicht bei der Sache. Wieder und wieder ploppt das Bild auf, das sich gleich einem Tattoo für immer in meinem Schädel eingebrannt hat. Mias enge geschwollene Pussy, rosa und feucht, und mitten drinnen der silberne Lauf der *Smith & Wesson.*

Ich schlucke hart, mein Schwanz zuckt und Knife verpasst mir einen harten Schlag in die Magengrube.

„Fuck, Präs. Was ist nur los mit dir?"

Dank seines Hiebs löst sich das Bild von der mit dem Revolver gefüllten Muschi in Luft auf.

Wütend sehe ich zu meinem Sergeant at Arms, kämpfe gegen den Schmerz, den sein Punch ausgelöst hat, an.

„Bist du irre?"

Ungläubig runzelt er die Stirn.

„Das fragst du mich? Du bist doch derjenige, der überhaupt nicht bei der Sache ist."

Am liebsten würde ich ihm die Zähne ausschlagen, einzig der Umstand, dass er recht hat, hält mich davon ab.

„Kannst du mir da etwa einen Vorwurf machen?"

Knife grinst blöd und schüttelt dann den Kopf.

„Nein. Die Kleine ist süß, süß und sexy in perfekter Kombination. Aber jetzt ist Arbeit. Also reiß dich zusammen, Präsident."

Ein gezischtes „Fuck!" später, konzentriere ich mich wieder auf die vier vor mir knienden Rumänen, die versucht haben, den Club anzugreifen. Einzig Dogs Aufmerksamkeit haben wir es zu verdanken, dass es die Bastarde nicht geschafft haben, den Sprengstoff am Clubhaus anzubringen. Die vier hatten so viel TNT dabei, damit hätten sie halb Meadville in die Hölle befördert. Meadville und Mia, besonders Letzteres lässt das Blut in meinen Adern gefrieren.

Keine Ahnung woher der Drang kommt, diese Frau beschützen zu wollen, aber er ist da und er fühlt sich gut an und mehr muss ich nicht wissen.

Mia gehört mir. Sie ist klug genug, das zu akzeptieren und ich nicht mutig genug, das genauer zu hinterfragen. Ich weiß nicht, worauf das mit ihr und mir hinausläuft, aber das ist auch gar nicht nötig.

*Fuck ... Bullshit ... Fuck!*

Wieder sind meine Gedanken zu dem Mädchen abgedriftet und wieder konnte ich es nicht verhindern.

*Sie ist meine verdammte Sucht.*

Im Grunde genommen ist die Scheiße hier ganz einfach.

Die Rumänen werden sterben.

Ihr Tod wird schnell gehen, wenn sie kooperieren, und lang dauern, wenn sie weiterhin schweigen.

Hinrichtungen sind etwas, auf das ich mich nicht konzentrieren muss, sie sind, seit ich vor zwanzig Jahren mein Leder angezogen habe, zur Routine geworden.

Genervt zünde ich mir eine Kippe an, ziehe den Rauch auf Lunge und blase ihn dann Richtung Zimmerdecke.

„Bringen wir es hinter uns. Ich stelle Fragen, erhalte ich die falschen Antworten, schieße ich auf nicht überlebenswichtige Stellen. Ihr werdet schreien, bluten und leiden. Erhalte ich die richtigen Antworten, verpasse ich euch nur eine Kugel, direkt zwischen die Augen. Es wird schnell gehen, ihr fahrt in die Hölle und ich kann zurück zu meinem Mädchen. Also ...“ Mehr oder weniger motiviert, reibe ich mir die Hände. „... fangen wir an.“

Knife nickt zufrieden. Freut mich, wenn ich meinen Sergeant glücklich machen konnte.

Ich beginne bei Rumäne Nummer eins. Er sitzt ganz links, ihm fehlen drei Finger und ein langer Schnitt zieht sich über seine Stirn.

Knife trägt nicht umsonst seinen Namen ...

„Wo habt ihr den Sprengstoff her und wer hat euch den Auftrag gegeben.“

Die Rumänen sind am besten mit Kakerlaken zu vergleichen, sie befinden sich ganz unten in der Hierarchie der Gangs und Clubs. Ihre Handlungen haben nichts mit Eigeninitiative zu tun.

Sie tun, was jemand anderes befiehlt, sie handeln, weil sie jemand bezahlt, sie haben keine eigenen Ziele und keine Pläne – sie sind Söldner in einem Krieg, den sie nicht gewinnen können.

Rumäne Nummer eins beschließt zu schweigen. Auch okay.

Ohne das Geringste zu empfinden, ziehe ich meine Waffe, löse die Sicherung und betätige den Abzug.

Es knallt, es hallt, es spritzt und dann ist es vorbei.

Entschuldigend sehe ich zu meinem Sergeant.

„Shit vergessen, so war das nicht geplant ... Na ja. Tot ist tot, ab jetzt konzentriere ich mich darauf, nicht direkt auf den Kopf zu zielen. Versprochen.“

Lachend verdreht er die Augen.

„Du bist echt nicht konzentriert, Bro.“

Ich weiß, dass er recht hat, aber verdammt. Er hat ja auch keine Ahnung, wie geil es ist, eine Frau mit einem Revolver zu ficken.

Wenn er wüsste, wie das ist, würde er verstehen, wieso ich es etwas eilig habe. Heute Nacht werde ich mich bis zum Anschlag in den Hintern meines Süßarschs rammen, während der Revolver bis zum Anschlag in ihrer Pussy steckt.

Mia behauptet immer, ich hätte 50 verschiedene Facetten wie dieser Grey, vielleicht hat sie recht.

Aber Fuck! Er war grau und ich bin schwarz, und das bedeutet, ich bin viel dunkler und gefährlicher als er ...

„Kommen wir zu Arschloch Nummer zwei."

Mit vor Panik weit aufgerissenen Augen starrt mich der Typ an, endlich hat er erkannt, dass ich es absolut ernst meine.

Sehr schön. Das vereinfacht die Sache und spart uns Zeit.

„Du hast die Frage gehört. Gibst du mir die Antworten?"

Entsetzt schüttelt er den Kopf. Mir fällt auf, dass er noch alle Finger hat, Knife scheint sein Messer noch nicht an ihm gewetzt zu haben.

„Scheiße, wenn ich es sage, bringen die meine Familie um."

Aye, ich sehe ein, dass das Scheiße ist.

„Das heißt, du schweigst?"

Er nickt, ich schieße ihm ins Bein. Sein Schrei ist laut und nervt mich. Also jage ich ihm die nächste Kugel in den Kopf. Zack ist Ruhe.

Knife grunzt unzufrieden.

„So funktionieren Verhöre nicht, Black."

„Mag sein, aber so funktioniere ich."

Wir liefern uns ein Blickduell, ich gewinne es und konzentriere mich auf Rumäne Nummer drei.

„Wie sieht es bei dir aus? Lieferst du mir die Antworten?"

Das demonstrative Schweigen, das mir entgegenschlägt, ist ein schlechtes Zeichen und verrät mir mehr, als es Worte könnten.

So eine Angst erzeugt nur ein mächtiger Auftraggeber.

Es gibt nicht viel, was für einen Mann schlimmer ist als der Tod.

Fluchend verpasse ich ihm in jedes Knie eine Kugel, zähle stumm bis zehn und blase ihm dann endgültig die Lichter aus.

Jetzt ist nur noch ein Rumäne übrig – das ging schneller als gedacht.

„Was ist mit dir?"

Um mir zu zeigen was er von mir hält, spuckt er mir auf die Stiefel, instinktiv verpasse ich ihm einen harten Tritt, er kippt nach hinten, ich knalle ihn ab.

Stille. Bis auf Knifes und meine Atemzüge ist nichts zu hören.

„Das nächste Verhör übernehme ich."

„Fällt eh in dein Aufgabengebiet."

Ungläubig verdreht er die Augen.

„Du bist echt unglaublich, Bro."
Gut zu wissen.
„Weißt du, wo man hier in der Nähe rosa Zuckerwatte herbekommt?"
Sein irritierter Gesichtsausdruck verrät mir, dass er mit *dieser* Frage offensichtlich nicht gerechnet hat.
„Du willst was?"
„Rosa Zuckerwatte."
„Bist du jetzt völlig übergeschnappt, Alter?"
Ich schüttle den Kopf.
„Nein, ich muss nur eine Schuld begleichen."
„Was für eine Schuld?"
„Geht dich nichts an. Also was ist jetzt? Hast du eine Ahnung, wo ich so ein Zeug herbekomme?"
Er betrachtet die Leichen, es stinkt nach Blut, Urin und Tod.
„Nein sorry. Wusste nicht mal, dass es die in Rosa gibt."
Da geht es ihm wie mir.
Ohne Eile rauche ich meine Kippe fertig, schnippe den Stummel dann auf Rumänen Nummer eins und ziehe mein Handy aus der Tasche.
Dog geht nach dem ersten Freizeichen ran.
„Wo steckst du, Prospect?"
Er erzählt mir irgendetwas über einen Baumarkt, ich höre ihm nur mit halbem Ohr zu.
„Wenn du da fertig bist, komm zum Club. Im Keller warten vier Leichen darauf, beseitigt zu werden."
Seine Antwort warte ich nicht ab, sondern beende einfach das Gespräch und schiebe das Handy zurück in die Hosentasche.
Knife mustert mich amüsiert. Er soll sich ins Knie ficken.
„Ich muss los."
Er nickt wissend.
„Aye, Zuckerwatte besorgen."
„So sieht es aus."
Erst besorge ich das rosa Zeug, dann fahre ich zu meinem Mädchen und dann ... fuck yeah! Dann ficke ich es – wieder und wieder – weil es einfach nichts Besseres auf der Welt gibt, als bis zu den Eiern in dieser Frau zu sein.
Das Aspirin habe ich ihr gleich am nächsten Tag vorbeigebracht, das spricht für den Romantiker in mir, oder für den Egoisten.
Egal, vielleicht bin ich ja auch romantisch, egoistisch sadistisch veranlagt.

Denn je schneller Mia über den Schmerz hinweg ist, je schneller kann ich ihr erneut den Arsch versohlen. Bis auf die Zuckerwatte habe ich meine Schuld schon komplett beglichen. Von dem Rotwein habe ich gleich einen ganzen Karton gekauft.

Es kann nicht schaden, wenn Mia weiß, dass ich bereit bin, in Vorkasse zu gehen. Ich würde alles tun was diese Frau von mir verlangt – sie hat mich an den Eiern. Und das ist okay.

Hauptsache, sie überlässt mir ihren kleinen, kurvenreichen Körper tabulos.

Ich will kein *‚Nein‘* hören kein *‚Hör auf das ist zu viel‘* und kein *‚Stopp‘*.

Ich will, dass sie sich mir schenkt – ich will, dass sie leidet und weint, nur um mich zu befriedigen.

Zwei Stunden und so ziemlich alle Geschäfte von Meadville später weiß ich, dass es in dieser Stadt einfach keine rosa Zuckerwatte gibt.

Wer hätte gedacht, dass es bedeutend leichter ist, einen vierfachen Mord in fünf Minuten zu begehen als so ein blödes, klebriges Zeug zu besorgen?

Doch der Aufwand war nicht umsonst.

In dem kleinen Geschäft, in dem sich auch die Post befindet, habe ich erfahren, dass nächsten Monat eine Art Volksfest in Meadville stattfindet und das es da tatsächlich bunte Zuckerwatte geben wird. Welch eine Erleichterung ...

So etwas wie eine Beziehung habe ich noch nie geführt.

Wieso auch, es gab keine Frau, die mich ausreichend interessiert hätte und fürs Ficken reichen Nutten. Bei Mia ist das anders.

In der letzten Woche musste ich feststellen, dass mir dieses Mädchen alles, nur nicht egal ist.

Ich habe keine Ahnung, wo das mit uns hinführt, aber ich bin zu allem bereit und da ich nicht vorhabe, ihren Zuckerarsch so schnell wieder freizugeben, werde ich sie nächsten Monat einfach auf das Volksfest einladen. Ich werde meine Schuld begleichen, am Schießstand einen übergroßen Teddybären für sie gewinnen und dafür sorgen, dass mein Mädchen glücklich ist.

Denn es gibt nur eine Sache, die ich genauso gerne höre wie ihre gepeinigten Schreie, und das ist ihr Lachen.

## 8. Kapitel

## Ein Mädchen mit Herzrasen, Hoffnungen und einem Rockerpräsidenten

Es ist Nachmittag, die Sonne scheint, der Duft der weißen Gelbholzblüten hängt in der Luft. Die Tische draußen im Hof sind alle voll, offensichtlich gewöhnen sich die Menschen aus Meadville langsam daran, dass sich die *Bloody Kings* bei uns niedergelassen haben. Mir geht es genauso.

Obwohl der Club nachts alles andere als leise ist, stört mich der Lärm nicht mehr und ich würde garantiert nicht mehr auf die Idee kommen, Hank anzurufen, damit er bei meinen neuen Nachbarn nach dem Rechten sieht, was zum einen daran liegt, dass ich so gut wie alle Nächte bei den Rockern verbringe und zum anderen daran, dass guter Sex einfach entspannt. Was bedeutet, dass ich dank Black wohl gerade die entspannteste Frau auf diesem Planeten sein muss.

Das, was dieser Rocker mit mir anstellt, würde sogar Mr. Christian Grey erröten lassen. Bisher dachte ich immer, dass 50 Shades of Grey heiß ist, aber verdammt, der Rockerpräsident hat mich eines Besseren belehrt und mir gezeigt, dass 50 Shades of Black um Welten düsterer und heißer ist.

Ich bin glücklich ... Ehrlich ...

Wir haben Ende August und zwischen dem Biker und mir läuft es gut.

Der Februar ist noch weit entfernt, was bedeutet, dass uns noch etwas gemeinsame Zeit bleibt, bis der Valentinstag-Fluch wieder zuschlägt und mir das Herz bricht.

Wobei, in Warrens Fall sollte ich dem Fluch wohl eher dankbar sein.

Mein Ex beobachtet mich immer noch hin und wieder, allerdings steigt er nicht mehr aus seinem Wagen aus, sondern macht es aus der Ferne, er hält sich an den von Black geforderten Abstand.

Was auch sein Glück sein wird.

Dieser Kerl hat so einen an der Klatsche, dass ich mich echt frage, wie ich mich überhaupt jemals in ihn verlieben konnte?!

Das unverkennbare Geboller einer Harley wird laut, sofort schnellt mein Puls in die Höhe und mein Blick huscht, genau wie der meiner Gäste, die Straße entlang.

Black rast auf uns zu, stoppt direkt vor dem *Mia's* und zieht sich den Helm vom Kopf.

Allein diese so typische Geste reicht aus, um mich mal wieder feucht werden zu lassen.

Dunkle, abgewetzte Jeans, feste Stiefel, ein kurzärmliges T-Shirt und natürlich seine Kutte. Obwohl ich keine einzige Waffe sehen kann, weiß ich, dass er mindestens drei davon bei sich trägt.

Eine in dem Holster unter seinem Leder, eine am Knöchel und die silberne Beretta hinten in seinem Hosenbund.

Wie üblich trägt er die schwarze Lederscheide an seinem Oberschenkel, darin steckt ein langer Dolch, genauer gesagt der Dolch, der meinen wunderschönen neuen Wonderbra auf dem Gewissen hat.
Lässig steigt er von seinem Bike, setzt den Helm auf dem Sozius ab und streift sich mit den Händen durch die verstrubbelten rabenschwarzen Haare, ehe er sich eine Kippe anzündet und auf mich zugeht, ohne die anderen Leute auch nur eines Blickes zu würdigen.

Die Gerüchteküche kocht, und indem Black mir seinen muskulösen Arm um die Taille schlingt, mich anhebt und anschließend stürmisch küsst, gießt er gleich noch etwas mehr Öl ins Feuer.
Aber das stört mich nicht, sollen sie sich doch das Maul zerreißen. Das hier ist mein Leben und ich kann es verbringen, mit wem ich will ...

„Hey Süßarsch."

Meine frisch geküssten Lippen zucken.

Black und seine Ponamen.

„Hey Rocker."

Er zwinkert mir frech zu, stellt mich dann wieder ab und raucht seine Zigarette fertig.

Meine Augen gleiten über ihn, ich entdecke ein paar rostbraune Flecken auf seiner Kutte.

„Ist das Blut oder Dreck?"

Den Rauch durch die Nase entweichen lassend, sieht er mich mit einer hochgezogenen Braue an und schnippt die Kippe Richtung Straße.

„Wie war das noch mal mit den Fragen und den Antworten?"

„Schon kapiert." *Es ist Blut ...*

Ich erschaudere und kann nicht fassen, dass ich diese ganze Böse-Biker-Scheiße einfach so akzeptiere, ohne auszuflippen.

„Hast du Hunger?"

Black gibt ein zustimmendes Brummen von sich.

„Immer, kennst mich doch."

Oh ja, allerdings und darum habe ich eine Sache auch ziemlich schnell gelernt: Rocker frühstücken nicht.

Sie sind so ziemlich die ganze Nacht wach. Feiern, vögeln, trinken und essen. An manchen Tagen gehen sie genau zu der Uhrzeit, an der sich die restliche Welt ihre Brötchen schmiert, ins Bett, oder aber sie steigen direkt auf ihre Harleys, um irgendwelche Clubangelegenheiten zu erledigen.

Frühstücken habe ich noch keinen der *Bloody Kings* gesehen.

Was vielleicht auch mit ein Grund dafür ist, dass sie mehrmals am Tag im *Mia's* auftauchen und sich literweise Kaffee, Cupcakes und Kuchen holen.

Die Zeiten, in denen ich den doppelten Preis von den Bikern verlangt habe, sind längst vorbei. Warum?

Ganz einfach, weil ich erkannt habe, dass es besser ist, diese Kuttenträger zum Freund und nicht zum Feind zu haben ...

Außerdem habe ich jeden der Rocker in den letzten Tagen lieb gewonnen. Jeden, sogar Seven und den unhöflichen Prospect mit dem riesigen Hund.

Die Dogge ist genau wie die Männer scharf auf Naschkram, also habe ich mit ihr einen Deal geschlossen. Solange ich sie heimlich mit Donuts versorge, darf sie mich nicht beißen ... Mal sehen, wie lange sich dieses Monster an unsere Vereinbarung hält.

„Wir müssen was besprechen."

Wie selbstverständlich folgt Black mir hinter die Verkaufstheke, lehnt sich dann an den Tresen und schnappt sich einen rosanen Cupcake mit Erdbeersahne-Topping aus der Kuchenauslage.

„Worüber."

Ich mache mich daran, ihm einen frischen Cappuccino aus der Maschine zu lassen.

„Über die Zuckerwatte."

Überrascht drehe ich mich wieder zu ihm um.

Damals in unserer ersten Nacht als ich Rotwein, Aspirin und Zuckerwatte von ihm wollte, habe ich das mehr im Scherz gesagt, aber Black hat es ernst genommen. Den Wein und das Aspirin habe ich längst bekommen und gerade die Schmerztabletten waren so was von nötig. Mein armer Po hat kaum Zeit, sich zu erholen ...

„Was ist mit der Zuckerwatte?"

Schnaubend verschränkt er die Arme vor der Brust, was die Muskelstränge dazu bringt hervorzutreten, was wiederum die Schmetterlinge in meinem Bauch zum Leben erweckt.

*Himmel hilf ...*

Wann immer Black in meinem Café steht, kommt es mir plötzlich viel zu klein vor. Mit seiner dunklen Präsenz und all seiner Kraft füllt der Rockerpräsident mühelos den kompletten Raum aus.

Die Tatsache, dass ich Nacht für Nacht in diesen starken Armen liege und von all seiner Kraft umgeben bin, ist noch immer unglaublich für mich. Ich komme mir ein bisschen vor wie in einem Märchen – einem versauten, aus Waffensex und Spankings bestehendem Rockermärchen.

„Es gibt hier keine!“

Seine geknurrten Worte reißen mich aus meinen Tagträumen.

„Wie bitte, was?“

Black schüttelt den Kopf und sieht mich amüsiert an.

„Oh Püppchen, denkst du etwa schon wieder ans Ficken?“

*Uuupppssss erwischt ...*

Ich kann regelrecht spüren, wie ich rot anlaufe.

„Nein. Wie kommst du denn darauf?“

Er packt mich, zieht mich an seinen harten Körper und umfasst bestimmend mein Kinn.

„Das kann ich dir an der Nasenspitze ansehen, Sweetheart.“

Gut zu wissen, das werde ich mir merken müssen.

Es ist nicht hilfreich, wenn dieser Outlaw mühelos erkennen kann, was in meinem Kopf so vor sich geht.

Als Mädchen ist es wichtig, seine Geheimnisse zu bewahren.

Zufrieden lasse ich mich an ihn sinken. Die Menschen draußen an den Tischen, der Cappuccino – die Welt – alles um mich herum gerät in Vergessenheit. Alles was in diesem Moment noch von Bedeutung für mich ist, ist Black, und der unverkennbare Duft, den er ausstrahlt: ein Hauch von Minze, Leder, Mann und Waffenöl.

„Zurück zur Zuckerwatte. Ich habe erfahren, dass nächsten Monat ein Volksfest in Meadville stattfindet auf dem es dieses süße, bunte Zeug auch gibt. Also werde ich dich dorthin einladen.“

In der ersten Sekunde bin ich mir sicher, dass ich mich verhört haben muss. Ich meine, verdammt ... Er hat nächsten Monat gesagt, das ist das erste Mal, dass wir über so etwas wie eine Zeitangabe sprechen.

Entschlossen mir meine Freude nicht anmerken zu lassen, stelle ich mich auf die Zehenspitzen und sehe zu ihm nach oben.

„Und du meinst, dass wir nächsten Monat noch zusammen sind?“

Bei dem *zusammen* gerät mein Herz aus dem Takt, denn in Wirklichkeit habe ich keine Ahnung, was wir sind.

Zusammen?

Nicht zusammen?

Nur zusammen im Bett?
*Scheiße! Hilfe!*
Black scheint ganz genau zu wissen, was in mir vorgeht, seine Lippen verziehen sich zu einem Killerlächeln, selbst der Totenkopf an seiner Kehle scheint plötzlich zu schmunzeln.
„Yeah, das denke ich! Du und ich das passt gut. Sehr gut. Ich will dich! Allein bei der Vorstellung, dich mit einem anderen Kerl teilen zu müssen, will ich meine Knarre ziehen, aber nicht, um damit deine nimmersatte Pussy zu füllen, sondern um dem Bastard, der dich mir wegnehmen will, ein Loch in den Schädel zu ballern."
*Oh Wow!*
*Doppel Wow!*
Das nenne ich mal eine Ansage.
Der Teil mit der Knarre hat dafür gesorgt, dass mein Slip feucht geworden ist, ob er mir das auch an der Nasenspitze ablesen kann?
Hoffnung breitet sich in mir aus, das hier kann der Anfang von etwas verdammt Gutem werden.
Black und ich sind viel zu erfahren, um über so etwas wie Liebe oder Gefühle zu sprechen, dafür ist das zwischen uns einfach noch viel zu frisch.
Wir haben Spaß zusammen, unser Sex ist bombastisch und mein Arsch kann es trotz der Schmerzen kaum erwarten, erneut seine Hand zu spüren zu bekommen.
Dieser Rocker ist genau zehn Jahre älter als ich, er weiß wie das Leben läuft und er hat sich trotzdem die Mühe gemacht, ganz Meadville nach rosa Zuckerwatte abzusuchen.
Also wenn das kein gutes Zeichen ist, na dann weiß ich auch nicht.
Groß und besitzergreifend umfasst er meinen Po, knetet das empfindliche Fleisch und grinst zufrieden, als ich gepeinigt zusammenzucke.
„Bist du wund?"
„Und wie."
Er nickt.
„Sehr schön. Die Vorstellung, dass du mich den ganzen Tag spürst, obwohl ich nicht mal in deiner Nähe bin, gefällt mir."
Mir auch, aber das werde ich ihm bestimmt nicht verraten.
Sein Blick zuckt zu dem violetten Bissmal an meinem Hals, das er in unserer ersten Nacht begonnen und seitdem immer weiter vergrößert hat.
Wir küssen uns, ein Hauch Melancholie nimmt von mir Besitz.

„Wir haben Zeit bis zum 14. Februar, dann wird das mit uns beiden wahrscheinlich enden."

Seine schwarzen Iriden blitzen wütend auf.

„Was redest du da, Mädchen?"

Leise mache ich mich daran, es dem Rocker zu erklären.

„Ich bin verflucht. Egal mit wem ich zusammen bin, und egal wie es läuft, am Valentinstag gehen immer alle meine Beziehungen in die Brüche."

Die Wut verraucht, zurück bleibt pure Belustigung.

„Oh Mia, du glaubst an Flüche und Beziehungen?"

Ich nicke.

„Tut das nicht jeder?"

Nachsichtig schüttelt er den Kopf und pinnt mir einen sanften Kuss auf die Stirn.

„Also, da das zwischen uns beiden noch recht frisch ist, klär ich dich jetzt schnell mal auf. Wir *Bloody Kings* fallen nicht in Gottes Aufgabengebiet und stehen weit über dem Teufel. So etwas wie Flüche haben bei uns keine Chance, sie prallen an unseren Kutten ab wie Regentropfen. Und Beziehungen?"

Black flucht und lacht und küsst mich erneut auf die Stirn.

„Wir Outlaws führen keine Beziehungen. Entweder wir wollen eine Frau oder wir wollen sie nicht. Wenn ich mich dazu entscheide, dich zu behalten, dann wirst du meine Lady und nicht meine Freundin. Und dann zerbricht gar nichts mehr ... Nichts! Denn unsere Old Ladys geben wir nie wieder her! Sie werden zu unserem Eigentum und gehören uns bis zum letzten Atemzug."

*Halleluja!*

Das klingt zum einen heftig und zum anderen herzzerreißend schön.

Für manche Mädchen mag das eine zu krasse Ansage gewesen sein, für mich hingegen, wo ich doch eine Schwäche für Bad Boys habe, klingt es perfekt.

„Das heißt, wir werden zusammen Zuckerwatte essen?"

Er nickt.

„Und ich werde dich in diesem Fotoautomaten ficken, die es immer auf diesen Festen gibt, dafür sorgen, dass du mir im Riesenrad einen bläst und dich so verdammt glücklich machen, dass du diesen albernen Fluch total vergessen wirst."

Klingt perfekt.

Ich habe Herzrasen, Hoffnungen und einen Rockerpräsidenten und ganz ehrlich?

Was will ich denn noch mehr?

Nichts. Absolut nichts ... Ich bin happy! Und ganz genau darum werde ich diese Story hiermit enden lassen.

Wenn ihr wissen wollt, wie es mit den *Bloody Kings* weitergeht, dann freut euch auf die nächste Geschichte. Dass es eine geben wird, ist klar, denn da gibt es meine beste Freundin Claire und ich bin fest entschlossen, ihr ebenfalls ein Stück Rockerglück zu verschaffen.

Macht es gut ihr Lieben und denkt daran, das Leben ist nur schön mit ausreichend Rotwein, Sex und rosa Zuckerwatte ...

# Rocker flirten nicht

## Prolog

### Die Frau, die gerne eine Schwarze Witwe wäre

Ganz am Anfang, als ich noch jung und dumm war, hatte ich tatsächlich an so etwas wie die wahre Liebe geglaubt. Ich war mir sicher, dass für jede Frau irgendwo auf dieser Welt der richtige Traumprinz existiert, der sich zum richtigen Zeitpunkt unseres Lebens auf die Suche nach uns macht.

Wie herrlich naiv ich doch war ...

Männer und Frauen sind nicht füreinander bestimmt, sie waren es nie und sie werden es nie sein.

Wir Menschen sind der festen Überzeugung, dass wir die intelligenteste und am weitesten entwickelte Spezies auf diesem Planeten sind.

Ein schöner Gedanke, das gebe ich zu, aber er ist falsch. So falsch wie nur irgend möglich, die Tierwelt ist bedeutend schlauer als wir.

Zumindest wenn es um das Miteinander der verschiedenen Geschlechter geht.

Die Schwarze Witwe zum Beispiel macht uns Menschenfrauen vor, wie es funktioniert.

Sie sucht sich ein Männchen, lässt sich ordentlich durchnehmen und dann, wenn sie befriedigt, jedoch hungrig ist, bringt sie ihren Geliebten um und frisst ihn einfach auf. Sie macht sich selbst zur Witwe – zur satten, befriedigten Witwe.

Keine Streitereien, keine Beziehungsprobleme oder sonst irgendwelche anstrengenden Komplikationen. Einfach nur satt und glücklich ...

Auch wenn ich Spinnen eigentlich ziemlich widerlich finde, zolle ich diesen Witwen meinen Respekt.

Oder Eisbären zum Beispiel, sie sind eigentlich Einzelgänger, aber einmal im Jahr treffen sie sich, lassen es ein paar Tage lang krachen und wenn die Mädels bekommen haben, was sie wollten, schicken sie die Männer wieder weiter. Wusstet ihr eigentlich, dass Eisbärmännchen einen zwanzig Zentimeter langen Penisknochen und eine Koitusdauer von bis zu vierzig Minuten haben?

V-i-e-r-z-i-g! Das ist der absolute Hammer.

Eine lebenslange Einehe nach kirchlichem Ideal gibt es bei den Tieren nur ganz selten. Nur geschätzte drei Prozent der Säugetiere leben wirklich monogam. Die Gibbons zum Beispiel gehören dazu und die Azara-Nachtaffen ebenfalls, der Mensch jedoch eher nicht.

Die Tiere haben also verstanden, wie es läuft, nur wir Menschenfrauen jagen noch immer unserem Mister Perfect nach, anstatt zu verstehen, dass das Leben viel einfacher ist, wenn man nicht den Fehler begeht und sich einen Ehemann nimmt.

Dreckige Socken, nicht zugedrehte Zahnpastatuben und Bartstoppeln in Waschbecken sind nur ein paar Gründe, Single zu bleiben.

Die meisten Kerle schaffen es einfach nicht, treu zu sein, wahrscheinlich wollen sie es gar nicht. Sie sehen sich noch immer als Jäger und Sammler – Pussysammler.

*Natürlich* will ich nicht abstreiten, dass es ein paar *wenige* Ausnahmen gibt, aber so eine goldene Ausnahme zu finden, ist genauso unwahrscheinlich wie ein Sechser im Lotto.

Ich habe längst erkannt, dass es besser ist, eine Art Schwarze Witwe zu sein, als eine Prinzessin, die einhundert Jahre lang einsam in einem Turm sitzt und darauf wartet, von einem Prinzen gerettet zu werden.

Es erklärt sich von selbst, dass ich meine Lover nicht töten und auffressen kann, das wäre erstens ziemlich psycho und zweitens stehe ich eher auf die italienische Küche.

Aber das bedeutet noch lange nicht, dass ich mich von ihnen nicht vor oder nach dem Sex zum Essen einladen lassen kann. Am besten vor dem Vögeln, denn dann kann ich sie danach direkt rausschmeißen.

Bevor wir Frauen wirklich glücklich sein können, müssen wir eine Sache lernen – Männer sind etwas, das wir haben können, das wir aber nicht wirklich brauchen.

Sobald wir diese Tatsache verinnerlicht haben, beginnt das Leben eine gewisse Leichtigkeit zu entwickeln.

Gebrochene Herzen, schwarze Kajaltränen, Liebeskummer und der ganze andere Bullshit sind etwas für Anfänger. Wahre Profis konzentrieren sich auf die schönen Dinge des Lebens. Und Schwänze sind schön – mehr als schön ...

Ich behaupte sogar, dass sie mit malerischen Sonnenuntergängen verglichen werden sollten und mit Sahnetorten mithalten können.

Eine Frau zu sein ist toll!

Vor allem dann, wenn wir endlich kapieren, dass in jeder von uns eine Göttin schlummert, die nur darauf wartet, erweckt zu werden.

Gute Mädchen fallen härter – böse Mädchen fliegen höher.

Es ist also nur selbstverständlich, dass ich längst beschlossen habe, böse zu sein, so richtig schön versaut und böse.

Meine beste Freundin Mia hat das eine kleine Ewigkeit lang nicht begriffen. Sie ist gefallen – verdammt oft und verdammt hart. Ich habe echt schon an ihrer Intelligenz gezweifelt.

Es war fast schon erschreckend, mit welcher Zielstrebigkeit sie sich in die falschen Typen verliebt hat.

Mia hat definitiv zu der Sorte Frau gehört, die insgeheim immer auf der Suche nach ihrem Märchenprinzen war, nur um dann die dicksten Frösche zu küssen.

Jetzt hingegen scheint es fast so, als ob sie den Jackpot geknackt hätte.

Wobei ich mir nicht sicher bin, ob man den Präsidenten des *Bloody Kings Motorcycle Clubs* mit einem Lottogewinn vergleichen kann. In den letzten Wochen war ich beruflich extrem eingespannt, sodass ich Mia leider nur einmal kurz in Meadville besuchen konnte. Was bedeutet, dass ich diesen Black, wie dieser Rocker genannt wird, ebenfalls erst einmal kurz gesehen habe.

Klar, er ist ein echtes Sahneschnittchen. Muskeln, Tattoos, Narben und diese Augen ...

Black ist heiß, aber nicht auf die süße Art, sondern eher auf die teuflische, düstere, die kleinen Mädchen Albträume bereitet. Ein Kerl wie er würde sich niemals auffressen lassen – niemals. Zum Glück ist Mia aber keine Männer verspeisende Schwarze Witwe, sondern eine liebenswerte, nette Romantikerin, die es unglaublicherweise geschafft hat, sich einen der gefährlichsten und sexigsten Männer dieses Landes zu schnappen.

Für diese Leistung verdient sie nicht nur meinen Respekt, sondern gleich einen großen, goldenen Orden.

Ich habe es mir natürlich nicht nehmen lassen und ihr per WhatsApp-Sprach-Nachricht meinen Applaus geschickt.

Trotzdem mache ich mir ein bisschen Sorgen um sie.

Dieser Rockerpräsident passt nicht zu meiner Freundin.

Mia liebt die Farbe Rosa, Kuchen und alles, was irgendwie kitschig ist. Dieser Black wirkt, wie sein Name es schon verrät, schwarz – finster und dämonisch.

Wenn man ihn das erste Mal sieht, könnte man fast glauben, dass er von der Farbe Rosa noch nie etwas gehört hat.

Aber die beiden scheinen glücklich miteinander zu sein. So glücklich, dass sie jetzt schon mehr als einen Monat zusammen sind, was ich beeindruckend finde.

Keine meiner Beziehungen hat so lange gehalten, zumindest nicht monogam.

Mia hat mich eingeladen, morgen zusammen mit ihr und ihrem Biker auf das Volksfest in Meadville zu gehen, und ich habe natürlich ja gesagt. Erstens weil ich meine Freundin vermisse und zweitens, weil es kein Geheimnis ist, dass da, wo ein sexy Biker ist, meistens auch noch mehr sind.

In Meadville gibt es ein ganzes Clubhaus voller kuttentragender, tätowierter und Harley fahrender Bad Boys, die laut Mia allesamt muskelbepackt und Single sind.

Was will ich mehr?

Ein Kettenkarussell, Schießbuden, gebrannte Mandeln und einen heißen Rocker – klingt für mich nach einer perfekten Kombination.

## 1. Kapitel

## Der Outlaw, der keinen Bock hat, auf eine Tussi aufzupassen

„Ach komm schon Präs, das ist doch Bullshit!"

Wütend sehe ich Black, den Präsidenten der *Bloody Kings*, an und hoffe, ihn noch umstimmen zu können. Nur weil ich Mia, das Mädchen, das er ganz offensichtlich zu seiner Old Lady machen will, gernhabe, bedeutet das noch lange nicht, dass ich bereit bin, für deren Freundin den Babysitter zu spielen.

Die Tussi, auf die ich heute Nacht aufpassen soll, heißt Claire. Ich habe sie einmal aus der Ferne gesehen und glaube mich daran erinnern zu können, dass sie einen geilen Arsch hatte.

*Aber verdammt!*

Das ändert nichts an der Tatsache, dass ich kein verfickter Babysitter bin und Volksfeste hasse.

Laute Musik, glückliche Menschen und Gewehre, die nicht echt sind.

Was für ein Dreck ...

Ich kann einfach nicht nachvollziehen, warum Männer mit Spielzeugpistolen auf blöde Metallscheibchen zielen wollen, nur um dann irgendein stinkendes Plüschtier zu gewinnen.

Diese Typen machen sich für ihre Frauen total zum Affen und das nur, weil sie hoffen, endlich mal wieder ran zu dürfen.

Wenn ich ficken will, nehme ich mir ’ne Bitch. Zumindest habe ich das getan, als ich noch in New York gelebt habe. Jetzt, wo ich in dem neuen Chapter der *Bloody Kings* hier in Meadville lebe, gestaltet sich das etwas schwieriger. In diesem Scheiß-Kaff gibt es keine Nutten. Nicht mal etwas Ähnliches ... Es gibt meilenweit keine Frau, der ich ein paar Dollar in den Arsch schieben kann, damit sie vor mir auf die Knie geht und mir einen bläst.

Was zum Teil sicherlich schuld an meiner miesen Laune ist.

Der einzige meiner Brüder, der regelmäßig fickt, ist Black, was auch sein blödes Grinsen und seinen dämlichen Vorschlag erklärt.

Seit ich mir vor dreizehn Jahren das Leder angezogen habe und somit zu einem Member des gefürchtetsten OMCs des Landes geworden bin, habe ich schon so einige Aufträge ausgeführt, auf die ich keinen Bock hatte.

Die meisten waren blutig und riskant, und sie alle waren mir lieber als diese Scheiße, um die mich mein Präsident jetzt bittet.

„Sag jetzt nicht, dass du mich hängen lässt, Bro."

Ach fuck!

Wenn er es auf die Tour versucht, bin ich erledigt.
„Du spielst unfair, Black."
Mit regloser Miene zuckt er die Schultern, zündet sich eine Kippe an und zieht den Rauch tief auf Lunge.
„Du bist mein Enforcer, Seven. Wenn du diese Claire im Blick behältst, kann ich mir sicher sein, dass die Rumänen sie nicht erwischen."
Ich tue es ihm nach, zünde mir ebenfalls eine Lucky an und starre die Wand an.
Keine Ahnung was diese verdammten Rumänen planen, aber seit wir vier von ihnen hingerichtet haben, ist die Kacke am Dampfen.
Es gefällt mir nicht, egal wo ich bin, immer einen Blick über die Schulter werfen zu müssen, aber bis jetzt ist es uns nicht gelungen, diese Wichser ein für alle Mal unschädlich zu machen.
Dass unser Clubhaus nicht in Schutt und Asche gelegt wurde, verdanken wir Dog, unserem Prospect.
Nur weil er so wachsam war, konnte er einen Bombenanschlag verhindern.
Die Bastarde, die uns angegriffen haben, waren leicht aufzuspüren, sie zu verhören, ging wesentlich schwieriger.
Keiner von ihnen hat gesungen – keiner wollte uns den Namen von dem verraten, in dessen Auftrag sie gehandelt haben.
Weder wissen wir, wer uns an den Kragen will, noch warum.
Alles was wir bisher herausgefunden haben, ist, dass es hier irgendwo ein Nest der Rumänen geben muss. Wenn wir einen töten, tauchen zehn neue auf. Die Arschlöcher sind auf Rache aus und erschweren uns somit das Leben.
Bis jetzt ist es ihnen nicht gelungen, *King*-Blut zu vergießen, aber wenn das so weitergeht, ist es nur noch eine Frage der Zeit, bis sie einen von uns treffen.
Mia, Blacks Mädchen, gehört zu uns, was bedeutet, dass sie ebenfalls auf der Abschussliste steht, genau wie Claire, sobald sie einen Schritt über die Stadtgrenze setzt und deren Nähe sucht. Jeder, der zu uns gehört oder uns nahesteht, ist für die Rumänen ein potenzielles Ziel.
Frauen sind wehrlos, sie sind leicht zu treffen und brauchen somit unseren Schutz.
Das leuchtet mir ein.
Aber Fuck!
Ich verstehe nicht, wieso ich für diesen verantwortlich sein soll.
„Frag Knife, der kann es sicherlich kaum erwarten, den Helden zu spielen."

Knife ist der Sergeant at Arms des Clubs. Es fällt somit also viel mehr in sein Aufgabengebiet, den Beschützer zu spielen.

Ich bin der Vollstrecker – ich jage und töte!

„Knife habe ich dazu abkommandiert, das Clubhaus während meiner Abwesenheit zu bewachen."

*Mir egal ...*

„Das kann auch Tyler machen, er ist schließlich dein Vize."

Ein Grunzen ausstoßend, klemmt Black sich die Kippe in den Mundwinkel, holt seine Glock aus der obersten Schublade seines Schreibtischs und beginnt, deren Magazin zu prüfen.

„Tyler fickt diese Claire nur. Ich brauche aber jemand, der wachsam und nicht nur darauf bedacht ist, seinen Schwanz in das Mädchen reinzustecken."

1:0 für ihn.

Tyler ist dafür bekannt, mit seinem Schwanz zu denken.

Unser Vize ist gut – sehr gut sogar, aber nur solange keine schöne Frau in der Nähe ist.

*Bullshit! Bullshit! Bullshit!*

„Was ist mit BlingBling?"

BlingBling ist der Kassenwart unseres Chapters, mit seinen fünfundzwanzig ist er zwar zehn Jahre jünger als ich, steht meinen Fähigkeiten jedoch in nichts nach.

Er steht auf Ketten, Ringe und jede Menge BlingBling – was ihm auch seinen Straßennamen eingebracht hat.

Mit warnend zusammengekniffenen Augen sieht Black mich an, rammt das frisch bestückte Magazin in die Waffe und steckt sie sich in den Hosenbund.

„Was soll das, Seven? Willst du mir jetzt die Namen aller Brüder aufzählen? Echt jetzt? Wo ist dein verficktes Problem? Ich habe dich um etwas gebeten ... Fuck! Du sollst einfach nur für ein paar Stunden auf die Freundin meiner Lady aufpassen und dafür sorgen, dass die Rumänen sie nicht zu fassen kriegen, vergewaltigen und umbringen, und du tust so, als ob ich von dir verlangt hätte, durch die verdammte Hölle zu marschieren. Barfuß."

Ich weiß, dass er recht hat, trotzdem habe ich Null Bock, auf irgend so eine dahergelaufene Tussi aufzupassen.

Ein Zischen ausstoßend, raufe ich mir die Haare.

„Okay, ich mach's, aber dafür bist du mir was schuldig, Black. Das ist dir schon klar, oder?"

Black nickt. Er ist noch immer wütend.

Diesen ganzen Bullshit verdanken wir nur den Rumänen. Wenn sie nicht wären, müssten wir nicht so verflucht aufpassen und es wäre kein Problem, dass diese Claire nach Meadville kommt, um die Frau meines Präsidenten zu besuchen.

*Fuck! Fuck! Fuck!*

Wie schlimm kann es schon sein, auf eine einzelne Frau aufzupassen?

In den vergangenen Jahren habe ich Menschen aufgespürt, durch das halbe Land verfolgt, gefoltert, getötet, zerstückelt und beseitigt.

Im Vergleich zu meinen sonstigen Aufgaben wird das hier sicherlich ein Kinderspiel.

„Wann kommt diese Claire in Meadville an?"

Die Arme vor der Brust verschränkend, raucht er seine Zigarette fertig und wirft einen Blick zu der Uhr an der Wand.

„Um sechs."

Ich sehe ebenfalls zu den tickenden Zeigern.

„Jetzt ist es halb."

Mir bleiben also noch dreißig Minuten, um so viel Scotch wie möglich in mich reinzukippen.

„Reiß dich heute Abend zusammen, Seven. Ich will nicht, dass diese Claire wegen dir Albträume bekommt."

*Sehr witzig.*

„Mir wäre es lieber, wenn sie überhaupt nicht kommt."

Genervt den Kopf schüttelnd, marschiert er an mir vorbei, verpasst meiner Schulter einen harten Punch und verschwindet Richtung Bar.

Wieder sehe ich zu der Uhr, so langsam beschleicht mich das Gefühl, dass diese Nacht nicht so schnell vorbei sein wird, wie ich mir das erhoffe ...

## 2. Kapitel

### Die Frau mit dem Beschützer und den Fantasien über sieben Sünden

Um sechs bin ich bei Mia angekommen. Ihr kleines Café das *Mia's*, das sie nach sich selbst benannt hat, befindet sich direkt gegenüber von dem Rockerclub auf der anderen Straßenseite.

Es hat bis sieben geöffnet, erst als sie es geschlossen hatte, sind wir in dem frei stehenden Haus eine Etage nach oben, in ihre Wohnung gegangen, haben es uns dort gemütlich gemacht, italienischen Prosecco getrunken und uns über ihren neuen Lover unterhalten – den Präsident der *Bloody Kings*.

Ich für meinen Teil finde ja schon diesen Clubnamen äußerst vielversprechend.

*Blutige Könige ... Grrrr ...*

Allem Anschein nach scheint meine Freundin echt glücklich mit ihrem Rocker zu sein, das freut mich für sie. Und wenn ich ihre Worte richtig gedeutet habe, ist das zwischen den beiden längst kein belangloses Geficke mehr, sondern etwas Ernstes.

„Du hast gesagt, dass Black dich auf den Rummel eingeladen hat, weil er noch eine Schuld begleichen muss?"

Mia, die sich gerade den Lidstrich nachzieht, läuft rot an und wirft mir über den Spiegel hinweg einen amüsierten Blick zu.

„Jep, er schuldet mir eine große Portion rosa Zuckerwatte."

Überrascht sehe ich sie an.

„Wieso?"

Die Tatsache, dass ihr Gesicht noch eine Nuance röter wird, verrät mir, dass sich hinter dieser Rosa-Zuckerwatten-Schuld eine interessante Geschichte verbirgt.

Erst als sie den schwarzen Strich auf beiden Augen gezogen hat, dreht sie sich zu mir um, zündet sich wie selbstverständlich eine Zigarette an und bläst den Rauch Richtung Zimmerdecke.

*Interessant ...*

Vor diesem Black hat sie so gut wie gar nicht geraucht, beziehungsweise nur, wenn sie Alkohol getrunken und wir in irgendeiner Disco waren, um Party zu machen.

„Das kann ich dir nicht sagen, das ist zu intim."

„Wie bitte?"

Bis jetzt hatten wir keine Geheimnisse voreinander, schon gar nicht, wenn es um Männer, Sex und anderen Schmuddelkram ging.

„Ich muss mich wohl verhört haben."
Lachend verdreht Mia die Augen.
„Ich habe mich von Black bezahlen lassen."
Ich verstehe kein Wort.
„Geht das auch genauer? Ich brauche mehr Details, Süße."
Seufzend schnappt sie sich die Prosecco-Flasche, schüttet sich den restlichen Inhalt in die Kehle und wischt sich anschließend mit dem Handrücken über den Mund.
„Das war jetzt aber nicht sonderlich ladylike."
„Wenn du hören willst, was passiert ist, dann halt die Klappe."
*Ups ...* Das ist auch neu.
Diese Rocker haben definitiv Einfluss auf sie.
Um ihr zu zeigen, dass ich ab jetzt still bin, tue ich so, als würde ich meine Lippen mit einem unsichtbaren Reißverschluss verschließen.
„Ganz am Anfang, in unserer allerersten Nacht, ging es zwischen Black und mir recht schnell zur Sache. Und na ja, wir mussten erst mal abchecken, wie das zwischen uns laufen würde. Black ist sehr ... nennen wir es mal bestimmend. Er fragt nicht, er beschließt die Dinge einfach. Das ist für mich okay, du kennst mich, ich mag dominante Männer. Trotzdem wollte ich es ihm nicht so leicht machen. Also habe ich ihm einen Preis dafür genannt, dass er mich so hart rannehmen durfte, wie er wollte."
„Einen Preis?"
Die Frage rutscht mir aus dem Mund, bevor ich es verhindern kann.
„Ja."
Wieder läuft sie rot an.
„Was für einen?"
Erneut saugt sie etwas Rauch in ihre Lunge.
„Für das Spanking, das er mir verpasst hat, habe ich Rotwein, Aspirin und rosa Zuckerwatte verlangt."
Mir fallen fast die Augen aus dem Kopf.
„Du hast dir von dem Rocker den Arsch versohlen lassen?"
„Oh ja, mehrmals. So oft, dass ich tagelang nicht sitzen konnte."
*Holy Shit! Ist das zu fassen?*
„Wer hätte das gedacht, unsere brave, Frösche küssende Mia ..."
Sie winkt mit der Hand ab.
„Das mit den Fröschen und dem brav habe ich hinter mir gelassen."
„Ganz offensichtlich."
„Du kennst doch die Bücher 50 Shades of Grey?"
Blöde Frage.
„Wer kennt die nicht."

„Ich habe jetzt 50 Shades of Black und ich sage dir eins. Mr. Grey kann einpacken. Gegen meinen Rocker hat der Schlipsträger keine Chance.“

*Das ist heiß ... Megaaaaa heiß ...*

Ich stibitze ihr die Zigarette und sehe sie prüfend an.

„Du bist in ihn verliebt? Richtig?“

Sie antwortet, ohne zu zögern.

„Bis über beide Ohren.“

Zumindest ist das gleich geblieben. Mia hatte noch nie ein Talent dafür, Sex und Liebe zu trennen. Wenn sie mit einem Typen vögelt, verliebt sie sich auch in ihn. Aber dieses Mal scheint es anders zu sein. Intensiver. Ihre Augen glänzen vor Glück. Überhaupt habe ich meine Freundin, glaube ich, noch sie so glücklich gesehen.

„Der Biker und seine kribbelnde Handfläche scheinen dir gutzutun.“

Ein Kichern ausstoßend, nimmt sie mir die Zigarette wieder ab.

„Wem tut fantastischer Sex nicht gut?“

Berechtigte Frage. Ich seufze wehmütig.

„Du hast recht, das könnte ich auch mal wieder gebrauchen. Ich befinde mich gerade auf einer Durststrecke.“

Überrascht sieht sie mich an.

„Warum? Ich dachte, du hast was mit deinem Chef.“

„Das ist vorbei, und falls ich dir einen Rat geben darf, ficke niemals deinen Boss, das bringt nur Ärger.“

„Das habe ich dir gleich gesagt.“

Stimmt, das hat sie, aber ich wollte ja nicht hören.

Das ist eh eines meiner größten Probleme, ich bin gegen gute Tipps absolut immun. Sobald mir jemand einen Ratschlag gibt, der mir wirklich helfen könnte, wird das Thema für mich erst so richtig interessant.

Gleich einem kleinen Kind, dem gesagt wird, spring nicht in die Pfütze. Ohne das Verbot wäre das Kind vielleicht daran vorbeigegangen, aber kaum dass es heißt ‚tu es nicht‘ wird die ganze Angelegenheit doch erst so wirklich spannend.

Ich bin dieses Kind, aber ich bin sogar noch schlimmer.

Ich ziehe vorher noch schnell meine Gummistiefel aus, damit ich dann so richtig nass bin.

Das Verbotene, Gefährliche hat mich schon immer wie magisch angezogen.

Wie sollte es auch nicht?

Dieses Prickeln im Bauch, dass sich nur dann in mir ausbreitet, wenn ich etwas wirklich Verrücktes mache, nach genau dem bin ich süchtig.

Nichts ist besser als der Hauch von Gefahr, gespickt mit einer Würze Risiko.
Es wird euch also nicht verwundern, wenn ich euch jetzt eingestehe, dass ich es kaum erwarten kann, diese Rocker von gegenüber mal genauer unter die Lupe zu nehmen.
Zu Mia sehend, konzentriere ich mich wieder auf unser Gespräch.
„Wie es scheint, hattest du recht. Jetzt habe ich keinen Sex und keinen Job. Eine echt blöde Kombination, das kann ich dir sagen."
Anstatt so etwas wie Mitleid mit mir zu haben, klatscht sie begeistert in die Hände.
„Das ist doch super, dann kannst du ein paar Tage bei mir in Meadville bleiben. Das *Mia's* hat zwar geöffnet, aber wir könnten doch trotzdem Zeit miteinander verbringen."
Sie hat recht, eigentlich spricht nichts dagegen, dass ich noch ein bisschen bleibe.
„Du meinst, ich soll in einem verschlafenen Städtchen voller heißer Biker und einem Café voller leckerer Torten bleiben?"
„Logo, das klingt doch nach Spaß. Findest du nicht?"
„Das klingt nach dem absoluten Paradies."
Vor lauter Freude, dass ich bleibe, fällt sie mir um den Hals und drückt mir einen nassen Schmatzer auf die Wange.
„Sehr schön, das wird eine richtig geile Zeit. Meine Wohnung wirst du hauptsächlich für dich haben, Black mag es nicht, wenn ich hier schlafe, er hat mich lieber in seinem Bett."
Der Rocker mag es nicht? *Wie geil ...*
„Das ist okay für mich. Hast du mal wieder was von Warren gehört? Oder von dem heißen Deputy?"
Mia lässt mich los, wir setzen uns auf die Couch im Wohnzimmer.
„Seit Black ihn mit den Fäusten bearbeitet hat, spricht Warren nicht mehr mit mir. Er steht zwar immer wieder draußen auf der Straße und beobachtet mich, aber er steigt nicht mehr aus. Ich denke, Blacks Warnung ist angekommen. Dieser Rocker ist niemand, der mit leeren Drohungen um sich wirft."
Scheiße, bin ich neugierig auf diesen Präsidenten. Es wirkt fast so, als hätte Mia da einen echten Fang gemacht.
„Ein Faustkampf zwischen deinem Neuen und deinem Ex. Was ein Mist, dass ich das verpasst habe."
Sie lacht und schüttelt den Kopf.
„So spannend war es nicht. Kaum dass es angefangen hatte, war es auch schon wieder vorbei."
Trotzdem, das hätte ich echt gerne gesehen.

Ich mag es, wenn bei Kerlen die animalische, eifersüchtige Seite zum Vorschein kommt.

„Und was ist mit Hanks? Ist der Deputy noch zu haben?"

Eine neue Flasche Prosecco öffnend, sieht Mia mich an.

„Was jetzt? Ich dachte, du willst die bösen Jungs?"

„Will ich auch. Trotzdem. Dieser Deputy hat was ... Ich steh auf Männer in Uniformen."

Mit einem *Plopp* gleitet der Korken aus dem Flaschenhals.

„Glaub mir meine Liebe, wenn du erst mal *Bloody-King*-Luft geschnuppert hast, wirst du keinen Gedanken mehr an den Polizisten verschwenden. Uniformen sind süß, aber Kutten, Waffen und Harleys sind viel besser."

Das glaube ich ihr sofort.

„Wann treffen wir uns denn mit deinem Black?"

Mit den Schultern zuckend, füllt sie unsere Gläser auf.

„Wann immer ich ihm eine SMS schreibe, er steht quasi auf Abruf."

Ungläubig sehe ich meine beste Freundin an.

„Der Präsident der *Bloody Kings* steht für dich auf Abruf?"

„Ja natürlich. Ich habe ihm gesagt, dass wir erst ein bisschen Mädelszeit brauchen und das hat er akzeptiert."

*Bei allen Göttinnen ...*

„Wie es scheint, kann ich noch einiges von dir lernen. Während ich mir die Finger an meinem Boss verbrannt und mir somit gleich mal meine Kündigung eingehandelt habe, hast du dir den Königsrocker geschnappt. Nicht schlecht ..."

Mia reicht mir mein frisch aufgefülltes Glas. Goldene Bläschen steigen in der klaren Flüssigkeit nach oben, der fruchtige Duft lässt mir das Wasser im Mund zusammenlaufen.

„Das ist zu viel des Lobes, ich habe nicht geschnappt, sondern ich wurde geschnappt, das ist ein großer Unterschied."

„Das Ergebnis ist dasselbe."

Wir stoßen an, unsere Gläser klirren.

„Auf die kommenden Stunden ..."

Seltsamerweise klingen diese vier Wörter wie ein spannendes Versprechen.

Ich wiederhole den Trinkspruch, nehme einen großen Schluck und verschwinde dann im Bad. Es wird Zeit, mich fertig zu machen, es wird Zeit, hier rauszukommen – es wird verdammt noch mal Zeit, ein bisschen Spaß zu haben.

Ich brauche Sex, gebrannte Mandeln und jede Menge Abenteuer ...

Dreißig Minuten später sind wir fertig.

Mia und ich haben beinahe identische Outfits an, und das, obwohl wir uns nicht abgesprochen haben.

Wir beide tragen schwarze Miniröcke, dazu passende Pumps und eng anliegende weiße Tops. Allerdings ist meines viel mehr ausgeschnitten als das ihre, dafür kann man bei Mia die Spitzen ihres BHs durch das Top sehen. Kurz gesagt: Wir schauen so was von heiß aus!

Die silbernen Creolen in ihren Ohren sind die gleichen wie die, die ich trage. Wir haben den Schmuck vor vielen Jahren zusammen im Urlaub gekauft.

Der einzige Unterschied? Sie ist blond, während meine Haare rosa gefärbt sind. Ich stehe nun mal auf Farben, ganz besonders auf alles, was pink ist.

Nach dem Desaster mit meinem Boss war ich schon kurz davor, sie lila zu färben, aber das habe ich dann doch nicht übers Herz gebracht.

„Sagst du deinem Rocker Bescheid?"

„Schon erledigt. Ich denke, in zwei Minuten sind er und Seven da."

*Seven? Wie die Sieben?*

„Wer ist Seven?"

„Deine heutige Mitfahrgelegenheit und dein Aufpasser."

Mir fallen fast die Augen aus dem Kopf.

„Das mit der Mitfahrgelegenheit checke ich ja noch. Aber warum in Dreiteufelsnamen brauche ich einen Aufpasser?"

Sie zieht ihre Lippen mit durchsichtigem Gloss nach und reicht ihn dann mir.

„Die *Kings* haben wegen irgendetwas Ärger mit den Rumänen. Black sagt, es sind gefährliche Zeiten. Außerdem meint er, dass es besser wäre, wenn keine von uns unbeaufsichtigt ist und ich dachte mir, du freust dich vielleicht, wenn du von Anfang an einen heißen Beschützer an deiner Seite hast?"

Wow. Das ist viel Input.

*Rumänen? Gefahr? Rocker? Beschützer?*

In meinem Magen beginnt es, wie verrückt zu kribbeln.

„Das ist heftig. Echt. Du sprichst über das alles, als ginge es dabei um das Wetter und nicht um irgendwelche Rumänen, die es vielleicht auf uns abgesehen haben."

Mia wirkt total entspannt.

„Mach dir keine Sorgen. Black passt auf uns auf und an Seven kommt garantiert niemand vorbei. Dieser Typ ist wie eine Ein-Mann-Armee."

*Ein-Mann-Armee?*

Das klingt doch mal vielversprechend ...
„Verrätst du mir, warum der Kerl Seven heißt?“
Nach kurzem Zögern schüttelt Mia den Kopf.
„Nein. *Das* soll er dir selber erzählen.“
*Okaaaaaay* ...
Wie aufs Kommando tönt das laute, unverkennbare Geboller der Harleys zu uns hoch.
„Wir werden abgeholt.“
Sie schnappt sich ihre Handtasche, schaltet überall das Licht aus und hakt sich bei mir ein.
„Bist du bereit für geballtes Rockertestosteron?“
„Mehr als bereit. Ich brauche Sex.“
Ihr lautes Lachen hallt durch den Hausflur. Wir steigen die Treppen nach unten, kaum dass wir draußen auf der Straße angekommen sind und mein Blick auf die zwei Biker fällt, wird mir sämtliche Luft aus der Lunge gequetscht.
Es fühlt sich an, als hätte mein Männerradar einen Auffahrunfall gehabt – als wäre es ungebremst gegen eine Mauer aus Sex-Appeal, Muskeln und Härte geknallt.
Mein leise gewispertes „Heilige Scheiße!“ bringt Mia zum Lachen.
„Freut mich, dass dir Seven gefällt.“
Gefallen? Soll das ein Witz sein?
Ja, Mias Rockerpräsident ist hot und ich kann auch sofort verstehen, warum ihn alle nur Black nennen, denn alles an diesem Mann ist black. Aber der Biker daneben, der lässig auf einer anthrazitfarbenen Harley sitzt, die starken Beine weit gespreizt, eine Hand lässig auf dem rechten Knie abgestützt – ist noch viiieeeel heißer.
Ich meine, er ist echt ultraheiß, geradezu die Erfindung von heiß.
Vielleicht heißt er ja deswegen Seven, weil an ihm alles sieben Mal beeindruckender ist als an allen anderen Männern, die mir jemals begegnet sind. Ich schätze ihn auf Mitte dreißig.
Seine schokobraunen Haare sind dunkel und an den Schläfen grau meliert, genau wie ich es mag. Er hat blaue Augen, so blau und intensiv wie der Sommerhimmel nach einem heftigen Gewitter. Im ersten Moment habe ich sie übersehen, aber auf den zweiten Blick fällt mir die dicke, gezackte Narbe auf, die sich wie ein Blitz an seinem Hals nach oben zieht und perfekt zu seiner Bad-Ass-Biker-Ausstrahlung passt. Seven trägt eine dunkle Jeans, abgewetzte Stiefel, ein schwarzes Shirt und ein Leder voller Patches, wie die Aufnäher, glaube ich, genannt werden.

Die Kutte steht leicht offen, sodass ich einen Blick auf die silberne Waffe erhaschen kann, die sich in dem Holster, das er trägt, an seine Rippen drückt.

Groß – böse – bewaffnet und garantiert gut zu ficken.

Seven – sieben Sünden ...

Rocker sind heiß, das wusste ich schon immer.

*Aber zur Hölle ...*

Ich glaube, ich habe mir gerade die Augen an Seven verbrannt.

Black steigt von seinem Bike, geht zu Mia, reißt sie von den Füßen und wirbelt sie durch die Luft, während er sie so intensiv küsst, dass sogar mir die Luft wegbleibt.

Seven hingegen sitzt auf seinem Motorrad, schenkt seinem Präsidenten keine Beachtung und starrt mich einfach nur mit ausdrucksloser Miene an.

Ich kann nicht sagen, ob ihm gefällt, was er sieht, oder ob er sich einfach nur ‚Oh mein Gott, bitte nicht!' denkt, aber na ja, das werde ich in den kommenden Stunden sicherlich noch herausfinden.

Mias Geknutsche dauert ewig und da Seven keine Anstalten macht, sich mir vorzustellen, gehe ich selbstbewusst auf ihn zu.

„Hi, ich bin Claire."

Er brummt etwas Unverständliches, beugt sich noch etwas weiter vor und lässt seine Augen so langsam über mich gleiten, als hätte jemand die Realität angehalten und auf Zeitlupe gestellt.

Sein Blick hat auf mich dieselbe Wirkung wie ein Bunsenbrenner – ich fühle mich, als würde ich in Flammen stehen.

Schweigend danke ich Gott, dass ich schlau genug war, mir heute Morgen die Muschi zu rasieren und sicherheitshalber eine neue Packung meiner geliebten Einhornkondome in meine Handtasche gesteckt habe. Ich bin keine Frau, die sich eine Gelegenheit auf guten, harten und unkomplizierten Sex entgehen lässt, und bei allen Orgasmen, wie heißt es so schön?

Sicher ist sicher ...

Seine Augen heften sich auf meinen Minirock.

„Bisschen knapp für's Bike."

Mehr hat er nicht zu sagen?

Erst fickt er mich mit den Augen und dann kommt nur das über seine Lippen?

Ohne den Blick von seinem kantigen Gesicht abzuwenden, spiele ich mit den Fingern am Saum meines Rocks.

„Er wird reichen."

„Die Autos hinter uns könnten deinen Arsch sehen?"

„Macht nichts, meine Pussy wird dank deines Rückens sicher sein."

An der Art, wie sein Blick zu mir nach oben schnellt, erkenne ich, dass er mit dieser Antwort nicht gerechnet hat.

Tja du böser Biker, ich bin nicht auf den Mund gefallen!

Seine Mundwinkel zucken, lösen in mir den Wunsch aus, mit den Fingerspitzen über die dunklen Stoppeln an seinem breiten Kiefer zu streichen.

*Hmmmmm ...*

„Bis heute war eine Pussy bei mir noch nie sicher."

Interessant.

„Soll das eine Warnung oder ein Angebot sein?"

Sevens Augen werden dunkel, mein Slip wird feucht.

Wie geil, besser hätten die ersten Minuten unseres Kennenlernens gar nicht verlaufen können.

„Bist du unten auch rosa?"

Ich muss lachen.

Die Frage stellen mir die meisten Männer, allerdings lassen sie sich damit für gewöhnlich etwas mehr Zeit.

„Innen oder außen?"

Jetzt ist er derjenige, der von meiner Direktheit überrascht ist.

Sein gezischtes „Fuck!" wird von einem Schmunzeln abgelöst.

„Black wird fluchen. Da hätte er auch gleich Tyler für deinen Schutz abkommandieren können."

Irritiert runzle ich die Stirn.

„Wer ist Tyler und was hat er damit zu tun?"

Seven schüttelt nur den Kopf, reibt sich über die Stirn und fischt eine zerknitterte Packung Kippen aus der Hosentasche.

Er sagt nichts, starrt einfach wieder auf meinen knappen Rock und zündet zwei Luckys gleichzeitig an. Wortlos reicht er mir eine, ich gehe ihm entgegen und nehme sie ihm ab. Mit seiner nun freien Hand packt er sich eine meiner rosa Strähnen, zerreibt sie zwischen den Fingern und schnalzt mit der Zunge.

„Rosa." Mehr sagt er nicht, es klingt jedoch ziemlich verwundert.

## 3. Kapitel

## Der Outlaw mit einer plötzlichen Vorliebe für Rosa und einem zuckenden Schwanz

*Bullshit!*

Was geht hier ab?

Black, der endlich damit fertig ist, Mia zu fressen, sieht mich amüsiert an.

Wenn ich es mir recht überlege, wirkt er gerade ziemlich zufrieden.

*Doppel Bullshit!*

Wenn ich es nicht besser wüsste und die Rumänen momentan nicht tatsächlich eine Gefahr für uns darstellen würden, dann würde es sich so anfühlen, als wäre ich durch einen Trick in ein Doppeldate gelockt worden.

Nicht zu fassen. Mia hat schon viel über diese Claire erzählt, aber kein Wort darüber verlauten lassen, dass dieses Mädchen verdammt heiß, frech und bunt ist.

Rosa Haare, lange Beine, ein runder Arsch und volle Titten, eine heiße Kombination.

Obwohl ich noch immer nicht begeistert bin, den Babysitter zu spielen, stört es mich plötzlich nicht mehr so sehr, auf diese Frau aufpassen zu müssen.

Vielleicht nutze ich die Chance, packe die Tussi und finde heraus, wie rosa ihre Pussy wirklich ist. Den Blick auf den Rand ihres Rockes geheftet, kämpfe ich gegen den Drang an, es sofort herauszufinden.

„Magst du gebrannte Mandeln?“

Claire reißt mich mit dieser Frage aus dem Kopffick, den ich gerade mit ihr hatte.

„Mandeln?“

Im ersten Moment verstehe ich nicht, wovon zum Teufel sie da spricht.

„Ja. Die mit Zucker außenrum.“

Scheiß auf Mandeln und Zucker.

Ich hatte seit Wochen keinen Sex mehr.

SEIT WOCHEN!

Für einen Mann wie mich, der es gewohnt ist, täglich eine andere Clubmaus zu ficken, ist das eine echt krasse Umstellung.

Hier in Meadville gibt es keine Frauen, die mich interessieren. Yeah, Mia wäre süß gewesen, aber die hat Black sich geschnappt, was bedeutet, dass sie tabu ist.

Mag sein, dass sie noch nicht das Leder unseres Präsidenten trägt, aber das ist sicherlich nur noch eine Frage der Zeit.
Wenn ich Mia anfasse, kann ich anfangen, mein eigenes Grab zu schaufeln.
Diese Claire ist das erste fickbare Wesen seit einer gefühlten Ewigkeit – diese Chance werde ich mir nicht entgehen lassen.
Scheiß auf Black!
Er wollte, dass ich auf dieses Mädchen aufpasse und genau das werde ich tun.
*Ich meine, Verdammt!*
Wie kann ich besser auf Claire aufpassen, als sie zwischen meinem Körper und einer Wand einzuklemmen und bis zum Anschlag in ihr zu stecken?
So kommen die Rumänen ganz sicher nicht an sie ran.
„Was hast du gesagt, wie lange du in Meadville bleibst?“
Meine Gegenfrage scheint sie nicht zu stören.
„Ich habe nichts gesagt.“
Aha, eine Zicke.
„Dann sagst du es mir eben jetzt.“
Mit puckernden Eiern beobachte ich, wie sich ihre vollen Lippen um den Kippenfilter schließen. *Fuck!*
Wer hätte gedacht, dass es möglich ist, auf eine Zigarette eifersüchtig zu sein?
Allein bei der Vorstellung, wie sie vor mir auf dem Boden kniet und sich diese Lippen um meinen Schwanz schließen, beginnt es in meiner Jeans verdächtig eng zu werden.
Ich brauche einen Blowjob. Jetzt!
Mit meiner Selbstbeherrschung ringend, balle ich die Hände zu Fäusten und warte auf Claires Antwort.
Wenn sie nur diese Nacht hier ist, wäre das perfekt.
Sex ohne Drama – genau nach meinem Geschmack.
Wenn sie länger bleibt, könnte das kompliziert werden.
Klar, das würde mir die Möglichkeit geben, sie öfters zu ficken, aber öfters bedeutet meistens Ärger, und ich hasse Ärger. Ehrlich.
Wenn es eine Sache auf dieser Welt gibt, die ich nicht mag, dann sind das Frauen, die meinen, Ansprüche an mir geltend machen zu dürfen.
Allerdings wirkt Claire nicht wie eine Klette, sondern eher wie ein Mädchen, das ganz genau weiß, wie es läuft.
„Ich bleibe länger in Meadville, ich werde hier bei Mia wohnen.“
Yeah.

Keine Ahnung ob das gut oder schlecht ist. Aber da sich mein Schwanz immer mehr mit Blut vollpumpt, scheint er es wohl gut zu finden.

„Wartet bei dir zu Hause niemand auf dich?“

Ihre moosgrünen Augen blitzen verstehend auf.

Sie weiß *genau*, was ich *eigentlich* wissen will.

„Nein. Bis letzte Woche habe ich noch meinen Boss gebumst. Aber das hat sich als dumme Idee erwiesen, jetzt bin ich Job und Lover los.“

Genau das wollte ich hören.

„Shit Happens ...“

Sie zuckt mit den Schultern, ihr Blasemund schließt sich wieder um die Kippe.

„Wie man‘s nimmt, so bin ich frei für das nächste Abenteuer.“

Also wenn das kein eindeutiges Angebot ist, dann weiß ich auch nicht.

Ich werde diese Frau ficken.

Sie weiß das, ich weiß das und mein Schwanz weiß das seit der ersten Sekunde.

*Bloody Hell!*

Rosa ...

Wer hätte gedacht, dass ich Rosa jemals geil finden werde?

## 4. Kapitel

## Das Mädchen, die Zuckerstange und das Riesenrad

Die kurze Fahrt hinter Seven auf seiner Harley war der Hammer.

Ich wusste schon immer, dass Rocker diese ganz bestimmte Ausstrahlung haben, die sämtliche Höschen in Flammen aufgehen lässt. Aber verdammt.

Das, was da gerade in meinem Slip stattgefunden hat, war nicht einfach nur ein kleines Feuer, es war ein verheerender und jede Logik zerstörender Waldbrand.

Kraft, Muskeln, die Kutte und das Vibrieren der Maschine – dazu kommt noch der Fahrtwind, der wie eine Liebkosung über meine Beine gestrichen ist und Sevens köstlicher Geruch.

Eine Mischung aus Mann, Benzin, Rauch und Leder.

*Yammmmi ...*

Ich habe Hunger, aber nicht auf gebrannte Mandeln, rosa Zuckerwatte und anderen Naschkram, sondern auf den bösen Biker, der für heute Nacht meinen Beschützer spielen soll.

Seven, ein Mann wie sieben Sünden, ein Mann wie ...

1. Sexy
2. Stark
3. Selbstbewusst
4. Stolz
5. Satanisch
6. Sündhaft
7. Substanziell

Punkt Nummer sieben mag euch im ersten Moment komisch vorkommen, aber denkt doch mal kurz darüber nach.

Männer, die eine Substanz haben, sind die besten.

Seven wirkt auf mich, als könnte ihm nicht mal ein Sturm was anhaben, ach Quatsch, nicht mal ein Hurrikan der Stufe 6. Wobei, diese Stufe gibt es offiziell gar nicht, also bleiben wir bei der 5. Und hören mit den Übertreibungen auf.

Denn die sind bei diesem Rocker absolut nicht nötig.

Seven hat eine Substanz, die mir gefällt. Er wirkt wie eine uneinnehmbare Festung, stark und unbezwingbar. Mein Boss hingegen war mehr ein aus Papier gefaltetes Häuschen, das schon bei der kleinsten Erschütterung in sich zusammengefallen ist.

*Shit! Shit! Shit!*

Ich muss echt verzweifelt gewesen sein, dass ich mich auf eine Affäre mit ihm eingelassen habe, vor allem wenn man den hohen Preis, den ich jetzt dafür bezahle, bedenkt.

*Egal ...*

Im Gegensatz zu meiner Schwester Sandra bin ich kein Mensch, der lange mit seinen Entscheidungen hadert. Passiert ist passiert, ich setze einen Haken drunter und dann geht das Leben weiter.

Und wer weiß schon, wofür dieser Fehler gut gewesen ist?

Nichts im Leben passiert ohne Grund – absolut nichts und darum zerbreche ich mir jetzt nicht den Kopf über das Vergangene und genieße das Hier und Jetzt.

Die Fahrt auf der Harley war der WAHNSINN, ganz besonders weil ich dabei aus Sicherheitsgründen (dass ich nicht lache) ziemlich nah an Seven ranrutschen musste, was schon ein Erlebnis an sich war.

Dank dem kurzen Rock war meine Mitte bis auf meinen dünnen String frei, sodass ich den rauen Stoff von Sevens Jeans an meiner Pussy gespürt habe. Die Finger vor seinem muskelbepackten Bauch verschränkt und meine Wange an seiner Schulter ...

Ich habe mich geweigert, einen Helm zu tragen.

Was wäre das denn mit diesem klobigen Ding auf dem Kopf auch für ein Abenteuer gewesen?

Ich wollte mein Gesicht dem Wind entgegenstrecken, die sommerliche Luft inhalieren und spüren, wie meine Haare umhergeweht werden.

Und genau das habe ich und es war toll! So verdammt toll, dass ich noch immer nicht gegen das zufriedene Grinsen ankomme, zu dem sich meine Lippen verziehen.

Seven und Black haben ihre Motorräder direkt vor dem Rummel abgestellt, was natürlich dafür gesorgt hat, dass sämtliche Blicke auf uns lagen.

Soweit ich weiß, ist der *Bloody Kings Motorcycle Club* noch nicht allzu lange in Meadville, die Menschen müssen sich also erst an die Präsenz der Rocker gewöhnen.

*Es gibt Schlimmeres, würde ich sagen ...*

Die Luft ist mit den leckersten Gerüchen geschwängert. Es duftet nach Bratwurst, Baumkuchen, karamellisierten Nüssen und Glück.

Mia und Black waren am Anfang noch bei uns, doch dann sind sie in einem dieser Fotokästen verschwunden, in denen ich als Jugendliche immer schräge Passbilder gemacht habe.

Den Blicken nach, die sich die beiden zugeworfen haben, geht es meiner Freundin und ihrem Präsidenten jedoch um etwas ganz anderes.

Ich bin ihr nicht böse, dass sie mich stehen lassen hat, warum sollte ich auch, schließlich hat sie dafür gesorgt, dass ich den Abend mit einem heißen Outlaw verbringen darf.

„Worauf hast du Bock, Mädchen?"

*Auf Sex ...*

Seven lehnt in einer typischen Bad-Boy-Pose mit dem Rücken an einer Seitenwand der vielen Stände. Ein Bein ist abgewinkelt, die Fußsohle drückt sich gegen das Holz der Bude. Sein kantiges Gesicht liegt zur Hälfte im Dunkeln, wird von einem roten Schein beleuchtet. Die Kippe, die zwischen den Fingern seiner rechten Hand klemmt, leuchtet orange, erinnert mich an ein Glühwürmchen. Sein Kiefer wirkt kantig und seine Augen schwarz. Das Lächeln auf seinen Lippen lässt sich nur erahnen, verleiht ihm etwas Verwegenes.

*Oh ja, definitiv auf Sex ...*

Der warme Wind weht den Song *Be My Baby* von einem der vielen Schießstände zu uns rüber. Sofort muss ich an den schnulzigen Film *Dirty Dancing* denken, den ich vor langer Zeit in Dauerschleife angesehen habe.

*Baby und Johnny ... Seufz ...*

„Die Nacht, in der wir uns trafen, wusste ich,
ich brauche dich.
Und wenn ich die Chance hätte,
würde ich dich niemals gehen lassen.
Also willst du nicht sagen, dass du mich liebst?
Ich werde dich so stolz auf mich machen!
Wir lassen sie ihre Köpfe drehen,
an jedem Platz, wo wir gehen ..."

Ich singe die vertraute Strophe mit, gehe mit schwingenden Hüften auf Seven zu, hake einen Finger in seinem Hosenbund ein und streife mit den Lippen an seinem stoppeligen Kiefer entlang.

Jetzt, in diesem Augenblick, kann ich mir nur zu gut vorstellen, wie Baby sich gefühlt haben muss. Übermütig, frei, wie berauscht von dem Leben und seinen unzähligen Möglichkeiten.

Ein raues Knurren von sich gebend, steht der Outlaw reglos da, sieht mich aus wild glühenden Augen an und wartet ab, was ich nun vorhabe. Das Wissen, dass ich jetzt alles von ihm fordern könnte, sorgt dafür, dass sich mein armes Herz in meinem Brustkorb überschlägt.

Die Härchen in meinem Nacken stellen sich auf, mit der Nase an seinem virilen Hals entlang streichend, beginne ich leise zu schnurren.

Himmel, Gott und Halleluja fühlt sich das gut an ...

Doch, anstatt aufs Ganze zu gehen und meine Hand in seine Hose gleiten zu lassen, trete ich wieder einen Schritt zurück und schaffe so den dringend benötigten Abstand zwischen uns. Die Muskelberge in Sevens starken Oberarmen beginnen zu zucken, es ist ihm anzusehen, dass er mich am liebsten packen, in die Dunkelheit zerren und dort hart ficken würde.

Anstatt dem Drang nachzugeben, führt er scheinbar ruhig die Kippe zu seinen Lippen, inhaliert geräuschvoll den Tabak und lässt ihn eine Sekunde später durch die Nase wieder entweichen.

„Du spielst ein gefährliches Spiel, Baby."

Der Spitzname bringt mich zum Schmunzeln, anscheinend hat er das Lied ebenfalls erkannt. Bei der Vorstellung, wie dieser tödliche Outlaw in seinem Rockerclub sitzt und sich *Dirty Dancing* ansieht, muss ich kichern.

Übermütig stibitze ich ihm die Zigarette, führe sie an meine Lippen und fülle meine Lungenflügel ebenfalls mit dem warmen Rauch.

„Es ist nur gefährlich, wenn man die Spielregeln nicht kennt."

Sevens düsterer Blick ruht noch immer auf mir, in meinem Bauch kribbelt es wie verrückt.

„Und du kennst die Regeln?"

Ich nicke, ohne zu zögern.

„Gut, dann weißt du, wie diese Nacht endet."

Oh ja, und wie ich das weiß.

Seit der ersten Sekunde, seit dem ersten getauschten Blick wissen wir beide, dass ich unter ihm und er in mir landen wird. Aber nur weil das so ist, bedeutet es noch lange nicht, dass es sofort passieren muss.

„Wie wäre es mit gebrannten Mandeln und einer Fahrt im Riesenrad?"

Ein Zischen von sich gebend, stößt er sich von der Bude ab, schüttelt über sich selbst verwundert den Kopf und legt dann wie selbstverständlich seine rechte Hand auf meinen Arsch. Er packt fest zu, ich fühle mich, als wäre ich wieder sweet sixteen.

Einen vorsichtigen Seitenblick auf den *Bloody King* neben mir riskierend, stelle ich die Frage, die mir schon den ganzen Abend über auf der Zunge liegt.

„Verrätst du mir, warum du von allen Seven genannt wirst? Mia wollte es mir nicht verraten."

Sein gemurmeltes „Kluge Mia“ lässt meine Neugierde in exorbitante Höhen schnellen.

„Hat sie dir auch gesagt, wie das mit Fragen und dem Club läuft?“

*Ähm ...*

„Nein.“

Seine Hand liegt noch immer auf meinem Po, sorgt dafür, dass die Schmetterlinge in meinem Bauch völlig durchdrehen.

„Wenn du eine Frage stellst, musst du davon ausgehen, dass dir das, was du zu hören bekommst, nicht unbedingt gefallen wird.“

Er macht eine kurze Pause.

„Meine Welt ist nicht so rosa wie die deine.“

Bilde ich es mir nur ein, oder klingt das wie eine Warnung?

„Das heißt, ich soll keine Fragen stellen?“

„Nein. Das heißt, dass du dir vorher überlegen solltest, ob du die Antworten wirklich wissen willst.“

*Auweia ...*

„Scheiße, ich habe dich nur nach deinem Namen gefragt und nicht danach, ob du ein Killer bist.“

Der Biker neben mir grinst und nickt.

„Auf Letzteres kennst du die Antwort doch schon längst.“

Stimmt. Der MC und seine Gesetze sind mir zwar fremd, aber ich bin kein Blödchen, ich weiß, was das *Enforcer-Patch*, das seine Kutte ziert, bedeutet. Seven ist der Vollstrecker der *Bloody Kings* und was die Aufgaben eines Vollstreckers sind, ist uns wohl allen klar.

Rote Luftballons, flauschige Einhörner und bunte Zuckerperlen gehören wohl kaum zu seinem Fachgebiet.

Ein eisiger Schauer rieselt zwischen meinen Schulterblättern hinab.

Seven bemerkt es.

„Angst?“

*Fuck!* Ein bisschen ...

Ich sehe ihn an und lüge, ohne rot zu werden.

„Nein, wieso sollte ich?“

Seine Mundwinkel ziehen sich kurz nach unten.

„Weil das die Reaktion der meisten Leute ist.“

„Ich bin aber nicht *die meisten*, ich bin anders ...“

Meine Aussage quittiert er mit einem Schräglegen des Kopfes.

„Aye, das ist mir aufgefallen, Baby.“

Wieder dieses *Baby*, wieder fühle ich mich wie ein unreifer Teenager.

Für ein paar Sekunden schweigen wir, seine Hand verschwindet von meiner Rückseite, sofort vermisse ich seine Berührung.

*Schön blöd, ich weiß ...*

„Als Enforcer ist es mein Job, die Feinde des MCs ausfindig zu machen und zu töten. Wenn es sein muss, jage ich sie durchs halbe Land. Wer einmal auf meiner Liste steht, sollte jeden seiner noch verbleibenden Atemzüge genießen.“

Er zündet sich wieder eine Kippe an, dann spricht er mit monotoner Stimme weiter.

„Vor ein paar Jahren, es war eine beschissene Nacht – bin ich in einen Hinterhalt geraten. Die Bastarde wussten, dass ich komme und haben mir eine Falle gestellt. Meine Munition war alle, ich hatte nur noch mein Messer.“ Er klopft gedankenverloren auf die Klinge, die sich an seinem Oberschenkel in einer ledernen Scheide befindet. „Die Wichser waren zu siebt und sie hatten Munition, aber sie hatten keine Chance.“

*Holy Shit!*

Einer gegen sieben Bewaffnete. *Respekt ...*

„Wie ist es dir gelungen, das zu überleben?“

„Schnelligkeit und Präzision. Mehr war nicht nötig. Eine Waffe ist ein nettes Hilfsmittel, aber wenn der Mann, der sie in der Hand hält, ein Loser ist, rettet ihn das auch nicht.“

Sieben ist gleich Seven – ich denke, ich habe es verstanden.

„Vielleicht sollte ich doch Angst vor dir haben.“

Laut und dunkel übertönt Sevens Lachen die Geräuschkulisse des Volksfestes.

„Du redest Bullshit, Baby. Black hat mich dazu abkommandiert, dich zu beschützen, nicht, dich zu töten.“

Wirklich sehr beruhigend ...

Er sagt das so leichtfertig, als würden wir uns gerade übers Wetter unterhalten.

Wir bleiben an einem Stand stehen, der nicht nur unzählige Nüsse, sondern auch anderen Süßkram anbietet. Seven bestellt eine große Tüte frisch gebrannter Mandeln und kauft, mit zuckenden Mundwinkeln, eine lange weiß, rosa und pink in sich gedrehte Zuckerstange, die locker zwanzig Zentimeter lang und mehrere Fingerbreit dick ist.

Ich bin ehrlich nicht versaut, aber hey ... Ihr müsst zugeben, dass selbst ihr bei der Beschreibung gerade an einen bunten, aus Zucker bestehenden Dildo gedacht habt.

„Was soll das werden?“

„Der erinnert mich an deine Haarfarbe.“

„Flirtest du etwa gerade mit mir?“

Er bleckt die Zähne, sieht mich mit gerunzelter Stirn an.

„Rocker flirten nicht.“

Ja, das ist mir auch schon aufgefallen.

Ich wechsle das Thema, sage nur ein Wort, das zugleich auch die Antwort auf seine erste Frage an mich ist: „Rosa!"

Sevens Kopf zuckt zu mir, ich schmunzle vielsagend.

„Rosa?"

Seine Augenbrauen wandern beinahe bis hoch an seinen Haaransatz.

„Yeah, Rosa. Innen wie außen."

Die Verkäuferin starrt irritiert zwischen uns beiden hin und her, nimmt dann das Geld, das Seven ihr reicht, und dankt ihm für das unverschämt hohe Trinkgeld.

„Und das sagst du mir *jetzt*?"

„Na ja, ich dachte, das wäre der perfekte Zeitpunkt."

Sein gezischtes „Fuck!" amüsiert mich.

*Der arme Rocker ...*

Ich denke, er kapiert erst jetzt, dass ich die Spielregeln nicht nur kenne, sondern dass ich sie perfektioniert habe.

Wetten, wenn ich jetzt in seinen Schritt fasse, ist sein Schwanz hart?!

Seelenruhig ziehe ich die Folie von der riesigen Zuckerstange und lecke über die komplette Länge.

Mhhhh ... Lecker ...

Grob packt er mich an der Hand, zieht mich in ein dunkles Eck und schubst mich rücklings gegen einen der Lastwagen, der garantiert einem der Aussteller gehört.

„Was hast du vor?"

„Herausfinden, wie rosa dein Rosa ist."

Bestimmend umfasst seine linke Hand meine Kehle, er hält mich so in Position und lässt die rauen Fingerspitzen seiner freien Hand an meinem Oberschenkel hinauf gleiten.

Den Saum meines Rocks nach oben schiebend, umfasst er bestimmend meine Mitte, zerreißt mit einem heftigen Ruck den dünnen Stoff meines Strings und steckt den Fetzen dann in seine Hosentasche.

Ein Souvenir?

Der Gedanke zerplatzt in dem Moment, in dem seine heißen Finger meine Schamlippen teilen, meinen Kitzler finden und diesen umkreisen.

„Ahhhhh ..."

Mein Stöhnen endet in dem Moment, in dem er seinen Mund grob auf den meinen pinnt.

Hart und unnachgiebig dringt sein Daumen in mich ein, erkundet meine Pussy und bringt mich dazu, mich auf die Zehenspitzen zu stellen. Wieder und wieder reibt sein Handballen über meine Klit – Stückchen für Stückchen schiebt sich sein Finger tiefer in mich hinein.

Unsere Zähne schlagen krachend aufeinander, hinter meinen geschlossenen Lidern explodieren grelle Punkte, meine Lunge zieht sich krampfend zusammen. Der Orgasmus, der sich in Rekordgeschwindigkeit in mir aufbaut, gleicht einer Naturgewalt.

Der Druck in meinem Inneren wird immer stärker, Seven kennt kein Erbarmen.

Plötzlich verschwindet seine geschickte Hand, er nimmt mir den Zuckerstab ab, führt ihn nach unten und schiebt ihn dann in mich hinein. Ich keuche, winde mich und spüre, wie die harte Süßigkeit in mich hineingleitet. Ich reite die glatte Stange, spüre wie sich die ersten Zuckungen in meinen Beinen bemerkbar machen und sich Sevens Finger fester um meinen Hals schließen.

Hilflos sehe ich ihn an, ertrinke in den Tiefen seiner meerblauen Augen und werde von dem heftigsten Höhepunkt aller Zeiten hinfortgerissen.

Meine Knie knicken ein, sodass ich auf Sevens Hand falle, mit der er die Zuckerstange in mich drückt, was die Penetrierung noch etwas verstärkt.

Keuchend, wimmernd, zitternd und zuckend sinke ich gegen Seven. Der dominante Griff an meinem Hals hat dafür gesorgt, dass meine Empfindungen tausendmal intensiver waren ...

Zwar hat Seven mir nicht die Luft abgedrückt, dennoch hatte er mich komplett unter Kontrolle.

Es dauert eine kleine, bittersüße Ewigkeit, bis der Orgasmus nachlässt und die Realität mit voller Wucht in mein Bewusstsein zurückkehrt.

*Oh mein Gott!*

Was war das denn?

Ich stehe keine hundert Meter von dem Jahrmarkt entfernt mit einem Killer in der Dunkelheit und lasse es mir mit einer Süßigkeit besorgen.

„Fuck Baby. Du bist wunderschön, wenn du kommst."

Die Stimme des Rockers klingt rau und belegt, die Zuckerstange steckt noch immer bis zum Anschlag in meinem pulsierenden Inneren.

Endlich löst sich die Hand von meiner Kehle, japsend schnappe ich nach Luft.

Meine Knie zittern noch immer, als er den zuckrigen Stab langsam aus mir herauszieht, sich dann an die Lippen hält und anschließend in den Mund steckt.

*Waaasssss?*

Seine Iriden glühen dämonisch, als er die Mischung von aufgelöstem Zucker und Muschi schmeckt.

Er leckt ihn ab, so als könnte er sich nichts Besseres vorstellen, schiebt ihn dann wieder in mich hinein und leckt wieder.

„Endlich weiß ich, wie Rosa schmeckt."

Er knurrt mehr, als dass er spricht.

„Und wonach schmeckt Rosa?"

„Nach Pussy, Sonnenschein und Himbeeren."

Geile Kombination.

„Willst du mehr, Enforcer?"

„Kannst du stehen?"

Ich nicke, er geht vor mir in die Knie, spreizt meine Beine und legt sich eines davon über die Schulter. Einen Atemzug später spüre ich auch schon seine heißen Lippen an meiner Vulva.

Schlängelnd windet sich seine Zunge in mein Inneres, dringt unfassbar tief vor und entlockt mir ein lautes Stöhnen.

Seven schmatzt, löst seinen Mund von mir und lässt die Zuckerstange durch meinen Schlitz gleiten. Ich kann regelrecht spüren, wie sich der Zucker langsam auflöst. Es kribbelt und klebt, zumindest so lange, bis seine Zunge alles ableckt.

Sevens Hunger scheint unstillbar zu sein. Keine Ahnung wie lange wir hier so stehen, die Zeit hat an Bedeutung verloren. Alles was noch zählt, ist der zweite Orgasmus, der über mir hereinbricht und der dafür sorgt, dass meinem Verstand endgültig die Lichter ausgehen.

Die Zunge des Bikers bleibt noch so lange in mir, bis die Zuckungen aufhören, dann schiebt er die Süßigkeit erneut in mich hinein, zieht meinen Rock nach unten und zwinkert mir zu.

„Hast du was vergessen?"

Mit Erschrecken stelle ich fest, wie atemlos ich noch immer klinge.

„Nein. Der bleibt wo er ist. Bis zum Riesenrad hat sich das Zeug schön aufgelöst."

Fassungslos starre ich ihn an, er schnappt sich meine Hand und zieht mich zurück zu den blinkenden Lichtern, den köstlichen Gerüchen und der lauten Musik.

Mein Herz wummert wie verrückt und mein Hirn versucht noch immer zu verstehen, was hier gerade passiert. Naschkram-Sex,

Loopings fliegende Schmetterlinge im Bauch und eine Zuckerstange in mir drinnen ... *Halleluja!*

Seit meiner Ankunft in Meadville sind wie viele Stunden vergangen? Drei? Vier? Keine Ahnung, auf jeden Fall kann mir keiner vorwerfen, Zeit verschwendet zu haben.

Seven führt mich selbstsicher Richtung Riesenrad, jeder Schritt ist im wahrsten Sinne des Wortes eine süße Folter.

Dank Sevens geschickter Zunge und den Orgasmen ist mein Inneres wund und empfindlich. Bei jedem Schritt spüre ich den Widerstand in meiner Muschi, wie die klebrige Flüssigkeit aus mir herausläuft und meine Oberschenkel benetzt.

Als wir endlich unser Ziel erreichen, wanke ich und meine Atmung kommt abgehackt. Nicht mehr lange und ich komme hier und jetzt, vor den Augen der vielen fremden Menschen zum dritten Mal.

„Sei ein braves Mädchen und halte noch ein paar Minuten durch."

In meiner lustvollen Verzweiflung werfe ich ihm einen wütenden Blick zu, den er nur mit einem Lachen quittiert.

Anstatt sich in der langen Schlange anzustellen, geht Seven zielstrebig auf den Ticketverkäufer zu. Dank der Kutte, die er trägt, wagt es niemand, sich zu beschweren.

Der junge Typ am Kartenstand, weicht, als er erkennt, wer Seven ist, erschrocken einen Schritt zurück. *Feigling ...*

Die beiden wechseln ein paar Worte, aber dank der Zuckerstange in mir, ist mein Hirn nicht in der Lage, der Unterhaltung zu folgen.

Ich sehe nur, wie Seven in die Innentasche seiner Kutte fasst und dem Jungen einen Stapel Scheine in die Hand drückt.

Echt jetzt?

Ist diese Fahrt für zwei Personen so teuer?

Bevor ich dazu komme, den Enforcer der *Bloody Kings* danach zu fragen, führt Seven mich auch schon in die frei werdende Gondel des Riesenrades.

Mir fällt auf, dass das Rad sofort seine Fahrt aufnimmt, kein anderer steigt mehr aus und niemand steigt mehr ein.

Was geschieht hier?

Kaum dass ich mich gesetzt habe, spreize ich die Beine und will die Zuckerstange aus mir herausziehen, doch Seven hält mich davon ab.

„Nicht so schnell, Claire. Wir haben alle Zeit der Welt."

So langsam dämmert es mir.

„Du hast den Ticketverkäufer bestochen."

Das breite Grinsen, zu dem sich seine Lippen verziehen, verrät mir, dass ich recht habe.

„Die nächsten dreißig Minuten gehört der Himmel uns.“

*Wow.* Das klingt fast schon romantisch und das aus dem Mund eines Killers, dessen Name daher stammt, weil er sieben Menschen auf einen Streich mit seinem Messer getötet hat.

*Bei allen Göttern ...*

Es würde mich nicht im Geringsten verwundern, wenn ich jetzt gleich aufwachen und feststellen würde, dass das alles nur ein total verrückter Traum war.

Aber dafür fühlt sich die Zuckerstange in meinem Inneren viel zu real an.

*Zum Glück!*

Wer will schon träumen, wenn er es auch in echt erleben kann?

Unsere Gondel steigt gen Nachthimmel und hält an der höchsten Stelle. Die Sterne leuchten wie funkelnde Diamanten und der Mond scheint uns seinen Segen zu geben. Unter uns glitzern die bunten Lichter, das gedämpfte Stimmengewirr der anderen wird vom Wind davongetragen.

Irgendwo da unten ist Mia zusammen mit ihrem Präsidenten.

Ob sie genauso viel Spaß hat wie ich?

*Wahrscheinlich ...*

Dieser Black wirkt auf mich wie ein Mann, der eine Frau wie Mia zu schätzen weiß.

Seven sitzt mir gegenüber – ich kann einfach nicht länger warten.

Diese Zuckerstangen-Nummer ist heiß, sehr heiß und verdammt klebrig.

Aber ich will mehr, viel mehr. Genau genommen will ich einfach alles, was diese Nacht zu bieten hat.

Seinen vorherigen Befehl missachtend, ziehe ich die Süßigkeit aus meiner Pussy, sinke dann vor Seven auf die Knie und stütze die Hände auf seinen Beinen auf.

Unsere Blicke begegnen sich, mein Herz rast.

Da er mich nicht stoppt, mache ich mich an seiner Gürtelschnalle zu schaffen, öffne anschließend seine Jeans und ziehe sie samt der schwarzen Boxershorts, auf der lauter rote Harleys abgebildet sind, nach unten.

Sofort schnellt mir seine Erektion entgegen.

Dick und geschwollen, mit bläulichen Adern, reckt sich sein Schwanz meinem Mund entgegen.

Der unverkennbare Duft von Mann und Leder steigt mir in die Nase, lässt mir das Wasser im Mund zusammenlaufen.

„Dieser Lutscher ist schon viel eher nach meinem Geschmack.“

Ein dunkles Brummen ausstoßend, umfasst Seven seine Erektion, pumpt mit der Faust über die beeindruckende Länge und sieht mich dabei unverwandt an.

In seinen meeresblauen Augen spiegelt sich der Grad seiner Erregung.

Sie scheinen regelrecht zu glühen, fast so, als würden Flammen in seinen Pupillen tanzen.

„Ficken oder blasen?"

Seine Frage überrascht mich.

„Muss ich mich denn entscheiden? Ich gehöre eher zu der Kategorie Frau, die einfach alles will!"

An seinen Mundwinkeln zupft ein Lächeln.

„Warum überrascht mich das nicht?"

Ich ignoriere seine Frage, ziehe seine Jeans noch ein Stückchen weiter nach unten und lecke mir die Lippen.

Sevens Glied ist dick, lang und hat alles in allem ein beeindruckendes Volumen.

Keine Ahnung was ich heißer finden soll, die unterste Reihe seines Sixpacks oder seinen vor meinem Mund wippenden Schwanz?

Die Kombination aus all dem ist einfach magisch ...

Ein Riesenrad, der Nachthimmel, dieser Outlaw und das, was wir im Begriff sind zu tun.

Geht es eigentlich noch besser?

Ich glaube nicht!

Die bunten Glühbirnen der Lichterkette, mit der die Stäbe unserer Gondel geschmückt sind, tauchen uns in einen rosaroten Schein und verleihen der ganzen Nummer einen sinnlichen Touch.

Ohne unseren Blickkontakt zu unterbrechen, beuge ich mich weiter zu ihm nach vorne, streife mit den Lippen über die glatte Spitze seiner Eichel und lasse kurz meine Zunge vorschnellen.

Seven stöhnt, vergräbt seine Fäuste in meinen Haaren und drückt seine Hüfte ungeduldig nach oben.

Ich weiß, was er will, und ich gebe es ihm ...

Den Mund öffnend, gewähre ich der runden Wulst seines Gliedes Einlass, züngle über das Frenulum an der Unterseite und entlocke ihm so ein erregtes Zischen.

Weder bin ich eine gute Buchhalterin noch ein Mathematikgenie.

Ich bin schamlos, frech und frei von jeglicher Moral, was sich nicht nur in Vorstellungsgesprächen als vorteilhaft erweisen kann.

Wie heißt es so schön?

Jeder hat versteckte Talente und diese liegen bei mir zwischen meinen Lippen, und dabei ist es völlig egal, ob ihr jetzt als Erstes an die oberen oder an die unteren gedacht habt.

Wenn ihr wisst, was ich meine ...

Der Rocker vor mir stöhnt, reißt an meinen Haaren und drückt mich immer fester gegen seinen Schwanz.

Brav tue ich, was er will, lasse sein Glied immer tiefer in meine Kehle gleiten und sauge mich an ihm fest.

Nuckelnd, schluckend, würgend und keuchend mache ich mich daran, diesem *Bloody King* den Blowjob seines Lebens zu verpassen.

Sein Schwanz dringt tief in mich ein, ich entspanne meinen Kiefer und lasse ihn nun bis zum Anschlag in meinen Rachen gleiten.

Sevens atemlos klingendes „Oh Jesus ...“ verrät mir, dass es ihm gefällt, von mir bei lebendigem Leib vernascht zu werden.

Die Zunge und die Zähne einsetzend, bringe ich den starken, knapp zwei Meter großen Rocker zum Zittern.

Was mit ein Grund dafür ist, dass ich es liebe, Männern einen zu blasen. Nur dann und nur, wenn wir an ihnen lutschen, als wären ihre dicken Schwänze verdammte Chupa-Chups-Lutscher, haben wir sie wortwörtlich an den Eiern.

„Holy Shit, Mädchen. Du saugst mir das Hirn aus dem Schädel.“

Dieses irgendwie süße Kompliment spornt mich an, sodass ich meine Bemühungen verdopple. Ich will, dass dieser Rocker, wenn er in vielen Jahren alt und grau ist, auf seiner Harley sitzt und sich daran erinnert, dass er den besten Blowjob seines Lebens von einem Mädchen mit rosa Haaren und in einem Riesenrad sitzend bekommen hat.

Nur weil ich nicht die Intelligenteste bin, bedeutet das noch lange nicht, dass es mir an Ehrgeiz fehlt.

Mein Mathematik-Lehrer hatte mir das früher auch schon immer vorgeworfen, allerdings haben seine Belehrungen spätestens dann aufgehört, wenn ich vor ihm auf die Knie gesunken bin, um meine Note mündlich etwas aufzubessern.

In der Abschlussklasse hatte ich nur Lehrer und keine Lehrerinnen, ich denke, ich muss nicht extra erwähnen, dass mein Zeugnis absolut spitze war.

Wie heißt es so schön?

>>Hilf dir selbst, dann hilft dir Gott.<<

Also bevor ihr mich jetzt verurteilen wollt, spart es euch.

Ich bin mit mir vollkommen im Reinen ...

Meine Knie waren aufgeschürft und meine Lippen geschwollen, aber verdammt, ich hatte nur Einser und das in allen Fächern.

Mein ehemaliger Chef hat schnell kapiert, dass sich meine Qualifikationen nicht auf die Fächer meines Schulabschlusses beziehen, aber das hat ihn nicht gestört, solange er mich dreimal die Woche in den Arsch vögeln durfte.

Männer sind schon merkwürdige Geschöpfe.

Sie sind süß, sexy, anstrengend und so leicht zufriedenzustellen ...

Seven wühlt sich durch meine Haare, nennt mich seine rosa Göttin und japst nach Luft, als ich mit den scharfen Kanten der Fingernägel über die empfindliche Haut seines Damms streiche.

Sein Schwanz beginnt in meiner Kehle zu zucken, es dauert nicht mehr lange, bis er seinen Samen abspritzt. Für gewöhnlich stört es mich nicht, zu schlucken, aber heute will ich das gesamte Programm. Wann hat man schon mal die Chance, in einem Riesenrad mit einem bösen Bad-Ass-Biker zu vögeln?

Es gibt Momente, die sind einfach nur einmalig, und dieser hier gehört definitiv dazu ...

Kreisend lasse ich meine Zunge ein letztes Mal um Sevens Schwanz zirkulieren, ehe ich mich langsam zurückziehe, mich mit einem Nuckeln von ihm verabschiede und nach meiner Handtasche greife, in der sich meine heiß geliebten Einhornkondome befinden.

Gerippt, pink und mit diesem Öl, das uns Frauen dabei hilft, zu den Sternen zu fliegen. Wobei ich mir sicher bin, dass dieser Rocker keine Hilfsmittel braucht. Ich meine verdammt, allein wegen seiner Zunge bin ich schon echt heftig gekommen ...

Routiniert rolle ich den dünnen Latex über seinen Schwanz, hebe dann meinen Rock an und setze mich auf Sevens Schoß.

„Du willst ’nen wilden Ritt?“

„Wild? Nein. Mhhhmhh ... Ich will mehr. Viel mehr! Wild reicht mir nicht, wild ist für brave Mädchen. Ich will einen harten, kaum erträglichen Ritt. Zeig mir, wie es sich anfühlt, mit einem *Bloody King* zu ficken, der sieben Männer auf einen Streich getötet hat.“

Seven beißt die Zähne so fest zusammen, bis es knackt, dann packt er mich mit beiden Händen an der Hüfte und sieht mich aus zusammengekniffenen Augen an.

„Mein Präsident hat mir befohlen, dich zu beschützen, und nicht, dich zu verletzen.“

Ach, hat er das?

„Wie kommst du darauf, dass du mich verletzen würdest?“

„Erfahrungswerte.“

Interessant.

„Ich weiß ja nicht, mit was für Frauen du bisher gefickt hast, aber glaube mir, ich bin dir durchaus gewachsen."

Pure Skepsis steht ihm ins Gesicht geschrieben.

„Bist du dir da sicher, Mädchen?"

„Hör auf zu reden und besorg's mir endlich!"

Sein volltönendes Lachen hallt gen Nachthimmel.

Ungeduldig erhebe ich mich auf die Knie, spüre, wie er sich unter mir in Position bringt, und lasse mich dann auf sein Glied sinken.

Dick und prall drückt seine Eichel meine Schamlippen auseinander, bahnt sich ihren Weg in mich hinein und dehnt mich dabei ziemlich.

Keine Ahnung, ob und wann ich jemals so einen dicken Schwanz in mir gehabt habe.

Nicht zu fassen, aber meine Pussy kämpft darum, Seven komplett in sich aufnehmen zu können. Ein bittersüßer, süchtig machender Schmerz flammt in meinem Unterleib auf, raubt mir den Atem.

Ich erschaudere, Seven beißt die Zähne so fest zusammen, dass es knackt.

„Fuck, bist du eng!"

*Pilates sei Dank ...*

„Gib ihn mir ganz!"

„Du wirst schreien."

Oh ja ... Garantiert.

„Komm schon, Rocker bring mich an meine Grenzen."

Das muss ich dem Vollstrecker nicht zweimal sagen, kaum dass meine Stimme verhallt ist, spüre ich auch schon, wie sich die Muskeln in seinen Armen und Beinen anspannen.

Ich schaffe es gerade noch, ein letztes Mal Luft zu holen, ehe er all seine Kraft dafür aufwendet, sich bis zum Anschlag in mich zu rammen.

Die Pein treibt mir die Tränen in die Augen und lässt mich zugleich beinahe kommen.

*Holy Shit!*

Es fühlt sich absolut bombastisch an, ihn bis zum letzten Millimeter in mir zu haben.

Dick und breit pfählt er mich regelrecht.

„Himmel, du bist echt verdammt groß."

„Zu groß?"

Ich schüttle den Kopf.

„Zu groß gibt es für mich nicht."

Seine linke Augenbraue wandert in die Höhe.

„Sicher?"

Ich nicke.
„Ganz sicher."
Sein gemurmeltes „Das könnte interessant werden" sorgt dafür, dass sich mein Unterleib erregt zusammenzieht.
„Sobald wir zurück im Club sind, werde ich dir beweisen, dass es Dinge gibt, die auch für dein gieriges Fötzchen zu groß sind."
Ich kann es kaum erwarten ...
„Sex mit Gegenständen hat mich schon immer angeturnt."
Er nickt, so als ob er das schon geahnt hätte, dann graben sich seine langen Finger unnachgiebig in mein Fleisch.
Endlich beginnt er mich hart, tief und gnadenlos zu ficken. Unsere Gondel beginnt hin und her zu schwingen und meine Schreie hallen durch die Nacht. Ich bin mir sicher, dass alle, die noch in diesem Riesenrad sitzen, wissen, was wir tun. Aber das ist mir egal.
Alles was im Augenblick für mich zählt, ist Seven, sein riesiger Schwanz und die dekadente Lust, die er mir schenkt.
Er fickt mich gnadenlos und mit allem, was er hat.
Als ich ihm zu laut werde, hält er mir den Mund zu. Sein Finger liegt vor meinen Nasenlöchern, meine Atmung stockt. Ich versuche den Kopf wegzudrehen, doch das lässt er nicht zu.
Mir wird klar, dass Seven will, dass ich keine Luft mehr bekomme.
Ein aufgeregtes Kribbeln breitet sich in meinem Magen aus, der Orgasmus, der bereits an meinen Sinnen leckt, gewinnt an Macht.
In der einen Sekunde sitze ich noch auf ihm, in der nächsten wirbelt er mich durch die Luft, sodass ich rücklings auf dem Stahlboden der Gondel lande. Sanft ist anders – zum Glück – denn das Letzte, was ich von diesem *Bloody King* gewollt hätte, ist, dass er mich wie eine zerbrechliche Prinzessin behandelt.
Knurrend, mit rasendem Tempo und versteinerten Muskeln hämmert er sich wieder und wieder in mich hinein. Meine Lunge krampft, mein Bewusstsein wird dank dem Sauerstoffentzug in einen rauschartigen Zustand gesetzt. Ich fühle mich wie auf Drogen – bin berauscht von seiner knallharten Dominanz und der Unnachgiebigkeit, die sich in seinem Blick spiegelt.
Der Orgasmus, der über mir hereinbricht, lässt mich zuckende Blitze sehen, knockt mich beinahe aus.
Die Hand verschwindet von meinem Mund, seine Arme haken sich unter meine Knie, während er mich nun noch etwas schneller und tiefer rannimmt.
Ich zucke und wimmere, keuche und zerfließe regelrecht, während Seven seiner eigenen Erlösung hinterherjagt.

Keine Ahnung wie lange er noch durchhält, es fühlt sich an wie eine göttliche Ewigkeit.

Dann spüre ich, wie sein Glied tief in mir zu zucken beginnt, gleich einer Schlange, die sich an ihrer Beute festgebissen hat.

Schub für Schub pumpt Seven sein Sperma in die dünne Latexhülle, die unsere Körper trennt.

Sein animalisches Brummen ist alles, was ich noch wahrnehme, das und der undefinierbare, jedoch extrem finstere Ausdruck in seinen Augen.

Erst als das Pulsieren in mir nachlässt, beugt er sich zu mir nach unten, haucht mir einen feuchten Kuss auf die Stirn und zieht sich mit einem Ruck aus mir heraus.

„Nicht gut."

Mehr als diese zwei Worte bringe ich nicht zustande.

„Was ist nicht gut?"

Seven wirkt irritiert.

„Dass du nicht in mir geblieben bist."

Er lacht, schüttelt den Kopf und sieht mich weiterhin mit diesem seltsamen Blick an.

„Fuck Mädchen, ich hätte dich beinahe zerbrochen und in die Bewusstlosigkeit geschickt und du hast noch immer nicht genug?"

Erschöpft schüttle ich den Kopf.

„Nein. Vom Sex habe ich nie genug."

An seinem Kiefer beginnt ein Muskel zu zucken.

„Dann passt du perfekt zu mir."

Oh ja, das ist mir in der letzten Stunde auch schon aufgefallen.

Wie auf Kommando beginnt das Riesenrad sich wieder zu bewegen und setzt seine Runden fort.

Zitternd und atemlos bleibe ich genau da, wo ich bin, betrachte für ein paar Sekunden die kantigen Gesichtszüge des Bikers, ehe ich den runden Vollmond am Himmel betrachte.

Der rötliche Schein der Lichterketten und die kühle Nachtluft ...

Ich sehe wieder zu Seven, dieses Mal erkenne ich, was in seinem Blick liegt. Ein unverhohlener Besitzanspruch.

Sehr schön, freut mich, wenn er mit mir noch nicht fertig ist, denn das bin ich mit ihm ebenfalls noch nicht.

Was für eine perfekte Nacht ...

Sie war hart, gnadenlos, versaut und dennoch irgendwie romantisch – also genau nach meinem Geschmack.

Für ein paar Minuten bleibe ich noch liegen, dann richte ich mich auf, zupfe meinen Rock zurecht und setze mich, noch immer ein bisschen wacklig, auf die gepolsterte Bank.

Seven mustert mich eindringlich.

„Rosa ...“

Seine Lippen zucken, unsere Gondel kommt unten an, er reicht mir seine Hand und hilft mir beim Aufstehen. Mit zitternden Knien lasse ich mich von ihm fortführen, über den Kies und immer tiefer hinein in den Jahrmarkt.

Die nächste Stunde verbringen wir damit, rosa Zuckerwatte zu essen und nach Mia und Black Ausschau zu halten.

Als wir sie nicht finden, bleiben wir an einer der Schießbuden stehen.

Spontan drehe ich mich zu Seven um, was dafür sorgt, dass er fluchend die Augen verdreht.

„Sag jetzt nicht, dass ich dir so ein blödes Plüschtier schießen soll.“

Tue ich nicht.

„Ich will lieber eine Rose.“

„Ich mag keine Knarren, Messer sind mir lieber, sie sind persönlicher.“

Messer und persönlicher?

*Huiuiuiiiiuiujiuju ...*

Ich verbiete meinem Kopf, über diese Aussage genauer nachzudenken.

Fünf Dollar aus der Hosentasche ziehend, kauft Seven sich fünf Schuss, legt routiniert das Gewehr an, betätigt fünf Mal in schneller Abfolge den Abzug.

Soweit ich das beurteilen kann, hat er sich keine Zeit fürs Zielen genommen – jedoch immer getroffen. Wow.

Überrascht sehe ich ihn an.

„Ich dachte, du magst keine Waffen?“

Seine Schultern zucken.

„Tue ich auch nicht, das heißt aber noch lange nicht, dass ich nicht mit ihnen umgehen kann.“

Der ziemlich blass gewordene Schießbudenbesitzer sieht Seven nervös an.

*Tja, es kann halt nur einen Alpha geben ...*

„Such dir eine Rose aus Baby, mir knurrt der Magen.“

Ich tue, wie mir befohlen wird, und schnappe mir zugleich noch einen der rosanen Stoffherzenstecker, der ganz wunderbar zu meiner Haarfarbe passt und klemme ihn mir quer zwischen die Zähne.

Seven grinst nur, ihn scheint heute nichts mehr aus der Ruhe bringen zu können ...

Freut mich, wenn für ihn diese Nacht genauso außergewöhnlich ist wie für mich – alles andere wäre auch mehr als unfair gewesen.

## 5. Kapitel

## Der Biker, der mit dem Messer schneller ist als sein Schatten

Ich weiß, das ist mein Kapitel, also meine Möglichkeit, die Sicht der Dinge zu schildern, aber verdammt ... echt verdammt!

Im Grunde genommen würden dafür drei einfache Worte ausreichen:

BLOODY HOLY FUCK!

Dieses Mädchen ist bunt, witzig, sexy, heiß und sprüht nur so vor Lebensfreude. Ihre Haare sind rosa. Ist das zu fassen?

Noch nie zuvor fand ich Rosa so verflucht sexy.

Claire hat sogar ihre kurz gestutzten und zu einem schicken Dreieck getrimmten Schamhaare rosa gefärbt.

Als sie behauptet hat, dass ihre Pussy innen und außen rosa ist, war das nicht gelogen.

In den vergangenen Jahren habe ich Dutzende von Nutten und Biker Groupies gefickt und keine von den Tussis konnte mit Claire mithalten.

Dieses Mädchen mit der Rose in der Hand und dem Herzstab zwischen den Zähnen ist einzigartig. Sie ist wie eines dieser millionenschweren Kunstwerke, die sonst gut abgeschottet und mit Bewegungsmeldern gesichert hinter dicken Mauern eingesperrt sind.

Ein Meisterwerk, ein Unikat – kostbar und zerbrechlich.

*BLOODY HOLY FUCK!*

Allein, dass ich so einen Schrott denke, verrät ja schon, wie sehr mich ihre Zuckerstangen vernaschende Pussy aus der Bahn geworfen hat.

Eine Frau wie sie ist mir noch nie begegnet.

Als Black mich dazu verdonnert hatte, für die Freundin seiner Lady den Beschützer zu spielen, hätte ich ihm vor Dankbarkeit am liebsten ein paar in die Fresse gehauen.

Aber jetzt? Ich verweigere die Aussage!

Die Tatsache, dass ich an einer verdammten Schießbude gestanden habe, verrät, wie weit ich für dieses rosane Mädchen gehen würde.

Claire wirbelt zu mir herum.

„Was machen wir jetzt, Enforcer?"

*Behalten! Besitzen! Benutzen!*

Die drei Wörter zucken instinktiv durch meinen Schädel und verstören mich zutiefst.

Behalten? *Bullshit!* Niemals ...

Ich wollte noch nie eine Frau behalten.

Besitzen? *Holy Shit!* Männer, die Frauen besitzen, sind meistens von ihnen besessen und besessene Männer haben keinen klaren Kopf mehr für die wirklich wichtigen Dinge.

Also, nein danke ...

Benutzen? *Oh yeah!* Das gefällt mir schon viel besser.

Claire zu ficken ist, wie an die Tore von Walhalla anzuklopfen.

Dieses Mädchen weiß, was ein Mann braucht. Ihre Zunge ist der Wahnsinn und ihre Muschi ist unglaublich eng, heiß, feucht und einfach perfekt.

Mich komplett in ihren winzigen Körper zu stoßen, war schwerer, als ich dachte. Ich war alles, aber gewiss nicht sanft zu Claire, und sie fand es geil.

Sie hat vor Schmerzen geschrien und mich trotzdem angefleht, es ihr noch härter zu besorgen.

Sie ist eine verdammte Sexgöttin!

So viel steht fest.

„Willst du bleiben oder sollen wir zum Club fahren?“

Wenn Claire noch hier sein will, okay.

Dann lasse ich sie Karussell fahren, Luftballons mit blöden Pfeilen abwerfen und tun, was immer sie tun will, und wenn mein Schwanz erneut beschließt, in sie zu wollen, dann packe ich sie mir und ficke sie, wenn es sein muss zwischen all den Typen, die sie anstarren, als wäre sie eine verfickte Sahnetorte.

Jeder Kerl, der uns bis jetzt begegnet ist, konnte die Augen nicht von Claire abwenden – kein Wunder.

Sie hat diesen unverkennbaren Frisch-gefickt-Look.

Ihre katzenhaften grünen Augen glänzen, ihre Lippen sind geschwollen und sie verströmt Pheromone, wie ein Sommergewitter Blitze austeilt.

Alles an dieser Frau riecht, schreit und schmeckt nach Sex.

„Können wir kurz nach Mia suchen? Ich will mich vergewissern, dass es ihr gut geht.“

*Gut?*

Mia ist für diese Welt unantastbar geworden.

Black ist vernarrt in diese Frau, er braucht sie wie die Luft zum Atmen. Eher würde er sich das Herz aus der Brust reißen und den Wölfen zum Fraß vorwerfen, als dass er zulassen würde, dass seinem Mädchen etwas passiert.

„Ich schwöre dir, es geht ihr *gut*. Die beiden werden den Abend wie wir verbracht haben. Fickend.“

Und wenn das, was ich glaube, stimmt, dann benutzt Black dafür nicht nur seinen Schwanz, sondern auch seine Waffen.
Es muss geil sein, es einer Frau mit dem Lauf einer Glock zu besorgen.
Die Zuckerstange war ja schon der Wahnsinn.
Diese Mischung aus Zucker und Muschi – einfach bämmmm ...
Claires Lippen verziehen sich zu einem sexy Lächeln. Auf ihrer Unterlippe herumkauend, schmiegt sie sich an mich, stellt sich auf die Zehenspitzen und knabbert an meinem Kiefer, denn bis hoch an meinen Mund kommt sie nicht. Nicht mal auf Zehenspitzen.
Dieses Mädchen ist so klein, dass ich mit dem Gedanken spiele, es einfach in meine Tasche zu stecken und zu behalten.
„Aber das Riesenrad hat uns gehört."
„Yeah, Baby. Wenn du willst, ficke ich dich in jedem Karussell auf diesem Fest."
Kichernd schüttelt sie den Kopf.
„Sorry Seven, ich brauche eine kurze Pause. Dein Schwanz ist riesig und mein Inneres fühlt sich an wie aufgerissen."
Das zu hören gefällt mir mehr als gut. Grob schlinge ich ihr meine Finger um den Nacken, halte Claire bestimmend fest und lasse sie spüren, wie schutzlos sie ist.
„Ich will, dass sich deine Pussy meinem Schwanz anpasst. Ich will, dass sie sich für ihn verformt – zu seinem verdammten Zuhause wird."
*Shit!*
Das mit dem Zuhause war zu heftig.
Aber so ist es, ganz genau das will ich und das ist nicht gut. Denn ein Zuhause besucht man öfters als nur ein Mal.
Ein Zuhause gehört einem, ein Zuhause ist etwas Besonderes ...
Claire scheint nicht zu kapieren, welches Chaos sie in mir ausgelöst hat und fängt zu lachen an. Das Lämmchen hat noch immer nicht kapiert, wie sehr der Wolf es reißen will.
„Schwänze haben kein Zuhause, Rocker ..."
Sie lacht noch immer, steht der Menschenmenge hinter sich mit dem Rücken zugewandt da. Ein eisiger Schauer rieselt mir über die Schultern – mein Instinkt warnt mich.
Etwas stimmt nicht. Noch bevor ich die Gruppe Rumänen auf uns zukommen sehe, umfassen meine Finger den Griff meines Dolches.
*Fuck off!*
Ich war nicht wachsam genug.

Im Normalfall wäre mir die Bande viel früher aufgefallen, aber ich war dank des Mädchens in meinen Armen abgelenkt und unaufmerksam.
Was völlig untypisch für mich ist.
Für gewöhnlich lasse ich die Umgebung nie aus den Augen und bin stets auf alles vorbereitet.
Claire lacht noch immer, die Szenarien in meinem Kopf drehen sich nur um eine einzige Sache – wie ich sie schützen kann!
Einen Fluch murmelnd, sehe ich zu ihr nach unten. Irgendetwas in meiner Mimik scheint ihr verraten zu haben, dass etwas nicht stimmt. Das Lächeln rutscht ihr von den Lippen, Sorge breitet sich in ihren Iriden aus.
Allein dafür will ich jedem der Rumänen die Kehle aufschlitzen. Wahrscheinlich werde ich das auch tun ...
„Was ist los?"
Ärger kocht in mir hoch.
Die Leichtigkeit des Moments ist wie weggeblasen.
Es geht um Alles – je nachdem wie ich handle, wird Claire entweder leben oder sterben.
„Wenn ich ‚jetzt' sage, versteckst du dich hinter mir. Klar?"
Verwirrung huscht über ihre ebenmäßigen Gesichtszüge.
„Warum? Was ist los?"
„Vertraust du mir?"
Eine blöde Frage, ich weiß. Dennoch muss ich es wissen.
Sie nickt, ohne zu zögern.
Etwas, das sich nach Stolz anfühlt, wallt in meiner Brust auf.
Im Gegensatz zu den meisten Menschen weiß ich, dass Vertrauen kostbarer ist als Gold und Geld. Gold kann man stehlen und Geld erpressen, aber Vertrauen muss man sich verdienen.
„Dann tu, was ich sage!"
Sie schluckt, sieht mich besorgt an.
Die vier Rumänen kreisen uns ein, jeder von ihnen hält ein Messer in der Hand. Wegen der vielen Passanten haben sie sich wohl für ein leises Vorgehen entschieden.
Lachhaft. Mit Waffen hätten sie vielleicht noch eine Chance gehabt, aber mit Klingen?
*Niemals!*
Ich gehe ein paar Schritte zurück, raus aus dem Trubel, sodass ich Claire zwischen der Rückseite einer der Buden und mir einkesseln und beschützen kann.

Diese Frau steht unter meinem Schutz. Ich werde nicht zulassen, dass ihr auch nur eines ihrer rosanen Haare gekrümmt wird.
Erst als ich das Mädchen und die Rumänen dahin manövriert habe, wo ich sie haben will, zische ich Claire wie besprochen ein „Jetzt!" zu.
Sie tut wie befohlen und versteckt sich hinter mir.
Endlich stehe ich den Angreifern direkt gegenüber.
Die Wichser haben einen Halbkreis gebildet und grinsen zufrieden. Anscheinend sind sie sich sicher, dass sie diesen Kampf so gut wie gewonnen haben.
*Großer Irrtum …*
Ich ziehe den langen Dolch aus der Scheide an meinem Oberschenkel und die kleine, runde Klinge des japanischen Honshu, die sich hinten an meinem Gürtel befindet. So viel Sauerstoff wie nur möglich in meine Lunge ziehend, schließe ich für den Bruchteil einer Sekunde die Augen, sammle meine Konzentration und fokussiere mich auf die vor mir liegende Aufgabe – das Töten.
Einem nach dem anderen sehe ich den Rumänen in die Augen, versuche herauszufinden, wer von ihnen mutig genug ist, den Anfang zu machen.
Dass die vier mich mit Messern angreifen, zeigt aufs Neue, dass sie keine Ahnung haben, wer wir *Bloody Kings* sind und worin unsere persönlichen Stärken liegen.
Ein großer Fehler.
Wenn ich mich auf die Jagd nach jemandem mache, dann durchleuchte ich ihn vorher, finde heraus, wo seine Schwachstellen und wo seine Stärken sind.
Bei ihrer Vorgehensweise ist es kein Wunder, dass diese Bastarde nichts weiter als billige Söldner sind.
Die Sekunden verstreichen, keiner der Rumänen macht den Anfang.
Ich höre Claires hektische Atemzüge hinter mir und frage mich, ob Black ebenfalls aufgelauert wurde.
Wenn ja, werden wir diese Nacht jede Menge Leichen beseitigen müssen.
Sie liegen zu lassen ist keine Option.
Meadville ist unser neues Zuhause, und wir scheißen nicht, wo wir essen. Die Menschen in dieser Stadt sollen uns respektieren und nicht hassen. Zu dem Arschloch links von uns sehend, stelle ich zufrieden fest, dass bereits Schweißperlen seine Stirn zieren.
Der Killer in mir wittert seine Furcht – ein leichtes Opfer. Herausfordernd winke ich ihn zu mir, der Typ sieht sich panisch um, was fast schon etwas Witziges hat.

Es ist dem Mann, der sicherlich weit über sechzig ist, deutlich anzusehen, dass er kein Interesse hat, jetzt und hier zu sterben.

Tja. Dumm gelaufen ...

Selbst wenn er es sich jetzt anders überlegt, das Messer fallen lässt, sich umdreht und verschwindet, wird er durch meine Hand sterben.

Er hat mich angegriffen, ich habe mir sein Gesicht gemerkt und der Rest ist Geschichte.

Jeder, egal ob jung oder alt, der mich bedroht, stirbt.

So läuft diese Scheiße nun mal.

Ich bin der Enforcer des *Bloody Kings Motorcycle Clubs*, Gnade gehört nicht zu meinem Repertoire – Gnadenlosigkeit hingegen schon!

Der Rumäne kapiert, dass es keinen Ausweg gibt, macht einen entschlossenen Schritt auf mich zu und sieht dabei zu dem Mädchen hinter mir. Zorn, eiskalt und roh, pumpt durch meine Venen.

Claire ist tabu!

Ich erlaube es diesen Hurensöhnen nicht mal, sie anzusehen!

Ein Fauchen ausstoßend, mache ich einen Satz auf ihn zu, lasse den Arm vorschnellen und schlage ihm mühelos das Messer aus der Hand. Zwei Atemzüge später liegt er mit durchtrennter Kehle im Dreck, erstickt an seinem eigenen Blut und ringt mit dem Tod um seinen letzten Atemzug.

„Da waren es nur noch drei ...“

Ich sehe zu meinem nächsten Opfer, befehle Claire die Augen zu schließen, und gehe zum Angriff über.

Das Beste wird sein, nicht mit diesen Idioten zu spielen, sondern die Scheiße schnell zum Ende zu bringen. Der Rumäne, der jetzt auf mich zukommt, ist jung und wirkt ruhig, fast schon arrogant. Wie es scheint, rechnet er sich wirklich Chancen aus.

Ein großer Fehler, den ich berichtigen werde.

„Du wirst sterben, Seven.“

Zumindest kennt er meinen Namen.

„Du weißt, wer ich bin?“

Er nickt stolz, fast wie ein Kind, das seine Hausaufgaben gemacht hat.

„Du kennst die Geschichten, die über mich im Umlauf sind?“

Wieder nickt er.

Ich sehe zu Rumäne Nummer drei und befehle diesem, laut bis zehn zu zählen.

Dumm wie er ist, fängt er sofort an.

Zur Hölle noch eins, die Typen sind sogar noch bescheuerter, als sie aussehen!

Das arrogante Arschloch greift mich an, die Spitze seines Dolches ritzt in meine Haut. Blut quillt hervor, ich spüre keinen Schmerz, sehe nur den knapp zwanzig Zentimeter langen Schnitt an meinem Unterarm und stoße ein Zischen aus.

„Das war ein *Fehler*!“

Der Wichser lacht.

„Das war nur der *Anfang*, Enforcer.“

*Fuck!*

Vielleicht stellt der Kerl doch eine Herausforderung dar.

Sein Kollege ist bereits bei vier, sobald er bei der Zehn angekommen ist, will ich, dass der junge Typ seinen letzten Atemzug aushaucht.

Die Klinge durch meine Finger tanzen lassend, fixiere ich mein Gegenüber mit den Augen und suche nach seiner Schwachstelle.

Ich finde sie, stoße vor und ramme ihm den Dolch bis zum Heft in den Magen.

Claires entsetztes Keuchen verrät mir, dass sie sich natürlich nicht die Augen zugehalten hat.

*Zur Hölle!*

Ich will nicht, dass sie das sieht und ich will schon gar nicht, dass sie sich vor mir fürchtet, aber daran kann ich jetzt nichts ändern.

Jetzt bekommt sie das Monster in mir zu sehen, die restliche Nacht wird zeigen, ob sie sich auch von der blutigen Seite meines Ichs ficken lassen wird.

Anstatt sofort zu Boden zu gehen, bleibt der Kerl stehen, beißt die Zähne zusammen und kämpft weiter. Respekt.

Meine Klinge hat garantiert seine Organe aufgeschlitzt.

Er ist so gut wie tot. Ich weiß das, er weiß das, und seine Freunde wissen es auch. Trotzdem zählt der Trottel wie befohlen weiter.

Das hier kommt mir vor wie ein schlechter Scherz und nicht wie ein organisierter Überfall.

Die Zahl sechs hallt durch die Luft.

Wird Zeit, diesen Bullshit zu beenden.

Erneut hole ich aus, dieses Mal treffe ich nicht, dafür aber mein Gegner. Sein Messer ritzt durch meine Kutte. Dass er mein Leder erwischt hat, schmerzt mich mehr als der Schnitt an meinem Arm.

Vor Wut schnaubend, verpasse ich seinem Oberschenkel einen Tritt, befördere ihn vor mir auf den Boden und schneide ihm ebenfalls die Kehle auf.

Der Countdown ist beendet, bevor der Wichser bei elf ankommt, breche ich ihm das Genick. Jetzt ist nur noch ein Rumäne übrig.

Ich schätze ihn auf Mitte vierzig, er zittert am ganzen Leib, mustert das viele Blut und sieht mich entsetzt an.

„Du trägst den Teufel in dir, Outlaw."

Das lässt sich nur schwer abstreiten.

„Durchaus möglich ..."

Um die Sache für Claire so schnell wie möglich zu beenden, ziehe ich den Arm zurück, umfasse die Klinge an der Spitze und schleudere sie nun mit aller Kraft in die Richtung des letzten Rumänen.

„... den Teufel, Gott und alle Dämonen!"

Mein Dolch dreht sich ein paar Mal in der Luft, bohrt sich dann direkt über dem Brustbein in die Haut, durchtrennt die Luftröhre und bleibt in dem Arschloch stecken.

Er bringt noch ein Keuchen zustande, dann fällt er um.

Ich verschwende keine Zeit, um zu prüfen ob er tot ist, sondern drehe mich zu Claire um und suche besorgt ihren Blick.

„Geht es dir gut?"

Sie zittert und nickt dabei.

„Ich ... Ich ... Mir? Ich habe nicht gekämpft."

Stimmt. Aber sie hat mich kämpfen gesehen.

Nicht sicher, ob sie sich nun vor mir fürchtet, gehe ich ein paar Schritte auf sie zu.

„Bist du in Ordnung, Mädchen?"

Irgendwie reche ich damit, dass sie sich panisch von mir abwendet und davonläuft, und mache mich bereit ihr, wenn nötig, hinterherzujagen.

Vor nicht mal zwanzig Minuten war mein Schwanz in diesem perfekten Mund, ehe ich sie im Riesenrad gefickt habe, und jetzt?

Jetzt benetzt das Blut meiner Opfer meine Finger. *Fuck!*

So habe ich mir diese Nacht nicht vorgestellt ...

„Das waren vier."

In der ersten Sekunde verstehe ich nicht, was sie meint.

„Yeah. Ich wäre auch mit vierzig fertiggeworden. Hauptsache, du bist in Sicherheit."

Claires Augen funkeln verdächtig.

Ein Ruck geht durch ihren Körper, gerade als ich denke, dass sie mir davonläuft, wirft sie sich mir in die Arme.

Überrascht stecke ich meine Messer weg und halte sie dann fest.

Ihr winziger Körper wird von Schluchzern durchgeschüttelt.

„Warum haben sie uns angegriffen?"

Für eine Frau wie sie, die nicht in die Welt unseres Clubs gehört, ist das alles sicherlich schwer zu verstehen.

„Die Rumänen und die *Bloody Kings* haben noch eine Rechnung zu begleichen.“

„Was für eine Rechnung?“

Unter verklebten Wimpern heraus und mit schwarzen Kajaltränen sieht sie mich an.

„Die Bastarde haben den MC angegriffen und wollten ihn in die Luft sprengen. Wir haben das verhindert und die Wichser getötet. Jetzt sind die verbliebenen Rumänen auf Rache aus.“

Sie schnieft.

„Wann wird das alles enden?“

Gute Frage.

„Wenn alle, die es auf die *Kings* abgesehen haben, tot sind.“

„Du wirst sie alle umbringen?“

Ich nicke.

„Aye, das werde ich.“

Claire schluckt. Für sie ist das alles garantiert ziemlich heftig.

Leichen, Messer und Blut gehören im Normalfall sicherlich nicht in ihr rosanes Leben.

„Und was habe ich damit zu tun?“

Wieder eine gute Frage, dieses Mal ist die Antwort komplizierter.

Ich umfasse ihr wunderschönes Gesicht, wische mit den Daumenkuppen die salzigen Tropfen von ihren Wangen und hauche ihr einen sanften Kuss auf die Stirn. Die Nase in ihren Haaren vergrabend, inhaliere ich den süßen Duft von Frau, Sex und Furcht.

„Solange du in Meadville bleibst …“, ich spreche mit ihr, ohne mich von ihr zu lösen. Ich muss sie einfach berühren, spüren, dass es ihr gut geht und mich selbst davon überzeugen, dass es mir gelungen ist sie zu beschützen. „… wirst du zur Zielscheibe. Du stehst in Verbindung zum Club. Erst wegen deiner Freundschaft mit Mia und nun wegen mir. Ich habe dich in aller Öffentlichkeit gefickt, dich festgehalten und geküsst. In den Augen unserer Feinde macht dich das zu meinem Eigentum.“

Ohne die Hände von ihrem Gesicht zu lösen, sehe ich sie an.

„Ich werde dich nicht belügen, Mädchen. Dafür ist die Sache zu ernst. Wenn du also in Meadville bleibst, bist du in Gefahr. Aber Fuck! Ich schwöre dir auf mein Leder, dass ich dich beschützen werde. Du hast mein Wort: Dir wird nichts passieren. Entscheidest du dich jedoch dazu, wieder zu gehen, lassen dich die Rumänen in Ruhe. Dieser Fight findet in Meadville statt, er wird dich nicht verfolgen.“

*Fuck!*

Aber ich werde sie, wenn sie beschließt, zu gehen, verfolgen. Vielleicht nicht sofort aber spätestens dann, wenn der Bullshit mit den Rumänen erledigt ist.

Dieses ganze Rosa hat mir das Hirn vernebelt ...

Ich will Claire, mehr als nur diese eine Nacht!

Sie will zu den Toten hinter mir sehen, aber ich halte sie davon ab.

Blut und tote Bastarde sind nicht für die Augen einer Frau bestimmt.

„Nicht. Du musst diese Seite meiner Realität nicht kennen, um dich zu entscheiden."

Zweifelnd sieht sie mir direkt in die Augen.

„Sicher?"

„Yeah, zu 100 Prozent!"

Das Handy in meiner Tasche vibriert, ich ignoriere es. Dieses Gespräch und diese Frau sind zu wichtig. Alles andere kann warten.

„Ist es verrückt, wenn ich trotz all dem in Meadville bleiben will?"

Aye, definitiv. Verrückt und gut!

„Du wirst unter meinem Schutz stehen."

Sie nickt. So als ob sie sich das schon gedacht hätte.

„Und was werden du und ich noch tun?"

„Fuck! Einfach alles!"

Ein zerbrechliches Lächeln huscht über ihre vollen Lippen.

Mein Schwanz zuckt.

„Genau das wollte ich hören, Enforcer."

„Du bleibst?"

Ich kann es nicht fassen!

Diese Frau wurde gerade Zeugin, wie ich vier Menschen getötet habe und sie bleibt dennoch bei mir. *Holy Shit!*

Claire ist außergewöhnlicher, als ich dachte.

Jemand brüllt meinen Namen. Sofort ziehe ich meine Waffe und wirble um meine eigene Achse, bereit alles und jeden zu töten, der eine Gefahr für Claire darstellt.

Doch statt eines weiteren Rumänen, steht Dog, unser Prospect, vor mir.

„Ach Scheiße! Ich wollte dich warnen, aber wie ich sehe, bin ich zu spät."

„Ja bist du. Trotzdem kommst du genau richtig. Schnapp dir Ruben und BlingBling und beseitigt diese Sauerei. Es ist ein Wunder, dass noch kein Passant mitbekommen hat, was hier abgegangen ist. Ich will, dass es dabei bleibt."

Der Prospect nickt.

„Betrachte das als erledigt."

Er sieht zu Claire.
„Was ist mit dem Mädchen?"
„Das lass mal meine Sorge sein."
Dog kapiert sofort, was ich ihm damit sagen will, und grinst schadenfroh.
„Erst der Präsident und dann du. Fuck! Ob es dagegen eine Impfung gibt?"
„Yeah, gibt es, sie ist blutverschmiert und endgültig."
Ich stecke die Waffe weg und klopfe auf den Dolch an meinem Bein.
Meine halbherzig ausgesprochene Warnung lässt ihn völlig kalt.
„Wo ist Black?"
„Keine Ahnung. Mia ficken, schätze ich."
Er lacht, zieht sein Telefon hervor und informiert Ruben und unseren Kassenwart, dass es Zeit wird, etwas aufzuräumen. Zusammen schaffen wir die Leichen beiseite, sodass die Wahrscheinlichkeit, dass sie gesehen werden, gegen Null tendiert. Dann schnappe ich mir das zitternde Mädchen und bringe es weg vom Tatort.
Auf dem Weg zur Harley teile ich Black in einer kurzen Textnachricht mit, was geschehen ist und dass er mich sofort anrufen soll.
*What a Fuck! Was für eine Nacht ...*
Vier weitere Rumänen sind tot, das rosa Mädchen bleibt und mein Schwanz ist hart wie Stein. Ich muss an die Zuckerstangennummer denken, was dafür sorgt, dass sich meine Eier puckernd zusammenziehen.
Nie habe ich etwas Geileres erlebt, als dieses Ding in ihrer rosa Pussy zu sehen.
Keine Ahnung was das zwischen Claire und mir ist, aber verdammt, ich bin durchaus gewillt, es herauszufinden!

## 6. Kapitel

## Eine Frau in Not und ein Killer, der zum Retter wird

Die letzten fünf Tage habe ich versucht, das Chaos in meinem Inneren geordnet zu kriegen, immer wenn es mir fast gelungen ist, ist der Enforcer der *Bloody Kings* aufgetaucht und hat es wieder durcheinandergebracht.

Dieser Rocker ist wie ein unkontrollierbares Erdbeben, das mich von den Füßen haut und mir die Luft aus den Lungen quetscht – aber im positiven Sinne, wenn ihr versteht, was ich meine?!

Seven ist der erste Mann, der mich nicht schon nach ein paar Orgasmen zu langweilen beginnt. Er ist wild, leidenschaftlich, ungestüm und tödlich. Gerade Letzteres habe ich auf dem Jahrmarkt mit eigenen Augen zu sehen bekommen.

Zuckerstangen, Schießbuden, bunte Herzen, rote Plastikrosen, Sex im Riesenrad und tote Rumänen – eine äußerst seltsame und auch irgendwie verschreckende Kombination.

Doch dieser blutige Zwischenfall hat es nicht geschafft, mich aus Meadville zu vertreiben. Ganz im Gegenteil, ich will bleiben.

Offiziell, um mehr Zeit mit Mia zu verbringen, aber in Wirklichkeit geht es dabei nur um den Rocker, der es fertigbringt, mich mit seiner geschickten Zunge ins Paradies zu lecken.

Mia und ich haben viel weniger Mädchenzeit für uns, als gedacht. Das liegt zum einen daran, dass sie arbeitet, und zum anderen, dass Black mindestens so einnehmend ist wie Seven. Der Rockerpräsident scheint es wirklich ernst mit meiner Freundin zu meinen.

Er beschützt sie, wacht über sie und kämpft gegen die unzähligen Verehrer an, die es auf Mia abgesehen haben.

Darunter fällt nicht nur der Cup-Cake-Lieferant Noah, sondern auch der Deputy Sheriff Hanks. Auch ihr Ex Warren macht immer noch Schwierigkeiten. Nachdem er ein paar Mal in Blacks Faust gerannt ist, hat er sich zurückgehalten, aber mittlerweile scheint er den Schmerz, den ihm der Rocker zugefügt hat, vergessen zu haben. Denn jetzt steht er wütend und angetrunken mitten im *Mia's* und sieht mich aus hasserfüllten Augen an.

„Verpiss dich du Schlampe und sag mir endlich, wo mein Mädchen steckt."

Was für eine Logik ... Himmel, dieser Typ ist echt blöder als zehn Meter Feldweg!

„Wenn ich mich verpissen soll, wie soll ich dir dann denn noch sagen, wo sich deine *Ex* gerade aufhält?“

Das Wort *Ex* betone ich ganz besonders.

Wobei ich nicht glaube, dass das etwas bringt.

Warren will einfach nicht kapieren, dass Mia nichts mehr mit ihm zu tun haben will.

*Scheiße!* Warum sollte sie auch?

Dieser Kerl hat sie geschlagen und angegriffen, während Black geradezu den Boden anbetet, auf dem sie geht.

Als Dankeschön, dass Mia zugestimmt hat, dass ich die nächsten Wochen bei ihr wohnen kann, habe ich ihr heute die Arbeit abgenommen und ihr somit einen freien Tag verschafft.

Sie und ihr Rocker sind schon vor Stunden mit dem Bike stadtauswärts gerast.

Also selbst, wenn ich wollte, könnte ich dem betrunkenen Automechaniker nicht sagen, wo sie sich aufhält.

Warren, der noch immer über meine Frage nachdenkt, schwankt leicht. In seiner rechten Hand hält er eine in braunes Papier gewickelte Flasche. Dem Geruch nach handelt es sich dabei um irgendeinen billigen Wodka.

„Dann sag es mir und verpiss dich danach.“

Immer nervöser werdend, sehe ich mich um, es ist kurz nach sieben Uhr abends, die Sonne steht noch immer rund und golden am Himmel, doch die letzten Gäste haben sich kurz nach seinem Eintreffen verabschiedet. Ich kann es ihnen nicht verübeln.

Es macht keinen Spaß, einen Kaffee zu trinken, wenn ein alkoholisierter Affe Beleidigungen herumbrüllt.

Das Dumme ist nur, dass ich jetzt mit ihm alleine bin und ich diesem Kerl wirklich so einiges zutraue.

Unsicher sehe ich mich nach irgendetwas, dass ich als Waffe benutzen kann, um, und schnappe mir die weiße, kleine Porzellanblumenvase die, mit einer weißen Rose dekoriert, auf dem Tischchen neben mir steht.

Also wenn das alles ist, stehen meine Chancen ziemlich schlecht.

Warren ist nicht so groß und kräftig wie Seven oder Black, aber im Gegensatz zu mir ist er ein echter Riese.

Die Vase in der Hand versuche ich, an seine Vernunft zu appellieren.

„Komm schon Warren, du bist betrunken. Geh einfach nach Hause, schlaf deinen Rausch aus und wir vergessen das Ganze.“

Wütend blitzen seine Augen auf, sofort weiche ich noch einen Schritt zurück.

*Ein Satz mit X das war wohl nix ...*

Anstatt auf mich zu hören, gönnt er sich noch einen großen Schluck aus der Flasche, schleudert diese dann kurzerhand durch die Luft, sodass sie direkt neben meinem Kopf gegen die Wand kracht und zerplatzt. Der Wodka spritzt, Dutzende Scherben surren wie durchsichtige Geschosse durch die Luft. Eine davon erwischt mich an der Stirn, schlitzt meine Haut auf, etwas Blut rinnt mir über die Schläfen.

Ich zucke erschrocken zusammen, jetzt habe ich so richtig Angst!

*Verdammt! Verdammt! Verdammt!*

Was jetzt?

Einerseits bin ich froh, dass Mia nicht da ist, andererseits hingegen wäre ich froh, wenn ich mich nicht alleine mit diesem Arschloch auseinandersetzen müsste.

„Du Schlampe bist auch zur Bikerhure geworden. Ihr Frauen seid alle die gleichen Nutten."

*Oh, wie nett ...*

Es wundert mich nicht, dass er weiß, dass ich mich mit Seven treffe. Warren beobachtet Mia und ihr Café schon seit Wochen.

Was soll ich also darauf antworten?

Keine Ahnung. Egal was ich sage oder tue, Warren scheint immer zorniger und unkontrollierbarer zu werden.

Die Art, wie er mich ansieht, verändert sich, bekommt etwas Sexuelles, wird immer bedrohlicher.

*Himmel hilf!*

„Vielleicht sollte ich dich nehmen? Vielleicht bist du besser zu ficken als dieses verlogene Miststück!"

*Oh Scheiße!*

Die Entwicklung, die dieses Gespräch nimmt, ist mehr als besorgniserregend.

„Wenn du mich anfasst, schneide ich dir den Schwanz ab, Arschloch!"

Meine leere Drohung beeindruckt ihn leider nicht im Geringsten.

Kein Wunder, ich habe weder ein Messer noch eine Schere, alles was ich habe, ist eine blöde Blumenvase!

„Du willst an meinen Schwanz?"

Mit den Augenbrauen wackelnd, fasst er sich in den Schritt und beginnt anschließend, seine verdreckte Jeans zu öffnen.

Wenn mir nicht sofort eine Lösung einfällt, wird er versuchen, mich zu vergewaltigen.

Ich schlucke hart, beobachte ihn entsetzt dabei, wie er seinen schlaffen Penis rausholt, und muss mir ein Lachen verkneifen.

„Mit dem weichen Ding wird das mit dem Ficken aber nichts!“

Es ist mit Sicherheit nicht die schlaueste Idee, ihn auch noch zu reizen, aber *das* konnte ich mir nicht verkneifen.

Im Vergleich zu Sevens sieht Warrens bestes Stück aus wie ein toter Regenwurm – und ist somit alles andere als angsteinflößend.

Das Lachen vergeht mir, als er mir einen Schlag verpasst. Seine Faust landet auf meinem Kiefer, die Vase rutscht mir aus den Fingern, ich lande in den Glassplittern der zerbrochenen Wodkaflasche.

*Bäämmmm ...*

Der Schmerz, der in meiner linken Gesichtshälfte aufflammt, treibt mir die Tränen in die Augen.

Warum kann ich nicht einfach mal die Klappe halten?

„Hältst du dich immer noch für witzig?“

Um ehrlich zu sein? Nein!

Mir fällt ein, dass sich mein Handy in der Hosentasche befindet. Etwas unbeholfen drehe ich mich auf die Seite, halte mir die Wange und bewege vorsichtig mein Kinn.

Es scheint nichts gebrochen zu sein. Immerhin etwas ...

Möglichst unauffällig das iPhone aus der Hose ziehend, gehe ich auf die letzten Anrufe und drücke schnell auf Sevens Nummer.

Es wählt, *bitte, bitte geh ran ...* Dann höre ich von Weitem seine Stimme. Da ich nicht normal mit ihm telefonieren kann, zumindest nicht, ohne dass Mias irrer Ex es mitbekommt, hoffe ich, dass Seven hören kann, dass ich mich in einer Notlage befinde, wenn ich einfach etwas lauter spreche.

Umständlich stehe ich auf, damit ich mich zumindest einigermaßen auf Augenhöhe mit Warren befinde, halte das Telefon in meiner Hand versteckt und drehe das Mikro so, dass es Richtung Warren zeigt.

„Fühlst du dich toll, Warren? Gibt es dir ein Gefühl von Macht, Frauen zu schlagen?“

Ich rede unnatürlich laut, aber das scheint dem Arschloch mir gegenüber nicht aufzufallen. Dem Wodka sei's gedankt.

„Du bist keine Frau, sondern nur eine dumme Schlampe.“

„Wenn dir meine Gesellschaft nicht gefällt, dann geh doch einfach. Du bist im *Mia's* nicht willkommen!“

Lautlos ein Stoßgebet zum Himmel schickend, hoffe ich, dass Seven kapiert hat, dass ich dringend seine Hilfe brauche.

Wenn nicht, bin ich so was von erledigt.

Angewidert riskiere ich einen Blick zu dem immer noch aus der Hose hängenden Penis und stelle entsetzt fest, dass es Warren anscheinend anturnt, Frauen zu schlagen.

*Scheiße!* Wie krank ist das denn?

Nicht wirklich groß, dafür jedoch hart, reckt sich seine Erektion in meine Richtung.

Erneut flutet eine Welle, bestehend aus Furcht und Ekel mein Nervensystem.

Panisch sehe ich Richtung Türe, Warren versperrt mir den Weg.

Ich stehe mit dem Rücken zur Wand, und das wortwörtlich.

Meine einzige Hoffnung ist der Trick mit dem Handy, ich komme mir vor wie in einem schlechten Film ...

Warrens fleischige Zunge schnellt vor, er wirkt wie ein räudiger Straßenköter.

Je näher er mir kommt, umso intensiver wird der Gestank von Urin und Schweiß. Mir dreht sich der Magen um, es fehlt nicht mehr viel und ich kotze ihm vor die Füße.

Er packt mich, vergräbt seine Finger in meinem Arm, sodass es sich fast so anfühlt, als würde er mir die Knochen brechen.

Ich zucke gepeinigt zusammen und trete ihm mit voller Wucht gegen das Schienbein, aber er scheint es nicht mal zu spüren.

„Lass mich sofort los!“

Warren lacht.

„Was, wenn nicht? Weigert sich die Bikerhure etwa?“

Bevor ich etwas sagen kann, stürmt ein mörderisch wirkender Seven in den Gastraum des Cafés und übernimmt es, Mias Ex zu antworten.

„Wenn nicht, breche ich dir hier und jetzt das Genick!“

Die Augen meines Rockers leuchten dämonisch, die Muskelberge in seinen Oberarmen zucken – alles an ihm wirkt gnadenlos, mächtig und tödlich.

Wenn ich Warren wäre, würde ich auf die Knie sinken und um Gnade winseln, aber der Typ ist leider genauso dumm, wie er aussieht. Anstatt Sevens Befehl Folge zu leisten, holt er aus und verpasst mir eine schallende Ohrfeige.

Mein Kopf wird nach rechts geschleudert, ich sehe Sternchen.

Bevor sich mein Sichtfeld klären konnte, bricht die Hölle los.

Seven brüllt etwas, das ich nicht verstehen kann, Warren jammert, dann ertönt ein knirschendes Knacken, was mir eine Gänsehaut beschert.

Das waren definitiv brechende Knochen.

Entsetzt wirble ich herum, als ich sehe, dass Warren noch lebt, breche ich vor Erleichterung beinahe zusammen. *Shit!*

Für einen Moment war ich mir sicher, dass mein Rocker ihm tatsächlich das Genick gebrochen hat. Nicht, dass ich sonderlich daran interessiert bin, dass Warren lebt, aber ich will nicht, dass Seven in die Todeszelle kommt. Das mit den Rumänen scheinen er und seine Clubbrüder geregelt zu haben.

Aber wie oft klappt das schon?

Wie viele Leichen kann man spurlos verschwinden lassen, ohne dabei erwischt zu werden?

Eine Frage, mit der ich mich bis jetzt nicht auseinandersetzen musste.

Aber seit ich in Meadville bin, ist alles anders ...

Zuckerstangensex ist nur ein verrücktes Erlebnis, tausend weitere sind hinzugekommen. Darunter ein vierfacher Mord, der durchgeknallte Ex meiner besten Freundin und jede Menge Schmetterlinge im Bauch.

Ich komme mir ein wenig vor wie Alice im Wunderland, nur dass ich eher Claire im Rockerland bin.

Warren liegt mit merkwürdig verdrehten Handgelenken und seltsam verbogenen Fingern auf dem Boden, seine Miene drückt puren Schmerz aus. So wie ich das sehe, hat der Vollstrecker der *Bloody Kings* ihm beide Arme, Gelenke, Hände und Finger gebrochen.

*Aaaaauuuuuu Scheiße!*

Aber na ja ... Männer die Frauen schlagen und vergewaltigen wollen, haben nichts anderes verdient. Das Geheule des Arschlochs ignorierend, steigt Seven über den vor seinen Füßen liegenden Warren und eilt auf mich zu.

„Fuck Baby. Was ist passiert?“

Mit der Situation ein wenig überfordert, sinke ich einfach nur gegen ihn, und lasse mich von ihm aus dem Café raustragen.

Dog und seine Dogge eilen über die Straße hinweg auf uns zu. Am Anfang hatte ich echt Angst vor diesem riesigen Hund, aber mittlerweile sind der Prospect, die Deutsche Dogge und ich so etwas wie Freunde geworden.

„Claire. Was ist passiert?“

Sevens Stimme hat einen bedrohlichen Unterton bekommen.

Wenn ich ihm nicht antworte, wird er Warren sicherlich doch noch den Hals brechen.

„Warren war auf der Suche nach Mia. Er hatte getrunken und wollte wissen, wo sie ist. Als ich es ihm nicht gesagt habe, hat er mich angegriffen.“

Ich erschaudere, drücke mich noch fester gegen Sevens warme Brust und inhaliere den vertrauten Geruch von Leder, Mann, Schießpulver und Minze.

„Er hatte seine Hose offen?"

Jetzt kommen wir zum kritischen Teil des Gesprächs.

„Er wollte mich vergewaltigen."

Ich kann regelrecht spüren, wie ein Ruck durch Sevens Körper geht. Sein kantiger Kiefer zuckt, auf seiner Stirn tritt eine Ader hervor und sein breiter Brustkorb wird hart wie Stein.

„Dafür bringe ich ihn um!"

*Verdammt!*

Er will mich absetzen, doch ich halte ihn davon ab, indem ich mich wie ein Klammeräffchen an ihm festkralle und mit den Händen sein Gesicht umfasse.

„Sieh mich an, Seven."

Zu meiner Erleichterung hört er auf mich.

„Wenn du jetzt da reingehst und mit ihm das Gleiche machst wie mit den Rumänen, wird das auffallen. Die vier Typen vom Volksfest waren nicht aus Meadville. Keiner hat sie hier gekannt, keiner wusste, dass sie in der Stadt waren. Aber bei Warren ist das anders. Sein Verschwinden würde auffallen. Was denkst du wohl? Wen würden die Einwohner von Meadville als Ersten verdächtigen? Hmmmm? Genau, den Club. Also lass es gut sein, ich denke, du hast deinen Standpunkt klargemacht."

Ich mache eine kurze Pause, lasse meine Worte auf ihn wirken.

„Es wird Monate, wenn nicht sogar länger dauern, bis er wieder ohne Hilfe seinen Regenwurm aus der Hose bekommt."

Irritation blitzt in den tiefblauen Iriden meines Bikers auf.

„Seinen was?"

Ich zucke mit den Schultern.

„Sein Penis sieht aus wie ein toter, vertrockneter Regenwurm."

Dog lacht, selbst Sevens Mundwinkel zucken kurz.

„Nicht so beeindruckend wie meiner, was?"

Jetzt muss sogar ich schmunzeln. Seit Sevens Auftauchen ist meine Angst wie weggeblasen, keine Ahnung warum, aber in der Nähe dieses *Bloody Kings* fühle ich mich zu eintausend Prozent sicher und das, obwohl ich dabei zugesehen habe, wie er vier Männer innerhalb weniger Minuten umgebracht hat.

„Deiner ist eine Naturgewalt."

Seven wirkt zufrieden.

„Besser als Zuckerstangen und Schnapsflaschen?"

Bei Letzterem laufe ich rot an.

*Himmel ...* Seven hat einen mexikanischen Schnaps, in dem ein echter Skorpion konserviert wurde. Dieses Gebräu befindet sich in einer Flasche, welche die Form eines echt riesigen Penis hat. Ein Penis, der mich schon so einige Male zum Schreien gebracht hat.

Seven liebt es, mich zu ficken, während noch ein anderer Gegenstand in mir steckt, und ich muss zugeben, diese doppelte Penetration hat etwas ... Ehrlich ...

Mein Rocker ist einfallsreich, er findet immer neue Dinge, mit denen er mich kommen lässt.

„Soll ich ihn kaltmachen, Enforcer?“

Dog sieht Seven abwartend an.

Doch Seven scheint kapiert zu haben, dass ich recht habe.

„Nein, geh einfach rein und sorg dafür, dass er bei klarem Verstand ist, wenn ich mit ihm rede.“

Der Prospect verschwindet im *Mia's*.

„Geht es dir gut, Mädchen?“

„Jetzt wo du bei mir bist, ja.“

Er knurrt und nickt.

„Gut, setz dich und warte kurz auf mich.“

Schmollend lasse ich zu, dass er mich auf einen der Stühle setzt und sehe ihm nach, wie er im Café verschwindet. Das Bollern einer Harley wird laut, der Präsident des Clubs kommt die Straße entlanggerast.

Seven oder Dog müssen ihn über den Vorfall informiert haben.

Kaum dass er die Harley zum Stehen gebracht hat, springt auch schon eine besorgte Mia von dem Motorrad und eilt auf mich zu.

„Oh Scheiße, Süße. Was ist passiert?“

Black stellt sich ebenfalls vor mich, sieht mich besorgt an und folgt dann, ohne ein Wort zu sagen, seinen Brüdern ins *Mia's*.

Warrens Überlebenschancen sind gerade rapide gesunken!

„Dein Ex ist hier aufgetaucht, er wollte dich sehen und hat Ärger gemacht.“

Ich spiele den Vorfall herunter, es bringt nichts, wenn Mia sich unnötig Vorwürfe macht.

„Hat er dich geschlagen?“

Sie mustert mein Gesicht, anscheinend hat Warrens Faust seine Spuren an mir hinterlassen.

„Ja zweimal, aber es geht schon wieder. Ehrlich.“

Wut und Tränen bilden sich in ihren Augen.

„Oh es tut mir so leid, Claire.“

Sie fällt mir um den Hals, wir liegen uns in den Armen.

„Das muss es nicht. Es ist ja nicht deine Schuld, dass es so weit gekommen ist.“

„Doch wenn ich da gewesen wäre ...“

Ich lasse sie gar nicht erst aussprechen.

„Dann hätte er das dir angetan und das wäre auch nicht besser gewesen.“

Mia schnieft, im Café kracht es, ein verzweifelter Schrei dringt zu uns durch.

„Du blöder Wichser, ich hatte dich gewarnt.“

Blacks Stimme klingt so eiskalt und scharf, als könnte man mit ihr Glas schneiden.

Wieder klatscht es, dieses Mal ertönt nur ein dumpfes Stöhnen, gefolgt von einem Röcheln.

*Oh Himmel ...*

Wahrscheinlich wäre jetzt der geeignete Augenblick gekommen, um Meadville und den Rockern endgültig den Rücken zuzukehren, aber das will ich immer noch nicht.

Diese Stadt gefällt mir, ich habe sogar schon mit dem Gedanken gespielt, ebenfalls hierherzuziehen. Es wäre toll, näher bei Mia zu wohnen und außerdem fühlt sich das zwischen Seven und mir nach etwas Ernstem an.

Verrückt, ich weiß. Aber verdammt!

Diese Kutten tragenden und Harley fahrenden Outlaws sind knallhart, tödlich und so verflucht sexy. Muskeln, Rockerromantik und dieser ausgeprägte Beschützerinstinkt – Hot as Hell!

Tyler zum Beispiel, dieser Vizepräsident, der würde perfekt zu meiner Schwester Sandra passen. Im Gegensatz zu mir ist sie eher die brave, ordentliche und liebe. Sie will immer alles richtig machen und landet trotzdem immer bei den falschen Kerlen.

Ihr letzter Freund war wie Warren und soweit ich weiß, lauert er ihr ebenfalls immer noch auf.

Wenn es mir gelingen würde, Sandra davon zu überzeugen, für einige Zeit nach Meadville zu kommen, wäre dass das Beste für sie.

Hier, in der Nähe der Biker, wäre sie in Sicherheit und zusammen mit Mia würde es mir garantiert gelingen, sie auf andere Gedanken zu bringen und vielleicht sogar mit Tyler zu verkuppeln.

Dieser schweigsame und düstere Vizepräsident lässt sich am besten mit einem schwarzen Schatten vergleichen, in dessen Dunkelheit gefährliche Dämonen lauern.

Wahrscheinlich zeigt ihr mir gerade einen Vogel, weil ich so einen Mann mit meiner Schwester zusammenbringen will, aber hey, ihr versteht das einfach nicht ...

Je düsterer, härter und gefährlicher diese Rocker sind, umso beschützender verhalten sie sich, wenn es um ihre Mädchen geht.

Black und Seven sind das beste Beispiel dafür.

Mia sieht mich besorgt an.

„Geht es dir auch wirklich gut?"

Ich nicke.

„Sag mal, was hältst du davon, wenn ich nach Meadville ziehe?"

Überrascht runzelt sie die Stirn.

„Du meinst so richtig?"

„Ja. So mit Sack und Pack!"

Begeistert klatscht sie in die Hände.

„Ehrlich?"

„Ja, warum nicht?"

Wieder umarmt sie mich, Black, Seven und Dog kommen aus dem Kaffee. Die Hände meines Enforcers sind blutverschmiert.

*Oh Verflucht!*

„Sag mir, dass er noch lebt."

Seven wirkt schuldbewusst.

„Er atmet noch."

„Mehr kann ich unter den gegebenen Umständen wohl nicht erwarten. Was?"

Er schüttelt den Kopf.

„Nein."

Was habt ihr mit ihm gemacht?

Die Antwort auf Mias Frage interessiert mich brennend.

„Dafür gesorgt, dass er garantiert nie wieder eine Frau anrührt, geschweige denn vergewaltigen kann!"

Ich ahne, was passiert ist ...

„Ihr habt ihn kastriert?"

Black grunzt zustimmend.

„Der Wurm ist ab."

Sevens Kommentar bringt Dog zum Lachen.

„Das kann nicht euer Ernst sein."

Die drei Rocker tauschen einen amüsierten Blick.

„Warum nicht? Das Arschloch hat mehr als eine Warnung bekommen. Keine davon hat er ernst genommen und jetzt hat er sich an dir vergriffen. Du bist Sevens Mädchen, du gehörst zum Club. Wer dich belästigt, bedroht oder gar verletzt ...", der Präsident tippt sich gegen seinen Kiefer und spielt damit auf das Hämatom an, das sich bei mir an dieser Stelle bildet, „muss mit der geballten Wut der *Bloody Kings* rechnen!“

*Wie krass!*

Mia nickt zustimmend, ich bin sprachlos – wahrscheinlich zum ersten Mal in meinem Leben!

„Dog wird die Rettung anrufen, ihr Ladys kommt mit uns. Sobald Warren wieder in der Lage ist, Nahrung zu sich zu nehmen, die nicht durch einen Schlauch kommt, wird er Meadville verlassen und nie wieder hierher zurückkommen!“

*Doppelt krass!*

Seven sucht meinen Blick.

„Du willst nicht, dass ich ihn umbringe? Okay. Ich akzeptiere deinen Willen, Baby. Aber wenn dieser Warren dich jemals wieder auch nur ansieht, töte ich ihn! Daran können auch deine schönen Katzenaugen und dein Schmollmund nichts ändern.“

*Katzenaugen? Schmollmund? So ... So ...*

Black packt sich Mia.

„Komm schon, Süßarsch, wir setzen unsere Tour fort.“

Er wirbelt meine Freundin durch die Luft und trägt sie dann zu seinem Bike.

Sie ruft mir zu, dass wir unser Gespräch heute Abend weiterführen, ich weiß jetzt schon, dass das nicht klappen wird. Ich kenne Seven, er wird mich heute nicht mehr aus den Augen lassen.

„Auf geht’s, Rosa. Ich bring dich zum Club.“

Ganz der böse Outlaw hebt er mich in seine Arme und beißt sich dann an meiner Unterlippe fest, ehe er mich stürmisch küsst.

„Sorry, dass ich nicht besser auf dich aufgepasst habe.“

Seine Entschuldigung ist nicht lauter als ein raues Flüstern.

„Du konntest doch nicht ahnen, dass so etwas passieren würde.“

„Ich hätte es vorhersehen müssen. Dass dieser Warren nicht richtig tickt, wusste ich schon länger.“

Er trägt mich mit großen Schritten über die Straße.

„Was, wenn ich dir sage, dass ich nach Meadville ziehen will?“

Seven bleibt mitten auf der Fahrbahn stehen.

„Ist das dein Ernst?“

Er sagt das so komisch, dass ich nicht beurteilen kann, ob er meinen Vorschlag gut oder schlecht findet.

„Ja, na ja ... In Saegertown hält mich nichts mehr. Ich habe weder einen Mann noch einen Job dort. Und hier in Meadville habe ich Mia.“

Seine Lippen verziehen sich zu einem wölfischen Grinsen, das dafür sorgt, dass ein heißer Schauer an meinen Schulterblättern hinabrieselt.

„... Und einen Kerl. Wenn du in meine Stadt ziehst, gehörst du mir!“

*Oh, yeah ...*

„Dir?“

Eine Art Fauchen löst sich aus seiner Kehle.

„Nur mir. Deine rosa Pussy, dein enger Arsch und deine Lippen ... Ich beschütze dich, ich kämpfe für dich und ich ficke dich: mit meinem Schwanz, Zuckerstangen, Schnapsflaschen und jedem anderen Gegenstand, der in deine süße Muschi passt. Fuck! Ich will dich, Claire.“

Also wenn das keine Rockerromantik ist, dann weiß ich auch nicht.

„Du willst also was Festes?“

Ein Schwall der heftigsten Flüche kommt aus seinem Mund, dann nickt er und presst mich so fest an seine harten Muskeln, dass ich kaum noch atmen kann.

„Hätte zwar nie gedacht, dass es mal so weit kommt. Aber ja. Der Moment, in dem ich deinen Anruf bekommen und kapiert habe, dass du in Schwierigkeiten steckst ... Bei allen Höllen! Mir ist das Blut in den Adern gefroren, nichts, war mehr für mich wichtig. Nichts, außer zu dir zu kommen und dich zu beschützen!“

*Ding, Ding, Ding ...*

Zum Ersten, zum Zweiten und zum Dritten.

Mit dieser Ansage hat er sich gerade mein Herz ersteigert.

So etwas durch und durch Besitzergreifendes hat noch nie ein Mann zu mir gesagt. *Nie!*

Wir stehen noch immer mitten auf der Straße, Sevens Hände sind mit Warrens Blut befleckt und mein Herz läuft vor Liebe über.

Ja, ganz richtig – ich bin verliebt.

Der Enforcer des gefürchteten *Bloody Kings Motorcycle Clubs* hat sich in den letzten sechs Tagen in mein Herz geschlichen.

Ob er es bereits ahnt?

Hoffentlich nicht. Noch bin ich nicht bereit, es laut auszusprechen und mich mit den Folgen dieses Gefühls auseinanderzusetzen.

*Noch ...*

„Was ein Glück ... Ich kann mir nichts Schöneres vorstellen, als von dir beschützt und gefickt zu werden. Dingsbums-Sex ist der Hammer!“

Er lacht, die Sirenen des sich nähernden Rettungswagens werden immer lauter.

„Ich hätte da noch ein Dings, für ’nen ordentlichen Bums!“

Grinsend sehe ich ihm direkt in die Augen, mein Herz macht einen Satz und legt einen Tango aufs Parkett.

„Was ist das denn für ein Dings?“

„Das, meine Schöne, wirst du gleich sehen.“

Er setzt seinen Weg fort, verschleppt mich in seine Welt und direkt in seine Wohnung, die sich im zweiten Stock des Clubhauses befindet.

Dort angekommen bringt er mich ins Badezimmer, setzt mich auf dem geschlossenen Klodeckel ab und wäscht sich das Blut von den Händen.

Obwohl ich sehe, wie sich das Wasser rot färbt, ehe es im Abfluss verschwindet, will ich noch immer nicht das Weite suchen – ganz im Gegenteil.

Seven ist bereit, bis zum Äußersten zu gehen, um mich zu beschützen.

Ich finde, das hat etwas verdammt Beruhigendes ...

## 7. Kapitel

## Ein Outlaw, der kapiert, dass Rosa genau das ist, was er für immer will

Heißes Wasser prasselt auf uns herab, wäscht das Blut, den Schrecken und den Schock ab.

Was heute passiert ist, hat mir gezeigt, dass dieses Mädchen genau das ist, wonach ich unterbewusst schon lange gesucht habe.

Rosa – klein – weich und absolut perfekt!

*Fuck!*

Claire gehört mir und ich werde alles tun, um sie zu behalten.

Dass Warren noch lebt, verdankt er der Frau in meinen Armen.

Wenn es nach mir gegangen wäre, hätte ich dem Bastard einfach das Genick gebrochen und ihn im nächsten Wald verscharrt.

Und bei allen *Kings*, sein Grab hätte ich mit Freude ausgehoben!

Aber Claires Argumente waren gut, also darf er leben.

Zwar als schwanzloser Krüppel, aber er atmet noch – hoffentlich weiß dieser Wichser, wie glücklich er sich schätzen kann.

Zischend verdränge ich den Bullshit aus meinem Hirn, konzentriere mich voll und ganz auf das, was dieses rosa Mädchen in mir auslöst:

Friede, Sehnsucht und noch etwas, das ich noch nicht beim Namen nennen will.

Vor einem Jahr, als das erste Mal besprochen wurde, dass die *Bloody Kings* in Meadville Pennsylvania ein neues Chapter eröffnen, wusste ich nicht, was auf mich zukommt.

Ich habe mit vielem gerechnet, aber nicht damit, dass ich auf eine rosa Naturgewalt treffen würde, die mein Leben komplett auf den Kopf stellt.

Zuckerstangen sind geil, rosa Haare sind geil und eine rosa Pussy ist überhaupt das Allergeilste. Wer hätte das gedacht?

Dass Claire nach Meadville ziehen will, gefällt mir. So habe ich sie immer in meiner Nähe und kann sie besser im Auge behalten.

Das Wasser abstellend, hebe ich sie aus der Dusche, trockne sie kurz ab und trage meine Beute dann direkt ins Schlafzimmer.

Draußen ist es noch hell, die Nacht ist noch weit entfernt, trotzdem will ich Claire jetzt genau da haben.

In Sicherheit, in meinem Bett und in meinen Armen ...

Sie kuschelt sich vertrauensvoll an mich, ein warmes Brennen breitet sich in meinem Brustkorb aus.

„Danke, dass du mich beschützt hast.“

Sie spricht leise, ihr heißer Atem weht gegen meinen Hals.
„Das werde ich immer tun, Baby."
Kaum dass ich die Worte ausgesprochen habe, weiß ich, dass sie wahr sind.
Warm und feucht pinnt sie mir einen Kuss auf die Schulter, mit den Fingerspitzen spurt sie die Rillen meines Sixpacks nach.
„Du hattest mir ein Dingsbums versprochen."
Ich schlucke hart, mein Schwanz pumpt sich mit Blut voll und mein Sack wird prall.
„Du willst es?"
Sie nickt und vergräbt ihre weißen Schneidezähne in dem weichen Fleisch ihrer Unterlippe.
„Ich will es immer ..."
Aye, das ist mir auch schon aufgefallen.
Claire ist wohl die einzige Frau, die es schafft, meine Gier zu sättigen. Die meisten Mädchen, vor allem wenn sie so unschuldig aussehen wie sie, würden an meiner Gier zerbrechen.
Einen Kuss auf ihre Nasenspitze pinnend, steige ich aus dem Bett und hole den Dildo, den ich extra für sie im Internet bestellt habe, aus dem Schrank.
„Ich dachte, wir probieren es mal mit einem echten Toy."
Da ich den Plastikschwanz vor mir halte, während ich die Originalverpackung öffne, kann Claire nicht sehen, worüber ich genau rede.
„Ein echtes Spielzeug? Was soll das sein? Legosteinchen?"
Sie klingt irritiert.
Kein Wunder, wenn man bedenkt, was ich in der letzten Woche alles in ihre gierige Pussy geschoben habe. Schnapsflaschen, Zuckerstangen, den Griff meines Dolches, nur um ein paar Beispiele zu nennen ...
Endlich lässt sich das Plastik aufreißen. Der dicke, pinke und unfassbar große Dildo hat so einen enormen Umfang, dass nicht mal ich ihn mit den Fingern umspannen kann.
Meine Süße wird schreien und kreischen vor Lust und Schmerz.
„Wenn du Lego willst, besorg ich welches. Aber für heute denke ich, wird uns dieses gute Teil hier reichen."
Ich drehe mich zu ihr um und zeige ihr das riesige Dings für den gewaltigen Bums.
In der Sekunde, in der ihre Augen auf dem harten Monster landen, klappt ihr Kiefer nach unten.
„Heilige Scheiße, der wird niemals in mich hineinpassen."

„Oh doch und wie er das wird. Ich lasse dir nämlich keine andere Chance."

Entsetzt sieht sie mir in die Augen.

„Du spinnst. Dein Schwanz ist ja schon riesig, aber das Ding, das ist doppelt so groß!"

„Jep, ist es."

Vorfreude pulsiert durch meine Venen. Durch das Fenster dringt das Blaulicht der Einsatzfahrzeuge, die auf der anderen Straßenseite damit beschäftigt sind, Warren zusammenzuflicken. Es birgt schon eine gewisse Ironie, dass ich, obwohl ich im Gegensatz zu Mias Ex noch meinen Schwanz habe, trotzdem zu einem unechten Pimmel greife.

*Aber Fuck!*

Es ist einfach so verflucht geil, dabei zuzusehen, wie Claires enge, kleine Pussy in sich aufnimmt, was ich in sie reinschiebe.

Manchmal muss sie echt kämpfen und die Zähne zusammenbeißen, aber bis jetzt hat sie alles in sich aufgenommen, was ich in sie reingeschoben habe.

„Bist du bereit."

Mein Mädchen zögert, rutscht auf dem Bett etwas nach hinten und betrachtet erneut das rosa Monster.

„Bis zum Anschlag?"

Darauf kann es nur eine Antwort geben.

„Bis zum letzten Millimeter."

Die Furcht, die sich in ihren waldgrünen Augen spiegelt, wird von purer Erregung abgelöst.

„Du wirst grob zu mir sein müssen. Ich werde mich wehren."

*Holy Shit!*

„Du hast keine Chance gegen mich Baby, ich werde dir geben, was du brauchst, wenn es sein muss, werde ich dich dafür auch überwältigen."

Ein zittriges Seufzen löst sich aus ihrer Kehle, mein Schwanz zuckt heftig bei diesem Lockruf.

Ich gehe zu ihr, presse mein Mädchen mithilfe meines Körpers tief in die Matratze und lasse den Dildo zwischen ihre Schenkel gleiten.

Feucht und heiß begrüßt ihre Muschi meine Finger.

Es wäre nur fair, ihr ein ausgiebiges Vorspiel zu schenken, aber dafür bin ich zu ungeduldig. Ich muss diese Frau spüren, ich muss wissen, dass sie mir gehört – nur mir!

Das Toy vor ihrer Öffnung in Position bringend, suche ich ihren Blick.

„Bist du bereit?"

Anstatt auf ihre Antwort zu warten, schiebe ich den Dildo ein paar Zentimeter tief in sie hinein. Ich muss ordentlich Druck ausüben, damit die breite Spitze in die enge Pussy hineinpasst.

Claires Augenlider flattern, das Blut in meinen Venen kocht.

„Für dich bin ich das immer!"

Yeah!

„Dafür werde ich sorgen!"

Nicht bereit, etwas von dem Anblick zu verpassen, richte ich mich auf, sehe zu der Stelle zwischen ihren Beinen, an der der Dildo in ihr verschwindet, und beiße die Zähne zusammen.

Dick und hart drückt sich das pinke Plastik in den rosa Schlitz meiner Süßen.

Ihre Schamlippen werden nach außen gedrückt, während das weiche Fleisch zuckt und krampft.

„Himmel ist das Ding dick."

„Es war der größte, den ich bestellen konnte."

Sie nickt begeistert und seufzt, was für mich einer Erlaubnis gleichkommt, weitermachen zu dürfen. Erneut übe ich etwas Druck aus, erneut rutscht der unechte Schwanz ein paar Zentimeter tief in sie hinein. Ihr Körper kämpft, um sich dem Eindringling anpassen zu können. Mit diesem Toy bringe ich Claire an ihre maximale Grenze.

Mein Schwanz schmerzt, er ist wütend, dass nicht er zum Zug kommt.

Aber zur Hölle, das wird er noch früh genug.

Zischend spreizt Claire die Knie noch etwas weiter, in der Hoffnung, dass es so etwas leichter geht.

„Er wird nie passen."

Sie flüstert, keucht und windet sich.

Um ihr zu beweisen, dass sie sich irrt, gebe ich ihr gleich noch ein paar Zentimeter mehr von dem unnachgiebigen Plastik.

Sie wimmert, drückt den Kopf ins Kissen und japst nach Luft.

Ich bin angefixt, muss wissen, ob sie es schafft oder ob diese Herausforderung zu groß ist. Entschlossen es herauszufinden, presse ich den Dildo tief in sie hinein, weiter und weiter, bis mein Mädchen einen lauten Schrei ausstößt. Es ist leicht zu erkennen, dass sie denkt, an ihrer Grenze angekommen zu sein, aber ich weiß es besser.

Sie mit einer Hand auf die Matratze pinnend, drücke ich den Schwanz tiefer in den engen Kanal, mehr und mehr, und beobachte dabei ganz genau, wie sich ihre Muschi krampfend wehrt.

„Bitte Seven ..."

Eine Träne löst sich aus ihrem Augenwinkel, ich lecke sie ab.

„Was?“
Sie zögert.
„Was willst du Baby? Mehr oder weniger?“
Gespannt was sie sagen wird, suche ich ihren Blick.
„Mehr.“
Fuck yeah, ich wusste es ...
Nicht bereit, jetzt zu stoppen, umfasse ich den Dildo anders, atme tief ein und ramme ihn dann bis zum Anschlag in den winzigen Körper meiner Frau. Claire zittert. Bäumt sich auf und schluchzt. Ihr Körper bebt und ihre Mitte läuft vor Nässe regelrecht über.
„Oh Gott es fühlt sich so an, als würde das Monster tief in meinem Bauch stecken.“
Sofort streiche ich mit der Hand über die Stelle unterhalb ihres Bauchnabels, versuche den Dildo zu ertasten, was mir natürlich nicht gelingt. Leider.
„Tut es weh?“
Der Sadist in mir will es aus ihrem Mund hören, dabei kenne ich die Antwort längst.
„Ja. Aber auf eine gute Art. Es fühlt sich an, als ob du mich mit dem Ding zerrissen hättest.“
Claire klingt atemlos, ihr Blick ist unfokussiert, sie wirkt unruhig.
Um das alles in Gänze auszukosten, ziehe ich sie in eine sitzende Position, ich weiß genau, dass es für sie so noch schwerer wird, den Dildo zu ertragen.
„Wie ist es jetzt?“
„Hart.“
Pink und zusammengezogen recken sich ihre Nippel in meine Richtung. Das weiche Fleisch in meinen Mund saugend, lasse ich sie meine Zähne spüren und werde mit einem lustvollen Keuchen belohnt.
„Respekt. Das ist das geilste Dingsbums von allen.“
Wusste ich doch, dass ihr der Dildo gefallen wird ...
„Leg dich hin.“
Sie tut, was ich sage, keucht und stöhnt dabei leise.
Wieder spreize ich ihre Beine, ziehe das Plastik kurz heraus, nur um es erneut wieder in sie zu rammen. Den Rücken durchbiegend, wölbt sie sich mir entgegen, beginnt die Sache immer mehr und mehr zu genießen.
Ihr Kitzler ist geschwollen und die Falten ihrer Muschi sind um den Dildo herum nach außen gewölbt – nie habe ich etwas Geileres gesehen.
„Fick mich, Seven. Tiefer.“

Noch tiefer und ich komme wahrscheinlich an ihrem Hals wieder raus.

Aber ich gebe ihr, was sie will, gebe ihr alles, tief und schnell, aber vor allem bis zum Anschlag.

Ihre Atmung stockt, das Zittern in ihren Beinen verrät mir, dass sie kurz vor dem Orgasmus steht.

Ein letztes Mal schenke ich ihr den Dildo, dann ziehe ich ihn aus ihr heraus und bringe mich vor ihrer heißen Pussy in Position.

Paradies ich komme ...

## 8. Kapitel

### Eine Frau, die lernt, dass die Realität hart ist, aber dass der Schwanz eines Rockers noch viel härter ist

*Ohhhhh meeeeinnnn Gooootttt ...*

Seven fickt nicht einfach nur meinen Körper, sondern auch mein Herz, meinen Geist und meine Seele.

Der Dildo war der Hammer, genau wie die anderen Dingsbumse, mit denen er es mir in der letzten Woche besorgt hat.

Aber sein Schwanz!

*Bei allen Heiligen ...*

Nichts fühlt sich besser an, als seinen warmen, perfekten Schwanz in mir zu spüren.

Wenn es möglich wäre, würde ich ihn für immer in mir behalten wollen, aber das geht leider nicht. Ich weiß ...

Seven bewegt sich, die Muskeln in seinen Armen und in seinem Bauch arbeiten heftig, um mich zu ficken. All diese Kraft lullt mich ein. Wie ein schützender Kokon schirmt er mich von der Außenwelt ab, lässt mich den unschönen Vorfall mit Warren vergessen.

Ich habe nie wirklich an die Liebe geglaubt und das, obwohl ich immer nach ihr gesucht habe. Aber jetzt fühlt es sich fast so an, als ob ich sie gefunden hätte.

Seven ist ein Gott – ein Kriegsgott und ein Sexgott.

Er weiß genau, was ich brauche, gibt es mir und bringt mich in Sphären, von denen ich bisher nicht mal zu träumen gewagt hatte ...

Das zwischen diesem Rocker und mir ist erst ganz am Anfang, aber es wird gut ... es wird perfekt ... das kann ich jetzt schon spüren.

Ein Keuchen ausstoßend, suche seinen Blick und ertrinke in den ozeanblauen Tiefen seiner faszinierenden Iriden ...

Ich werde nach Meadville ziehen, ich werde bei diesem Outlaw bleiben und ich werde dafür sorgen, dass meine Schwester genauso glücklich wird wie ich.

Das Leben ist schön, aber mit einem Rocker an der Seite ist es besser!

„Ich will dich, Mädchen."

Seven klingt atemlos.

„Du hast mich, blutiger König."

Er lacht, schüttelt den Kopf und beginnt dann, mich so gnadenlos zu ficken, dass es sich anfühlt, als würde er mich in meine Einzelteile zerlegen.

Stöhnend kralle ich mich mit den Fingernägeln an seinen Schultern fest und lasse mich von einem allumfassenden Orgasmus ins Paradies tragen.

Zitternd und schwitzend rammt Seven sich ein letztes Mal bis zum Anschlag in mich, seine prallen Eier drücken sich gegen meinen Po, sein Sperma flutet mein Inneres und mein Herz läuft vor Glück über.

„Fuck Baby! Fuck! Du bist der Wahnsinn! Ich gebe dich nie wieder her ..."

Erst als sein Schwanz aufgehört hat, in mir zu zucken, lässt Seven sich neben mir aufs Bett fallen. Er keucht schwer, seine breite Brust hebt und senkt sich schnell.

Besitzergreifend zieht er mich an seine Seite, vergräbt seine Nase in meinen Haaren und schnuppert an mir, als wäre ich sein Rotkäppchen und er mein böser Wolf.

„Du gibst mich nie wieder her?"

Er nickt.

„Nie wieder."

Das klingt nach einem verdammt guten Happy End.

Leise seufzend drücke ich mich fester an ihn, spüre, wie sein Samen aus mir herausläuft und weiß, dass ich genau da angekommen bin, wo ich schon immer sein sollte ...

Hier im *Bloody Kings Motorcycle Club* und an Sevens Seite ist mein Platz. Ich habe viele Frösche geküsst und an vielen Schwänzen gesaugt, bis ich endlich meinen Traumprinzen gefunden habe.

Aber verdammt!

Woher hätte ich auch wissen sollen, dass er auf einem Bike und nicht auf einem Pferd kommt und das er keine goldene Krone, aber dafür eine schwarze Kutte trägt?

Die Realität ist hart, aber der Schwanz meines Rockers ist härter, und das Beste an ihm, er gehört ganz und gar mir.

Ich habe in diesem kleinen Städtchen mein Glück gefunden und meiner Schwester wird es ebenfalls so gehen, da bin ich mir ganz sicher.

Tyler weiß es vielleicht noch nicht, aber seine Tage als Junggeselle sind gezählt.

Rocker flirten nicht, aber das ist auch gar nicht nötig, denn sie sind so, wie sie sind, absolut perfekt.

*Gnadenlos, tödlich, besitzergreifend, beschützend – Rockerromantik pur ...*

Meine Geschichte endet hier, aber das ist kein Grund zum traurig sein.

Denn wenn ihr wissen wollt, wie es mit den *Bloody Kings* weitergeht, dann freut euch auf das nächste Abenteuer.

Und dass es eines geben wird, ist klar, denn ich bin fest entschlossen, Sandra ebenfalls ein Stück vom Rockerglück zu verschaffen.

# Rocker tanzen nicht

## Prolog

## Ein einsames Mädchen voller Hoffnung, Angst und Vorurteilen

„Du willst was?“

Meine Stimme ist schrill, erinnert mich an Kreide, die über eine Tafel kratzt. Ich versuche, mich wieder etwas zu beruhigen, aber das fällt mir schwer.

Fassungslos sehe ich meine Schwester an, will sie am liebsten packen und so lange schütteln, bis sie endlich wieder zur Vernunft kommt.

Claire war schon immer ein bisschen anders, aber auf eine schräge, nette Art und Weise.

Ihre rosanen Haare leuchten in der Augustsonne wie ein Himbeerbonbon und der schwarze Lippenstift, mit dem sie ihren Mund angemalt hat, passt perfekt zu ihren ebenfalls schwarz lackierten Fuß- und Fingernägeln.

Sie trägt ein rotes Kleid mit weißen Punkten und einen dazu passenden Haarreif. In ihren Ohren stecken Kirschenohrringe, ein violetter Bissabdruck ziert ihren schlanken Hals.

Eigentlich ist alles wie immer und trotzdem ist alles anders ...

Meine kleine Schwester will nach Meadville in Pennsylvania ziehen, das an sich ist ja noch okay, aber der Grund, aus dem sie ihren Wohnsitz ändern will, gefällt mir überhaupt nicht.

Mein Entsetzen einfach überhörend, zieht sie ihr Handy aus der Tasche, tippt auf dem Display herum und hält es mir dann vor die Nase.

Da ist er, der Grund ihrer völlig übereilten Pläne.

Knapp zwei Meter groß, mit schwarzen Bartstoppeln am Kinn, einem breiten Hals und unheimlich wirkenden blauen Augen, die irgendwie zeitlos und alt wirken. Bis jetzt habe ich mir nie die Frage gestellt, welche Augenfarbe wohl der Teufel hat, aber jetzt – jetzt weiß ich es.

Der Rocker, der es geschafft hat, sich das Herz meiner Schwester zu stehlen, trägt schwarze Boots, eine abgewetzte Jeans mit Ölflecken und eine lederne Kutte, die mit verschiedenen Abzeichen übersät ist.

Er hat einen kantigen Kiefer, eine gerade Nase, riesig wirkende Hände und scheint im Großen und Ganzen nur aus Muskeln, Finsternis und Härte zu bestehen.

So einem Typen bin ich noch nie begegnet. Was wahrscheinlich auch besser ist. Je länger ich das Foto anstarre, umso seltsamer wird mir. Ein warnender Schauer rieselt zwischen meinen Schulterblättern hinab und meine Lunge zieht sich krampfhaft zusammen.

Männer wie er sind der Grund, aus dem Pfeffersprays erfunden wurden und Selbstverteidigungskurse angeboten werden.

Sie sind schuld an der Erderwärmung und dem Ozonloch – sie sind schuld an einfach allem! An Schokoladenorgien und Rotweinsessions. Sie sind gefährlich ... Sie stehlen Herzen, schenken multiple Orgasmen und bringen Frauen wie mich dazu, an ihrem Leben und ihren Regeln zu zweifeln. Kerle wie er sollten vom Aussterben bedroht sein, und nicht die Eisbären oder andere Tierarten, die weder für mich noch für Claire oder Mia jemals eine Gefahr darstellen.

Das in gezackten, aggressiv aussehenden Buchstaben in die Kutte gestickte *Bloody Kings Motorcycle Club* lässt meinen Puls in die Höhe schnellen. Und zur Krönung der ganzen Katastrophe hat sich der neue Liebhaber meiner Schwester auch noch ein Messer oder so was um den Oberschenkel gebunden.

*Himmel hilf ...*

Dieser Mann ist ein Verbrecher, und ein Krimineller der schlimmsten Sorte, und meine Schwester hat sich Hals über Kopf in ihn verliebt.

„Ist er nicht total süß?“

*Was? Waaaaasssssssss? Süß?*

Perplex sehe ich Claire an.

„Hast du dieses Monster gerade süß genannt? Bist du jetzt völlig irre? Pandabären sind süß, Katzenbabys sind süß, vieles ist süß ... Aber dieser Biker ist das nicht. Er ist gefährlich und er wird dich verletzen.“

Und ich wäre ihm tatsächlich sogar noch dankbar, wenn er sie nur verletzt und nicht gleich vergewaltigt, verstümmelt und anschließend irgendwo ihre Leiche loswird.

Genau wie erwartet, nimmt Claire mich nicht ernst. Anstatt auf mich zu hören, lacht sie mich einfach aus und zündet sich eine Zigarette an.

„So ein Quatsch. Seven ist gut zu mir. Er passt auf mich auf und beschützt mich. Hör also bitte auf, so einen Blödsinn zu reden.“

Der Drang, sie schütteln zu wollen, wird immer stärker, nicht mehr lang und ich tue es wirklich.

„Ach und vor was beschützt er dich? Vor sich selbst wohl kaum!“

Ich deute auf den Bissabdruck an ihrer Kehle.

„Das ist nur ein Knutschfleck.“

Knutschflecken kommen vom Knutschen, aber dieser Rocker hat sein komplettes Gebiss in meiner Schwester verewigt – ich kann jeden Zahnabdruck erkennen.

„Zumindest kann man ihn anhand der Zahnabdrücke als deinen Mörder überführen.“

Zuerst sieht sie mich entsetzt an, dann beginnt Claire wie verrückt zu lachen, fast so, als ob ich einen Witz gemacht hätte.

„Du bist so blöd. Ganz ehrlich ... Ich dachte, du freust dich für mich, dass ich endlich meinen Traumprinzen gefunden habe. Seven ist ein guter Mann. Ich hätte nicht gedacht, dass du so eine oberflächliche Ziege bist, die ihn nur wegen seines Äußeren verurteilt."

*Traumprinzen?*

„Du meintest wohl Höllenfürsten!"

Auch wenn ich nicht auf ihren Vorwurf eingehe, schmerzt er. Eigentlich bin ich kein Mensch, der andere anhand seiner Statussymbole, wegen seiner Optik oder seines Kontostands beurteilt. Aber in diesem speziellen Fall kann ich einfach nicht anders.

„Alles an diesem Rocker ist hart und angsteinflößend. Natürlich gehe ich nach dem, was ich sehe. Wonach sollte ich ihn sonst beurteilen? Dieser *Bloody King* legt es doch darauf an, auszusehen wie der König aller Bad Boys. Das ist doch so gewollt, oder warum trägt er das Leder, den Dolch am Bein und diesen dämonischen Gesichtsausdruck?"

Claire sieht zu dem Foto und dann wieder zu mir.

„Dämonisch? Er lächelt gerade."

*Ach du Scheiße!*

„Er sieht aus, als würde er frischgeborene Babys zum Frühstück verspeisen."

„Rocker frühstücken nicht."

„Echt jetzt? Mehr hast du nicht zu sagen?"

Sie zuckt mit den Schultern.

„Sie flirten auch nicht."

Als ob mich das interessieren würde ...

„Das liegt wohl daran, dass sie die meiste Zeit des Tages damit beschäftigt sind, ihre Mitmenschen in Angst und Schrecken zu versetzen."

„Nicht wirklich, als Vollstrecker hat Seven ein ganz anderes Aufgabengebiet."

*Vollstrecker?*

„Das klingt schon so heftig. Nenn ihn doch gleich Auftragskiller, das würde viel besser passen!"

Genervt raucht sie ihre Zigarette fertig, schnippst den Stummel über den Balkon und schiebt sich netterweise einen Minzkaugummi in den Mund. Sie weiß genau, wie sehr ich den Gestank von Rauch und Nikotin hasse.

„Wie lange seid ihr jetzt zusammen?"

Während sie gedanklich die Tage zusammenrechnet, legt sie die Stirn in Falten.
Claire wäre eine wunderschöne Frau, wenn sie endlich mal aufhören würde, ihre Haare in den Farben des Regenbogens zu färben, und sich andere Klamotten zulegen würde.
Aber so war sie schon immer. Schon als ganz kleines Mädchen hat sie sich mit Buntstiften angemalt und ihre Haare quasi in den Wasserfarbkasten gedrückt.
„Wir sind eigentlich nicht zusammen, also nicht im herkömmlichen Sinne. Aber wir vögeln seit vier Wochen miteinander."
Claire und ihr Sexualleben sind noch mal ein ganz anderes Thema ...
„Und wegen diesem Monat willst du nach Meadville ziehen?"
„Ja. Warum nicht? Dort lebt Mia und ich habe auch schon eine schöne, bezahlbare Wohnung gefunden."
Mist, das klingt, als würde sie das echt durchziehen.
„Und womit willst du die bezahlen? Du hast deinen Job verloren."
Wut blitzt in ihren grünen Augen, die identisch mit den meinen sind, auf.
„Ich habe meinen Job nicht verloren, sondern das Arschloch von meinem Boss hat mich einfach so grundlos gekündigt."
Von wegen ...
„Es war nicht grundlos. Du hast mit ihm Sex gehabt, obwohl du wusstest, dass er verheiratet war."
Sie streckt mir ihren ausgestreckten Zeigefinger entgegen.
„Nur weil ich mit ihm gefickt habe, habe ich den Job überhaupt erst bekommen. Wie kann ein Einstellungskriterium zugleich ein Kündigungsgrund sein? Erklär mir das mal bitte?! Das ist so was von unfair."
Claire lebt in ihrer eigenen Welt. Für sie kann alles mit Sex geregelt, bezahlt, erworben und entschuldigt werden.
Früher habe ich sie für diese Leichtigkeit, mit der sie die Welle des Lebens surft, bewundert. Heute hingegen habe ich verstanden, dass ihre Art, die Dinge zu regeln, falsch ist.
Im Gegensatz zu ihr überlege ich lange, bevor ich mich auf einen Mann einlasse – bevor ich ihn überhaupt küsse. Sex kommt niemals vor dem sechsten oder siebten Date infrage. Und pro Woche gibt es maximal ein Date. Männer sind anders als Frauen, sie sind irgendwie fehlerhaft und darum ist es wichtig, dass wir Mädels genau selektieren und herausfinden, welcher Mann eine gewinnbringende Zeitanlage ist.
Bis jetzt war ich leider nicht erfolgreich.

Die heutige Zeit ist schnelllebig. Was heute *In* ist, ist morgen schon wieder *Out*. Die Tage fliegen nur so an uns vorbei und die alten Werte verlieren immer mehr an Bedeutung.

Die Kerle von heute haben keine Lust zu warten oder Zeit zu investieren. Entweder steigst du zu ihnen ins Bett oder aber du wirst als frigide Kuh abgestempelt.

*Aber verdammt!*

Vielleicht ist meine Vorgehensweise auch die verkehrte?

Keine Ahnung?! Langsam komme ich ins Zweifeln ...

„Du solltest endlich anfangen, erwachsen zu werden, Claire. Du bist jetzt keine sechzehn mehr. Übernimm endlich Verantwortung für dein Handeln."

Ein gequältes Stöhnen von sich gebend, verdreht sie genervt die Augen.

„Komm mir nicht wieder mit dieser Leier. Du bist so in deinen eigenen Regeln gefangen, dass du vergisst, wie es ist, Spaß zu haben, Risiken einzugehen und glücklich zu sein."

Ihre Worte würden nicht so wehtun, wenn nicht ein Fünkchen Wahrheit an ihnen dran wäre.

„Ich habe Spaß und ich bin glücklich. Sehr sogar."

Okay, das ist zum Teil gelogen, aber was soll's?

Ich habe einen Ex, der Scheiße ist, meine Katze ist gestorben und ich habe vergessen, das Abo meiner Kochzeitung zu kündigen – aber es gibt Schlimmeres.

Biker mit Teufelsaugen zum Beispiel, die weder frühstücken noch flirten, aber dafür nur aus heißen, harten Muskeln zu bestehen scheinen.

Mag sein, dass ich tatsächlich etwas zu vorsichtig bin, aber Claire ist zu unvorsichtig. Eine Mischung aus uns beiden wäre wohl perfekt, aber die gibt es nun mal nicht ...

Meine Hände mit den ihren verwebend, sieht sie mir direkt in die Augen.

„Was hältst du davon, wenn du dein Schneckenhaus endlich mal für ein paar Tage verlässt und mit mir nach Meadville kommst? Mia würde sich freuen, dich zu sehen, und außerdem könnte ich deine Hilfe beim Umzug gebrauchen."

Es ist unfair, dass sie es so formuliert. Wenn ich jetzt nein sage, dann ist das so, als würde ich sie bei ihrem Umzug hängen lassen.

„Mia ist genauso irre wie du."

Wahrscheinlich ist Claires beste Freundin sogar noch verrückter, immerhin hat sie sich gleich den Präsidenten dieses fürchterlichen Rockerclubs geschnappt.

„Falsch, sie ist genauso glücklich wie ich."

„Vielleicht verwechselt ihr verrückt sein einfach nur mit glücklich sein?"

Ihr Kichern verrät mir, dass sie diese Möglichkeit nicht mal annähernd in Betracht zieht.

„Vielleicht hast du einfach vollkommen vergessen, was es heißt, so etwas Schönes wie Glück zu empfinden."

*Schon möglich ...*

„Ich hatte heute Morgen Glück und habe an meinen Regenschirm gedacht, und stell dir vor, es hat tatsächlich gewittert."

„Ach verdammt, Sandra. Das war kein *Glück*, das war einfach nur eine *Reaktion* auf den Wetterbericht."

Mag sein, dass dieses Beispiel blöd war, aber mir ist kein anderes eingefallen.

Ob das eventuell bedeuten könnte, dass sie recht hat?

*Oh nein! Niemals!*

„Okay, ich helfe dir beim Umzug und ich komme mit nach Meadville. Aber nur für ein paar Tage. Ich will nicht meinen kompletten Jahresurlaub in einer von Rockern verseuchten Kleinstadt verbringen."

Vor Begeisterung in die Hände klatschend, formt sie mit der Zunge eine Kaugummiblase und lässt diese dann geräuschvoll zerplatzen.

„Supi, das freut mich. Und wer weiß, vielleicht hast du ja tatsächlich ein bisschen Spaß."

Eigentlich sollte ich ihr diesen Umzug ausreden, aber wer Claire kennt, weiß, dass das absolut unmöglich ist. Alles was ich tun kann, ist, mir diesen Seven (weiß Gott, warum der Biker so heißt) mal aus der Nähe anzuschauen und zu prüfen, ob es einen offenen Haftbefehl für ihn gibt. Das soll ja bei diesen *Bloody Kings* des Öfteren vorkommen und wäre die Lösung für all meine Probleme.

Ich würde einfach die Polizei anrufen, dafür sorgen, dass dieser Biker in den Knast wandert und schon wäre meine Schwester in Sicherheit. *Theoretisch zumindest ...*

Leider habe ich nur wenig Hoffnung, dass es mir das Schicksal so leicht macht.

Das Leben hat die dumme Angewohnheit, ziemlich kompliziert zu sein.

Und auch wenn ich es niemals zugeben würde, war dieser Rocker auf dem Foto nicht nur furchteinflößend, sondern auch ziemlich heiß ... Echt ziemlich heiß!

Vielleicht sollte ich meiner Schwester einfach ihr Glück gönnen?

Vielleicht finde ich ja selber ein kleines bisschen davon?

## 1. Kapitel

### Ein Mann voller Blut, eine wahr gewordene Wichsfantasie und der Hauch von Schicksal

Kalt und unnachgiebig prasselt das Wasser auf mich nieder.

Spült den Dreck von meiner Haut und löst einen Teil der Anspannung, die meine Schultern fest im Griff hat.

Die Dusche war nötig – die Blutspritzer meines Vormittagsjobs waren längst auf meinen Armen und an meinem Hals getrocknet und hatten zu jucken angefangen.

Ich habe kein Problem mit Blut. Aber dank der unerträglichen Hitze, die der August in seinen letzten Tagen für uns bereithält, trocknet es einfach viel zu schnell.

Mit den Händen reibe ich das letzte bisschen Seife aus meinen kurzen Haaren, stemme sie dann an der gefliesten Wand ab und schließe die Augen.

Endlich Ruhe! Endlich Pause ...

Die letzten Wochen waren nicht nur anstrengend, sondern im wahrsten Sinne des Wortes hart. Seit wir hier in Meadville Pennsylvania ein neues Chapter der *Bloody Kings* gegründet haben, herrscht das totale Chaos – ich bin kaum zum Durchatmen gekommen.

Als Vizepräsident obliegt es mir, die Dinge in die Hand zu nehmen, ganz besonders seit Black, unser Präsident, beschlossen hat, sich das Kaffeemädchen von gegenüber zu schnappen. Während er sie mit seiner Waffe, seinem Schwanz und sonst noch was fickt, bleibt die Drecksarbeit an mir hängen, aber das ist okay.

Ich beschwere mich nicht, ganz im Gegenteil.

Hier in Meadville gibt es keine Bordelle und somit auch keine Nutten, keine Fight Clubs und auch sonst nichts, was mir dabei helfen würde, etwas Druck abzubauen.

Was es jedoch ausreichend gibt, sind Arbeit und Komplikationen.

Wir wissen noch nicht wer, aber irgendjemand scheint es auf uns und den MC abgesehen zu haben.

Seit wir in Meadville angekommen sind, passieren beschissene Dinge.

Zuerst wollten ein paar Rumänen das neue Clubhaus in die Luft sprengen, anschließend hat jemand versucht, mir von hinten eine Kugel in den Schädel zu jagen, und hatte sogar beinahe Erfolg damit. Wenn ich nicht einer Katze, die auf die Straße gelaufen ist, ausgewichen wäre, wäre mein Hirn auf dem Asphalt verteilt worden.

Erst vor wenigen Wochen wurde Seven, unser Enforcer, von vier dieser Hurensöhne auf dem Jahrmarkt angegriffen.

Zum Glück konnte er sich behaupten, sonst wäre nicht nur er, sondern wahrscheinlich auch das Mädchen, das er zurzeit fickt, getötet worden. Je mehr wir von diesen Rumänen killen, umso mehr werden es, eine seltsame Gleichung.

Irgendwo haben diese Bastarde ihr Versteck und wenn wir herausfinden wo, dann wird es einen fetten Knall geben.

Aber die Rumänen sind nicht unser einziges Problem, Irgendwer hat diese Wichser auf uns angesetzt, bis jetzt ist es mir jedoch noch nicht gelungen, herauszufinden, wer.

Die Zeiten sind gefährlich – Blut liegt in der Luft.

Selbst nachts, wenn ich beschließe, den Tag enden zu lassen, und ins Bett gehe, liegt immer eine geladene Waffe neben meinem Kopfkissen.

Es gilt vorsichtig zu sein – Paranoia ist angesagt.

Ein neues Chapter zu eröffnen, ist nie einfach, ganz besonders dann nicht, wenn es mitten in einer verschlafenen Kleinstadt passiert, die nicht wirklich in der Neuzeit angekommen ist.

Hier gibt es weder einen Starbucks noch sonst irgendwelche Franchise-Ketten.

Wenn ich einen Burger will, muss ich mir den selbst grillen – nicht zu fassen, oder?!

Dennoch gefällt es mir hier, es ist ganz anders als New York.

Die Uhren ticken langsamer, fast so, als würden ihre Zeiger nur dann vorwärts springen, wenn sie Lust dazu hätten.

Das mit den Leichen ist jedoch gleich geblieben. *Fuck!*

Ich habe in den letzten Wochen so viele Gräber ausgehoben, dass es mich nicht wundern muss, dass mein Nacken schmerzt, und das, obwohl wir die ersten Toten im Fundament der neuen Werkstatt verewigt haben.

Die Schultern rollen lassend, beiße ich die Zähne zusammen und fluche, als ein fieser Schmerz an meinem Rückgrat nach unten schießt.

*Bullshit!*

Bei allen Höllen. Die nächsten Arschlöcher, die durch meine Hand sterben, werden nicht vergraben, sondern angezündet.

Ich bin sechsundzwanzig und fühle mich wie fucking sechzig.

Minuten vergehen, ich stelle das Wasser auf heiß und lasse es auf meinen Rücken prasseln. Die Anspannung lockert sich, mein Schwanz wird hart.

Es ist eine Ewigkeit her, dass ich das letzte Mal bis zum Anschlag in einer Pussy gesteckt bin. Die letzte Frau, die ich hatte, war eine Clubmaus aus New York.

Die Enthaltsamkeit bin ich nicht gewohnt.

Von dreimal ficken pro Tag auf null ist ein krasser Schnitt.

Die letzten Monate habe ich damit verbracht, mir Dutzende Pornos anzuschauen, was zum Effekt hat, dass ich jetzt dauergeil bin.

Black und Seven haben sich dazu entschieden, sich etwas Festes zu suchen, das werde ich garantiert nicht tun. Der eklatante Mangel an käuflichen Muschis wird mich nicht dazu bringen, meinen Schwanz an die Leine legen zu lassen oder gar meine Freiheit an den Nagel zu hängen. So verzweifelt bin ich längst nicht ... Noch nicht zumindest.

Nutten braucht das Land und gleich morgen werde ich mich daran machen, welche zu besorgen. Knurrend umfasse ich meinen Schwanz, beginne über die Härte zu reiben und drücke die Eichel dabei so fest zusammen, dass es schmerzt. Ich wiederhole den Vorgang, wieder und wieder, wichse so lange, bis sich meine Eier schmerzhaft zusammenziehen und meine Beine zittern.

Der Druck gewinnt an Stärke, erfüllt mein Denken, bringt mich fast zur Verzweiflung.

Ich schließe die Augen, rufe die Bilder des letzten Pornos ab und erhöhe die Geschwindigkeit. In meiner Fantasie ersetze ich die dralle Blondine aus dem Fickfilm gegen eine kleine Brünette mit langen Locken und süßen Gesichtszügen.

Willig geht sie vor mir auf die Knie, drückt ihre Titten auf die Matratze und reckt mir ihren Arsch entgegen. In meinem Hirn entsteht eine wilde Mischung der Szenen aus den verschiedenen Pornos und meinen Sehnsüchten.

Die Pussy der Kleinen ist geschwollen, rosa und nass. Ihr Poloch ist eng und verspricht das gottverdammte Paradies. Das Pochen in meinem Unterleib wird stärker. Ich stelle mir vor, wie ich mich hinter das Mädchen stelle, ihre Mitte umfasse und ihre Arschbacken noch etwas weiter auseinanderziehe, sodass meinen Blicken nichts mehr verborgen bleibt.

Mein Schwanz zuckt, in diesem Moment würde ich wirklich alles geben, um den Fick Realität werden zu lassen. Doch anstatt einer heißen Braut bleiben mir nur die Faust und die Hitze des Wassers.

An mir nach unten sehend, beobachte ich, wie meine Hand wieder und wieder von der Wurzel bis zum Schaft gleitet, die komplette Basis bearbeitet und so dafür sorgt, dass ich Schub für Schub mein Sperma gegen die Fliesen spritze.

Mehr oder weniger zufrieden, lasse ich meinen Penis los, schalte das Wasser ab und steige aus der Duschkabine.

Wichsen ist wie essen oder wie atmen – lebensnotwendig.

Jedoch bringt es nicht dieselbe Befriedigung wie der weiche Körper einer Frau.

Mir groben Bewegungen trockne ich mich ab, ziehe mir frische Sachen an und stopfe die blutverschmierten Klamotten von vorhin in eine der Tüten, die extra für diesen Zweck im Badezimmer auf der Ablage liegen.

Es wird Zeit, sie zu verbrennen, die Spuren zu beseitigen und einen großen Schluck Whisky zu trinken.

So ungern ich es auch zugebe, aber ein Leben ganz ohne weibliche Gesellschaft, selbst wenn sie nur von Huren ist, macht keinen Spaß.

Black hat sich Mia geschnappt und Seven scheint mit Claire ganz zufrieden zu sein, aber teilen wollen sie ihre Beute nicht mit mir.

Früher, bei den Bitches, waren sie nicht so geizig, was mir zeigt, dass die Dinge jetzt anders laufen. Der Präsident und unser Vollstrecker meinen es ernst mit ihren Frauen, sie planen die Zukunft, reden von Kutten und Veränderungen. Keine Ahnung wie ich in dieses Bild passe, aber wenn ich nicht bald wieder etwas anderes wie meine Faust ficken kann, werde ich den Verstand verlieren und Amok laufen.

Mit den Armen durch das Holster gleitend, ziehe ich meine Waffe an, fülle das Magazin und mache mich auf den Weg nach unten.

Mias unverkennbares Lachen ist das Erste, was an mein Ohr dringt, dann höre ich, wie Claire etwas sagt und dann ... *Fuck!*

Dann dringt die Stimme einer weiteren Frau zu mir durch, eine Stimme, die ich bisher noch nie gehört habe, aber die mein Interesse weckt.

Kaum dass ich ums Eck gebogen bin und einen Blick auf das Mädchen werfen kann, das direkt neben Claire steht, fühle ich mich, als hätte mir jemand einen Baseballschläger in die Eingeweide gerammt. Sämtliche Luft entweicht meiner Lunge, meine Eier ziehen sich zusammen und mein Schwanz wird im Bruchteil von einer Sekunde so hart, dass er sich schmerzhaft gegen den unnachgiebigen Stoff meiner Jeans presst.

*Holy Bloody Shit!*

Was zur Hölle läuft hier?

Ist das ein Déjà-vu oder irgendeine kranke Scheiße, die sich das Schicksal ausgedacht hat, um mich zu quälen.

Fassungslos starre ich die kleine Brünette mit den langen braunen Locken und den süßen Gesichtszügen an, die 1:1 aussieht wie das Mädchen aus meinem Hirnporno – sie ist meine wahrgewordene Fantasie – die ultimative Frau, die die ich schon seit mindestens einem Jahrzehnt gedanklich wieder und wieder ficke.

Die Tüte in der Hand stehe ich einfach nur da, sauge jedes Detail des Mädchens in mich auf und kann nicht fassen, wie perfekt es ist.

Alles – absolut alles bis ins kleinste Detail ist genauso, wie ich es mir Nacht für Nacht vorgestellt habe. Die Art wie sie sich bewegt, wie sie spricht oder sich die Locken nach hinten streicht. Der elegante Schwung ihres Halses, die Rundung ihrer Schulter, die Verhältnisse von Arsch, Taille und Titten ...

Meine Hoden puckern, es fehlt nicht viel und ich spritze eine Ladung Sperma in die frischen Boxershorts und das nur, weil ich diese Frau, deren Namen ich nicht weiß, dabei beobachte, wie sie sich ein kleines Stückchen Kuchen in den Mund schiebt und sich anschließend die Fingerspitzen ableckt.

Fucking rosa Lippen – dicke Lippen – Blowjoblippen.

In meinem Hirn dreht sich alles, jede noch so perverse Fantasie, in der sie in den letzten Jahren die Hauptrolle gespielt hat, ploppt auf und macht mir das Atmen schwer.

*Fuck!* Himmel oder Hölle?

Ich weiß es nicht. Noch nicht.

Wenn mir jetzt einer meiner Brüder verkündet, dass sie die neue Clubbitch ist, dann ist das das Paradies, ich würde mir das Mädchen schnappen, in mein Schlafzimmer tragen, dort einsperren und mit Waffengewalt verteidigen. Ich würde jedem Kerl, egal ob Bruder oder nicht, ein Loch in den Schädel jagen, wenn er ihr zu nahe kommen will.

Wenn mir jetzt aber jemand sagt, dass sie Blacks verschollene Schwester ist, dann ist das die Hölle, denn dann ist die Fremde tabu, unantastbar – das Eigentum meines Präsidenten.

Dann bin ich gefickt – im wahrsten Sinne des Wortes gefickt.

Denn dann werden meine Eier immer dicker und dicker werden, blau anlaufen und wie eine Tomate, die mit einem Baseballschläger bearbeitet wird, platzen.

Es kostet mich einiges an Beherrschung, dass ich einfach stehen bleibe, nicht auf das Mädchen zustürme, es packe und vor den Augen aller Anwesenden über die Bar beuge und so hart ficke, bis es in seine Einzelteile zerbricht.

In meiner Fantasie habe ich diese Frau schon hunderte Male genommen. Mein Schwanz war so tief in ihrem Arsch, bis sie mich um Gnade angefleht hat und trotz der Schmerzen gekommen ist.

Ich habe ihre perfekten, runden Brüste gebumst, ihre Pussy geleckt, gefingert und gevögelt. Ich hatte sie auf jede nur erdenkliche Weise und glaubt mir, meine Gedanken sind, wenn es ums Ficken geht, alles, nur nicht zurückhaltend.

Wie soll ich diese Frau nicht anfassen und testen, ob sie wie in meinen Wichsfantasien schmeckt, wenn ich nichts anderes als genau *das* tun will?

BlingBling kommt in den Club, sieht das Mädchen und starrt es genauso an wie ich. Das ihm nicht der Sabber aus dem Mundwinkel tropft, ist auch schon alles.

Unser Kassenwart steht da wie ein verhungernder Hund, der einen saftigen Knochen sieht. Meine Faust will in sein Gesicht.

*Fuck!* Es ist die Hölle. Ganz klar.

Das Schlimmste an der Situation ist leicht zu erklären. Da ich diese Fremde seit Jahren gedanklich ficke, steht für mich fest, dass sie mir gehört. In meiner Fantasie habe ich schon tausend Mal Anspruch auf sie erhoben, sie mit meinem Samen gefüllt und mit den Zähnen gezeichnet. Aber das alles war nicht real, es hat nur in meinem Kopf stattgefunden, was bedeutet, dass diese Frau eben doch nicht die meine ist.

Ich habe also kein Recht, meine Waffe zu ziehen und BlingBling die Augen aus dem Schädel zu schießen. Anstatt ein Blutbad anzurichten, muss ich ruhig bleiben.

Mein Hirn führt ein Eigenleben, in dem kurzen Psychothriller, der vor meinen Augen abläuft, schlitze ich BlingBling die Kehle auf, packe mir dann das Mädchen, werfe es in dessen Blut und ficke es dort tief und hart – vor den Augen meines Bruders, während er langsam und qualvoll stirbt.

*Jep!* Ich weiß, das ist krank und total abgefuckt, das müsst ihr mir nicht sagen. Aber verdammt!

Ein Teil meines Ichs tickt nun mal anders als der Rest der Welt. Meine Seele ist schwarz, wahrscheinlich fault sie längst vor sich hin, wie ein toter Rabe am Straßenrand bei vierzig Grad Hitze.

Aber so bin ich.

Es gab eine Zeit, in der habe ich mich für die Abgefucktheit, die in mir schlummert, geschämt, aber die ist längst vorbei.

Ich bin was ich bin, und ich bin wie ich bin.

Nehmt mich so oder verpisst euch, ehe meine faule Seele beschließt, euch ebenfalls das Genick zu brechen ...

Fluchend sehe ich ein letztes Mal zu dem perfekten Mädchen, höre die lustvollen Schreie, die ich ihr erst vor wenigen Minuten in meinen Hirn-Dusch-Fick entlockt habe, und marschiere dann, wütend auf mich selbst, an den drei Frauen vorbei.

*Fuck!* Danke Schicksal ... Danke für gar nichts!

Wenn ich auch nur eine Sekunde länger in diesem Raum bleibe, dieselbe Luft atme wie sie und den Klang ihrer Stimme höre, drehe ich durch, laufe Amok und sorge dafür, dass der Psychothriller aus meinem Schädel Realität wird.

„Hey Tyler, wo willst du so schnell hin? Bleib doch noch ein bisschen, dann stelle ich dir Claires Schwester Sandra vor.“

Sandra. Meine Fantasie hat also einen Namen. Jetzt, wo ich weiß, dass sie zu Claire gehört, weiß ich auch, dass sie somit in Sevens Zuständigkeitsbereich fällt.

Claire ist sein Mädchen, also gehört ihre Familie dank den Gesetzen der *Bloody Kings* ebenfalls ihm.

Wie er wohl reagieren wird, wenn ich ihm sage, dass ich diese Sandra für mich beanspruche? Wird unser Enforcer Ärger machen, eines seiner Messer ziehen oder mir grünes Licht geben?

Wenn er weiterleben und all seine Gliedmaßen behalten will, rate ich ihm zu Letzterem.

*S.A.N.D.R.A.*

Anstatt Intelligenz zu beweisen und einfach weiterzugehen, drehe ich mich zu Mia um, sehe sie kurz an und kann nicht verhindern, dass meine Augen zu Claires Schwester weiterschweifen.

*So fucking perfekt – so fucking wunderschön!*

Diese Frau wurde nicht nur vom Himmel, sondern auch von der Hölle erschaffen.

Gott wäre nicht in der Lage, solch eine Sexyness zu kreieren, und der Teufel alleine hätte niemals dieses engelsgleiche Strahlen kreieren können. Dieses Mädchen muss also das Meisterwerk von Gut und Böse sein und es ist jetzt hier in meiner Welt.

*Bullshit!* Ich bin so was von geliefert.

Wenn das ein Test sein soll, egal ob von oben oder von unten, dann weiß ich jetzt schon, dass ich ihn nicht bestehen werde.

Ich war noch nie scharf darauf, mir eine Old Lady zu nehmen, ich hatte noch nie Lust, mir eine verdammte Schlinge um den Hals zu legen und meine Freiheit zu erhängen, aber ich wollte schon immer *diese* Frau.

In meiner Fantasie habe ich sie erschaffen, lange bevor ich wusste, dass sie wirklich existiert. Ich ficke sie, seit ich denken kann, und das ist eine verflucht lange Zeit.

Aber jetzt, wo ich weiß, dass es sie wirklich gibt, dass sie hier ist, aus Fleisch und Blut, muss ich sie besitzen.

Ihr Fleisch ist mein Fleisch – ihr Blut gehört mir.

Das ist keine Frage, das ist eine Tatsache!

Ich bin gefickt, weil ich sie seit Jahren ficke und bei allen *Kings*, es stört mich nicht mal. Was mir eigentlich echte Sorgen machen sollte ...

Doch anstatt wütend zu sein oder zu zweifeln, sehe ich ihr einfach nur in diese perfekten grünen Augen, von denen ich ganz genau weiß, wie sie sich verdunkeln, wenn sie vor Lust ertrinken und das, obwohl ich sie im *Real Life* noch nie angefasst habe.

Ich bin erledigt, schachmatt, am Arsch und am Ende und bei allen Heiligen, ich kann es kaum erwarten, all meine versauten Fantasien wahr werden zu lassen!

Doch bevor es so weit ist, muss ich mich noch etwas in Geduld üben, die Scheiße mit Seven klären und, wenn es dumm läuft, in der Hoffnung, dass sie mir dabei helfen, wieder etwas ruhiger zu werden, ein paar Morde begehen.

Sandra gehört mir und wenn ich das ängstliche Aufblitzen in ihren katzenhaften Iriden richtig deute, scheint ihr das in genau diesem Moment klar zu werden.

Ich bringe kein Wort raus – bringe keine Begrüßung zustande, sondern stehe einfach nur da, sehe sie an und weiß instinktiv, dass sich ab dieser Sekunde mein komplettes Leben verändern wird.

Mit letzter Kraft zwinge ich mich selbst dazu, den Blick von *meinem* Mädchen abzuwenden, gehe raus in den Hof und zünde in einem der abgeschnittenen Ölfässer ein Feuer an. Dann werfe ich die Tüte samt der mit den DNA meiner Opfer besudelten Klamotten in die lodernden Flammen und warte, bis sämtliche Spuren in Rauch aufgegangen sind. Eine Lucky rauchend, starre ich so lange in das Feuer, bis es sich so anfühlt, als wären meine Augäpfel geröstet, während ich Sandra erneut in meinem Hirn ficke. Aber dieses Mal ist die Fantasie anders, weniger grob, weniger brutal, sondern fast schon zärtlich.

Anstatt das Mädchen zu unterwerfen, nehme ich es langsam in Besitz, erkunde jede Falte und jeden seidigen Zentimeter ihrer weißen Haut, lasse es spüren, wie absolut perfekt es zu mir passt und dass es nur für mich geschaffen wurde.

*Jesus ...*

Black taucht neben mir auf, beide Hände in die Hosentasche schiebend, warte ich ab, was er von mir will.
„Alles klar bei dir, VP?“
*Fuck!* Wenn ich das nur wüsste.
„Die Scheiße von heute Vormittag ist geregelt.“
Unser Präsident schüttelt den Kopf.
„Das meine ich nicht.“
Aye, das dachte ich mir.
„Worum geht es dann?“
„Ich habe gesehen, wie du Claires Schwester gerade angestarrt hast.“
Ich tue unbeeindruckt und zucke mit den Schultern.
„Na und?“
„So sehe ich Mia an.“
*Erwischt …*
„Du meinst das Mädchen, das du mit deiner Waffe fickst.“
Ich sage das, weil ich will, dass Black klar ist, dass ich genau weiß, dass er mindestens so abgefuckt ist wie ich.
„Richtig, das tue ich. Das und noch viel mehr kranken Scheiß und aus genau dem Grund mache ich mir Sorgen.“
„Sorgen worüber?“
„Dass du diese Sandra zerbrichst.“
*Shit!*
„Tust du das denn mit Mia? Zerbrichst und zerstörst du sie?“
Black überlegt, sein „Nein“ ist nicht sonderlich laut und klingt nicht überzeugend. „Bis jetzt ist es mir gelungen, mich zurückzuhalten. Aber es wird von Tag zu Tag schwerer. Meine Gier nach dieser Frau ist schwarz und gefährlich und wenn ich nicht aufpasse, werde ich Mia zerstören und das wiederum zerstört dann mich.“
*Bloody Hell!*
„Du willst, dass ich mich von Claires Schwester fernhalte?“
Wenn er jetzt ja sagt, werde ich ihm wohl oder übel klarmachen müssen, dass das nicht passieren wird.
Wieder schüttelt er den Kopf.
„Nein. Wenn du die Frau so sehr willst wie ich Mia, dann ist das unmöglich. Versprich mir nur, dass du die Kleine nicht kaputt machst, halt dich zurück, versuche zumindest, das Richtige zu tun.“
Das muss ich erst mal sacken lassen. Für eine Weile schweigen wir.
„Was ist das Richtige und wie macht man es?“
Über meine Frage nachdenkend, zündet er sich ebenfalls eine Kippe an. Ich ziehe die rechte Hand aus der Hosentasche, nehme meine

Lucky aus dem Mundwinkel und ziehe ein letztes Mal an ihr, ehe ich sie in das lodernde Feuer schnippe.

„Gute Frage, Vize. Sobald ich eine Antwort gefunden habe, gebe ich dir Bescheid.“

Mit diesen Worten lässt er mich stehen und verschwindet im Club.

Ich bleibe noch ein paar Minuten, beobachte den bläulichen Schein in der Mitte der Flammen und frage mich, wie es mir gelingen soll, mich zurückzuhalten, anstatt mir diese Sandra zu schnappen und der Welt, ihr und mir klarzumachen, dass sie ab jetzt mir gehört?

Wird das funktionieren?

Will ich das wirklich, oder ist das nur eine Art Kurzschlussreaktion?

Ein Impuls, der aus dem Schock darüber entstanden ist, dass es meine Wichsvorlage tatsächlich gibt und im realen Leben so fucking perfekt ist wie in meiner Fantasie.

Auf diese Fragen werde ich schon in wenigen Tagen Antworten gefunden haben ...

Hoffe ich zumindest!

Anstatt zurück zu den Frauen zu gehen, steige ich auf meine Harley, starte den Motor mit einem kraftvollen Tritt und rase vom Gelände, die Straße entlang und raus aus der Stadt.

Ich brauche Fahrtwind – ich brauche Abstand – ich brauche den gottverdammten Highway.

## 2. Kapitel

### Eine Frau, die kapiert, dass das Leben nicht nur aus Schwarz oder Weiß besteht, und dass Sehnsüchte außerhalb ihrer Kontrolle liegen

„Wer war das?"

Meine Stimme klingt zittrig, spiegelt wider, wie ich mich in dieser Sekunde fühle.

*Himmel Halleluja ...*

Diese Begegnung eben hat mich aus der Bahn geworfen ...

Ach was ... Ich komme mir eher so vor, als wäre ich mitten in einem Looping aus einer verdammten Achterbahn geflogen.

Ja, Black ist hart, teuflisch und böse und alles, was ein Rocker nun mal so ist. Dieser Seven ist kein winziges bisschen besser, aber dieser Mann gerade eben. *Oh weia ...*

Ich schwöre euch, das richtige Wort, um ihn zu beschreiben, wurde bis jetzt noch nicht erfunden. Dämonisch passt nicht, teuflisch klingt zu freundlich und göttlich ist irgendwie auch falsch. Dieser Biker war gottverdammtdämonischteuflischsexy und angsteinflößend, und trotzdem konnte ich mich nicht an ihm sattsehen.

In dem Moment, in dem sich unsere Blicke getroffen haben, hat die Zeit stillgestanden, das Blut in meinen Adern ist gestockt und mein Herz hat aufgehört zu schlagen.

Es war, als würde ich am eigenen Leib spüren, warum es Ebbe und Flut gibt, warum die Sonne nachts untergeht und wie das mit der Anziehung funktioniert.

*Scheiße! Scheiße! Scheiße!*

Wenn es Mia genauso mit ihrem Präsidenten gegangen ist und Claire mit Seven, dann kann ich verstehen, was die Mädels dazu gebracht hat, alle Vernunft in den Wind zu schlagen.

Mia sieht mich nicht mal an, sondern geht einfach nur zur Bar, um eine neue Flasche sündhaft teuren Champagner aus der Kühlung zu holen. Eine Flasche von dem Zeug kostet wahrscheinlich genauso viel, wie ich pro Woche für Lebensmittel ausgebe.

Eines steht schon mal fest, diese *Bloody Kings* scheinen keine Geldsorgen zu haben.

Was dann auch erklärt, wie sich meine Schwester ihre neue Wohnung leisten kann.

„Ach, das war nur Tyler, der Vizepräsident des Clubs!"

Verständnislos sehe ich sie an.

Wie kann sie in Verbindung mit diesem Tyler das Wörtchen *nur* verwenden? An diesem Mann ist nichts *nur*.

Er ist groß, bestimmt zwei Meter, muskulös, sexy, heiß und ach ja ... habe ich heiß, muskulös und groß schon erwähnt?

Lach, das habe ich mit Sicherheit.

Seine Kieferpartie ist eckig, genau wie einfach alles an ihm. Blaue Augen, dunkle kurze Haare und schmale, jedoch sinnliche Lippen.

Leider habe ich keine Chance dazu erhalten, an ihm zu schnuppern, aber ich wette mit euch, dass er einfach köstlich gerochen hätte.

*Denk daran, diese Bloody Kings sind der Feind!*

Die mahnende Stimme in meinem Kopf verliert an Bedeutung und rückt in den Hintergrund.

Falls sich Mia über meine Frage wundert, lässt sie es sich nicht anmerken. Claire hingegen scheint mich durchschaut zu haben.

Sie grinst zufrieden, wirkt fast schon schadenfroh.

Seven betritt das Clubhaus, Black gesellt sich ebenfalls wieder zu uns, sofort fühle ich mich wie eine Maus, die von einer Horde hungriger Hyänen umzingelt ist.

Wobei das Schwachsinn ist, ich meine, ich könnte nackt sein, und dennoch würde mir keiner der beiden seine Aufmerksamkeit schenken. Sie sind nicht unhöflich oder so, aber ihr Fokus liegt ganz klar bei ihren Frauen.

Meine Angst davor, dass Seven Claire vielleicht etwas antun könnte, löst sich in Wohlgefallen auf. Es ist offensichtlich, dass dieser harte Outlaw meine Schwester regelrecht anbetet.

Aber nicht auf diese schnulzige, kitschige Verliererart, die die meisten verliebten Männer an sich haben, sondern eher mit Coolness, Härte, Stil und gewürzt mit jeder Menge Dominanz.

*Ach verdammt!*

So ungern ich es auch zugebe, ich kann verstehen, was Claire an dem Vollstrecker der *Kings* findet.

*Trotzdem! Wirklich! Trotzdem!*

Sie sollte verdammt vorsichtig sein.

An Männern wie ihm sind schon Tausende, ach Quatsch, Millionen Frauen weltweit zerbrochen.

## 3. Kapitel

### Ein Mann ohne Gewissen, ohne Whisky und ohne Interesse an Komplikationen

Nur noch zwei Stunden bis Mitternacht, es ist Freitag, der Club ist voll, wir haben unerwartet Besuch aus New York bekommen.

GangBang, der Sergeant at Arms des New Yorker Chapters der *Bloody Kings*, ist zusammen mit einer Handvoll Hangarounds für einen Spontanbesuch nach Meadville gekommen. Jeder von ihnen hatte eine Nutte hinten auf dem Bike, die Stimmung ist ausgelassen, es gibt nur ein Problem – der verdammte Whisky ist alle.

Ich schiebe es darauf, dass meine Stimmung nicht einfach nur schlecht, sondern genauer gesagt beschissen ist.

Ziemlich beschissen, um ehrlich zu sein.

Warum? Das ist mir selbst ein Rätsel ...

Ich schiebe es auf den eklatanten Mangel an Jack Daniels, doch ich weiß es besser.

Das Mädchen aus meinen Fick-Fantasien sitzt zusammen mit ihrer Schwester an der Bar, kippt besorgniserregend viele Tequila-Shots in sich hinein und unterhält sich seit gut einer Stunde mit Blue, einem der Hangarounds.

Die beiden scheinen sich gut zu verstehen, zu gut für meinen Geschmack.

Genervt nippe ich an dem Martini vor mir, beobachte das Szenario an der Bar und fresse meinen Frust in mich hinein. Noch zumindest.

Nicht mehr lange und meine Geduld wird ein jähes Ende finden. Meine rechte Hand liegt zur Faust geballt auf meinem Oberschenkel, die blonde Bitch, die seit einigen Minuten versucht, mein Interesse zu wecken, geht mir einfach nur auf den Sack.

Was verrät, dass ich mir ernsthafte Sorgen um meinen Geisteszustand machen sollte.

Ich hatte seit Wochen keine Pussy mehr, vor wenigen Stunden war alles, was ich wollte, eine willige Hure, etwas Fickbares mit großen Titten, dicken Lippen und einer rasierten Muschi.

Genau so etwas sitzt jetzt neben mir, bereit, mir alles zu geben, was ich will, und ich? *Fuck!* Ich will nichts ... Zumindest nicht von ihr.

Ruft die Männer mit den weißen Turnschuhen, es wird Zeit, meine Kutte gegen eine Zwangsjacke einzutauschen, denn ich verliere gerade endgültig den Verstand.

Frustriert leere ich das Glas, fülle es erneut mit der klaren Flüssigkeit und verzichte auf die Zitronenschale und die Eiswürfel, für diesen Schnickschnack habe ich heute echt keinen Nerv mehr!

„Komm schon Tyler, lass uns etwas Spaß haben.“

Blondie neben mir schnurrt mir ins Ohr, wie dringend sie meinen Schwanz in sich haben will. Der hingegen bleibt von ihr völlig ungerührt, liegt wie tot in meiner Hose.

„Ich habe Spaß.“

Ihr Kichern nervt mich.

„So sieht es also aus, wenn du dich amüsierst?“

Ich amüsiere mich nicht, ich trinke und stelle mir dabei vor, wie meine Faust wieder und wieder in der Fresse des Arschlochs landet, das es wagt, seine Hand auf Sandras Oberschenkel zu legen.

*Tick – tack – tick – tack ...*

Die Zeit läuft, der Wichser ist angezählt. Nicht mehr lange und ich beginne, *so richtig* Spaß zu haben.

Die Bitch fasst mir in den Schritt, einen Fluch unterdrückend, umfasse ich ihr Handgelenk und ziehe es zurück.

„Lass das!“

Überraschung blitzt in ihren mit Schminke überladenen Augen auf.

„Wird das heute noch was mit uns?“

„Nein!“

„Du lässt mich abblitzen?“

Die arme kleine Nutte klingt fassungslos.

„Verpiss dich.“

Sie schlägt mir gegen den Arm, ich fühle nichts.

„Und dafür bin ich die letzten sieben Stunden auf einem blöden Motorrad gesessen?“

„So sieht es aus!“

Verärgert steht sie auf und lässt mir *endlich* meine Ruhe.

Noch heute Morgen hätte ich nicht gezögert und sie in alle drei Löcher gefickt. Aber da wusste ich auch noch nicht, dass das Mädchen, das ich schon immer wollte, Realität ist.

Die Tussi lässt ihren Blick auf der Suche nach einer neuen Beute durch den Club gleiten. *Tja ... Viel Glück!*

In Wirklichkeit hatte sie nicht das geringste Interesse an mir, sie wollte lediglich einen *Bloody King*, am besten einen mit hoher Stellung, viel Geld und noch mehr Macht.

Diese Bitch hätte mein *Vize-Patch* gefickt und nicht mich.

Sie ist eine Anglerin, eine Frau auf der Suche nach einem möglichst großen Fisch, den sie an Land ziehen und sich anschließend auf diesem ausruhen will.

Weiber wie sie kenne ich zur Genüge. Wenn ‚Mann' nicht aufpasst und den Schwanz am besten doppelt eintütet, hat er ganz schnell eine schwangere Hure an der Backe, die es auf jede Menge Scheine abgesehen hat.

Aber ich bin kein normaler Fisch, ich bin ein Hai und wenn sie nicht aufpasst, wird es ganz schnell gefährlich für sie.

Wieder leere ich den Martini und wieder fülle ich ihn auf. Das Glas ist sinnlos, im Grunde genommen könnte ich auch direkt aus der Flasche trinken.

Black schlendert auf mich zu, in einer Hand einen Billardqueue, im Gesicht schrecklich gute Laune.

„Alles klar, Vize?"

Klar? *Fuck!* Nichts ist klar ...

Mit einem Nicken deutet er auf Claire und Sandra.

„Hast du beschlossen, dich aus dem Spiel zu nehmen, oder was?"

„Spiel? Das ist kein Spiel, das ist ein Haufen Scheiße!"

Er lacht und stützt sich auf dem Queue ab.

„Du räumst das Feld für einen Hangaround? Echt jetzt? Heute Nachmittag war ich mir noch sicher, dass du die Kleine packen und kurzerhand entführen wirst."

Klingt nach einer perfekten Idee.

„Der Whisky ist alle."

„Du hättest dir von der Bitch einen blasen lassen können."

Aye, hätte ich.

„Mein Schwanz will einen anderen Mund."

Black steckt sich einen Finger ins Ohr und schüttelt ihn, so als ob er was im Gehörgang hätte.

„Was? Ich habe dich, glaube ich, falsch verstanden. Wo ist mein Vize? Was hast du Alien mit Tyler gemacht?"

*Ha ... Ha ... Ha ...*

„Nicht witzig!"

„Du fickst alles, was nicht bei Drei auf den Bäumen ist. Wo ist dein Problem?"

Wenn ich das nur wüsste.

„Kein Problem."

Ein Grunzen ausstoßend, zieht er eine zerknitterte Packung Luckys aus der Hosentasche, zündet sich die vorletzte an und wirft mir die letzte zu.

Ich nehme sie dankend, riskiere erneut einen Blick zur Bar und beiße die Zähne so fest aufeinander, bis es knackt.
„Wenn du sie nicht fickst, macht es ein anderer ..."
Offensichtlich!
„Sie ist betrunken."
„Seit wann hält dich das ab? Betrunken senkt die Hemmschwelle. Je mehr Alk im Blut je weniger Tabus."
Wo er recht hat.
„Mit ihr will ich es richtig machen."
Keine Ahnung warum. Aber so ist es.
Ich ficke diese Frau seit einer Ewigkeit, wenn auch nicht im realen Leben, aber in meinem Hirn. Sie ist keine Bitch, sie ist ein gottverdammtes Wunder.
„Dann besorg es ihr *richtig*. Umso richtiger umso lauter die Schreie."
Black stellt sich dumm, will mich verarschen.
Er weiß genau, was ich meine.
„Machst du das so mit deinem Mädchen?"
„Das mit Mia hat falsch angefangen und ist dann mit der Zeit zu etwas Richtigem geworden. Jetzt gehört sie mir, sie und der Club sind das einzige Richtige in meinem Leben."
Zusammen beobachten wir, wie Blue sich vorbeugt, zu Sandra etwas sagt und dann aufsteht.
Sie wirkt überrascht, lacht und sieht dann prüfend zu Claire, ehe sie ebenfalls aufsteht.
Das Blut in meinen Adern gefriert. Besorgt beobachte ich, wie sie ins Wanken gerät und sich an dem Hocker, auf dem sie bis eben noch gesessen hat, festhält.
Ihre Füße knicken um, an der Art, wie sie den Kopf schief legt, kann ich erkennen, dass sich nicht nur der Boden unter ihren Füßen zu drehen scheint, sondern auch die Welt vor ihren Augen.
„Jetzt reicht's!"
Black lacht, und schüttelt ungläubig den Kopf.
„Tyler der Frauenbeschützer, immer mal was Neues."
*Fuck! Fuck! Fuck!*
„Halt's Maul oder es kracht."
Anstatt meine Warnung ernst zu nehmen, lacht er nur noch lauter.
*Arschloch ...*
Ich ignoriere ihn, gehe zur Bar und direkt auf das Mädchen zu, das noch immer verzweifelt versucht, sein Gleichgewicht wieder zu erlangen.
„Komm Süße, ich helf dir."

Der Hangaround will seinen Arm um ihre schmale Taille legen – was ich nicht zulasse.

„Verpiss dich."

Meine Warnung ist nicht lauter als ein Zischen. Er hört es trotzdem.

„So läuft das nicht, Tyler. Ich hab die Kleine zuerst gesehen."

Wenn er wüsste ...

Ich sehe *die Kleine*, wie er Claires Schwester nennt, seit fast einem Jahrzehnt täglich in meinem Kopf. Ich hatte sie auf jede nur erdenkliche Art und Weise, auf die ein Mann eine Frau haben kann.

„Sie *gehört* mir!"

Der Typ flucht, will jedoch nicht nachgeben.

„Vergiss es, Tyler."

*Bullshit!*

Der Wichser scheint echt dringend sterben zu wollen.

„Lebst du gerne?"

Von meiner Frage irritiert, nickt er.

„Ja, natürlich."

„Gut, dann verpiss dich. Fass die Frau noch mal an, und du wirst es bereuen!"

Er nimmt mich nicht ernst, sieht mich herausfordernd an und legt seine Hand auf Sandras Schulter.

„Ach verdammt ... Musste das jetzt sein?"

Blue grinst siegessicher.

„Geh einfach wieder, Tyler."

Ich? Ich soll gehen?

Das hier ist mein Club, meine Frau und meine Entscheidung.

Jeder Member der *Bloody Kings* steht im Rang höher als er. Der Wichser trägt keine Kutte, er gehört nicht zum Club, sondern wird hier als Freund des MCs nur geduldet. Aber das kann sich schnell ändern – genau genommen ändert sich das *jetzt*!

„Siehst du das Patch?"

Ich tippe auf den Aufnäher, der mich als Vizepräsident dieses Chapters ausweist.

„Ja, na und?"

„Gut. Letzte Chance. Dreh dich um und komm nie wieder."

Er lacht, ich fluche und schicke ihn mit einem schnellen, kraftvollen und gnadenlosen Schlag mitten in die Fresse auf den Boden.

Es knackt, seine Nase bricht, sofort fühle ich mich besser ...

Sandra kapiert endlich, was hinter ihr abgeht, dreht sich langsam um und sieht überrascht auf ihre ehemalige Bekanntschaft.

„Ups Blue, was ist passiert?"

Ich sehe sie an, kämpfe die Wut nieder, die in mir kocht.

„Blue muss jetzt gehen!"

Ich warte nicht, was sie dazu sagt, sondern hebe sie hoch, setze sie zurück auf den Barhocker und befehle ihr, genau da zu bleiben.

Claire grinst mich an.

Täusche ich mich oder hatte dieses Luder nie vor, ihre Schwester mit dem Hangaround mitgehen zu lassen?

Aber warum hat sie es dann überhaupt so weit kommen lassen?

*Fuck!* Egal.

Ohne Zeit zu verlieren, drehe ich mich wieder zu Blue um, beobachte zufrieden, wie er seine gebrochene Nase festhält und versucht, aufzustehen.

Dabei helfe ich ihm nur zu gerne.

Ich packe ihn am Arm, zerre ihn hoch und raus aus dem Clubhaus. Draußen auf dem Hof angekommen, sauge ich die frische Nachtluft tief in meine Lunge.

„Scheiße Tyler, du hast mir die Nase gebrochen."

*Ach ...*

„Sei froh, dass es *nur* die Nase war."

Entsetzt sieht er mich an. Immer mehr Blut sprudelt aus ihm heraus, tropft auf die Pflastersteine.

„Verpiss dich! Wenn du noch mal in Sandras Nähe kommst, breche ich dir das Genick!"

Kaum dass ich meine Finger von ihm löse, weicht er panisch einen Schritt zurück.

„Du bist irre!"

„Falsch. Entschlossen."

Mit diesen Worten lasse ich ihn stehen, gehe zurück in das Clubhaus und direkt zu dem Mädchen, das, verdammt noch mal, nie wieder während meiner Anwesenheit Tequila trinken wird.

Während Sandra an der Bar sitzt, raucht und sich mit Mia unterhält, die total happy ist, weil es ihr *angeblich* gelungen ist, Black im Billard abzuziehen, sieht Claire mich neugierig an.

Ich ignoriere sie, beobachte meinen Präsidenten und stelle fest, dass er sogar noch glücklicher ist, weil er sein Mädchen gewinnen lassen hat.

Diese ganze Beziehungsscheiße ist schon ein Ding für sich.

Wenn du als Mann deine Frau gewinnen lässt, gewinnst du ebenfalls. Entweder einen harten Fick, einen Blowjob oder einfach nur eine entspannte Zeit.

Ich denke, so langsam checke ich das Prinzip.

„Wo ist Blue?“
Die zukünftige Old Lady unseres Vollstreckers scheint es heute auf mich abgesehen zu haben.
„Gegangen.“
„Wohin?“
„Weg.“ *Weg von Sandra ...*
„Wieso hast du ihn geschlagen?“
*Bullshit!*
„Weil ich es wollte.“
Genervt drehe ich mich zu Seven um, doch der lehnt ganz entspannt an der Wand, die Arme vor der Brust verschränkt und genießt die Tatsache, dass mir sein Mädchen das Leben schwer macht.
;„Und wieso wolltest du es?“
„Halt die Klappe, Claire.“
Seven brummt mich warnend an, was mich völlig unbeeindruckt lässt.
„Nimm deine Frau an die Leine, Bruder.“
„Ich mag es, wenn sie frei rumrennt.“
*Na klasse ...*
Um einiges ruhiger als ich es in Wirklichkeit bin, zünde ich mir eine Zigarette an, inhaliere den ersten Zug tief in meine Lunge und schiebe die freie Hand in die Hosentasche. Erst dann drehe ich mich wieder zu Claire um.
„Siehst du den Typen da?“
Ich deute auf den Sergeant aus New York, sie nickt.
„Sein Name ist GangBang. Du weißt, was ein Gang Bang ist. Oder?“
Sevens Brummen wird lauter.
Ihm gefällt nicht, worauf dieses Gespräch hinausläuft. Sein Pech.
„GangBang steht auf harten, gnadenlosen und nicht immer zu 100 Prozent freiwilligen Gruppensex. Am besten mit alkoholisierten jungen Frauen – schönen Frauen, wie deine Schwester zu Beispiel. Blue, der Bastard, der gerade von mir eine verpasst gekriegt hat, ist einer von GangBangs besten Kumpels. Was glaubst du wohl, hätten sie mit Sandra gemacht? Das hier ist ein OMC und kein Kindergarten, Claire.“
Je mehr sie gehört hat, umso blasser ist sie geworden.
Seven ist mittlerweile wütend auf mich, anscheinend will er nicht, dass sein Mädchen erkennt, wie dunkel die Schatten unserer Welt tatsächlich sind.
„Das hätte ich nie zugelassen. Ich wollte doch nur, dass du ...“

Mir wird auf einen Schlag klar, was sie wollte ... Claire hat heute Mittag meine Reaktion auf ihre Schwester gesehen und wollte nun herausfinden, wie stark mein Interesse an Sandra wirklich ist.

*Shit!*

Ich lasse sie nicht ausreden, schüttle entschieden den Kopf.

„Spar dir deine Kleinmädchentricks. Auf so einen Bullshit falle ich nicht rein."

Plötzlich verlegen senkt sie den Blick. Seven stößt sich von der Wand ab, geht zu seiner Frau und schützt sie mit seinem Körper vor meinen wütenden Blicken.

„Sie hat's kapiert, VP."

„Yeah, das will ich hoffen!"

Black geht hinter die Bar. Gerade als er noch eine Runde Tequila ausgeben will, nehme ich Sandra das Glas ab, reiche es Claire und hebe das Mädchen aus meiner Wichsfantasie vom Hocker.

„Hey, was wird das? Lass mich sofort runter!"

*Einen Scheißdreck werde ich ...*

Sie lallt, was ich echt süß finde.

„Du hast genug für heute, Baby."

Ich werfe sie mir über die Schulter, platziere meine Hand auf ihrem prallen Arsch.

„Wer sagt das?"

„Ich!"

„Und wer bist du?"

Das ist eine gute Frage.

Die einfache Antwort würde lauten, dass ich der Vizepräsident des *Bloody Kings Motorcycle Clubs* hier in Meadville bin.

Die komplizierte ist jedoch eine ganz andere.

Noch bin ich nicht bereit, laut auszusprechen, dass ich ihr Mann bin, dass ich sie quasi in meinem Schädel erschaffen habe und dass Gott und der Teufel sie nur zum Leben erweckt haben, um mich zu quälen, was sie faktisch zu meinem Eigentum macht.

„Das, mein Mädchen, finden wir noch heraus."

Sie kichert und gluckst – wenigstens gehört sie zu den gut gelaunten Betrunkenen. Es gibt auch Frauen, die werden nach ein paar Drinks schwermütig und depressiv.

„Occchhhhhh du aarmer Rocker. Du weißt nicht, wer du bist?"

*Zum Teufel!*

„Doch, weiß ich."

„Gut, sonst hätte ich es dir gesagt."

Ach ja?

„Und woher willst du wissen, wer ich bin, Baby?“
„Weil ich Claire und Mia danach gefragt habe.“
Interessant.
„Und warum hast du das getan?“
„Weil du sexy bist. Sexy und heiß und dunkel und gefährlich und böse. Aber trotzdem sooo sexy, dass ich an dir lecken will, um herauszufinden wie lecker du bist.“
*Bääämmmmmm!*
Ruckartig bleibe ich stehen.
Ich fühle mich, als wäre ich gerade gegen eine Mauer gelaufen – mit dem Schädel zuerst!
Danke Tequila! *Fuck!* Danke!
Nüchtern hätte sie das nie laut ausgesprochen. Aber so angetrunken wie sie ist, kopfüber über meiner Schulter hängend, scheint sie kein Problem damit zu haben, laut auszusprechen, was ihr auf der Zunge liegt.
Mit zuckendem Schwanz und einem breiten Grinsen im Gesicht trage ich meine lebende Wichsvorlage die Treppen nach oben, direkt in meine Wohnung.
Die Tatsache, dass niemand versucht, mich davon abzuhalten, verrät mir einiges.
Black weiß, dass ich dieses Mädchen will. Bei Seven ist das was anderes. Den Gesetzen des Clubs nach, fällt Sandra in sein Aufgabengebiet. Wenn Claire oder er nicht wollen würden, dass ich Sandra mit zu mir nehme, könnten sie mich auffordern, sie wieder herauszugeben.
Zumindest könnten sie es versuchen. Behalten würde ich das Mädchen trotzdem, ich werde es so lange behalten, bis ich mich dazu entschieden habe, was ich mit ihm machen werde.
Ihr unerwartetes Auftauchen hat mir eine Art Schleudertrauma verpasst.
Nachdem ich die Türe aufgesperrt habe, trage ich meine Beute ins Innere, am Wohnzimmer vorbei direkt zu meinem Bett, Sie kichert immer noch und redet wirres Zeug über Froschkönige – Froschkiller und verbotene Küsse von tödlichen Königen.
Um ehrlich zu sein, verstehe ich kein Wort.
Ich bin einfach nur froh darüber, dass es sie nicht zu stören scheint, dass ich sie einfach von den Füßen gerissen und einkassiert habe.
*Ihr Glück!*
Selbst wenn sie Einwände hätte, würde ich sie nicht so einfach wieder unten an die Bar setzen. *Fuck!*

An jedem anderen Abend hätte ich mich über New Yorker Besuch gefreut – heute ist das anders.

GangBang und die anderen betrachten sie als Frischfleisch, als süßes, nettes Ding ohne Besitzer und Beschützer.

Aber damit liegen sie falsch!

Mag sein, dass Sandra nicht mir gehört, *noch nicht zumindest*, aber sie hat einen Beschützer – mich!

Es spielt keine Rolle, dass ich sie vor wenigen Stunden das erste Mal richtig gesehen habe, es ist egal, dass wir noch keine hundert Wörter miteinander gesprochen haben, denn in meinem Schädel habe ich sie schon Tausende Male gefickt.

Das Mädchen von meiner Schulter gleiten lassend, positioniere ich es um. Jetzt liegt Sandra wie eine Braut in meinen Armen.

Unsere Blicke treffen sich, ihre unglaublich tief wirkenden Augen sehen mich erregt und zugleich verängstigt an.

Plötzlich wirkt sie nicht mehr so vorlaut und frech.

„Was mache ich hier, Rocker?“

„Schlafen.“

Mehr bringe ich nicht zustande, dafür ist das, was ich in diesem Moment fühle, einfach viel zu heftig.

„Mit dir?“

*Teufel noch eins ...*

Was würde ich dafür geben ... Alles. Einfach alles!

Sandra in meinem Hirn zu ficken, war schon immer der Wahnsinn, aber das auch in echt zu tun. *Jesus ...*

Das muss fucking fantastisch sein.

„Bei mir.“

Täusche ich mich, oder ist da gerade etwas, das wie Erleichterung ausgesehen hat, über ihre wunderschönen Gesichtszüge gehuscht?

„Darf ich dich was fragen, Tyler?“

Sie lallt noch immer, wird jedoch immer ruhiger, ist nicht mehr so überdreht.

Fast so, als ob sie meine Nähe erden würde.

„Alles.“

„Warum tust du mir nicht weh?“

Bullshit, was?

„Warum bei allen Höllen sollte ich das tun?“

Nach kurzem Zögern leckt sie sich über die vollen roten Lippen.

„Weil du gefährlich und böse bist.“

*Interessant!*

Das hat sie trotz des vielen Tequilas also nicht vergessen.

„Für dich bin ich nicht gefährlich."
Sie runzelt die Stirn.
„Und wieso nicht?"
Ich beschließe, die Wahrheit zu sagen. Es kann nicht schaden, wenn sie weiß, woran sie ist. Wenn man bedenkt, was ich alles mit ihr tun will, ist eine Warnung nur fair.
„Weil ich dich will!"
Zufrieden beobachte ich, wie sich ihre Pupillen vor Schreck weiten.
„Mich?"
„Yeah Baby, dich!"
Das gehauchte „Oh ...", das sie nun von sich gibt, bringt meinen Schwanz erneut zum Zucken.
Jetzt bereue ich, dass ich die blöde Bitch nicht gefickt habe.
Hätte ich es getan, würde es mir jetzt leichter fallen, ruhig zu bleiben.
Neugierde und Erregung spiegeln sich in Sandras Augen.
Das Wissen, dass Sandra mich nicht abweisen würde, wenn ich sie jetzt küsse, in die Matratze pinne und mich bis zum Anschlag in ihr vergrabe, erschwert es mir, das Richtige zu tun.
Der Umstand, dass ich sonst kein Mann bin, der großen Wert darauf legt, sich richtig zu verhalten, verrät euch vielleicht ein bisschen, wie ernst ich es mit dieser Frau meine.
Das zwischen ihr und mir soll nicht mit einem Tequilafick beginnen. Ich will, dass sich diese Frau nüchtern und in vollem Bewusstsein dessen, was es bedeutet, sich für mich auf den Rücken zu legen, auf mich einlässt. Ich will, – fuck – nein ich muss wissen, dass sie für das, was ich von ihr will, bereit ist.
Nur ihre Pussy reicht mir nicht.
Zum ersten Mal will ich einfach absolut alles!
Und glaubt mir, das macht mir noch viel mehr Angst als dem Mädchen in meinen Armen.
Heute Morgen war ich absolut zufrieden damit, Nutten zu ficken, mein Bike zu fahren und für meinen Club zu töten.
Jetzt hingegen?
Über mich selbst verwundert schüttle ich den Kopf, schließe kurz die Augen und atme mehrmals tief durch.
*Bei Gott!*
Wenn dieses Mädchen in meinen Armen doch nur nicht so verdammt verführerisch wäre. Ihr Körper ist dank des Alkohols kraftlos und weich, anschmiegsam beschreibt es am besten.
„Ist es verrückt, wenn ich gar nicht will, dass du mich zu Claire bringst?"

*Verrückt* trifft es nicht einmal annähernd.

„Nein Mädchen, es ist okay."

Das scheint sie zu beruhigen.

Mehr als widerwillig lege ich sie in mein Bett, mache mich daran, ihr die Schuhe auszuziehen, und verbiete es mir, daran zu denken, was mit ihr geschehen wäre, wenn GangBang und Blue sie in die Finger bekommen hätten.

Ich kann für diesen beschissenen Hangaround nur hoffen, dass er sich längst aus Meadville verpisst hat.

Mag sein, dass meine Reaktion etwas zu krass war, aber Fuck!

Ich habe es absolut ernst gemeint.

Das nächste Mal, wenn ich ihn in Sandras Nähe sehe, breche ich ihm das Genick.

Auf einen Toten mehr oder weniger kommt es nun auch nicht mehr an. Kaum dass ich ihre Füße befreit habe, winkelt Sandra die Knie an, dreht sich auf die Seite und beansprucht den Großteil des Bettes für sich.

Und bei allen *Kings*, nicht mal das stört mich ...

Was echt crazy ist, denn im Normalfall mag ich keine Frauen in meinem Bett. Ich ficke die Bitches überall, aber niemals in meinem Bett. Das ist privat, zumindest war es das bisher.

*Fuck! Fuck! Fuck!*

Heute Mittag, unter der Dusche, habe ich mir einen runtergeholt und dabei an genau dieses Mädchen gedacht. Ich habe die Augen geschlossen und mein Sperma gegen die Fliesen gespritzt, ohne zu ahnen, dass es dieses heiße Geschöpf aus meinen Fantasien wirklich gibt. Und jetzt? *Shit!* Jetzt liegt es in meinem Bett und es kostet mich übermenschlich viel Kraft, mich zurückzuhalten.

Bei dieser Scheiße haben Gott und der Teufel ihre Finger im Spiel und ich habe keine Ahnung, wie es morgen weitergeht.

Eines ist jedoch klar – schlussendlich werde ich diese Frau ficken: Hart und real und nicht nur gedanklich, und es wird gut sein, mehr als gut ...

Sandra sieht mich an, ihre Augen fallen zu und ihre weichen Lippen öffnen sich einen Spaltbreit. Am liebsten würde ich ihr meinen Finger in den Mund schieben, fühlen, wie weich und heiß er ist, und sie an ihm saugen lassen.

Doch statt es zu tun, streife ich mir die Stiefel von den Füßen, lege mich zu ihr und ziehe sie fest in meine Arme.

Sie seufzt, eine kleine Hand legt sich auf meinen Bauch. Wir sind beide komplett angezogen und dennoch fühlt es sich einfach himmlisch an, hier so mit ihr zu liegen.
„Küss mich, Rocker."
Trotz meines mangelnden Interesses an Komplikationen schaue ich zu ihr und stelle fest, dass sie mich unter halb geschlossenen Lidern heraus ansieht.
„Wenn ich dich jetzt küsse, werde ich es morgen, wenn du nüchtern bist, wieder tun."
Sie denkt kurz nach, grinst dann schelmisch.
„Wahrscheinlich werde ich dir dann eine knallen."
Das ist okay.
„Wahrscheinlich wird mich das nicht stören!"
„Gut, dann tu es endlich."
*Fuck!*
Himmel oder Hölle – Gut oder Böse, dieses Angebot kann ich einfach nicht ablehnen.
Ein Knurren ausstoßend, packe ich mir ihr Gesicht, wälze mich auf sie, sodass sie nun unter mir gefangen ist, und koste den Moment aus.
Bei den meisten Männern ist die Fantasie besser als die Realität, vor allem wenn die Realität total betrunken und komplett angezogen ist – aber in diesem Fall ist die bekleidete und nach Tequila riechende Realität um einiges besser als die nackte und nüchterne Fantasie.
Und das will was heißen!!!
„Du bist wunderschön, Mädchen."
Sie kichert, sieht mich an und bekommt dann einen heftigen Schluckauf.
„Und du bist absolut falsch, gefährlich, böse und gehörst hinter Gitter."
Dem kann ich nicht widersprechen.
Mit den Daumen über ihre Wangenknochen reibend, genieße ich die samtige Beschaffenheit ihrer Haut, starre in die vertrauten Tiefen ihrer Augen und frage mich, womit ich dieses verdammte Glück nur verdient habe?
Millionen Menschen haben Träume.
Sie wollen Reichtum und Macht.
Ich hingegen wollte einfach schon immer diese Frau!
Ich lasse mir Zeit, koste den Moment aus und streife dann mit meinem Mund über den ihren, lecke über die sanfte Rundung ihrer Oberlippe und beiße mich an der unteren fest.
A.B.S.O.L.U.T und wahrhaft P.E.R.F.E.K.T!

Sandra stöhnt, spreizt die Beine und reibt sich an meinem Oberschenkel. Ich spanne die Muskeln an, gebe ihr so die Härte, die sie braucht.

Wimmernd öffnet sie sich mir, meine Zunge schnellt vor, wühlt sich durch die köstliche Höhle und trinkt ihren Atem. Der Kuss beginnt wild, leidenschaftlich und wird mit jeder Sekunde besser und besser.

Das Mädchen bewegt sich unter mir, krallt sich an meiner Kutte fest, und presst sich dann gegen die harte Beule in meiner Jeans.

„Du willst mich?"

Sie klingt atemlos.

„Ich will dich, seit ich denken kann."

„Warum glaube ich dir das?"

„Weil es so ist."

Wieder küsse ich sie – dieses Mal tackere ich meine Lippen nur kurz auf die ihren.

„Dann nimm mich."

„Nicht heut Nacht, Mädchen."

Beinahe wäre ich an diesen Worten erstickt. Ihr Angebot abzulehnen, ist mit Abstand das Schwerste, was ich jemals getan habe! Ehrlich!

*Bullshit!*

Traurigkeit und Enttäuschung schlagen mir entgegen.

„Warum nicht? Ich kann dich spüren. Du bist hart."

Mehr als das!

„Du hast gesagt, du willst mich ..."

Jetzt klingt sie wie ein Kind, dem das neue Spielzeug wieder weggenommen wurde.

„Tue ich. Aber du willst es vielleicht nicht, sondern nur der Alkohol in dir."

Sie seufzt und verdreht die Augen.

Dann fasst sie mir in den Schritt, was mich erstarren lässt, umfasst meinen pochenden Schwanz und reibt mit dem Daumen über den Schlitz an der Spitze.

„Ich bin kein Ritter, Baby. Es ist nicht schlau, mich zu reizen."

Sie lächelt keck.

„Wie passend, ich bin nämlich auch keine Prinzessin."

Stimmt. Sie ist die wahrgewordene, gottverdammte Königin aller Wichsfantasien.

„Du wirst mich nicht vögeln?"

„Nein!" Und es wird mich umbringen ...

„Dann lass mich zumindest dafür sorgen, dass du in meine Hand spritzt."

*Waasssssss?*

Ist das etwa wieder eine meiner Fantasien?

So etwas sagen kleine, süße und betrunkene Mädchen eigentlich nicht zu Killern wie mir. Also zumindest nicht im wahren Leben.

„Du willst mir einen runterholen?"

Sie nickt, ihre Augen glänzen fiebrig.

„Darf ich?"

*Ach Shit!*

Das ist kein Sex, also zumindest nicht im herkömmlichen Sinn.

Wenn sie mir einen wichst, kann sie morgen, wenn sie wieder nüchtern ist, nicht behaupten, dass ich sie benutzt hätte.

Wenn, war es ja wohl eher umgekehrt.

Als Antwort richte ich mich auf, öffne den Gürtel und lasse zu, dass sie meine Hose nach unten zieht.

Sich die Lippen leckend, rutscht sie unter mir heraus. Schubst mich dann mit erstaunlich viel Kraft zurück aufs Bett und umfasst meine Erektion.

Luft! Gott gib mir Luft.

Ich bin so verdammt hart, dass ich kaum noch atmen kann.

Jetzt liege ich da, sie auf mir, meinen Schwanz in der Hand und beginnt ihn gekonnt zu reiben.

Erst besorgt sie es mir tatsächlich nur mit den Händen, dann jedoch scheint ihr das nicht mehr zu reichen. Sie beugt sich herab, leckt über die Krone der Eichel und saugt sie in den Mund.

*Uff* ... So muss sich das Paradies anfühlen.

„Hey Mädchen ..."

Sie lacht, saugt und leckt mich.

Wild, fast so, als ob sie gleich reinbeißen würde.

Dann macht sie das Unvorstellbare, sie rammt sich selbst so tief auf mein Glied, dass ich in einem Ruck bis zum Anschlag in ihre Kehle gleite.

Was noch viel besser ist als in meinen unzähligen Hirnficks.

Diese Frau hat keinen Würgereiz und ganz offensichtlich auch keine Hemmungen.

Ich liege unter ihr, kralle mich an der Bettdecke fest und versuche, nicht sofort abzuspritzen.

Das hier ist gut, zu gut.

Ihre Zunge rotiert wie ein Tornado um mein Glied, was dafür sorgt, dass sich meine Eier anfühlen, als wären sie mit Sprengstoff gefüllt – kurz vor der Explosion.

Das Atmen fällt mir schwer und mein Puls rast.

Sandra kennt kein Erbarmen, züngelt über die Unterseite, bespielt die empfindliche Hautfalte, bringt mich zum Stöhnen.
„Langsam Baby ..."
Sie lacht um meinen Schwanz, was ein Vibrieren durch meinen Unterleib schickt.
Gekonnt umfasst sie meinen Sack, zieht ihn in die Länge, lässt mich die Kante ihrer Fingernägel spüren und bringt mich fast zum Abspritzen.
„... wenn du nicht aufhörst, wirst du schlucken müssen."
Einen hungrigen Laut ausstoßend, erhöht sie das Tempo, wippt mit dem Kopf auf und ab und bringt mich an den Rand des Erträglichen.
Zuviel ist zu viel!
Die Hände in ihren Locken vergrabend, dirigiere ich sie in den Rhythmus, den ich brauche, stoße die Hüfte hoch und ramme mich in ihren Rachen.
Ihr Gaumen ist glatt und ihre Zunge rau ...
Ich brauche keine zehn Stöße, dann pumpe ich meinen Samen auf ihre Zunge, genieße ihre gierigen Schluckbewegungen und sehe Sterne, als wäre ich eine verdammte Komikfigur.
Meine Fickfantasie schnurrt zufrieden, schluckt brav und leckt meinen pochenden Schwanz wie eine geübte Bitch sauber.
*Bei allen Bloody Kings!*
Ich bin fertig, völlig erschöpft und mehr als befriedigt. Sandra scheint auch endlich genug zu haben, sie lässt meinen Schwanz aus ihren geschwollenen Lippen gleiten und sieht mich zufrieden an.
„Das war gut. Findest du nicht?"
Gut?
„Es war der Hammer!"
Sie grinst. Legt sich neben mich, dreht sich auf die Seite und drückt ihren prallen Arsch gegen mich. Keine zwei Minuten, noch bevor ich das eben Geschehene verstanden und von dem Hoch, auf das sie mich katapultiert hat, wieder runtergekommen bin, fängt sie leise an zu schnarchen.
Ungläubig richte ich mich auf, packe meinen Schwanz wieder weg und betrachte das schlafende Mädchen mit dem engelsgleichen Gesicht.
Wenn ich es nicht besser wüsste, würde ich glauben, dass das mal wieder eine meiner Fantasien war.
Erschöpft lasse ich mich auf den Rücken sinken, lasse meine Gedanken schweifen und zünde mir eine Kippe an. Wild, wunderschön und komplett versaut – genauso wie ich es bei Frauen bevorzuge.

## 4. Kapitel

### Die Frau, die feststellen muss, dass Vorurteile scheiße sind und dass es manchmal nicht schaden kann, sich hinter einem Baum zu verstecken

Mein Schädel dröhnt, mir ist schlecht und ich fühle mich, als wäre ich von einer Herde wilder Stiere zertrampelt worden.

Letzte Nacht habe ich mich blamiert – so richtig und bis auf die Knochen. Ursprünglich bin ich mit dem Plan, diesen Seven abzuchecken und am besten an die Polizei auszuliefern, nach Meadville gekommen. Und Jetzt?

Jetzt habe ich den Bauch voller Rockersperma und solch höllische Kopfschmerzen, dass es mir schwerfällt, die Augen aufzuhalten.

Vielleicht wäre es das Beste, zu gehen, in mein Auto zu steigen und einfach nie wieder in dieses verschlafene Städtchen zu kommen.

Aber da meine Schwester beschlossen hat, hier leben zu wollen, würde sich das als schwierig erweisen.

*Scheiße! Scheiße! Scheiße!*

*Eigentlich* weiß ich, dass ich Tequila, beziehungsweise alles was stärker ist als Hustensaft, nicht vertrage. Warum ich ihn trotzdem getrunken habe? Keine Ahnung!

Vielleicht weil ich in dem Moment, in dem ich Claire zusammen mit ihrem Vollstrecker gesehen habe, erkannte, wie perfekt die beiden zueinander passen.

Ja, ich habe bis gestern nicht viel von diesen Bikern gehalten, und das tue ich immer noch nicht wirklich. Aber sie sind nicht der wilde, ungepflegte, dreckige und beschissene Haufen asozialer Kerle, für den ich sie gehalten habe.

Diese Rocker haben Charme, Manieren, Muskeln und Verstand.

Das alles ergibt eine gefährliche Kombination.

Mittlerweile kann ich verstehen, warum Mia und meine Schwester schwach geworden sind und sich einen dieser *Bloody Kings* geangelt haben.

Während ich auf meinen Prinzipien und Moralvorstellungen herumgeritten bin, haben die beiden einen sexy Rocker geritten.

Neid ist etwas Widerliches, er ist fast noch schlimmer als das Pochen hinter meinen Schläfen.

An letzte Nacht kann ich mich nicht mehr gut erinnern, aber ich weiß noch genau, dass Tyler mich plötzlich hochgehoben und in seine Wohnung getragen hat.

Warum er allerdings so gehandelt hat, ist mir ein Rätsel, und es ist noch ein viel größeres Rätsel, warum ich mich nicht gewehrt, sondern das alles zugelassen habe.

Wobei *zugelassen* nicht das richtige Wort ist.

Ich meine, Himmel und Halleluja, ich habe diesen Vizepräsidenten geradezu überfallen, meine Hand in seine Hose geschoben und mich anschließend wie eine Wilde über seinen grandiosen Schwanz hergemacht.

*Einfach nur peinlich ...*

Wie soll ich Tyler nur jemals wieder gegenübertreten und ihm in die Augen sehen können?

Wobei das Schlimmste nicht mal meine Reaktion auf diesen Rocker ist, sondern die Tatsache, dass ich es wieder will – dass ich ihn wieder will und dass, obwohl ich ganz genau weiß, dass diese Outlaws nicht zu den guten, sondern zu den bösen Menschen gehören.

Sie agieren jenseits des Gesetzes, haben ihre ganz eigene Welt und ihre eigenen Regeln.

Aber Mia ist glücklich mit ihrem Präsidenten und meine Schwester scheint ebenfalls auf Wolke sieben zu schweben.

Die letzte Nacht hat mir eine Sache ganz deutlich klargemacht. Tequila ist nicht gut für mich und Vorurteile sind scheiße!

Okay. Das waren jetzt zwei Dinge, aber was soll's?

Ein Schwarm Schwalben zieht am blauen Himmel seine Kreise, die Sonne scheint und das Tageslicht brennt mir in den Augen.

Mein Auto steht auf der anderen Seite des großen und von einem hohen Zaun umrahmten Clubgeländes, das allem Anschein nach vierundzwanzig Stunden am Tag bewacht wird. Mitten auf dem Hof stehen Tyler, Black und ein Kerl, an den ich mich nur noch schemenhaft erinnere. Wenn ich mich nicht irre, hat er sich mir als BlingBling vorgestellt.

Ein wirklich seltsamer Name, aber irgendwie scheinen alle Biker komisch zu heißen.

Es gibt sogar einen, der Knife genannt wird. Wieder einer scheint den echt perversen Namen GangBang zu haben.

Seven oder Black sind dagegen echt noch normal.

Falls man das Wörtchen *normal* für diese Biker überhaupt verwenden darf.

Aber zurück zu der Zwickmühle, in der ich gerade feststecke.

Also, mein Auto befindet sich auf der anderen Seite des Hofs, in der Mitte ist Tyler und ich, tja jetzt kommt's ... Ich verstecke mich hinter einer riesigen Eiche und hoffe, dass mich niemand bemerkt.

Mein Standort verrät euch sicherlich, dass mein Selbstwertgefühl auf Ameisengröße geschrumpft ist.
Mia ist in ihrem Café gegenüber auf der anderen Straßenseite und Claire bei einem Vorstellungsgespräch, zu dem Seven sie begleitet hat.
Aus irgendeinem Grund hat der Vollstrecker darauf bestanden, dass ich das Gelände des *Bloody Kings Motorcycle Clubs* nicht ohne Begleitung verlassen darf.
Angeblich gibt es da irgendein Sicherheitsproblem mit irgendwelchen Rumänen.
Was das genau bedeutet? *Schulterzuck*
Darüber will ich lieber gar nicht erst nachdenken.
Fluchend und wütend auf mich selbst, lasse ich mich an dem breiten Baumstamm nach unten sinken, lehne den Kopf an den Baum und schließe für einen kurzen Moment die Augen.
Als ich heute Morgen in dem Bett des Vizepräsidenten aufgewacht bin, war ich alleine, von dem Rocker war nichts zu sehen.
Trotzdem hat er sich um mich gekümmert.
Auf seinem Nachtkästchen, das übrigens aus einem abgefahrenen Motorradreifen und einer Glasscheibe besteht, stand ein Glas Orangensaft, der so geschmeckt hat, als wäre er frisch ausgepresst gewesen, daneben lagen zwei Tabletten und eine kleine handgeschriebene Notiz.

*Trink den Saft und schluck die Tabletten.*
*P.S. Das mit dem Schlucken hast du echt drauf.* ☺

Ich meine, danke für das Kompliment, den Saft und die beiden Aspirin, aber Hilfe!
Das P.S. hat mich beinahe vor Scham im Boden versinken lassen.
Freut mich, dass er meinen Blowjob als gut empfunden hat, aber trotzdem. TROTZDEM!
Geht es eigentlich noch schlimmer?
Ich glaube nicht!
Tyler hat mehr Charakter und Stil bewiesen, als die meisten Männer, die ich kenne, es in dieser Situation getan hätten.
Er hat sich um meinen Vitamin-C-Haushalt gekümmert, mir Schmerztabletten gegeben und mir sein Bett überlassen.
Den Gerüchten nach kann ich mir gerade auf Letzteres echt was einbilden.
Diese Rocker sind nicht gerade für ihre fürsorgliche Seite bekannt, und darum überrascht mich Tylers Verhalten umso mehr.

Seit ich vor wenigen Stunden quasi auf allen vieren aus seinem Bett gekrabbelt bin, habe ich es tunlichst vermieden, ihm zu begegnen, und bis jetzt ist mir das auch super gelungen. Kein Wunder, wenn man bedenkt, dass ich bereit bin, mich hinter einem Baum zu verstecken, nur um ihm nicht gegenübertreten zu müssen.

Wenn meine Erinnerung mich nicht trügt, dann habe ich den Vize letzte Nacht regelrecht angebettelt mich zu vögeln, aber er hat es nicht getan und das, obwohl ich ganz genau gespürt habe, wie hart er war und wie sehr er mich wollte.

Kutten, Tattoos, Muskeln und Ritterlichkeit ...

Eine unschlagbare Kombination, die jedes Mädchenherz im Sturm erobert.

Ich habe längst nicht mehr vor, zu prüfen, ob auf Seven oder einen seiner Clubbrüder ein offener Haftbefehl wartet, und ich werde auch nicht mehr versuchen, Claire diese Beziehung auszureden.

Dieses Recht habe ich in dem Moment verwirkt, in dem ich wie eine ausgehungerte Nymphomanin über Tyler hergefallen bin und so lange an seinem Schwanz genuckelt habe, bis er mir in den Hals gespritzt hat.

Angst, dass Claire wegen dieses Fauxpas sauer auf mich ist, muss ich keine haben. Ich kenne meine Schwester, sie findet es bestimmt toll, dass ich meinen Spaß hatte.

Aber war es auch toll?

*Oh ja, definitiv!*

Will ich es wieder?

*Ganz bestimmt!*

Ist es auch das Richtige?

*Nein, ganz bestimmt nicht!*

Werde ich mich deswegen davon abhalten lassen, erneut meinen Spaß mit Tyler zu haben?

– – –

Die Antwort steht noch aus.

Wenn ich meinen Prinzipien treu bleiben will, sollte ich mich bei dem VP entschuldigen und mich weiter nach einem langweiligen, anständigen, braven und gesetzestreuen Anwalt oder so umsehen.

Also nach einem Mann, der Steuern zahlt und dessen schlimmstes Vergehen darin besteht, sein Hemd schlecht zu bügeln.

Selbst mir fällt auf, wie langweilig das alles ist.

Langweilig, aber sicher.

Hier in Meadville bei dem *Bloody Kings* ist nichts langweilig.

Starke Männer, Muskeln, Kutten, Harleys, Waffen, Tequila und Abenteuer so weit das Auge reicht. Black ist heiß.

Seven auch, aber Tyler ... *Verdammt!*

Dieser Rocker ist mit keinem Mann vergleichbar.

Sein Schwanz schmeckt göttlich, sein Charakter ist ehrenhaft und er ist nicht nur stark und mächtig, sondern auch fürsorglich und beschützend.

Eine Schlüpfer in Brand setzende Kombination, wenn ihr mich fragt.

Unruhig und mehr als durcheinander, zünde ich mir eine Zigarette an, und das, obwohl ich *eigentlich schon längst* so gut wie aufgehört hatte, ziehe den tödlichen Tabak tief in meine Lunge und reibe mir mit der freien Hand über die schmerzende Stirn.

Mit geschlossenen Augen sitze ich auf dem Boden, an eine Eiche gelehnt da und versuche mir selbst einzureden, dass mir dieser Tyler im Grunde genommen völlig egal ist.

*Wie überhaupt nicht* egal er mir ist, erkenne ich erst, als plötzlich ein amüsiertes Räuspern meine Ruhe zerstört und mir klarmacht, dass ich entdeckt wurde. Auch ohne zu blinzeln weiß ich instinktiv, wer da vor mir steht – Tyler.

Mein Körper erkennt ihn sofort, es ist die Chemie, die dieser Mann ausstrahlt, die elektrische Ladung, die immer dann entsteht, wenn wir uns nahe sind und die dafür sorgt, dass sich die Härchen auf meinen Armen aufstellen und mein Puls in die Höhe schnellt.

„Wenn ich meine Augen geschlossen lasse, sehe ich dich nicht, und wenn ich dich nicht sehe, dann siehst du mich auch nicht und wir müssen dieses furchtbar peinliche Gespräch nie führen."

*Gott steh mir bei!*

Vielleicht wäre es besser gewesen, niemals hierher zu kommen.

„Ich sehe dich aber, Baby."

Es raschelt, sein heißer Atem weht über meine Stirn, er muss vor mir in die Hocke gegangen sein.

„Um ehrlich zu sein, ist es ein Ding der Unmöglichkeit ein Mädchen wie dich zu übersehen!"

*Argh ...*

Dank seiner Muskeln, den markanten Gesichtszügen und den vielen Tattoos ist es eh schon ein Unding, mich nicht von ihm angezogen zu fühlen. Aber wenn er jetzt noch *soooo anfängt*, bin ich hoffnungslos verloren.

„Hör auf zu schleimen."

Ein dunkles Grollen löst sich aus seiner Kehle, es dauert einen Moment, bis ich erkenne, dass es ein Lachen sein soll.

*Shit! Selbst sein Lachen ist sexy ...*

„Tu ich nicht."

Ich spüre seinen Blick auf mir und komme mir mit meinen noch immer geschlossenen Augen ziemlich doof vor.

„Kannst du nicht einfach wieder verschwinden?"

„Nein. So leicht mache ich es dir dann doch nicht. Außerdem habe ich dich lange genug hinter dem Baum stehen lassen."

*Ach verdammt!*

„Du wusstest, dass ich hier bin?"

„Oh Mädchen, seit letzter Nacht habe ich dich kaum aus den Augen gelassen."

*Huiuiui ...*

Den Rest meines Selbstwertgefühls zusammenkratzend, sehe ich ihn an und bin sofort von seiner maskulinen Schönheit überwältigt.

*Wenn er doch nur nicht so höllisch heiß wäre ...*

„Wir müssen reden."

Tyler nickt, ich ziehe erneut an meiner Zigarette.

Die Sekunden verstreichen, werden zu einer Minute. Als er nichts sagt, erkenne ich, dass er mir den Vortritt lässt. Also schön ...

„Das mit letzter Nacht tut mir ehrlich sehr leid."

Rau und markant beginnen seine wie aus Granit wirkenden Gesichtszüge zu zucken. Ein Lächeln huscht über seine vollen Lippen, sofort beginnt ein Schwarm Schmetterlinge durch meinen Bauch zu fliegen.

„Und was genau? Dass du dich betrunken hast? Dass du von mir gerettet werden musstest? Den meisten Platz meines Bettes gebraucht oder mir den besten Blowjob meines Lebens verpasst hast?"

„Für alles."

Wieder lacht er. Die Anzahl der Flattermänner in meinem Inneren verdoppelt sich blitzartig.

*Moment ...*

Es dauert ein bisschen bis ich kapiere, was *genau* er da gerade gesagt hat.

Das muss ich genauer wissen.

„Der beste?"

Tyler nickt. Mein Unterbewusstsein gibt ein winziges Lebenszeichen von sich. Vielleicht habe ich mich ja nicht ganz blamiert.

Wieder fülle ich meine Lunge mit Rauch, um ehrlich zu sein, tue ich das nur, weil ich echt keine Ahnung habe, was ich sagen soll.

*Himmel!*

Ich habe die Nacht im Bett des landesweit gefürchteten Vizepräsidenten des *Bloody Kings Motorcycle Clubs* verbracht. Was an sich schon schlimm ist, aber das Schlimmste kommt erst noch, denn ich möchte es wieder tun. Aber dieses Mal schmerzlich nüchtern und bei vollem Bewusstsein.

„Es war nicht geplant, mich zu betrinken. Ich habe einfach eine Schwäche für Tequila und das, obwohl ich eigentlich ganz genau weiß, dass ich ihn nicht vertrage."

Rau und schwielig streichen seine Finger über meine Wange, meine Atmung stockt und mein Herz rast.

„Baby, du kannst so viel Tequila trinken, wie du willst, zumindest solange ich in der Nähe bin, um auf dich aufzupassen!"

Wow!

„Aber wieso solltest du das wollen?"

Auf seiner Stirn bilden sich zwei tiefe Falten.

„Was? In deiner Nähe sein?"

„Auch. Aber eigentlich meine ich das Aufpassen-Dings."

Er zögert, für eine lange Zeit sagt er kein Wort, setzt sich einfach zu mir unter die Eiche.

„Wenn ich dir sage warum, wirst du mir nicht glauben."

Ich suche seinen Blick.

„Woher willst du das wissen?"

Seine breiten Schultern zucken.

„Weil ich es selbst kaum glauben kann."

Oh, das verspricht interessant zu werden ...

„Versuche es ..."

Groß und besitzergreifend legt sich seine Hand auf meinen Oberschenkel, weit oberhalb meines Knies, schiebt sich unter meinen Rock. Bei jedem anderen hätte ich sie weggeschoben, doch nicht so bei ihm. Das Level der falschen Schamhaftigkeit haben wir längst überschritten. *Haut an Haut.*

Seine Hand fühlt sich gut an, also darf sie bleiben.

So einfach ist das!

Überhaupt fühlt sich einfach alles, was mit diesem Rocker zu tun hat, gut an – zu gut, um genau zu sein.

„Wann immer ich einen Porno geschaut oder mir einen gewichst habe, ist in meinem Hirn ein eigener Film gelaufen. Die vielen Frauen aus den Bumsfilmen haben mich nie interessiert. In meiner Fantasie habe ich mir immer meine perfekte Frau vorgestellt. Mit den Jahren habe ich diese Fantasiefigur perfektioniert. Sodass ich nur an sie denken musste, und schon bin ich hart geworden. Und dann! Fuck!

Dann stehst du plötzlich da. Und du bist sie, 1:1 absolut identisch. Dein Lachen, der Klang deiner Stimme, deine Augen und dein Körper. Einfach alles an dir ist genauso, wie ich es mir seit Jahren in meiner perfekten Vorstellung zusammengesetzt habe. Du Baby, bist die Frau aus meinem Schädel, du bist meine wahr gewordene Wichsvorlage."

Er bemerkt, dass ich keine Ahnung habe, was ich mit diesem mehr als zweifelhaften Kompliment anfangen soll. Er umfasst mein Knie fester und sieht mich mit einem entschuldigenden Lächeln an.

„Das mag für dich jetzt wie eine Beleidigung klingen, aber so war es nicht gemeint. Ich bin nicht gut mit Worten, es fällt mir schwer zu beschreiben, was ich sagen will. Aber ehrlich, Baby. Kurzum: Du bist meine Traumfrau."

„Traumfrau oder Wichsfantasie? Was jetzt?"

Selbst mir fällt auf, wie zickig ich klinge.

„Kann das nicht ein und dasselbe sein?"

Gute Frage. Kann es das?

„Keine Ahnung."

Wir sehen uns an. Ich muss zugeben, dass ich mich eher geschmeichelt als beleidigt fühle.

Ich bin jetzt sechsundzwanzig Jahre alt, und so etwas hat noch nie ein Mann zu mir gesagt.

„Danke, dass du dich letzte Nacht wie ein Gentleman verhalten hast."

„Es war das erste Mal."

„Was? Dass du ein Gentleman warst?"

„Auch. Und dass eine Frau in meinem Bett geschlafen hat."

„Das kann nicht dein Ernst sein."

„Doch. Absolut."

„Keine Ahnung ob ich dir das glauben soll."

Dabei weiß ich ja schon von Mia, dass es wirklich so ist.

Mein halb totes Selbstbewusstsein streckt die Fühler aus und erwacht wieder zum Leben.

„Tu es oder lass es, es macht keinen Unterschied."

Ich sehe zu seiner Hand auf meinem Bein.

„Wie geht es jetzt weiter?"

Er sieht zu derselben Stelle wie ich.

„Ich will, dass du bleibst. So lange wie möglich. Damit wir herausfinden können, was das zwischen uns ist."

*So ... so ...*

„Gibt es denn ein *uns*? Das war nur eine Nacht und ein Blowjob, und um ehrlich zu sein, kann ich mich, außer an deinen Schwanz und deine Ritterlichkeit, an nicht viel erinnern."

In den unfassbaren Tiefen seiner eisblauen Augen blitzt es belustigt.
„Dann muss mein Schwanz ja einen guten Eindruck bei dir hinterlassen haben."
Tyler zwinkert mir zu – ich schmelze dahin. Was mich überrascht.
Eigentlich gehöre ich nicht zu den Frauen, die auf dieses Gezwinker reagieren. Aber jetzt ist es anders, mein Slip wird feucht und meine Mitte pocht.
Dieser Biker hat einfach eine echt heftige Wirkung auf mich.
„Ich weiß noch genau, wie du schmeckst."
Sein Kiefer klappt nach unten.
„Es hat mir Spaß gemacht zu schlucken. Und ja, ich muss zugeben, ich finde es echt schade, dass du mich nicht gefickt hast."
*Ups!* Wo kam das denn gerade her?
Da muss wohl noch einiges an Tequila in meinem Kreislauf sein, anders kann ich mir nicht erklären, wo ich den Mut hergenommen habe, *das* laut auszusprechen.
„Du findest es schade?"
Tylers Stimme ist rau und dunkel, streicht wie Schleifpapier über meine blank liegenden Nerven.
„Ja. Wer weiß ob wir jemals wieder so weit kommen. Du scheinst ja keine Frauen in deinem Bett zu mögen."
An seinem Kiefer zuckt ein Muskel. Jegliche Belustigung weicht aus seinem Gesicht. Plötzlich wirkt er ernst – todernst.
„Dich Baby will ich jede Nacht in meinem Bett. Und das Ficken macht viel mehr Spaß, wenn es nicht im Schlafzimmer passiert."
*Bämmmm ...*
Seine Worte verpassen mir ein Schleudertrauma, haben auf mich dieselbe berauschende Wirkung wie der Tequila von letzter Nacht.
Noch bevor ich ahne, was er vorhat, springt er auf die Füße, packt mich an den Schultern und zieht mich hoch.
Grob pressen sich seine Lippen auf die meinen. Seine Zunge stößt vor, dringt in meinen Mund ein, raubt mir den Atem.
Gierig wühlt er sich durch meinen Mund, ich stöhne, kralle mich an seiner ledernen Kutte fest und inhaliere den unverkennbar maskulinen Duft des Vizepräsidenten der *Bloody Kings*.
Ich und ein Bad Boy ... Unglaublich!
Ich und der König aller Bad Boys ... Doppelt unglaublich!
Das hier fühlt sich an wie ein Traum – surreal und fremd und trotzdem perfekt.

Ich erkenne mich selbst kaum wieder. Wild knutschend hinter einer Eiche mit einem Mann, dessen Existenz mehr als zwiespältig und kriminell ist.

Anstatt ihn von mir zu schieben, erwidere ich seinen Kuss mit all der Lust, die durch meine Adern pulsiert. Wie kann etwas, das sich so gut und richtig anfühlt, falsch sein?

Vielleicht ist es gar nicht falsch?

Und selbst wenn? Was wäre daran so schlimm?

Nichts! Zumindest nicht, wenn ich schlussendlich so glücklich bin wie Mia und meine Schwester.

Japsend löse ich mich von ihm.

„Du bist gefährlich."

Tyler nickt.

„Du bist ein Killer."

Tyler nickt wieder.

„Du bist ein Fehler."

Dieses Mal schüttelt er den Kopf.

„Ich bin ein gefährlicher Killer, der all seine Fähigkeiten einsetzen wird, um dich zu beschützen. Du und ich, das kann kein Fehler sein. Mein Hirn hat dich erschaffen, Baby."

Sprachlos lasse ich zu, dass er mich erneut küsst. Dieses Mal kurz, hart und tief. Dann wirbelt er mich herum, drückt mich gegen den kratzigen Stamm der Eiche und schiebt meinen Rock nach oben, sodass mein Po nur noch mit dem String bekleidet ist.

Sein Knurren verrät mir, dass ihm gefällt, was er sieht. Neckend streicht er über meine Pobacken, schiebt mit seinem Knie meine Beine auseinander und umfasst dann besitzergreifend meine Pussy.

Als er spürt, wie feucht ich bereits für ihn bin, murmelt er mir zu, dass ich ein braves Mädchen bin. Dann ist mein Tanga auch schon verschwunden und seine Finger gleiten durch meinen nassen Schlitz.

Zuckend presse ich mich ihm entgegen, schließe die Augen und konzentriere mich nur noch aufs Fühlen. *Oh mein Gott!*

Obwohl er mich bis jetzt kaum berührt hat, bin ich kurz davor, zu explodieren.

In meinem Inneren pocht und zuckt es, meine Knie zittern und der Kopfschmerz ist mit einem Schlag vergessen.

„Wenn ich dich jetzt ficke, bleibst du länger als geplant. Verstanden?"

Obwohl er es wie eine Frage formuliert, weiß ich, dass das nichts anderes als ein Befehl war. *Scheiße!*

Ich gehöre zu der Kategorie von Frau, die Machos nicht leiden kann und um Bad Boys einen großen Bogen macht. Ich bin selbstbestimmt, emanzipiert und stehe mit beiden Beinen fest im Leben.

Befehle sind für mich ein No-Go.

Und trotzdem will ich bleiben – trotzdem heizt mir Tylers dominante Art extrem ein.

Was ist nur los mit mir?

„Ich habe vierzehn Tage Urlaub."

Der Rocker hinter mir faucht zufrieden.

„Betrachte dich als ausgebucht."

Vielleicht ist das die Lösung?

Ich betrachte Tyler einfach als zeitlich begrenzten Playboy, mit dem ich meinen Spaß habe und sobald die vierzehn Tage vorbei sind, kehre ich zurück in mein normales Leben und betrachte das alles einfach als ein nettes, unverfängliches Abenteuer.

„Du bist der Falsche für mich, Vizepräsident."

„Stört mich nicht, denn für *mich* bist du die *Richtige*!"

So viel Kraft, so viel Selbstbewusstsein – so viel Arroganz!

In dem Moment, in dem zwei seiner Finger tief in mich hineingleiten, entschlüpft mir ein lautes Stöhnen.

„Fuck du bist so eng ..."

Ich nicke, zu einer anderen Reaktion bin ich gerade nicht imstande. Wenn meine Erinnerungen an letzte Nacht nicht dank des vielen Alkohols etwas beschönigt wurden, dann hat dieser Rocker einen riesigen, dicken und fantastisch proportionierten Schwanz, der mich bis zum Anschlag ausfüllen wird.

Mein von Erregung benebelter Verstand ruft laut SOS, versucht, mich daran zu erinnern, dass wir hier mitten im Freien stehen und dass uns absolut jeder sehen kann.

Sex in der Öffentlichkeit hatte ich noch nie. Seltsamerweise schreckt mich die Gefahr, erwischt zu werden, nicht ab, im Gegenteil, sie verleiht mir einen regelrechten Kick.

„Ich bin hierher gekommen, um meine Schwester zur Vernunft zu bringen, und jetzt verliere ich ebenfalls den Verstand."

Mein gehauchtes Eingeständnis bringt Tyler zum Lachen.

„Was für ein Glück ich doch habe ..."

Seine tief in mir steckenden Finger krümmen sich leicht, treffen auf den einen Punkt in meinem Inneren, der mich zum Schreien bringt.

Black, der gerade aus der offen stehenden Werkstatt kommt, hört mich, grinst und schüttelt den Kopf.

*Himmel ...*

Tyler scheint das alles nicht zu stören, er fingert mich immer tiefer, stößt sich wieder und wieder in mich und schiebt seine noch freie Hand unter mein Top.

Zwirbelnd, zwickend und kneifend verwöhnt er meinen Nippel, zieht ihn in die Länge und sorgt so dafür, dass ich vor Leidenschaft beinahe zerspringe.

In dem verzweifelten Versuch, etwas leiser zu sein, beiße ich mir auf die Unterlippe. Zuerst klappt es, aber als Tylers Rechte mit einem lauten Klatsch auf meiner Pobacke landet, scheitere ich kläglich.

Ich kreische, zucke und stöhne.

„Bitte, nimm mich endlich."

Mit einem Schritt kommt er mir näher, bespielt noch immer meinen Nippel, schiebt meine Haare beiseite und leckt über meinen Nacken bis hin zu meinem Ohr.

Knabbernd finden seine Zähne mein Ohrläppchen, er beißt sachte zu, lässt mich erschaudern.

„Du willst gefickt werden?"

Ich nicke.

„Du willst es hart und dreckig?"

Und wie ich das will.

„Ja."

Ein animalisches Brummen ausstoßend, beginnt er seinen Gürtel zu öffnen, zieht die Jeans nach unten und holt sein hartes Glied raus.

Pure Vorfreude pulsiert durch meine Venen, ich brauche nicht mehr viel, bis ich genau hier und im Stehen komme.

Dick und rund stupst die Krone seines Glieds gegen meinen Eingang. Dann zieht er sich wieder zurück, was mir ein atemloses „Scheiße!" und ihm ein Lachen entlockt.

„Warte kurz, ich rolle nur schnell einen Gummi drüber."

*Oh Mist!*

Ich stehe so unter Strom, dass ich keinen Gedanken an die Verhütung verloren habe.

Was schon viel über mich aussagt, sonst bin ich immer die Übervorsichtige, die am liebsten gleich zwei Kondome auf einmal verwenden würde, nur damit ja nichts passieren kann.

So langsam bin ich mir sicher, dass mein Hirn in dem Moment, in dem ich die Stadtgrenze nach Meadville passiert habe, offline gegangen ist. Anders kann ich mir mein Verhalten wirklich nicht erklären.

Erst betrinke ich mich, dann blase ich dem Vizepräsidenten dieses Rockerclubs einen, verbringe die Nacht in seinem Bett und lasse jetzt zu, dass er mich mitten auf dem Hof, an einen Baum gelehnt, vögelt.

Ich höre das Rascheln der Verpackung und wundere mich, wo er den Gummi so schnell herhat.

„Trägst du immer Kondome mit dir herum?"

„Lässt du dich immer von fremden Männern ficken?"

1:0 für ihn.

Sein Gesicht neben das meine bringend, schnuppert er an mir, vergräbt seine Faust in meinen Haaren, und zieht mir den Kopf grob in den Nacken.

„In der Innentasche meiner Kutte befinden sich immer tausend Dollar, zwei Kondome und ein paar Patronen für meinen Revolver."

Tylers Stimme ist belegt, rau vor Lust.

„Ich würde sagen, du bist immer auf alles vorbereitet."

Er nickt.

„Auf fast alles. Auf dich war ich nicht vorbereitet. Dein plötzliches Auftauchen hat mich fast umgehauen."

Das höre ich doch wirklich gerne ...

Wieder drückt sich seine Erektion gegen meine Öffnung, dieses Mal hält ihn nichts auf, sodass er ein göttliches Stückchen in mich hineinrutscht. Ich stöhne, biege den Rücken durch und drücke ihm meinen Po entgegen, bettle so um mehr. Mehr von seinem Schwanz, mehr von dem perfekten Gefühl, das er in mir auslöst.

Sein Penis ist dick, er dehnt mich, reißt mein Inneres auf und raubt mir den Atem.

„Willst du mehr?"

Ich nicke, er gibt es mir. Wimmernd reibe ich mich an ihm, genieße den dekadenten Dehnungsschmerz und versinke im Strudel der Lust.

Einerseits weiß ich jetzt schon, dass es mir nur mit Mühe gelingen wird, ihn komplett in mich aufzunehmen, andererseits kann ich es kaum erwarten, dass er mich grob und bis zum Anschlag ausfüllt.

„Noch mehr ..."

Er hört mein Flehen, flucht und gibt mir, was ich so dringend brauche.

Als Erstes spüre ich, wie sich die Muskeln in seinen Beinen anspannen, dann wird sein Bauch hart und dann ... *Holy Shit!* Dann fickt er mich. Mit Wucht rammt sich sein Penis bis zum letzten Millimeter in mich. Ich spüre seine prallen Hoden an meinen Schamlippen, die dicke Wulst seines Schwanzes stößt gegen meine Gebärmutter, was mir die Tränen in die Augen steigen lässt.

Einerseits ist es zu viel, andererseits ist es perfekt.

Kühl weht der Wind über meine verschwitzte Haut, das Leder seiner Kutte drückt sich gegen meinen Rücken, während Tyler in einen schnellen und gnadenlosen Rhythmus verfällt. Vorstoß, Rückzug, ich schreie laut ... Vorstoß, Rückzug, ich schreie laut ...

Das alles wiederholt sich wieder und wieder, so lange, bis es mir nicht mehr peinlich ist, dass alle hören können, was der Vize dieses MCs und ich hier treiben.

Und wir treiben es wirklich wie die wilden Tiere.

Das hier ist kein konventioneller Sex, kein einfaches Ineinandergleiten – sondern so viel mehr ...

Schweiß, Haare ziehen, beißen, Schläge auf glühender Haut – zitternde Beine und Tränen der Lust.

Tyler zerlegt mich in meine Einzelteile, füllt mich aus, macht mich zu der seinen und treibt mich immer weiter voran, bis an meine Grenzen und darüber hinaus.

Ich komme – wieder und wieder – bin völlig atemlos und mit meinen Kräften am Ende.

Einzig sein stahlharter Arm, der wie eine Schlinge um meine Mitte liegt, hält mich weiter in einer aufrechten Position.

Knurrend, fluchend und mit immer mehr Kraft rammt er sich in mich, stöhnt dabei zufrieden und raunt mir wieder und wieder zu, wie absolut perfekt ich zu ihm passe und dass die Realität um ein Tausendfaches besser ist als die Fantasie.

Was mich erleichtert und glücklich macht.

Für gewöhnlich ist das, was in unserem Kopf passiert, viel intensiver als alles andere. Wobei das, was dieser Rocker mich gerade fühlen lässt, meine eigene Fantasie um Längen übertrifft.

Bis jetzt war mir nicht klar, dass es möglich ist, so viel Lust zu empfinden.

Geschickt reibt er über meinen Kitzler, beißt sich an meinem Nacken fest und stößt sich wieder bis zur Wurzel in mich.

Ich schreie dank der verboten guten Mischung aus Lust und Schmerz und werde dabei von Orgasmus Nummer vier durchgeschüttelt.

Sein Schwanz in meinem Mund war schon geil, aber ihn in meiner Muschi zu haben, ist noch viel besser.

„Jetzt, Baby!“

Sein Zischen verhallt, sein mächtiger Körper zuckt heftig, während er pumpend den Gummi füllt, der unsere Leiber voneinander trennt.

Erschöpft sinke ich gegen ihn, werde noch etwas fester gegen den Baumstamm gedrückt und versuche, wieder zu Atem zu kommen, was eigentlich nicht so schwer sein sollte, schließlich stehen wir unter dem blauen Himmel. *Aber ...*

Meine Lunge streikt, mein Herz rast und mein Unterleib pocht.

Ich fühle mich, als wäre eine Ladung Sprengstoff in mir explodiert.

„Ich glaub, ich kippe gleich um."

Tylers Griff festigt sich sofort.

„Das lasse ich nicht zu."

Laut und bollernd hallt das Dröhnen von sich nähernden Motoren über den Hof.

Langsam zieht er sich aus mir heraus, verpasst meiner linken Pobacke einen Klapps und streicht meinen Rock wieder nach unten.

Es dauert einen Moment, bis ich mein Gleichgewicht wiedergefunden habe. Erst als Tyler merkt, dass ich auch ohne seinen stahlharten Arm wieder stehen kann, lässt er mich endgültig los und zieht sich die Hose hoch.

Dog, der wachhabende Prospect, öffnet das Tor, zwei Harleys fahren auf das Gelände.

Seven und Claire sind zurück, den anderen Neuankömmling kenne ich nicht.

„Himmel das war knapp."

„Was war knapp?"

„Dass mich meine Schwester nicht dabei erwischt hat, wie wir Sex hatten."

Der Rocker hinter mir lacht, ich drehe mich zu ihm um.

„Sex? Ich habe dich an einen Baum gedrückt und gefickt."

So kann man es auch nennen.

Plötzlich wieder verlegen, senke ich den Blick und atme tief ein.

*Was mache ich hier eigentlich?*

„Tu das nicht."

Überrascht sehe ich den Rocker vor mir wieder an.

„Was?"

„Dir dein hübsches Köpfchen zerbrechen. Alles schlecht machen, was wir haben."

*Durchschaut ...*

„Es kann nicht funktionieren, Tyler."

„Wieso? Es funktioniert doch schon."

*Von wegen ...*

„Ich bin noch keine vierundzwanzig Stunden hier und war schon sturzbetrunken. Ich hatte einen Schwanz im Mund und habe die Nacht in dem Bett eines Mannes verbracht, den ich mir geschworen habe zu hassen. Und jetzt hatten wir Sex, mitten auf dem Clubgelände, wo uns nicht nur alle gehört, sondern auch gesehen haben. Wie die wilden Tiere!“

An seinen Mundwinkeln zupft ein Lächeln.

Die Schmetterlinge kehren in meinen Bauch zurück.

„Also für mich klingt das, als würde es bestens funktionieren!“

„Warum überrascht mich das nicht?“

Mit dem Handrücken über meine Wange streichend, sieht er mich an.

„Weil du ein kluges Mädchen bist.“

Oder ein dummes, ein ganz, ganz, ganz dummes!

Ich schüttle den Kopf und atme tief ein.

„Warum wolltest du mich hassen?“

*Mist!*

Das hätte ich ihm wohl nicht sagen dürfen.

„Weil du für alles stehst, was ich verurteile.“

Der Vizepräsident vor mir wirkt ruhig und gelassen.

„Ich stehe für Freiheit, für einen unabhängigen Lebensstil, Loyalität und Anarchismus. Meine Brüder und ich arbeiten hart, wir kämpfen, wofür wir einstehen, und beschützen, was wir lieben! Was ist daran verkehrt, Sandra?“

Wenn er es so formuliert, gar nichts. Mein postorgastisches Hirn ist noch immer nicht wieder ganz hochgefahren, sodass mir meine absolut stichhaltigen Argumente einfach nicht einfallen wollen.

Als ich nichts sage, sondern einfach nur schweige, grinst Tyler zufrieden.

„Mia und Claire geht es gut bei uns. Sie werden umsorgt, beschützt und gefickt. Fuck! Black behandelt sein Mädchen, als wäre es eine Prinzessin und zwischen deiner Schwester und unserem Vollstrecker läuft es genauso. Die beiden Frauen sind glücklich und du könntest es auch sein, wenn du aufhören würdest, alles zu Tode zu analysieren.“

Ich öffne den Mund und will widersprechen, tue es dann aber doch nicht, weil ich weiß, dass er recht hat.

Tyler scheint zu spüren, dass ich kalte Füße bekomme und am liebsten aus Meadville flüchten würde, er packt mich an den Schultern, küsst mich tief und langsam. Erst als ich zitternd nach Luft japse, gibt er meine Lippen wieder frei.

„Nutz deinen Urlaub, um zu sehen, was für ein Leben dich hier erwarten würde. Benutz mich, Baby. Lass dich von mir ficken, blas mir einen, wenn du Bock hast, und gönn deinem Verstand eine Pause. Und du wirst sehen, nach Ablauf der Frist wirst du nicht mehr von hier wegwollen."

Tief in meinem Inneren spüre ich, dass er mit dieser Prognose sogar recht haben könnte.

„Du willst ja nur deine Wichsfantasie nicht verlieren ..."

Sein bellendes Lachen schallt über den Hof, genau wie meine Lustschreie kurz vorher.

„Das wird nicht passieren, Süße."

Er sagt das so selbstsicher und ohne den Hauch eines Zweifels, als ob es in seiner Macht läge, zu bestimmen, ob ich gehe oder bleibe.

„Woher willst du das wissen?"

„Ganz einfach, ich lasse es nicht zu!"

*Bääääämm ... Booommmmm ... Bäääämmmmm ...*

Die geballte Ladung Testosteron, die mir gerade um die Ohren fliegt, verfehlt zu meinem Leidwesen nicht seine Wirkung.

Warum auch immer, aber dieser *Bloody King* scheint fest entschlossen zu sein, mich für sich zu beanspruchen.

Traumfrau oder Wichsfantasie – ich bin immer noch ich, und ich entscheide, wie meine Zukunft aussieht und kein Kutten tragender, Harley fahrender Biker, mit einem Schwanz aus Gold und Augen so blau wie der tiefste Ozean.

Mein gemurmeltes „Das werden wir ja sehen" ignorierend, zieht Tyler mich hinter dem Baum hervor und in die Richtung meiner Schwester.

Ich werde meinen Urlaub hier verbringen und wie es dann weitergeht, wird die Zeit zeigen ...

## 5. Kapitel

### Ein Vizepräsident, der so langsam versteht, dass eine Fantasie verdammt anstrengend sein kann

Der New Yorker Besuch ist weg, zumindest fast.
Nur die blonde Bitch und GangBang sind geblieben.
Die beiden stören mich nicht – Hauptsache Blue hat sich verpisst und lässt sich am besten nie wieder hier blicken.

Das Clubhaus ist fast leer.

Dog schiebt draußen Wache, BlingBling sitzt im Büro und kümmert sich ums Finanzielle und Knife hat spontan beschlossen, zu einem Fight Club hier in der Nähe zu fahren.

Druck ablassen, wie er es nennt – ich kann ihn verstehen.

Seit dem Fick am Baum sind neun Tage vergangen – neun Tage, in denen mir klar geworden ist, dass die Realität um einiges anstrengender ist als die Fantasie.

Ich meine, Fuck! Sandra ist perfekt. So perfekt, dass es fast schon unheimlich ist. Wir hatten Sex, wie sie es nennt – viel Sex.

Aber für mich war das kein Sex, sondern gnadenloses Ficken – wildes, animalisches und grenzenloses Ficken an den verschiedensten Orten. Es mag meiner Süßen schwerfallen, es sich einzugestehen, aber sie hat definitiv eine exhibitionistische Ader.

Egal ob in der Bar, draußen im Hof, in meinem Büro bei offen stehender Türe oder quer über meine Harley gebeugt auf der Rückseite des Supermarkts.

Ich hatte überall meinen Schwanz in ihr und sie fand es jedes Mal geil!

Mia und Claire haben entschieden, heute Nacht die Musik aufzulegen, und was soll ich sagen?

Einzig die Tatsache, dass die Mädels in knappen Röckchen auf der Bar tanzen, macht den Lärm erträglich.

Aufgrund meiner Anweisung gibt es keinen Tequila – dafür aber Rotwein, Champagner und irgend so ein pinkes, klebriges Zeug, das aus Erdbeeren und Wodka hergestellt wird und das Mia selbst gemacht hat. Es hat nur einen Schluck gebraucht, um mich beinahe kotzen zu lassen.

Kurzum, die Mädels haben Alkohol im Blut und sind ziemlich beschwipst, aber auf eine süße Art, eine Art, die dafür sorgt, dass mein Schwanz dauerhart ist und ich es kaum erwarten kann, mich endlich wieder auf mein Mädchen zu stürzen.

Die letzten Tage waren der Hammer.
Wenn ich nicht gerade gearbeitet habe, bin ich bis zum Anschlag in Sandras prallem Arsch gesteckt und habe sie mit meinem Samen vollgepumpt. Die ersten Male haben wir noch Gummis verwendet, aber als ich dann erfahren habe, dass mein Mädchen die Pille nimmt, konnte ich es kaum erwarten, den störenden Latex wegzulassen.
Mit dem Ergebnis, dass ich jetzt süchtig nach dem Gefühl ihres weichen, samtenen Inneren, den Zuckungen ihrer Muskeln und dem Gefühl ihrer Pussy direkt an meinem Schwanz bin.
Diese Frau passt so perfekt zu mir, dass es mir fast schon Angst macht.
Aber es ist nicht nur das Ficken – es ist einfach alles!
Wir waren mit meiner Harley auf Tour, haben Ausflüge gemacht und uns besser kennengelernt. Und je mehr ich über Sandra erfahren habe, umso faszinierter bin ich von ihr. Die Gewissheit, dass sie die Richtige für mich ist, wird mit jedem Tag stärker, was dafür sorgt, dass sich die Unwissenheit wie ein glühendes Eisen auf meiner Haut anfühlt.
Wenn sie mir nicht bald sagt, wie sie sich entschieden hat, drehe ich durch.
Wobei sie im Grunde genommen keine andere Wahl hat, als bei mir zu bleiben!
Ich werde dieses Mädchen nie wieder gehen lassen – nie wieder.
Soll mich der Teufel holen, aber das würde kein echter Mann tun.
Zumindest keiner mit Rückgrat. Wie oft kommt es schon vor, dass die Wichsfantasie zur Realität wird? Niemals. Das ist ein verdammtes Wunder. Und ich glaube nicht an Wunder, was die Sache nur noch heftiger macht!
Claire ist für Seven nach Meadville gezogen. Den Job, auf den sie sich beworben hatte, hat sie jedoch nicht bekommen.
Sie behauptet, das läge daran, dass sie ihre Talente nicht voll und ganz demonstrieren konnte, ich kann mir durchaus vorstellen, was sie damit gemeint hat.
Seven ist zufrieden, er wollte von vornherein nicht, dass seine Lady für die falsche Seite des Gesetzes arbeitet. Besonders, weil der Anwalt seiner Meinung nach viel zu interessiert auf Claires Titten gestarrt hat. Jetzt trägt Sandras Schwester ein Ladyleder, und anstatt in die eigentlich ausgesuchte Wohnung ein paar Straßen weiter, ist sie direkt hier in den Club zu Seven gezogen. Was für perfekte Verhältnisse sorgt – zumindest, wenn Sandra sich dazu entscheiden würde, ebenfalls in Meadville zu bleiben.

Bis jetzt hat sie mich im Dunkeln gelassen, mir nicht mitgeteilt, wie ihre Entscheidung ausgefallen ist.

Ich kann verstehen, dass sie zögert, doch das ändert nichts an der Tatsache, dass diese Frau mir gehört – das hat sie schon immer.

*Fuck! Bloody Holy Fuck!*

Ich bin sechsundzwanzig, es war nie geplant, dass ich mir so früh eine Lady nehme, aber der Teufel hat die Karten gemischt und Gott hat sie ausgegeben – ich hatte nie eine Chance.

Sandra ist mein Ass – mein Seelenfick – meine Wichsfantasie und die Frau aus meinen Träumen. Ich werde sie behalten, wenn es sein muss auch gegen ihren Willen!

Mias lautes Lachen hallt durch das Clubhaus. Kichernd trinkt sie einen Schluck des pinken Zeugs, tanzt über den Bartresen und wankt dabei gefährlich.

Black hat genug gesehen.

Mit einem Knurren steht er auf, geht auf Mia zu, fischt sie von der Bar und wirft sie sich kurzerhand über die Schulter.

Sie quietscht – unser Präsident wirkt zufrieden.

Eine Minute später sind die beiden verschwunden.

Seven flucht, sieht mich an und schüttelt den Kopf.

„Auf was haben wir uns da nur eingelassen?“

Er stellt die Frage im Spaß und fängt dann ebenfalls seine Frau ein, sodass Sandra und ich alleine übrig bleiben. Aufreizend schwingt sie die Hüften, dreht sich im Kreis und sucht meinen Blick.

„Willst du mich?“

Ich nicke.

„Mehr als den nächsten Atemzug.“

„Dann tanz für mich!“

*Never ...*

Für diese Frau würde ich viel tun – beinahe alles.

Aber das gehört nicht dazu.

„Rocker tanzen nicht.“

Den Kopf schief legend, beginnt sie damit, sich auszuziehen. Als Erstes verschwindet ihr Oberteil, dann fliegt ihr BH durch die Luft.

*So verflucht sexy!*

„Ihr frühstückt auch nicht, und ihr flirtet nicht ... Was tut ihr eigentlich?“

*Ficken – Jagen – Töten!*

Ich spreche das nicht aus. Im Gegensatz zu Mia und Claire hat Sandra große Probleme mit meinem Lebensstil. Sie passt sich nicht so leicht meiner Welt an wie die anderen beiden Mädchen.

Aber das ist okay, ich gebe ihr alle Zeit der Welt. Solange sie nur Nacht für Nacht in meinem Bett liegt und die Beine für mich spreizt ...

Als Nächstes macht sie sich an ihrem Rock zu schaffen, mein Schwanz zuckt, schmerzt vor Ungeduld. Sie kickt sich die High Heels von den Füßen, tanzt nun barfuß und halb nackt vor meinen Augen herum. Beinahe fällt sie von der Holzplatte, fängt sich erst in letzter Sekunde wieder. Ich stehe sofort bereit, um sie im Notfall aufzufangen.

„Du verträgst echt keinen Alkohol, was?“

„Das ist dein schlechter Einfluss, oder es liegt an dieser Stadt. Irgendetwas liegt hier in der Luft, was dafür sorgt, dass wir Frauen den Verstand verlieren!“

Von wegen.

„Es sind unsere Schwänze, Baby. Sobald wir sie in euch reinschieben, geht euer Hirn offline und ihr wollt mehr und immer mehr!“

Sie denkt kurz darüber nach, dann nickt sie.

„Tanz für mich, Rocker.“

„Ich habe dir schon gesagt, dass wir Rocker nicht tanzen.“

Meine Süße zieht einen Schmollmund.

„Wenn du nicht tanzt, darfst du mich nicht ficken.“

*Fuck!*

Als ob ich mir das verbieten lassen würde.

„Gefährliches Terrain – ganz gefährliches Terrain. Deine Pussy gehört mir, die kannst du mir nicht vorenthalten, zumindest wenn du nicht willst, dass ich Amok laufe und ein Blutbad anrichte.“

Zufrieden beobachte ich, wie sich ihre Pupillen weiten. Sie hat erkannt, dass ich das nur halb im Spaß gesagt habe.

„Du würdest, um mich behalten zu können, töten?“

„Yeah, ohne zu zögern.“

Ihre Zunge schnellt vor, sie leckt sich die Lippen – meine Nerven liegen blank.

„Töten ja, aber tanzen nicht?“

„So sieht es aus.“

„Das ist verrückt.“

Vielleicht.

„Das ist die Realität.“

Da sie längst aufgehört hat, sich zu bewegen, strecke ich die Arme nach ihr aus, um sie runterzuheben, sie weigert sich, weicht einen Schritt zur Seite.

„Oh nein Mister Vizepräsident, heute mache ich es dir nicht so leicht.“

Als ob sie es mir *jemals* leicht machen würde.
„Wenn du mich willst, musst du mich fangen!“
Sie sagt das im Scherz, doch der Jäger in mir fletscht vor Begeisterung die Zähne.
„Brauchst du einen Vorsprung?“
„Gewährst du mir denn einen?“
Um mich abzulenken, zieht sie sich nun auch den Rock aus.
Jetzt steht sie nur noch in dem sexy schwarzen Slip vor mir, der komplett aus durchsichtiger Spitze besteht und mir einen Blick auf ihre frisch rasierte Pussy gewährt.
„Aye, denn er wird dir doch nichts bringen.“
Etwas, das nach Verunsicherung aussieht, huscht über ihre Gesichtszüge.
„Du bist sehr siegessicher, Biker.“
„Du bist eine lohnende Beute, Mädchen.“
Etwas umständlich klettert sie von der Bar, ich will nach ihr greifen, sie weicht mir geschickt aus, wankt dabei leicht und verdreht lachend die Augen.
*Teufel so schön ... So voller Leben und Übermut ...*
„Zählst du bis zehn?“
Den Blick auf ihren Arsch tackernd, fasse ich mir in den Schritt und richte meinen harten Schwanz anders aus.
„Bis drei.“
„Das ist aber zu wenig.“
„Falsch. Das ist genug – fast schon zu viel.“
Unsicher streift sie sich eine Locke aus der Stirn.
„Wirst du mir wehtun?“
Eine dunkle Sehnsucht blitzt in ihren Iriden auf.
„Willst du, dass ich dir wehtue?“
„Ich will, dass du mich fängst und dann hart rannimmst!“
Das war mein Plan.
Um ihr zu zeigen, dass es losgeht, fange ich an zu zählen.
„Eins!“
Sie kichert, pinnt mir einen Kuss auf die Lippen, dreht sich um und läuft.
„Sag dem Wachhund am Tor, dass er mich durchlassen muss!“
„Zwei. Drei!“
Ich folge ihr, gebe dem Prospect mit einer Handbewegung zu verstehen, dass er Sandra passieren und sich dann gefälligst umdrehen soll.

Allein bei der Vorstellung, dass er sieht, wie ihre herrlichen Titten beim Laufen auf und ab hüpfen, braut sich etwas Finsteres in mir zusammen.

Einen Herzschlag lang betrachte ich ihren Arsch, die schlanke Taille darüber und wie ihre Locken umher wehen, dann mache ich mich daran, sie einzufangen.

Zu meinem Erstaunen ist mein Mädchen schneller als gedacht, sodass ich sie erst in der Mitte der Straße erwische, die zwischen dem Club und Mias Café liegt.

„Hab ich dich!"

Sie keucht, kreischt und wehrt sich anfänglich etwas.

„Das ging zu schnell. Hast du bis drei gezählt?"

„Hab ich!"

Mehr als bereit, sie meine körperliche Überlegenheit spüren zu lassen, vergrabe ich meine Faust in ihren Haaren, drehe sie zu mir um und bringe sie zu Fall.

Ich mildere ihren Aufprall etwas ab, presse sie auf den harten Asphalt der Fahrbahn und ziehe den Gürtel aus meiner Jeans.

Keine Minute später habe ich ihre Hände mit dem Leder umwickelt, jetzt liegt sie gefesselt vor mir. Ihre Brüste heben sich dank ihrer außer Kontrolle geratenen Atmung schnell – mir läuft das Wasser im Mund zusammen.

„Hier?"

Sie klingt verängstigt.

„Genau hier!"

„Was wenn ein Auto kommt?"

„Dann sollte es bremsen."

Hektisch sieht sie sich um, ich beuge mich nach unten, beiße mich an ihrem empfindlichen Nippel fest, was ihr einen lauten Schrei entlockt.

Erschaudern biegt sie den Rücken durch, ich hole meinen Schwanz raus – heute gibt es kein Vorspiel.

„Fick mich, blutiger König."

Die Zähne fest zusammenbeißend, bringe ich mich vor ihrer engen Möse in Position, suche ihren Blick und ramme mich dann mit einem harten, gnadenlosen Stoß bis zum letzten Millimeter in sie.

Sie schreit, zittert und wehrt sich. Ihr Inneres ist so eng, dass es meinen Schwanz fast zerquetscht.

Eine Träne rinnt ihr aus dem Augenwinkel. Ich packe ihre gefesselten Hände, drücke sie auf die Straße und falle in einen tiefen, schnellen Rhythmus. Grelle Punkte breiten sich vor meinen Augen aus, eine lodernde Flamme tanzt in meinen Eiern.

Wieder und wieder gleitet meine Basis in sie – wieder und wieder werde ich mit einem Schrei belohnt.

„Hilfe ... Fühlt sich das gut an. Ich mag es am liebsten, wenn es wehtut."

Wer hätte das gedacht?

Am Anfang hat Sandra wie eine Eisprinzessin auf mich gewirkt. Kühl, fast schon unnahbar. Aber dank des Tequilas und der darauffolgenden ersten Nacht ist das Eis geschmolzen und hat mir das Feuer offenbart, das mein Mädchen zu etwas ganz Besonderem macht.

„Mehr?"

Sie versteht sofort, was ich meine, und nickt.

Entschlossen schiebe ich die Arme unter ihren Knien durch, winkle diese an und lege noch etwas mehr Kraft in unseren Fick.

Dank des gelblichen Scheins der Straßenlaterne kann ich die tausend Gefühle sehen, die über ihr zartes Gesicht zucken. Knurrend lecke ich die Tränen von ihren Wangen, küsse sie grob, stoße mich noch etwas tiefer in ihr zuckendes Loch.

Ihre Pussy tropft, läuft vor Geilheit regelrecht über.

„Mehr. Gib mir mehr!"

Ich tue es, gebe ihr alles, versinke in dem Moment und in der Frau, die mein Leder tragen wird. Dieses Mädchen gehört so sehr mir, wie eine Frau einem Mann nur gehören kann.

Sandra ist mein Besitz – zuerst war sie das nur in meiner Fantasie, jetzt ist sie das auch in der Wirklichkeit.

Wenn sie will, ficke ich sie auf jeder Straße dieses Landes, ich werde sie jagen und einfangen, wieder und wieder – Hauptsache sie wird mir gehören!

Der Drang, dieses Mädchen zeichnen zu wollen, wird immer intensiver, überwältigt mich. Ich beiße mich an ihrer Kehle fest, koste die seidige Haut, lasse sie meine Zähne spüren und drücke mich noch fester in ihre Pussy.

Die Zuckungen um meinen Schwanz werden immer stärker, ihre Beine zittern, sie keucht und wimmert. Eine Hand unter ihren Arsch schiebend, dringe ich mit meinem Daumen in das enge Loch ein und spüre, wie mein Schwanz in ihr arbeitet.

Die doppelte Penetration bringt's.

Sandra bockt und windet sich, dann kommt sie mit einem lang gezogenen Stöhnen und reiß mich so mit sich.

Unsere Orgasmen sind heftig. Schub für Schub fülle ich sie mit meinem Samen, schaue dabei auf sie herab und genieße den Anblick, den sie mir bietet.

Helle Haut auf schwarzem Asphalt. Ihre Augen sind geweitet und von Lust verschleiert, auf ihren roten Lippen liegt ein Schrei, den ich nur zu gerne trinke.

Meine Frau sieht aus wie ein gefallener Engel, ich habe diesen Engel gefunden und für mich beansprucht.

Wenn es sein muss, verfolge ich sie durchs ganze Land, jage ihr für den Rest meines Lebens nach, kämpfe mit dem Tod und dem Teufel um ihre Seele.

Für eine Weile bleiben wir so, tief miteinander verbunden, mitten auf der Straße, unsere Herzen im Gleichklang.

*Fuck!*

So muss sich Liebe anfühlen – hart und zugleich weich.

Zu gleichen Teilen schmerzhaft und gut!

## 6. Kapitel

### Eine Frau, die sich erst verlieren musste, um gefunden zu werden

Die letzten zwei Wochen waren eine Achterbahnfahrt der Gefühle.

In den vergangenen Tagen habe ich mich verändert – ich bin nicht mehr die Frau, die ich vor meiner Ankunft in Meadville war.

Diese kleine Stadt und dieser Rockerclub haben etwas mit mir gemacht, das ich selbst nicht ganz verstehen kann, das ich aber in vollen Zügen genieße.

Früher wollte ich immer perfekt sein, ich hatte für alles eine Regel und habe mit meinem Verstand und nicht mit meinem Herzen gedacht.

Ich war eine Vorschriftenfanatikerin ...

Immer allein und immer auf der Suche nach etwas oder jemandem, der dafür sorgt, dass die Einsamkeit aus meiner Seele verschwindet.

Perfektionismus war für mich immer erstrebenswert, mittlerweile habe ich begriffen, dass er das Rezept zum unglücklich sein ist.

Tyler mag einer von den Bösen sein, doch zu mir ist er gut.

Mehr zählt nicht. Nicht mehr ...

Dem Tequila sei Dank, habe ich meine Contenance verloren und gegen all meine ach so geliebten Regeln verstoßen.

Dank der durchsichtigen Flüssigkeit bin ich hart gefallen, ich bin auf dem Boden der Tatsachen gelandet und wurde von dem Vizepräsidenten der *Bloody Kings* weich gebettet.

Ich werde bleiben, hier in Meadville, bei meiner Schwester und dem Rocker, nach dessen Küssen ich längst süchtig geworden bin.

Glück kann nicht beschrieben werden, und Sex nicht verstanden.

Regeln müssen gebrochen und Prinzipien verraten werden.

Ficken ist nicht ordinär, sondern etwas Gutes und Eichen ... *lach* ... sie sind der perfekte Ort, um gefunden zu werden.

Asphaltorgasmen gehören mit zu den besten der Welt und davonzulaufen macht nur Spaß, wenn man zulässt, gefangen zu werden. Ich bin kein Fan von Ratschlägen, dafür habe ich einfach schon viel zu viel falsche erteilt.

Aber wenn ich euch einen Tipp geben darf: Lebt – lebt, als wäre es euer letzter Tag auf Erden!

Diese Geschichte ist nun vorbei. Aber wenn ihr wissen wollt, wie es mit mir, Tyler und den anderen weitergeht, dann freut euch auf die nächste Story ...

Sie wird heiß – versprochen!

# Rocker küssen nicht

## Prolog

### Das Mädchen mit den grauen Augen, das einen Kerl mit viel PS braucht

„Und du bist dir ganz sicher, dass ich willkommen bin und nicht störe?“

Selbst mir fällt auf, dass meine Stimme vor Aufregung vibriert. Obwohl ich mich erst vor drei Minuten auf das rote Sofa in meinem Wohnzimmer gesetzt habe, springe ich von Nervosität getrieben wieder auf und beginne, unruhig auf und ab zu laufen.

Wie ein Hamster in seinem Käfig, der seit Stunnnnddeeeeen auf seine nächste Essensration wartet. Nur bin ich kein plüschiges Nagetier, sondern eine Frau auf der Suche nach einem Abenteuer, und ich warte nicht auf was zum Naschen, sondern auf meinen ganz persönlichen Bad Boy, der es schafft, mich so richtig von den Füßen zu reißen.

Seit Wochen, ach Quatsch – mittlerweile müssen es sicherlich schon Monate sein, höre ich Mia und Claire, meinen zwei Freundinnen, dabei zu, wie sie von ihren neuen Kerlen schwärmen.

Ständig erzählen sie mir etwas über heißen Sex, goldene Schwänze, multiple Orgasmen und Muskeln, so hart, dass man mit ihnen eine Walnuss knacken könnte.

Es geht um Romantik, Leder, Waffen, Zuckerstangen, Harleys und Männer, die weder frühstücken noch flirten oder tanzen.

Aber dafür scheinen sie ganz andere Talente zu haben.

Als chronischer Single – und ja, ich nenne es chronisch, weil für mich das Singledasein mit einer schlimmen Krankheit zu vergleichen ist – macht es keinen Spaß, sich dauernd diese hoch erotischen Geschichten anzuhören, vor allem wenn man selber auf dem Trockenen sitzt. Und ich bin trocken!

So trocken wie die verdammte Wüste Gobi.

Was zum einen daran liegt, dass ich Pornos hasse, und zum anderen, dass ich es so satthabe, mich mit Dildos und Vibratoren selbst zu befriedigen.

Masturbation ist scheiße, genauso scheiße wie Vanilleeis ohne heiße Himbeeren, oder eine Schokotorte ohne Schoko ...

Ihr versteht, was ich meine. Oder?

Während ich mich mit batteriebetriebenem Plastik zufriedengeben muss, haben meine Mädels kraftvolle, tätowierte und Motorrad fahrende Sexgötter zwischen den Schenkeln.

*Wie verflucht unfair!*

Es ist nicht so, dass ich Mia, Claire und Sandra, also Claires Schwester, ihren Spaß nicht gönne, aber ich will das auch.

Ehrlich! Ich brauche einen Mann, einen echten, einen, der weiß, was es bedeutet, ein richtiger Kerl zu sein, und keinen Vollbartträger, der sich von morgens bis abends irgendwelche überteuerten Beauty-Produkte ins Gesicht schmiert, nur um an seinem authentischen Holzfällerlook zu arbeiten, und das, obwohl er weder ein Karohemd besitzt noch mit einer Axt umzugehen weiß.

Diese ganzen Möchtegernlumberjacks, diese aufgeblasenen Schaumschläger, Egopolierer und Spiegelbildlecker hängen mir zum Hals raus.

Ich brauche etwas Echtes.

Etwas Grobes, etwas fürs Herz, für die Seele und für die Muschi oder ich verliere den Verstand.

Seit in dem kleinen, verschlafenen 13.000-Einwohner-Städtchen, in dem Mia lebt, ein Chapter des *Bloody Kings Motorcycle Clubs* eröffnet hat, schlägt ihr eine geballte Ladung Testosteron entgegen und ich will ein Stückchen davon abhaben.

Bei diesen Rockern gilt das weltberühmte Ameisenprinzip: Wo einer ist, da gibt es auch mehr.

Und ich bin an diesem *mehr* ziemlich interessiert.

Im Gegensatz zu den meisten Frauen hoffe ich nicht auf einen Verlobungsring, eine Kirche und weiße Tauben, ich will einfach nur etwas Luxustestosteron, einen harten Schwanz, wilden Sex und dieses ganz bestimmte Kribbeln im Bauch, das zum einen Teil aus Gefahr und zum anderen aus Sehnsucht und purer Lebensfreude besteht.

Meinen Prinzessinnenkomplex habe ich schon vor Jahren abgelegt, ich will nicht angebetet, sondern gevögelt werden, und wenn ich Mias Worten glauben kann, stehen meine Chancen dafür in Meadville Pennsylvania nicht schlecht.

„Bist du bescheuert, Katinka? Du störst mich nie. Claire und Sandra können es auch kaum erwarten, dich endlich mal wiederzusehen. Es ist schon viel zu lange her, dass wir etwas Zeit zusammen verbracht haben. Schnapp dir deine größte Tasche, stopf sie voll und bleib, so lange du willst. Aber ich muss dich warnen! Meadville scheint mit einer Art Fluch belegt zu sein ...“

Mia und ihr Aberglaube. Sie denkt immer, dass irgendjemand oder irgendetwas verflucht ist. Ganz besonders der 14. Februar.

„... die Frauen, die einmal so verrückt sind und einen Rocker geküsst haben, kommen nicht mehr davon los und bleiben schlussendlich im Club und bei den *Bloody Kings*.“

Lachend sehe ich aus dem Fenster, beobachte meinen sexy Nachbarn dabei, wie er seinen Freund küsst, und verdrehe die Augen.
Die Welt ist gemein.
Die guten Männer sind entweder schwul oder vergeben ...
„Wie oft muss ich es dir noch sagen? So etwas wie Flüche gibt es nicht. Genauso wenig wie Feen und Gespenster."
Jetzt ist sie diejenige, die lacht.
„Falsch meine Süße. Ganz falsch! Aber lass uns nicht darüber streiten, steig einfach in dein Auto, komm her und probiere es aus."
Ganz genau das habe ich vor ...
„Ich fahre am Donnerstag und kann für eine Woche bleiben. Maximal. Passt das?"
„Das passt perfekt. Ich weiß auch schon genau, welcher der Outlaws der Richtige für dich ist. Knife passt perfekt."
„Knife?"
„Yeah, er ist der Sergeant at Arms des Clubs und ein echtes Schnittchen, wenn ich das so sagen darf. Lange schwarze Haare, Tattoos, ein markantes Kinn und eine dunkle Stimme. Genau wie du es magst."
„Das klingt, als würdest du mir einen Gebrauchtwagen verkaufen."
„Nichts ganz. Denn dieser Sergeant hat garantiert mehr PS unter der Haube als dein alter Ford."
Das ist auch kein Kunststück.
Plötzlich dröhnt ein dunkles Brummen durch den Hörer.
„Was soll das, Süßarsch? Warum redest du über Knife, als ob er dein Mann wäre?"
Blacks Stimme klingt wütend, Mias Rockerpräsident ist mehr als eifersüchtig.
„Ich wollte doch nur ... Warte ... Stoooooppp! Black, nein ..."
Die Verbindung bricht ab.
Schmunzelnd starre ich auf das Telefon in meiner Hand.
Ich kann mir durchaus vorstellen, was in diesem Augenblick 300 Meilen von hier passiert – Black demonstriert seinem Mädchen auf eindrucksvolle Weise, wie viele PS er unter der Haube hat.
Neid breitet sich in mir aus.
Das will ich auch!
Schmollend stehe ich auf, gehe ins Schlafzimmer und ziehe meine Reisetasche unter dem Bett hervor.

Heute ist zwar erst Montag, aber der Donnerstag kommt hoffentlich ganz schnell und dann bin ich weg, raus aus Jackson und ab nach Meadville.

Ich brauche eine Pause vom Alltag – ich brauche einen Rocker, Harleys, Kutten und wilde Schießpulverküsse.

# 1. Kapitel

## Der Sergeant at Arms mit dem Messer voll Blut und der Hosentasche voller Konfetti

Mit geballten Fäusten starre ich auf das tote Mädchen vor meinen Füßen, ihre Augen sind weit aufgerissen und ihre Beine liegen in einem unnatürlichen Winkel auf dem schwarzen Asphalt.

Die wenigen Sonnenstrahlen, die es durch die dicke Wolkendecke schaffen, reflektieren sich in dem goldenen Kreuz, das an einer dünnen Kette an ihrem schmalen Hals hängt.

Schlaff und gekrümmt ruhen ihre Finger auf einer schwarzen Halbautomatik – die Waffe sieht für diese junge Frau viel zu groß, zu endgültig aus.

Das Blau ihrer Pupillen ist hell, wirkt wie verwaschen, erinnert mich an ausgeblichene Aquarellfarben ...

Mitleidslos spielt der Herbstwind mit ihren Haaren, gaukelt mir vor, dass in dem Mädchen noch ein winziger Lebenshauch steckt.

Doch dank der Kugel, die sich in unbarmherziger Präzession mittig zwischen den blauen Augen in den Schädel der Frau gegraben hat, bleibt kein Zweifel übrig.

Ich kenne die Kleine nicht, habe sie noch nie zuvor gesehen, und dennoch erfüllt mich ein unbändiger Zorn.

Selbst die Tatsache, dass das Mädchen versucht hat, mich abzuknallen, ändert nichts an dem Umstand, dass ihr Tod reine Verschwendung von Schönheit, Jugend und Leben ist.

Frauen wie sie sollten nicht schlecht ausgebildet mit zu großen Waffen durch die Gegend laufen müssen, um sich in dieser Welt behaupten zu können.

Sie gehören in das weiche Bett eines starken Mannes, der in der Lage ist, für ihre Sicherheit zu sorgen.

*Fuck!*

Ich bin nicht sexistisch, wohl eher antiquiert. Das mag zum Teil an meinem Lebensstil liegen, doch diese Einstellung hatte ich eigentlich schon immer.

Es gefällt mir besser, wenn Frauen noch Frauen und Männer noch Männer sind.

Was heutzutage leider eine Seltenheit ist.

*Scheiße!* Ich bin nicht homophob oder so, aber was gibt es Besseres als eine einfache Rollenverteilung?

Es geht mir nicht darum, dass ich alle Mädchen in die Küche oder hinter die Waschmaschine stellen will, wobei ich ein gutes, selbstgekochtes Essen sehr wohl zu schätzen weiß. Es geht mir darum, dass Frauen nun mal kleiner und schwächer sind.

Sie sind es von Natur aus. Ihre Körper sind nicht gemacht, um zu kämpfen, sie wurden kreiert, um Liebe und Geborgenheit zu vermitteln. Sie sind weich, klein und perfekt. Titten und Pussys sind Gottes Meisterwerk und Teufels Werkzeug ...

Sie können einen Mann ins Paradies oder direkt in die Hölle schicken.

Ich für meinen Teil habe beides schon erlebt ...

Nichts ist so gefährlich wie der heiße, nasse Schlitz einer schönen Frau.

Wir Männer sind einfach gestrickt. Wir essen, was uns schmeckt, tun, was uns gefällt, und lieben, was uns guttut!

Keine Geheimnisse, keine Komplikationen – alles so einfach wie möglich.

Du kriegst, was du siehst. Frauen hingegen sind komplexer, sie haben eine schöne Hülle, bestehen aber im Inneren aus einem verdammten Irrgarten, in dem ich mich selbst schon tausende Male verlaufen habe.

Sagen sie nein, meinen sie ja und andersherum.

Ihre Augen können tödlich sein und ihre Lippen brauchen nicht viel, um unsere Seelen ins Verderben zu stürzen.

Dennoch ... nein falsch ... Trotzdem, beziehungsweise gerade deswegen sind sie die faszinierendsten und gefährlichsten Geschöpfe dieses Planeten.

Ich liebe Frauen, ich bete sie an, unterwerfe und ficke sie.

Aber töten? Never! Keine Chance, das bringe ich nichts übers Herz.

Es spielt keine Rolle, dass das Mädchen mit den Aquarell-Augen es auf mich abgesehen hatte, das Loch in ihrem Schädel stammt nicht von mir. *Bullshit!*

Lieber hätte ich mir selbst eine Kugel eingefangen, als das ich sie ins Jenseits befördert hätte. Ich bin jetzt einundvierzig Jahre alt. Und ich habe schon so einigen Mist durchgemacht, aber meinen Prinzipien bin ich dabei immer treu geblieben.

Die Kutte, die ich trage, die Harley, die ich fahre und das Patch auf meiner Brust – all das, zeigt ganz deutlich, wer oder was ich bin: der Sergeant at Arms des Meadville *Bloody Kings Motorcycle Clubs* – ein Killer und ein Outlaw.

Der *1%-Aufnäher*, der seit dem ersten Tag mein Leder ziert, steht für meine Gesetzlosigkeit und den Drang zum Anarchismus, der mir wie Blut durch die Adern pumpt.

Die gesellschaftlichen Zwänge, die Gesetze, die nur dazu geschaffen wurden, uns klein zu halten, und die stillschweigende Akzeptanz, mit der sich der Großteil der Menschheit knechten und unterdrücken lässt, macht mich rasend vor Zorn.

Genau wie der Tod dieser jungen Frau, die sich, ohne die Risiken zu hinterfragen, auf den Befehl eines anderen ins Verderben gestürzt hat.

Die Tatsache, dass sie von einer Kugel aus den eigenen Reihen getroffen wurde, unterstreicht, was ich schon immer wusste.

Waffen sind unkontrollierbare Scheiße!

Die Technik mag gut ausgereift sein, das nützt aber nichts, wenn der Wichser, der sie benutzt, einen zuckenden Zeigefinger, ein zu hohes Aggressionspotenzial und nicht ausreichend Geduld zum Zielen besitzt.

Der Tod dieser Frau war ein Unfall, ein Fehler, der meines Erachtens unentschuldbar ist.

Wieder sehe ich in die bleichen, blauen Augen – wieder überrollt mich eine Welle des Zorns. Fluchend umfasse ich den von den Jahren abgewetzten Griff meines Dolches, schenke der blutigen Klinge keine Beachtung und mache mich auf die Jagd.

Auf die Jagd nach dem Arschloch, der das Mädchen erschossen hat, das mich erschießen wollte.

Links von mir raschelt es, Schritte werden laut, dann ertönt das gedämpfte Ploppen eines Schalldämpfers, wenige Sekunden später höre ich das metallische *Pleng*, als sich das Geschoss durch die Stahlwand des Containers bohrt.

„Die Bastarde benutzen Cop-Killer."

Black, der Präsident unseres MCs, schüttelt fassungslos den Kopf.

„Womit zur Hölle haben wir es hier nur zu tun?"

*Wenn ich das nur wüsste.*

„Die Munition kostet ein Vermögen, ist fast schon zu teuer für Arschlöcher wie dich und mich."

Er lacht, unser Galgenhumor hat uns schon immer verbunden.

Die panzerbrechende Munition für Kurzwaffen kann nicht an jeder Straßenecke erworben werden, sie wird nicht wie Crack gehandelt, sondern nur von wenigen ausgewählten Händlern angeboten.

„Für dich vielleicht, Sergeant. Mein Schädel ist nur das Beste wert."

Er klopft sich mit dem Lauf seiner Beretta gegen die Stirn, gibt ein lautes Schnalzen von sich und löst die Klettverschlüsse seiner Kevlar-Weste.

„Ich hasse dieses Ding. Es ist starr und eng wie ein verficktes Korsett. Mit dem Teil komme ich mir vor wie eine Hure."

Jetzt, wo wir wissen, dass unsere Gegner mit Cop-Killern um sich ballern, bringen die Westen nichts mehr.

Ich tue es ihm nach, lasse die Weste in den Schmutz fallen und sehe mich prüfend um.

„Lass dich ja nicht umnieten, deine Lady schneidet mir die Kehle auf, wenn du draufgehst."

Das sage ich nur halb im Scherz. Wenn es um ihren Mann geht, ist Mia alles zuzutrauen. Die Liebe, die meinen Präsidenten und sein Mädchen verbindet, ist für alle Welt sichtbar, doch das schert Black wenig. Wenn es um seine Old Lady geht, gibt es für meinen Bruder keine Grenzen.

„Ich musste ihr schwören, dass ich dich heil zurückbringe."

Mit dem Finger am Abzug verdreht er die Augen.

„Warum überrascht mich das nicht?"

„Das kann ich dir sagen. Dein Mädchen sieht aus wie ein Püppchen, wie ein süßes Ding, das keiner Fliege etwas zuleide tun kann. Aber tief in ihrem Inneren ist sie eine wilde Löwin, die ihr Rudel beschützt."

Und dafür verdient sie meinen Respekt. Mia liebt bunte Cupcakes, Kaffee und all den anderen Ladykram, der Frauen so ausmacht.

Sie trägt süße Kleider und kurze Röcke, flippt aus, wenn sie eine Spinne sieht, und jammert eigentlich immer über kalte Füße.

Aber wenn es hart auf hart kommt, dann würde ich dieser Frau mein Leben anvertrauen. Aber damit es gar nicht so weit kommt, und sich die Lady meines Präsidenten weiter mit ihrem Frauenkram beschäftigen kann, stehen wir jetzt hier und beschützen, unser Eigentum, eben so, wie es sich gehört.

Wir Männer sind die Jäger, die Killer und die Wölfe, Frauen hingegen sollten kein Blut vergießen, keine Waffe abfeuern und keine Gräber ausheben, das ist wider die Natur.

Erneut ertönt ein *Plopp* gefolgt von einem *Pleng* – erneut zischt eine Kugel an uns vorbei und schlägt in einem der Container ein. Es wird geschossen, wieder und wieder ...

Der Abstand wird knapper, mein Puls rast. Mein Instinkt verrät mir, dass wir runter müssen, also reiße ich Black von den Füßen, wir kommen hart auf der Straße auf.

Das laute Zischen, das über unsere Köpfe hinwegsurrt, verrät mir, wie knapp wir dem Reaper gerade von der Sense gesprungen sind.

„Fuck!“

Black sieht mich an und beißt die Zähne zusammen.

„Das war in letzter Sekunde.“

Ich nicke, springe wieder auf die Füße und laufe in die Richtung, aus der die Schüsse kommen.

Das mit dem Tod ist eine merkwürdige Sache, wenn man sich ihm stellt, sinkt die Wahrscheinlichkeit, dass er einen mit in die finstere Tiefe zieht, rapide.

Ich lebe gerne, ehrlich.

Aber ich lasse mich nicht jagen – von niemandem.

Wenn meine Zeit abgelaufen ist, okay.

Aber dann nehme ich den Bastard, der zum Handlanger des Todes geworden ist, mit ins nasse Grab.

„Ach Shit! Warte Knife ...“

Black springt ebenfalls auf und folgt mir.

Im Gegensatz zu mir schwört er auf Waffen – ich bevorzuge Klingen.

Messer, Dolche – alles was spitz und tödlich ist, gehört zu meinem Repertoire, weshalb mich auch alle einfach nur Knife nennen.

Ich warte nicht, ich habe die Fährte des Bastards aufgenommen, der es wagt, sich unserem Club in den Weg zu stellen.

Im Gegensatz zu mir wird er wohl niemals in die Situation kommen, dem toten Mädchen in die Augen sehen zu müssen. Den meisten dieser Möchtegernrambos fehlt es an Rückgrat, sich ihren Opfern zu stellen. Sie zielen und sie schießen, dann drehen sie sich um, ziehen den Schwanz ein und gehen.

Feigheit ist eine verachtenswerte Charaktereigenschaft, die ich aufs Strengste verurteile.

Wer mit dem Messer tötet, so wie ich, kann es sich nicht leisten, wegzusehen.

Klingen sind persönlicher, sie erlauben keine Distanz, sie erfordern Nähe. Wenn ich zustoße, und den Damast durch die einzelnen Haut- und Muskelschichten ramme, dann tue ich das aus nächster Nähe.

Ich sehe, rieche und höre das Leid, das ich verursache, sauge es wie ein Schwamm in mich auf, speichere es für die Ewigkeit ab.

Leben zu nehmen ist eine intime Angelegenheit, sie ist so endgültig wie die Geburt, bedeutungsvoller als die Liebe.

Ich bin ein Killer, ich jage, um zu töten, und niemals zum Spaß.

Das *Expect-no-Mercy-Patch*, das mein Leder ziert, ist die einzige Warnung, die meine Feinde jemals erhalten werden. Entweder nehmen sie sie ernst oder sie bereuen es.

Das Dumme ist nur, wenn ich ihnen erst mal so nahe gekommen bin, dass sie die geraden Buchstaben lesen können, ist es meistens schon zu spät ...

„Du gehst links, ich rechts. Wer ihn zuerst findet, darf zuerst zuschlagen!“

Black kocht vor Wut, mir gefällt sein Vorschlag. Wir umrunden den Container, ich umfasse den Griff meines Dolches fester.

Wie immer, wenn ich kurz davorstehe, Blut zu vergießen, schärfen sich meine Sinne um ein Tausendfaches.

Ich nehme alles um mich herum wahr, jeden Schatten, jedes Geräusch – jedes noch so kleine Detail – setze alles zu einem Puzzle zusammen und versuche, ein Teil meiner Umgebung zu werden.

Kies knirscht, jedoch nicht unter meinen Sohlen, dann höre ich Atemzüge, nehme die unverkennbare Note von Todesangst wahr.

*Mein Opfer ist nicht mehr weit ...*

Einen Fluch unterdrückend, beiße ich die Zähne zusammen.

Meine Nasenflügel blähen sich, reines Adrenalin pumpt durch meine Venen. Wieder ertönt das Geräusch von Schritten – sie kommen näher und näher.

Ich bewege meine Hand, mache mich bereit zuzustechen.

*3 – 2 – 1 ...*

Ein Typ so groß wie ich, jedoch bestimmt zwanzig Jahre jünger, steht vor mir. Schwarze Haare, ein israelisches Sturmgewehr über der Schulter, den Finger am Abzug.

„Hab ich dich, Wichser.“

Panik steht ihm ins Gesicht geschrieben, was schon witzig ist, wenn man bedenkt, dass er derjenige ist, der uns in einen Hinterhalt gelockt hat.

Er zuckt zusammen, will sich umdrehen, Abstand schaffen und seine UZI auf mich richten, aber die Waffe ist zu lang, zu unhandlich, nicht gemacht für den Nahkampf.

Sein gezischtes „Fick dich, Sergeant“ ist das Letzte, was er jemals von sich geben wird.

Meine Klinge gleitet mühelos durch seinen Rippenbogen und bohrt sich in seine Niere.

Ich drehe sie etwas, richte so größtmöglichen Schaden an, verlängere den Moment der tödlichen Zweisamkeit und genieße jede Sekunde.

„Du hast das Mädchen getötet.“

Er will etwas sagen, schafft es jedoch nicht mehr. Die Pein ist zu stark, der Schock sitzt zu tief.

Seine Worte wären eh verschwendet gewesen. Mich interessieren sie einen Dreck und für das Mädchen ist es längst zu spät.

Black taucht endlich auf. Als er sieht, dass er zu spät ist, schüttelt er lachend den Kopf.

„Fuck Knife, du bist schneller als ein Blitz und leiser als ein Schatten. Wenn du nicht die Angewohnheit hättest, deine Opfer *von Angesicht zu Angesicht* zu töten, würden sie dich nicht einmal kommen sehen.“

„Ich gebe mein Bestes!“

Sage ich und ziehe währenddessen die Klinge zwischen den Rippen hervor.

Der Bastard kippt wimmernd um, Black nimmt ihm die Waffe ab, prüft die Munition und nickt grimmig.

„Cop-Killer. Wer auch immer dieser Wichser war, er hatte Kohle.“

„Kohle und Verbindungen.“

Nachdenklich starre ich auf die immer größer werdende Blutlache, weiche einen Schritt zurück, stelle so sicher, dass meine Stiefel nicht mit DNA versaut werden.

„Lass uns von hier verschwinden.“

Black nickt, wir wenden uns ab, warten nicht, bis das Arschloch seinen letzten Atemzug ausgehaucht hat.

Zurück an unseren Bikes beginnt das Handy in meiner Jeanstasche zu vibrieren. Ich fasse rein, will es rausholen und spüre etwas Seltsames an meinen Fingern.

Prüfend ziehe ich die Hand raus, bunte, runde Papierschnipsel kleben an den vereinzelten Blutspritzern, die meine Finger zieren.

*What a fuck?*

Ich muss nicht lange nachdenken, wie das Konfetti da reingekommen ist.

„Mia.“

Zuerst runzelt Black fragend die Stirn, dann dröhnt sein lautes Lachen über den Containerplatz.

„Sie muss es mir reingesteckt haben, bevor wir gefahren sind.“

Ich erinnere mich genau an den Moment, in dem sie zu mir gekommen, mich einfach so in eine kurze Umarmung gezogen und mir ins Ohr geflüstert hat, dass ich nicht immer so grantig schauen soll.

„Diese Frau ...“

Es ist nicht nötig, dass ich diesen Satz zu Ende bringe, es ist auch fast unmöglich, den richtigen Ausgang zu wählen.

*... ist einmalig.*

*... ist verrückt.*
*... ist die Beste.*
*... ist der Wahnsinn.*
*... ist der Hammer!*

All das wäre passend – all das und noch viel mehr.

Unser Präsident hat mit seiner Lady einen echten Fang gemacht und falls ich jemals einem Mädchen begegne, das genauso faszinierend ist wie das seine, werde ich nicht zögern, es einfangen, ficken und für mich beanspruchen.

Ich bin jetzt über vierzig, wenn ich so etwas wie eine Familie gründen will, sollte ich nicht noch mehr Zeit mit irgendwelchen Nutten verschwenden.

Der Präsident zündet sich eine Kippe an, das Telefon in meiner Tasche vibriert unbeeindruckt weiter und ich stehe einfach nur da, starre meine mit Blut und Konfetti bedeckten Finger an und kann nichts gegen das breite Grinsen tun, zu dem sich meine Lippen verziehen.

*Holy Shit!*

Dieser Augenblick ist der beste Beweis dafür, dass ich absolut recht habe. Frauen gehören beschützt, am besten hinter meterhohen Mauern und mit Waffengewalt gesichert.

Sie gehören gefickt, gefüttert und glücklich gemacht, damit sie uns Männer dann, wenn wir es am dringendsten brauchen, ebenfalls glücklich machen können.

Bunte Papierschnipsel und eine blutverschmierte Klinge, wer hätte gedacht, dass das so eine perfekte Kombination ergibt?

## 2. Kapitel

## Die Frau, die dringend einen Retter braucht

Von Jackson nach Meadville sind es genau 328 Meilen und ich liege gut in der Zeit.

Bis jetzt habe ich nur knapp fünf Stunden gebraucht. Laut meinem Handy-Navi sollte ich also fast da sein, aber da vor ungefähr dreißig Minuten mein Akku ausgegangen ist, kann ich das nicht mehr so genau sagen.

Ich habe keinen guten Orientierungssinn, wenn ich ehrlich bin, habe ich gar keinen.

So ungern ich es auch zugebe, aber ich bin diejenige, die sich hoffnungslos verfährt und dabei die schönsten Ecken der verschiedenen Industriegebiete kennenlernt.

Man könnte mit mir in eine fremde Stadt fahren, mich aus dem Auto werfen und ich wäre hoffnungslos verloren. Keine Ahnung wo Norden, Süden und Westen liegen, von Osten ganz zu schweigen ...

Der Stand der Sonne verrät mir nichts, genauso wenig wie die Sterne.

Die Straße vor mir ist leer, und wenn ich sage leer, dann meine ich das auch so.

Kein Truck, Auto oder Schild, das mir irgendwie weiterhelfen könnte. Mein Gefühl sagt mir, dass es nicht mehr weit bis nach Meadville ist, mein Tank ist noch halb voll und ich bin mutig genug, es auf gut Glück zu versuchen, aber ... und das, was jetzt kommt, ist so richtig scheiße! Ich habe einen Platten ...

Mein vorderer rechter Reifen ist hinüber. Keine Ahnung wieso, aber mit ihm komme ich keine Meile mehr, nicht, wenn ich mir nicht auch noch den Rest von meinem Auto ruinieren will.

Wenn mein Telefon noch funktionieren würde, dann würde ich jetzt einfach schnell Mia anrufen, die könnte mir dann Hilfe schicken und ich wäre in null Komma nix wieder on the road. So aber stecke ich hier fest – mitten im Nirgendwo und hoffe, dass jemand vorbeikommt, bevor die Sonne untergeht.

Der Oktober zeigt sich heute von seiner schönen Seite, blauer Himmel, Sonne und beinahe noch sommerliche Temperaturen.

Ein goldener Herbst. Doch abends, beziehungsweise nachts, kann es schon eisig werden und ich habe wirklich keine Lust, mir hier den Arsch abzufrieren.

Fluchend schnappe ich mir das Smartphone, flehe es leise an, nur noch wenige Minuten zu funktionieren, es klappt natürlich nicht.

Wie auch? Wenn Akku leer – dann Akku leer!

Es ist ja mal wieder so typisch, dass, wenn ich etwas vorhabe, alles schief geht ...

Wütend verpasse ich dem platten Reifen einen Tritt, starre die Straße entlang und hoffe, es möge jemand vorbeikommen, der mich rettet. Seufzend schließe ich die Augen und schicke ein Stoßgebet zum Himmel.

Ein echtes Zeichen meiner Verzweiflung, denn ich bin absolut kein gottesfürchtiger Mensch. Kirchen kenne ich nur von außen und wenn ich mal sterbe, dann will ich lieber nach unten als nach oben.

Denn jetzt mal ehrlich Ladys ...

Was wissen wir vom Teufel?

Ganz genau, dass er zwei Schwänze hat! ☺

Er kann mit Feuer umgehen, liebt die Dunkelheit und hat die Sünden regelrecht erfunden.

Besser geht es nicht – meiner Meinung nach zumindest!

Mein Magen knurrt, ich sterbe fast vor Hunger, selbst meine letzte Cola habe ich längst ausgetrunken.

Verzweifelt sehe ich mich um. Hier ist weder ein Haus noch sonst irgendein Anzeichen von Zivilisation.

Vielleicht habe ich mich ja schon verfahren.

Es wäre gut möglich ...

Selbst mit Navi ist es nicht immer zu 100 Prozent sicher, dass ich gleich beim ersten Versuch an meinem Zielort ankomme.

Im Nachhinein ärgert es mich, dass ich Mia keine genaue Uhrzeit genannt habe, sonst würde sie sich immerhin Sorgen machen, wenn ich zu spät komme.

So aber rechnet sie irgendwann im Laufe des Tages mit mir, was durchaus auch nachts sein könnte.

*Pleiten, Pech und Pannen!*

Ich ärgere mich so sehr, ich könnte mir vor Wut in den Arsch beißen, also zumindest, wenn ich dafür gelenkig genug wäre.

Unruhig umrunde ich meinen alten Ford und bin tatsächlich kurz davor, es selbst mit dem Reifenwechsel zu versuchen.

Auch wenn ich das noch nie gemacht habe, wie schwer kann das schon sein?

Alten, kaputten Reifen runter, neuen rauf.

Skeptisch betrachte ich meine roten Fingernägel und schüttle den Kopf. Nein. Keine Chance!

Erstens habe ich keine Ahnung, wie man einen Wagenheber benutzt, und zweitens hat es eine kleine Ewigkeit gedauert, meine Nägel frisch zu lackieren. Das perfekte Ergebnis werde ich jetzt nicht in einem von vornherein zum Scheitern verurteilten Versuch, den Reifen zu wechseln, ruinieren.

*Never!*

Aber was dann?

Erfrieren oder vor Langeweile und Ungeduld sterben?

Alle drei keine sonderlich schönen Alternativen.

*Sooooo ein Mist!*

Ich wollte nach Meadville, um Spaß zu haben und einen Rocker zu ficken, und jetzt stehe ich hier und führe Selbstgespräche.

Einen Fluch auf den Lippen, öffne ich die Autotüre. Gerade als ich wieder einsteigen will, bilde ich mir ein, das dunkle, unverkennbare Dröhnen eines Motors zu hören.

Überrascht hebe ich den Kopf, doch ich sehe nichts.

Komisch. Bin ich jetzt schon so verzweifelt, dass ich halluziniere oder was ist los?

Das kraftvolle Bollern wird lauter – es scheint näher zu kommen.

Um besser sehen zu können, stelle ich mich auf den Türrahmen des Fords und schaue mich gründlich um.

Das klingt nicht nach einem Auto, eher nach einem Motorrad.

*Ja genau, bestimmt nach einer Harley, auf der ein sexy Biker sitzt, der es kaum erwarten kann, ein Mädchen in Not zu retten!*

*Träum weiter Katinka ...*

Die fiese, ziemlich sarkastische Stimme in meinem Kopf macht sich über mich lustig.

Für einen Moment zweifle ich wirklich an meinem Verstand.

Was jetzt?

Bilde ich mir das nur ein, oder höre ich das wirklich?

Das Knattern wird lauter und immer lauter.

Entweder wird es Zeit, mich in die Klapse zu stecken, oder aber da kommt *tatsächlich* meine Rettung.

Ich hoffe auf Letzteres, starre auf die Straße und wünsche mir nichts sehnlicher, als ein auf mich zurasendes Motorrad zu entdecken.

*Sehr unwahrscheinlich ...*

Entschlossen ignoriere ich das böswillige Flüstern, das durch mein Hirn schallt, und lenke mich ab, indem ich meiner Fantasie ihren Lauf lasse. Mein verzweifelter Verstand macht sich einen Spaß, stellt schnell und geübt seinen Traumbiker zusammen.

Groß, mindestens 1,80 Meter, darf aber auch gerne größer sein.

Am besten so groß wie King Kong. Ich will Muskeln, viele, harte, gewölbte Muskeln, die mir das Wasser im Mund zusammenlaufen lassen. Ich muss an Mias Worte denken.

Dieser Knife hat angeblich lange schwarze Haare – nicht schlecht. Ich lasse auch dieses Detail in mein Wunschbild einfließen.

Ich mag gepflegte Hände, aber stoppelige, markante Kiefer.

Volle Lippen, tief wirkende Augen, lange Beine und diesen herben Duft, den manche Männer an sich haben. So eine Mischung aus Sex, Seife, Testosteron und straffer Haut. *Yummi ...*

Er sollte Tattoos haben. Aber keine abgedroschenen Motive wie ein erstochenes Herz oder eine in Stacheldraht gewickelte Rose.

Sondern am besten kleine Kunstwerke, die ihm etwas bedeuten, die seine eigene Geschichte erzählen.

Ich mag Männer mit tintenverzierten Händen und Narben. Männer, die anpacken können und die kein Problem damit haben, für das, was sie lieben, zu kämpfen. Integrität ist nichts, was man im Supermarkt kaufen kann, genau wie Sexyness und Charakter.

*Oh Yes!*

Ich definiere die perfekten Hügel seines Sixpacks, forme gedanklich seine kraftvollen Oberschenkel, die unerlässlich für schmutzigen und harten Sex sind, verpasse meinem Mister Perfect auch noch einen breiten Nacken und einen virilen Hals.

Am besten wäre es, wenn er ein paar Jahre älter ist als ich.

Vierzig aufwärts würde prima passen. Ich bin fünfundzwanzig und stehe auf Männer mit Erfahrung.

Was gibt es Heißeres als einen Typen, der ganz genau weiß, wie der Hase läuft?

Das Bollern wird lauter, etwas blitzt in der untergehenden Sonne. Konzentriert sehe ich genauer hin und erkenne tatsächlich ein einzelnes Motorrad, das mit einer höllischen Geschwindigkeit auf mich zuzukommen scheint.

*Von wegen Einbildung ...*

Mein Puls schnellt in die Höhe. Jetzt muss es mir nur noch gelingen, den Fahrer zum Stoppen zu bringen.

Dank des schönen Wetters trage ich einen knielangen Jeansrock, einen tief ausgeschnittenen Pulli und meine alten, schon ziemlich abgewetzten Cowboystiefel.

Schnell ziehe ich den Rock hoch, entblöße so meine Beine und ziehe den Pullover weiter nach unten, damit die Ansätze meiner Brüste besser zu sehen sind.

Vielleicht sollte ich mich wie im Film auf der Motorhaube platzieren?

Nein. Das würde lächerlich aussehen. Aufgeregt lehne ich mich an meinen Ford, warte bis das Motorrad näher bei mir ist und stelle mich dann, im passenden Moment, halb auf die Fahrbahn, damit der Biker kapiert, dass etwas nicht stimmt. Es wäre echt beschissen, wenn er einfach an mir vorbeirasen würde.

Das wummernde Bollern des Motorrads wird immer lauter, hallt in meinem Magen wider. Auf einen Schlag werde ich meganervös.

Genau wie erhofft, wird das Bike langsamer, hält schlussendlich direkt neben mir an. Geschafft!

Ich bin so erleichtert, dass es einen Moment dauert, bis mir klar wird, was ich sehe. Eine schwarze, riesig wirkende und wunderschöne Harley Davidson mit breitem Lenker und einem Airbrush auf dem Tank. Das Motiv ist eine silberne Krone, an deren Spitze rote Tropfen perlen – Blut.

Mehrere Totenköpfe, allesamt perfekt ausgearbeitet mit dunklen Augenhöhlen und knochigen Nasen, runden das Kunstwerk ab.

Schön und zugleich unheimlich ...

Ich lasse den Blick weiterschweifen, von dem Bike hin zum Biker, der gerade den schwarzen Helm abnimmt und sich das Skull-Bandana aus dem Gesicht zieht.

*Bämm ...*

Und was ich sehe, sorgt dafür, dass es in meinem Bauch wie verrückt zu flattern beginnt.

Er hat gepflegte, jedoch tätowierte Hände und trägt viele silberne Ringe. Seine breiten Schultern werden von einer abgewetzten schwarzen Kutte bedeckt, die mit verschiedenen Patches übersät ist. Weiß und zackig steht in geraden Lettern *Bloody Kings Motorcycle Club* auf dem Leder.

*Bingo!* Danke liebes Schicksal!

Meine Augen saugen sich an ihm fest wie ein Oktopus an seiner Beute. Der kantige Kiefer, der auf mich wirkt, als wäre er aus Stein gemeißelt, wird von dunklen Bartstoppeln bedeckt. Volle Lippen, hohe Wangenknochen, eine Nase, die so aussieht, als wäre sie schon ein paar Mal gebrochen gewesen, und Augen ... *Halleluja*!

Augen so rein und tief wie das Meer.

Sie sind eine Mischung aus Blau und Grau, die nur schwer beschrieben werden kann. Lange Wimpern, gebogene Augenbrauen und zwei tiefe Falten auf der Stirn.

Seine langen schwarzen Haare sind mit vereinzelten grauen Strähnen durchzogen und wurden im Nacken mit einem Lederband zu einem Pferdeschwanz zusammengebunden.

Dieser Biker ist sexy, heiß und um ein Hundertfaches schärfer als das, was ich mir in meiner Fantasie zusammengestellt habe.

Schärfer als Chili – so viel steht fest.

*Lecker ...*

Er trägt eine schwarze Lederjacke, die sicherlich schon einige Jahre auf dem Buckel hat, seine langen Beine stecken in Jeans, dazu trägt er schwere Stiefel.

Mein Blick gleitet wieder zu dem Leder, ich sauge jedes Detail in mich auf, das Kribbeln in meinem Bauch wird stärker und immer stärker.

Ich muss definitiv in der Nähe von Meadville sein, denn dieser Rocker gehört zu dem Club, mit dessen Präsidenten Mia zusammen ist.

„Jo Baby, alles klar bei dir?"

*Baby?* Nett ... gefällt mir!

Mein Hirn drückt auf den Daumen-hoch-Button.

„Ähm nein, nicht wirklich, ich habe einen Platten. Also aus mir ist die Luft raus."

Kaum dass mir dieses Kauderwelsch über die Lippen gekommen ist, wird mir klar, was ich da gerade gesagt habe. Die Mundwinkel des Bikers zucken, in seinen Iriden blitzt es amüsiert.

Sein Blick huscht zu meinem Dekolleté, dann sieht er mich direkt an.

„Für mich sieht es nicht so aus, als wäre bei dir die Luft raus."

*Klasse ... wirklich ganz klasse ...*

„Ich meinte auch das Auto, beziehungsweise den Reifen."

Er nickt, so als ob er sich das schon gedacht hätte.

„Hast du ein Ersatzrad?"

Mister groß und sexy stützt sich mit den Unterarmen auf dem Lenker ab, seine Augen gleiten wieder zurück zu meinen Brüsten.

Was er sieht, scheint ihm zu gefallen.

„Ja, im Kofferraum."

Der Rocker macht keine Anstalten abzusteigen, sondern bleibt einfach sitzen. Ich kann mich kaum an ihm und seiner Maschine sattsehen.

Er wirkt wie diese Typen auf den Postern, die ich mir früher in meiner Teenie-Zeit an die Wand gehängt habe, nur um ein Vielfaches düsterer und attraktiver.

Was mit Sicherheit daran liegt, dass er echt ist und kein angekleidetes und vor der Kamera posendes Model.

Meinen Stolz überwindend, formuliere ich die Frage, auf die er zu warten scheint.

„Kannst du mir helfen?"

An seinen Augenwinkeln bilden sich kleine Fältchen.
Oh yeah, er ist genau das, wonach ich gesucht habe – genau der Grund, warum ich überhaupt nach Meadville gefahren bin.
„Was habe ich davon?“
Seine Antwort könnte unfreundlich und ruppig klingen, wäre da nicht das leichte Schmunzeln, das an seinen Lippen zupft.
*Mich! Sex! Sex mit mir! Alles von mir – wieder und wieder und wieder, so lange, bis ich um Gnade winsle oder dir der Schwanz abfällt.*
Entschlossen beiße ich mir auf die Zunge.
Ich bin ehrlich nicht verklemmt oder schüchtern, aber selbst mir ist klar, dass das zu weit gehen würde.
„In meinem Geldbeutel sind noch fünfzig Dollar. Die kannst du haben.“
Pures Desinteresse schlägt mir entgegen.
„Kein Geld, davon habe ich genug.“
*Aha ...* Wir spielen ein Spiel, von dem ich die Regeln nicht kenne, aber ich kann mir durchaus vorstellen, worauf es hinausläuft.
Mit ein bisschen Glück wird es keinen Verlierer, aber dafür zwei Gewinner geben.
„Was willst du dann? Ein Bitte? Ein Danke?“
Seine Zunge schnalzt, wieder gleiten seine Augen zu meinen Brüsten.
Neckend ziehe ich eine Augenbraue in die Höhe, gehe einen Schritt auf ihn zu und betrachte seine vollen Lippen.
Wie er wohl schmeckt?
„Vielleicht einen Kuss?“
Laut und durchdringend hallt sein Lachen über die Straße, mein Unterleib zieht sich erregt zusammen.
„Rocker küssen nicht.“
*Interessant ...*
„Ach nein? Jeder küsst.“
Es macht mir Spaß, ihn zu necken.
„Wir nicht. Wir ficken mit unseren Zungen.“
Jetzt bin ich diejenige, die lachen muss.
„Wieso? Habt ihr keine Schwänze?“
Mit dieser Reaktion hat er ganz offensichtlich nicht gerechnet, dem armen großen Outlaw fallen fast die Augen aus dem Kopf.
Als er nichts sagt, sondern mich einfach nur ansieht, als könnte er nicht fassen, dass ich gerade seine Manneskraft infrage gestellt habe, bringe ich das Thema zurück auf mein eigentliches Problem.
„Was ist jetzt? Hilfst du mir mit dem Reifen?“

Seine Nasenflügel blähen sich, ein Knurren ausstoßend, steigt er lässig von seiner Harley. Jetzt, wo er in ganzer Pracht vor mir steht, realisiere ich erst, *wie groß* dieser Rocker ist.

Groß und breit. Trotz seiner Klamotten kann ich die Berge an Muskeln sehen, die er hoffentlich gleich beim Reifenwechseln spielen lässt.

Wie schade, dass wir Oktober und nicht August haben.

So ist es leider nicht heiß genug, um ihn dazu zu bringen, seine Jacke und seine Kutte abzulegen. An seinem Oberschenkel befindet sich eine große schwarze Scheide, aus der ein langer, abgewetzter Griff rausschaut. Als er sich bückt, um den platten Reifen anzusehen, klappt seine Weste auseinander, sodass ich einen Blick auf die Waffe erhaschen kann, die sich darunter befindet.

*Halleluja!*

Er bemerkt meine Überraschung, sieht mich herausfordernd an.

„Sollte ich Angst vor dir haben?"

Mein Puls rast.

Was will ich mehr, den Rocker ficken oder lieber davonlaufen?

Seltsam, Ersteres würde ich viel besser finden.

„Hast du vor, den *Bloody Kings* zu schaden?"

„Ganz bestimmt nicht."

Alles was ich will, ist, von einem dieser blutigen Könige gevögelt zu werden.

Mehrmals – ach Quatsch oft – am besten durchgehend – wieder und wieder, so lange bis ich nicht mehr laufen kann.

Wahrscheinlich wäre jetzt der richtige Moment gekommen, ihm zu sagen, dass ich gerade auf dem Weg zu seinen Club war, um die Old Lady seines Präsidenten zu besuchen. Aber diese Information behalte ich vorerst noch für mich.

„Fein. Dann hast du nichts zu befürchten, Mädchen."

*Fein?* Eine seltsame Wortwahl für einen Mann wie ihn.

„Weißt du, wofür *fein* steht?"

Er schüttelt den Kopf und macht sich daran meinen Kofferraum zu öffnen.

„Fein steht für ‚flippig' – ‚emotional' – ‚inkompetent' und ‚neurotisch'."

Mit einem gezischten „Fuck!" wirbelt er zu mir herum, sein Arm zuckt blitzschnell vor, seine Finger wickeln sich um meine Kehle. Grob schupst er mich nach hinten, mein Rücken knallt gegen den Wagen, sämtliche Luft wird mir aus der Lunge gequetscht.

„Bist du völlig irre, Bitch?"

*Hilfe!*

Hart und unnachgiebig drückt sich sein Bein zwischen meine Knie, seine Augen bohren sich in die meinen, die Wärme seines Körpers springt auf mich über, bringt das Blut in meinen Adern zum Kochen.

Was ist denn jetzt los?

In der einen Sekunde ist er noch dabei, nach dem Ersatzrad zu suchen in der nächsten greift er mich an.

„Die Frage sollte wohl eher lauten, ob du irre bist, Arschloch."

Wenn er denkt, dass er mich so leicht einschüchtern kann, muss ich ihn enttäuschen.

„Du hast gerade zum zweiten Mal behauptet, dass ich inkompetent bin. So mancher ist schon wegen weniger durch meine Hand gestorben."

Mein armes Hirn ist von seiner plötzlichen Nähe total überwältigt, braucht daher etwas länger, um zu verstehen, was er mir gerade vorwirft.

„Wann sollte ich das bitte getan haben?"

An seinem Kiefer zuckt ein Muskel, der Geruch von Leder, Mann, Benzin und Seife steigt mir in die Nase.

Wahrscheinlich wäre jetzt der richtige Zeitpunkt gekommen, um Angst zu haben, aber na ja ... ich verspüre nichts als Erregung.

Heiß und pulsierend pumpt sie durch meinen Kreislauf, sorgt dafür, dass sich meine Nippel zusammenziehen und mein Slip feucht wird.

Was ein klares Anzeichen dafür ist, dass ich ganz klar untervögelt bin. Sexentzug ist eine ernsthafte Angelegenheit.

Ich bin mir sicher, dass schon so manche Frau daran gestorben ist.

„Erst hast du behauptet, dass ich keinen Schwanz habe, und nun das."

Lächerlich.

„Erstens hast du gesagt, dass du mit deiner Zunge fickst und dann benutzt du Wörter wie *fein*. Was erwartest du, Outlaw? Außerdem war das ein Filmzitat aus *The Italian Job*."

Überraschung blitzt in seinen Pupillen auf. *Männer ...*

Seine Finger, die noch immer um meine Kehle liegen, lockern sich etwas. Ich japse nach Luft. Lasse meine Hand zwischen uns nach unten gleiten und fasse ihm nach kurzem Zögern in den Schritt.

„Du kannst mich aber gerne von deiner Potenz überzeugen."

Sein Kiefer klappt nach unten, wie gerne würde ich jetzt mit meiner Zunge durch seinen Mund fahren, mich an seiner Unterlippe festbeißen und herausfinden, ob er genauso gut schmeckt, wie er duftet.

Aber dafür fehlt mir dann doch der Mut.

„Fuck, Mädchen. Du bist echt völlig durchgeknallt."

Ja, das ist nichts Neues.
„So etwas in der Art hat mein Ex auch zu mir gesagt."
Perplex lässt er die Hand sinken, wir starren uns an.
Erst jetzt bemerke ich das *Sergeant-at-Arms-Patch*, das sein Leder ziert.
*Hmmmm* ... Hatte Mia nicht etwas über den Sergeant gesagt?
Ich glaube, mich daran erinnern zu können, dass sie der Meinung war, dass der wie für mich geschaffen ist und Knife heißt.
Mir wird klar, dass ihre Beschreibung perfekt zu dem Rocker vor mir passt.
„Also was ist jetzt? Fickt ihr wirklich nur mit der Zunge?"
Seine Lippen verziehen sich zu einem Grinsen, jeglicher Zorn weicht aus seiner Mimik.
„Wir ficken mit allem, was du dir vorstellen kannst."
*Oha.* Klingt interessant.
Zu meinem Leidwesen lässt er mich nun ganz los, tritt einen Schritt zurück und wendet sich wieder meinem Kofferraum zu.
*Ach verdammt ... Das war eine Abfuhr.*
„Hast du einen Wagenheber?"
„Ja, müsste da drinnen sein."
Er sucht weiter, findet, was er braucht, und macht sich dann an die Arbeit.
Die Effizienz, mit der er ans Werk geht, turnt mich unheimlich an.
Ich hätte nie gedacht, dass so etwas Blödes wie Reifenwechseln so verflucht sexy sein kann.
Keine Ahnung wie lange er braucht, aber er ist viel zu schnell fertig. Packt den kaputten Reifen in meinen Wagen und schlägt den Deckel zu.
„Alles klar. Das Profil ist ziemlich runtergefahren. Durch den Winter kommst du damit nicht mehr. Halt die Fahrt kurz und besorg dir einen neuen Reifen."
Brav nicke ich.
„Eigentlich will ich nach Meadville. Ist das noch weit? Mein Navi ist ausgefallen und jetzt weiß ich nicht wirklich, wo ich hinmuss."
„Nein. Nicht weit. Kannst mir folgen, wenn du willst."
Oh und ob ...
„Danke, das mache ich. Was ist jetzt mit der Bezahlung für deine Hilfe?"
Wenn er mich auffordern würde, vor ihm auf die Knie zu gehen und ihm einen zu blasen. Shit! Ich würde es, ohne zu zögern, tun. Wann

bekommt Frau schon mal die Gelegenheit, an so einem Prachtexemplar von einem Kerl zu lutschen?

Sein Blick fällt auf meine Lippen, erneut blähen sich seine Nasenflügel.

Dass er an mir interessiert ist, steht außer Frage.

*Scheiße!*

Ich habe ihm an den Schwanz gefasst, eine noch eindeutigere Einladung kann ich ihm nicht schicken, aber er ist nicht darauf eingegangen.

Aber warum?

Entweder missverstehe ich seine Signale und er findet mich nicht annähernd so anziehend wie ich ihn, oder aber das, was ich vorhin in der Hand gehalten habe, ist nicht funktionstüchtig.

Aber das glaube ich eher nicht ...

Wenn das hier nicht die Realität, sondern meine Fantasie wäre, würde er mich packen, kurzerhand über die Motorhaube beugen, meinen Rock hochschieben und mich hart ficken.

Kein Vorspiel, keine vielen Worte – einfach nur guter, unkomplizierter und befriedigender Sex.

Aber das hier ist leider doch die Realität, was bedeutet, dass ich auf meinen nächsten Orgasmus wohl noch eine Weile warten muss.

„Keine Bezahlung. Einen Reifen zu wechseln, ist nicht der Rede wert, und einer schönen Frau zu helfen, die allein am Straßenrand steht, ist Ehrensache.“

*Einer schönen Frau ...*

*Ehrensache ...*

Charmant ist der Rocker ja.

Trotzdem fühlt sich das an wie eine Abfuhr.

Obwohl mein Auto endlich wieder fahrtüchtig und das Risiko, dass ich mich verfahre, ebenfalls beseitigt ist, bleibt ein bitterer Nachgeschmack.

Jede andere Frau wäre froh, wenn so eine Begegnung mit einem kriminellen Outlaw glimpflich verläuft, ich hingegen bin enttäuscht.

Mal wieder kein Sex!

Ist das zu fassen?

„Okay, dann danke ich dir.“

„Musst du nicht, steig einfach ein und folge mir nach Meadville.“

Ziemlich ruppig serviert er mich ab, setzt sich auf seine Harley und stülpt sich den Helm über den Kopf, allerdings macht er sich nicht die Mühe, die Riemen zu schließen oder das Bandana wieder nach oben zu ziehen.

Mit einem kraftvollen Fußkick startet er den Motor, wartet noch kurz, bis ich endlich wieder in meinem Auto sitze, und gibt dann Gas.

*Himmel und Halleluja ...*

Wenn ich es nicht besser wüsste, würde ich meinen, ich hätte die Pest. Was für ein seltsamer Kerl.

Heiß, aber total schräg.

Ich nehme mir vor, Mia, sobald ich in Meadville angekommen bin, nach diesem Sergeant at Arms zu fragen, aber bis dahin muss ich mich konzentrieren und Gas geben.

Dieser Rocker fährt, als wäre der Teufel höchstpersönlich hinter ihm her.

## 3. Kapitel

### Ein Rocker, der verzweifelt versucht, das Richtige zu tun, und dabei fast den Verstand verliert

„What a Fuck!"

Mein wütender Fluch wird vom Fahrtwind davongetragen, verwundert schüttle ich den Kopf.

Zornig auf mich selbst, gebe ich immer noch mehr Gas, nehme keine Rücksicht auf die Frau, die versucht, mir mit ihrem alten Ford zu folgen.

Die Kleine ist süß, wirklich süß.

Aber nicht auf die nuttige, verbrauchte Weise, sondern auf die Art, die mich an feuchte rosa Slips, Blümchen-BHs und Teddybären erinnert.

Das Mädchen hat diesen Kleine-Schwester-Charme, der bei jedem Typen sofort für einen Ständer sorgt.

Klingt pervers, ich weiß. Aber so ist es nun mal!

Ihr Verhalten hingegen ist alles andere als kleinmädchenhaft gewesen.

*Bullshit!*

Sie hat mich angemacht, als würde sie wollen, dass ich sie über ihren verdammten Wagen beuge und so hart ficke, dass ihre Schreie bis nach Meadville hallen.

Dass ich es nicht getan habe, grenzt an ein Wunder. Ein verficktes Weltwunder. Für diese Nummer gerade sollte mir ein Orden verliehen werden. Ein goldener, großer, der so schwer ist, dass man ihn kaum am Hals tragen kann.

Dieses Miststück hatte die Rette-Mich-Masche perfekt drauf.

Pralle Titten, ein kurzer Rock, lange Beine, kleine Füße und eine schmale Taille. Aber nicht nur ihr Körper war perfekt, ihr Gesicht war es ebenfalls.

Lange braune Haare, leicht gelockt in Kombination mit kaffeebraunen Augen, vollen, rot bemalten Lippen und einem sexy Lächeln.

*Fuck! Fuck! Fuck!*

Ich hatte gerade große Lust, einfach stehen zu bleiben, abzusteigen und der Kleinen auf typische Bikermanier zu zeigen, was passiert, wenn man einen *Bloody King* am Schwanz packt.

Denn so unglaublich es auch sein mag, genau das hat das Mädchen getan.

Erst hat es mir Geld und dann Sex angeboten.
Nicht zu fassen!
Die Dollars haben mich nicht gereizt. Ich habe so viel Geld, dass ich es kaum ausgeben kann. Aber der Sex?! *Shit!*
Einzig die Tatsache, dass diese Frau zu süß für mich ist, hat mir dabei geholfen, das Richtige zu tun. Eine Frau wie sie würde an einem Mann wie mir zerbrechen. Ich bin nicht nett, schon gar nicht zärtlich und alles andere als sanft.
Als sie mir mit diesem Fein-Mist gekommen ist, hatte ich kurzzeitig die Beherrschung verloren.

*„Fein steht für ‚flippig' – ‚emotional' – ‚inkompetent' und ‚neurotisch'."*

Inkompetent, dass ich nicht lache!
Wenn ich wollte, hätte ich sie ins verdammte Koma ficken können.
Und emotional? Echt jetzt?
Fassungslos schüttle ich den Kopf.
Das Mädchen wollte mir einen Kuss geben und ich habe *Nein* gesagt.
*Rocker küssen nicht ...*
Wie bin ich nur auf diesen Scheiß gekommen?
In Wirklichkeit hätte ich nur zu gerne diese vollen Cherrylipps gekostet, mit meiner Zunge durchstoßen und mich an ihnen festgebissen.
Voll und reif wie Kirschen – prall ist das richtige Wort, das dieses Mädchen am besten beschreibt. Sie ist nicht dick, weiß Gott nicht.
Hat aber an genau den richtigen Stellen hammergeile Kurven.
Mein Schwanz ist hart – so hart, dass es schmerzt. Trotzdem fahre ich weiter, immer die Straße entlang zurück zum Club.
Die Kirsche will nach Meadville, sie wird also in meinem Revier sein, was bedeutet, dass sie dem Club gehört. Ich kann für sie nur hoffen, dass sie mir kein zweites Mal über den Weg läuft, ein weiteres Mal wird es mir nicht gelingen, mich in Zurückhaltung zu üben.
So viel ist sicher!
Wenn sie mich noch einmal mit diesem Fick-mich-bitte-Blick ansieht und dabei diesen verdammten Rock trägt, werde ich mir die Kleine schnappen, über den Ford beugen und sie so hart rannehmen, dass danach alle vier Reifen platt sind.
*Rocker küssen nicht ...*
Yeah, wir ficken mit unseren Zungen, unseren Schwänzen und unseren Fingern, aber küssen tun wir trotzdem.

Hart und verschlingend.
Mein Schwanz zuckt, er ist wütend auf mich und das kann ich ihm nicht verübeln.
Dieses Mädchen war genau die Art von Frau, nach der ich seit einer kleinen Ewigkeit suche.
Süß und sexy, frech und trotzdem feminin – herausfordernd und dennoch ängstlich.
In dem Moment, in dem ich die Beherrschung verloren und sich meine Finger um ihren zarten Hals geschlossen haben, stand nicht nur Angst in ihren großen Augen, sondern auch Lust und Erregung.
Das Mädchen sieht aus wie ein Engel, doch tief im Inneren sehnt es sich danach, wie eine Hure durchgefickt zu werden.
Fluchend gebe ich noch mehr Gas.
Allein das Wissen, dass ich nur anhalten und sie mir packen müsste, stellt merkwürdige Dinge mit mir an.
Einmal das Richtige zu tun, war machbar, aber noch mal schaffe ich das nicht.
Die Versuchung ist groß – beinahe schon zu groß!
Einzig die Tatsache, dass ich den Reifen in Rekordzeit gewechselt habe und dann sofort zurück zu meiner Maschine bin, hat die süße Kirsche davor bewahrt, unter mir zu landen.
Meine Reifen fressen die Meilen, wir sind viel zu schnell unterwegs, sodass es weniger als eine Viertelstunde gedauert hat, bis wir am Ortsschild von Meadville angekommen sind.
Wir passieren ein paar Seitenstraßen, fahren über eine Kreuzung, genauer gesagt über die größte des kleinen 13.000-Einwohner-Städtchens, doch das Mädchen bleibt hinter mir.
*Was zum Teufel!*
Wieso klebt sie mir noch immer am Bike?
Hat sie nicht kapiert, dass sie jetzt hinfahren kann, wo immer sie hinwill?
*Fuck!* Nicht mein Problem ...
Ich zwinge mich den Blick abzuwenden, setze den Blinker und fahre zum Club.
Das Mädchen verschwindet aus meiner Sichtweite, etwas, das sich nach Bedauern anfühlt, zuckt durch meine Brust.
*Nicht. Mein. Mädchen.*
Ich rufe mir in Erinnerung, dass ich das einzig Richtige getan habe, und folge dem meterhohen Zaun, der unser Clubhaus von der Außenwelt abschirmt.

Dog, unser ehemaliger Prospect, der erst vor Kurzem zum Full Member ernannt wurde, unterhält sich mit Black, dem Präsidenten des MCs, sodass er mir nicht sofort das Tor öffnet, das die einzige Zufahrt zum Gelände der *Kings* sichert, sondern ich anhalten und warten muss.

Es stört mich nicht.

Entspannt zünde ich mir eine Kippe an, durchlebe gedanklich die Begegnung mit der Kirschlippentussi noch mal und erinnere mich daran, wie weich und samten sich ihre Kehle an meinen rauen Fingern angefühlt hat.

Mein Schwanz zuckt erneut, ein Wagen bleibt hinter mir stehen. Noch bevor ich mich umdrehe und nachsehe, weiß ich, dass es sich dabei um den alten Ford handelt, bei dem ich den Reifen gewechselt habe.

*Verdammt!*

Anscheinend ist die Kleine nicht nur süß, sondern auch blöd ...

Mit einem Fluch auf den Lippen klemme ich mir die halb gerauchte Zigarette in den Mundwinkel, klappe den Ständer der Harley aus und steige ab. Bevor sie es schafft, auszusteigen, reiße ich die Fahrertüre auf und sehe sie finster an.

„Was soll das, Darling?"

Überrascht erwidert sie meinen Blick.

„Was soll was?"

„Du verfolgst mich!"

„Lachhaft. Bilde dir mal ja nichts ein, Sergeant."

Skeptisch ziehe ich eine Augenbraue in die Höhe.

„Du stehst vor meinem Club."

„Aber nicht wegen dir."

Von wegen.

„Und was hast du dann hier zu suchen?"

Sie öffnet den Mund, will etwas sagen. Doch noch bevor sie auch nur ein Wort rausbringt, stürmt auch schon eine quietschende Mia auf uns zu, gefolgt von einer glücklich grinsenden Claire und ihrer Schwester Sandra.

Die Frau im Auto quetscht sich an mir vorbei, würdigt mich keines Blickes mehr und fällt der Lady meines Präsidenten in die Arme.

*What?*

Irritiert beobachte ich die vier Mädels bei ihrer Gruppen-Kuschel-Orgie und frage mich, was genau hier eigentlich abgeht?

„Wo warst du so lange? Ich habe schon vor einer Stunde mit dir gerechnet?"

Claire, die Frau unseres Vollstreckers, klingt vorwurfsvoll, das Mädchen mit den Kirschlippen zuckt mit den Schultern.

„Ich hatte eine Panne. Mein Reifen war platt. Aber euer Sergeant hat mir geholfen.“

*Oh verdammt ...*

So langsam dämmert's mir.

Ich glaube, mich daran erinnern zu können, dass Black vor ein paar Tagen erwähnt hatte, dass die Mädels Besuch erwarten.

*Fuck Schicksal!*

*Fuck Karma!*

*Einfach nur Fuck!*

Aber muss es ausgerechnet dieser Besuch sein?

*Bei allen Höllen!*

Es ist mir schon schwergefallen mich am Straßenrand zurückzuhalten, hier in meinem Club wird mir das nie gelingen!

Seven, Black und Tyler, unser Vize, kommen raus auf die Straße. Dog hingegen hält Sicherheitsabstand. Kluger Mann.

„Alles klar, Bro?“

Nein ganz und gar nicht.

„Logo.“

„Wie lief es heute? Auftrag erledigt?“

„Yeah, dieses Mal war kein Konfetti in meiner Tasche.“

Blacks bellendes Lachen hallt über die Straße. Die Fremde mit den Mega-Titten löst sich von Sandra und dreht sich zu uns um.

Unsere Blicke begegnen sich.

Schadenfreude zeichnet sich auf ihren Gesichtszügen ab.

*Miststück!*

„Katinka bleibt ein paar Tage.“

Jetzt kenne ich zumindest ihren Namen. Als Sergeant at Arms fällt es in mein Aufgabengebiet, für die Sicherheit aller zu sorgen. Also auch für die Sicherheit des Kirsch-Lippen-Mädchens, zumindest solange sie sich in unserer Stadt aufhält.

*Wie witzig!*

Die Ironie des Ganzen entgeht mir nicht. Ausgerechnet ich, der wohl die größte Gefahr für das Mädchen darstellt, soll es jetzt beschützen.

*Oh Katinka – du bist so was von am Arsch.*

Noch immer sieht sie mich an.

Gedanklich stecke ich längst bis zu den Eiern in ihrer engen Pussy.

So laut, dass ich mir sicher bin, dass Katinka mich hören kann, antworte ich Black mit nur einem Wort.

„Fein!“

Ihre Lippen zucken. Ich weiß genau, woran sie gerade denkt ...

Noch immer zornig, steige ich auf mein Bike, starte den Motor und fahre auf das Gelände des *Bloody Kings Motorcycle Clubs*.

Die nächsten Tage werden hart – hart im wahrsten Sinne des Wortes!

Mehr als angespannt betrete ich das kleine Zwei-Zimmer-Apartment im dritten Stock des Clubhauses, in dem ich seit der Gründung dieses Chapters wohne.

Der Vormittag war, wie ich es schon zu Black gesagt habe, gut – mehr als das sogar.

Ich habe den Auftrag ausgeführt, den Wichser, der unseren Brüdern in New York das Leben schwer gemacht hat, aufgespürt und unschädlich gemacht.

Sein Tod ging schnell, war weniger blutig als üblich.

*Es ist erledigt ...*

Das letzte Mal, dass ich auf der Jagd war, hatte Mia mir vorher unbemerkt buntes Konfetti in die Hosentasche gesteckt, das war dieses Mal nicht der Fall.

Meine Taschen waren leer, die Klinge war dennoch blutig.

An sich hätte das heute ein ruhiger Tag werden sollen – Fehlanzeige.

Anstatt mich mit den zusätzlichen Sicherheitskameras und Bewegungsmeldern auseinanderzusetzen, stehe ich mitten im Wohnzimmer, starre aus dem Fenster und beobachte Katinka dabei, wie sie zusammen mit Mia unten im Hof steht und sich unterhält.

Ihr Blick gleitet aufmerksam über das Außengelände, es scheint, als würde sie sich alles interessiert anschauen.

Sie entdeckt mein Bike, das ich neben denen meiner Brüder abgestellt habe, geht auf die Harley zu und streicht mit den Fingern sanft über den Lenker.

Mia grinst und sagt etwas, das Katinka zum Lachen bringt.

Worüber sich die beiden Frauen wohl unterhalten?

*Verdammt!* Was interessiert mich das?

Auf mich wartet haufenweise Arbeit. Ich habe keine Zeit für so einen Bullshit, ich habe keine Zeit für ein Mädchen, das aussieht wie die kleine Schwester von jemandem – das aussieht, als wäre es verdammt gut zu ficken!

## 4. Kapitel

### Ein wankelmütiges Mädchen ohne Slip, Schampus und Tequila

Da Mia und Claire zu ihren Rockern in den Club gezogen sind, teilen Sandra und ich uns Mias alte Wohnung, die sich direkt gegenüber vom MC auf der anderen Straßenseite befindet.

Im Erdgeschoss des kleinen Häuschens hat Mia ihr gleichnamiges Café eingerichtet, das Mia's.

Es fühlt sich gut an, nach knapp sechs Stunden endlich angekommen zu sein.

„Und Knife hat dir den Reifen gewechselt?"

„Ja, hat er. In Rekordgeschwindigkeit."

Von meinem verbitterten Tonfall überrascht, dreht Sandra sich zu mir um.

„Was? Hat er es falsch gemacht?"

Falsch? Nein! An diesem Biker ist leider alles viel zu richtig.

„Er hat mich behandelt, als hätte ich die Pest."

„War er unhöflich?"

Na ja.

„Nicht wirklich."

Mal abgesehen von dem Angriff, den er auf mich gestartet hat, als er dachte, dass ich ihn als impotent bezeichnet hätte. Wenn es um seine Manneskraft geht, versteht dieser Rocker keinen Spaß.

„Was dann?"

Mit den Schultern zuckend, mache ich mich daran, meine Tasche auszupacken und meine Kosmetikartikel ins Badezimmer zu räumen. Sandra verfolgt mich auf Schritt und Tritt. Ihre Neugier ist geweckt.

„Ich kann es nicht genau erklären. Er wollte mich nicht mal küssen."

Jetzt fallen ihr fast die Augen aus dem Kopf.

„*Du* wolltest ihn küssen?"

Seufzend lasse ich mich auf den Klodeckel plumpsen.

„Ja, wollte ich. Verdammt, ich habe ihm an den Schwanz gefasst und alles, was er getan hat, war den Reifen zu wechseln, auf sein Motorrad zu steigen und davonzurasen. Schlimmer geht es nicht mehr. Oder?"

Zuerst wirkt sie völlig ungläubig, aber dann beginnt sie zu schmunzeln.

„Wie ich sehe, hast du keine Zeit vergeudet."

„Nein, warum sollte ich auch. Im Gegensatz zu dir habe ich kein Problem mit den *Bloody Kings*. Ich bin hierhergekommen, weil ich flachgelegt werden will. Ein Bad Boy, Sex und ein kleines Abenteuer."

Sandra lehnt sich ans Waschbecken und verschränkt die Arme vor der Brust.

„Über mein Bikerproblem bin ich längst hinweg. Wie du weißt, bin ich ursprünglich nach Meadville gekommen, um Claire diesen ganzen Unsinn auszureden. Und jetzt? Jetzt liegt meine Schwester trotzdem in dem Bett des Enforcers, während ich den Vizepräsidenten vögle."

An ihrer Stimme kann ich nicht erkennen, ob sie das jetzt so sonderlich schlimm findet.

„Aber dieser Tyler ist doch megaheiß."

Sie nickt.

„Das sind sie alle, das ist ja das Problem. So langsam glaube ich, Mia hat recht und Meadville ist verflucht. Über dieser Stadt liegt ein Rocker-Leder-Multiple-Orgasmen-Liebes-Fluch."

Das bringt mich zum Kichern.

„Also jetzt mal ehrlich, ich glaube nicht an Flüche oder so einen Quatsch. In mir schlummert kein Fünkchen Aberglaube. Aber falls es diesen Fluch gibt, finde ich, dass er äußert vielversprechend klingt. Ich meine, es gibt wahrlich Schlimmeres."

Über mich den Kopf schüttelnd, verlässt sie das Badezimmer und geht in die Küche, direkt zum Kühlschrank und holt eine Flasche Champagner heraus. Eine verdammt teure Flasche sogar.

„Alter Falter, jetzt lässt du es aber krachen. Oder?"

„Black versorgt uns immer mit dem guten Zeug."

*Aha ...*

„Black alias der Präsident?"

„Jep, genau der. Egal ob Champagner oder Schokolade. Wenn es nach den Rockern geht, dann sind wir Mädels nur das Beste wert."

Was ja irgendwie süß klingt.

„Es gibt schlimmere Schicksale."

Dazu sagt Sandra nichts. Im Gegensatz zu ihr tragen ihre Schwester und Mia bereits ihre eigenen Kutten, die sie als das Eigentum ihrer Männer auszeichnen. Auf Mias Leder steht in großen Lettern *Property of Black*, bei Claire *Property of Seven*. Sandra hingegen trägt kein Ladyleder und kein *Property* ziert ihren Rücken.

Woran das wohl liegt?

Will sie nicht die Lady des Vizepräsidenten der *Bloody Kings* werden, oder hat Tyler ihr diese Ehre nicht zuteilwerden lassen?

Keine Ahnung. Ich für meinen Teil habe es nicht auf eine eigene Kutte abgesehen, ich will einfach nur meinen Spaß und Sex haben, und wenn mein Urlaub dann vorbei ist, fahre ich zurück nach Jackson und beweise damit allen, dass es so etwas wie Flüche nicht gibt.

Sandra schenkt uns zwei Gläser mit dem kostbaren Blubberwasser ein, reicht mir dann eins und hebt es leicht in die Luft.

„Auf das, was noch kommt!“

Ich bin eigentlich kein Fan von Trinksprüchen, aber der gefällt mir außerordentlich gut, also stoße ich mit ihr an und wiederhole ihre Worte.

„Auf das, was noch kommt!“

Die perlende Flüssigkeit umschmeichelt meine Zunge, die verschiedenen Aromen fluten meinen Gaumen.

„Gott, ist das Zeug lecker.“

„Gefährlich lecker.“

Seltsam, bei *gefährlich lecker* muss ich sofort an Knife denken. Dieser Mann ist definitiv *gefährlich lecker.*

„Was hast du jetzt vor? Schnappst du dir den Sergeant?“

Aber so was von ... Beziehungsweise habe ich eher vor, mich schnappen zu lassen.

„Wusstest du, dass Rocker nicht küssen?“

Verwundert lässt sie das Glas sinken.

„Wer sagt das?“

„Der Sergeant.“

Sie schüttelt den Kopf.

„So ein Quatsch. Zu mir hat Tyler gesagt, dass Rocker nicht tanzen und bis jetzt scheint das zu stimmen. Aber küssen? Nie und nimmer ... Tyler küsst mich täglich – mehrmals. Und auch Black und Seven habe ich schon dabei erwischt, wie sie ihren Ladys die Zunge in den Hals geschoben haben. Lass dir keinen Blödsinn erzählen, Katinka. Knife hat dich nur verarscht.“

Ja, das dachte ich mir schon.

Unweigerlich stelle ich mir die Frage, warum er mich dann nicht küssen wollte?

Findet er mich nicht sexy?

Nicht küssenswert?

*Hmmm ...*

Vielleicht sollte ich das heute Nacht herausfinden.

Während ich mir einen Plan ausdenke, in dem es darum geht, unter diesem Sergeant zu landen, leeren Sandra und ich den Schampus.

Sie erzählt mir, wie glücklich sie mit Tyler ist und dass es ihr in Meadville besser gefällt, als erwartet.

Was mich erneut dazu bringt, mich darüber zu wundern, dass sie kein Ladyleder trägt.

Bevor ich sie das jedoch fragen kann, geht die Türe auf und Mia kommt, gefolgt von Black, zu unserer Küchenparty dazu.

*Auf das, was noch kommt ...*

Wollen wir hoffen, dass es dick, hart und mindestens zwanzig Zentimeter lang ist.

Erst als der Champagner alle ist, verschwinden Black und Mia wieder.

„Meine Schwester will wissen, ob wir noch rüber in den Club kommen?“

*Was für eine Frage ...*

„Ja, aber bitte gib mir ein paar Minuten, ich will mich nur schnell etwas frisch machen.“

Sandra nickt und grinst.

„Vergiss die Kondome nicht.“

„Sehr witzig ...“

Ihr Lachen verfolgt mich bis ins Bad.

Schnell frische ich mein Make-up auf, male meine Lippen rot an und bürste mir die Haare.

Erst als sie in leichten Wellen über meinen Rücken fallen, nicke ich meinem Spiegelbild zufrieden zu.

Etwas Parfüm auftragend, durchsuche ich meinen Kosmetikbeutel nach den silbernen Tropfenohrringen, die ich mir eigentlich eingepackt hatte.

Als ich sie nicht finde, leihe ich mir die Creolen von Mia aus, die auf der Ablage liegen.

Sie passen perfekt. Im Schlafzimmer tausche ich den Jeansrock gegen einen kurzen ledernen Minirock, den ich mir extra für diesen Kurzurlaub in Meadville gekauft habe.

Soweit ich weiß, stehen Rocker auf Leder, hoffentlich trifft das auch auf diesen nicht küssenden Sergeant zu. Sandra ruft mich, aber ich bin noch nicht fertig. Schnell ziehe ich meinen String aus, stopfe ihn in meine Tasche und tausche mein Oberteil gegen eine schwarze Korsage, die meine Brüste hervorhebt.

Wenn es mir in diesem Outfit nicht gelingt, Knife rumzukriegen, dann weiß ich auch nicht – dann muss er einfach impotent sein.

Den Tipp beherzigend, stecke ich ein Kondom ein und spüre, wie ich immer aufgeregter werde.

Endlich ist es so weit – Bad Boys ich komme.

„Können wir los?“

Sandra taucht im Türrahmen auf, als sie mich sieht, stößt sie einen anerkennenden Pfiff aus.

„Holy Shit, der arme Knife hat keine Chance gegen dich."
Na, das will ich doch hoffen.
Plötzlich irgendwie unsicher, sehe ich an mir herab.
„Ist es zu viel?"
Sie schüttelt den Kopf.
„Nein, ganz und gar nicht. Du siehst toll aus. Bist du bereit, dich dem Fluch zu stellen?"
Indem ich die Augen verdrehe, zeige ich ihr, was ich von diesem ganzen Hokuspokus halte.
„Es gibt keine Flüche."
„Oh doch. Der *Bloody-King*s-Fluch existiert und er wird dafür sorgen, dass du früher oder später nach Meadville ziehst und ein Ladyleder trägst."
Das ist die Chance, um meine Neugierde zu stillen.
„Und warum trägst du dann keine Kutte?"
Das breite Lächeln rutscht ihr aus dem Gesicht, auf einmal wirkt sie unheimlich traurig.
„Weil ich eine arrogante und dumme Kuh war. Ich habe zu oft und zu laut getönt, dass ich viel zu emanzipiert bin, um ein *Property of* auf dem Rücken zu tragen. Am Anfang habe ich das auch wirklich so gemeint, aber jetzt habe ich diese Old-Lady-Sache erst richtig verstanden und kapiert, dass es etwas ganz Besonderes ist, die Frau eines Rockers zu sein. Es mag für den Rest der Welt merkwürdig klingen, als das Eigentum von jemandem bezeichnet zu werden. Aber in Wirklichkeit bedeutet es einfach nur, dass es da jemanden gibt, der einen bis zum Tod beschützen, für einen kämpfen und mit Hingabe für einen sorgen wird. Black und Seven würden für ihre Frauen, ohne zu zögern, durch die Hölle marschieren und mit dem Satan höchstpersönlich kämpfen. Für sie gibt es keine Grenzen, wenn es um ihre Ladys geht. Mia und Claire können sich echt glücklich schätzen."
Sandra klingt so traurig, dass ich sie am liebsten in die Arme nehmen würde. Aber da sie sich gerade umdreht, um sich ein paar Tränen aus den Augen zu wischen, lasse ich es lieber.
„Und du meinst, Tyler würde nicht für dich kämpfen?"
Sie zuckt mit den Schultern und wendet sich mir wieder zu.
„Um ehrlich zu sein, weiß ich es nicht. Ich meine, wir sind glücklich, wirklich sehr glücklich, sonst wäre ich ja nicht für ihn nach Meadville gezogen. Aber ich weiß nicht, wie ernst und verbindlich unsere Beziehung für ihn ist."
Oh, das ist heftig ...
„Willst du denn die Exklusivrechte an dem Vizepräsidenten?"

Sie nickt, ohne zu zögern.

„Und wie ich die will, allerdings weiß ich nicht, wie ich das anstellen soll. Ich kann verstehen, dass er mir kein Ladyleder anbietet, ich meine, schließlich habe ich bestimmt hundertmal getönt, dass ich so ein Ding nicht anziehen würde. Woher soll Tyler auch wissen, dass ich meine Meinung geändert habe?"

Gute Frage.

„Sag es ihm doch einfach."

Überrascht sieht sie mich an.

„Nein, das kann ich nicht."

„Warum? Sag ihm, dass du deine Meinung bezüglich der Kutte geändert hast."

„Und was, wenn er mich trotzdem nicht zu seiner Lady machen will?"

*Hmmm ...*

„Dann weißt du zumindest, wo du stehst."

Ich kann leicht reden, das ist mir klar. Trotzdem finde ich, dass Sandra unbedingt für Klarheit sorgen muss.

„Vielleicht ist Unwissenheit besser?"

„Das musst du entscheiden. Ich für meinen Teil würde für klare Verhältnisse sorgen."

Sie seufzt und wirkt dabei ziemlich nachdenklich. Dann schüttelt sie entschlossen den Kopf, wischt sich erneut unter den Augen entlang und zwingt sich zu einem Lächeln.

„Genug über mich geredet, lass uns dafür sorgen, dass der arme Knife heute Nacht nicht an dir vorbeikommt."

Klingt gut.

„Wie wäre es mit Tequila?"

„Tyler hat ein Tequila-Verbot ausgesprochen."

Echt jetzt?

„Warum?"

„Sagen wir einfach, ich habe es leicht übertrieben."

Sie kichert.

„Und du hältst dich an dieses Verbot?"

„Bis jetzt schon."

„Und was ist mit: Was Tyler nicht weiß, macht Tyler nicht heiß?"

Sandra hakt sich bei mir ein, wir machen uns auf den Weg rüber zum Club.

„Tyler entgeht nichts."

„Dass du deine Meinung bezüglich des Leders geändert hast, ist ihm aber entgangen."

Sie zieht einen Schmollmund.
„Stimmt."
Sandra scheint über mein Argument nachzudenken. Mitten auf der Straße bleibt sie plötzlich stehen, sieht auf den schwarzen Asphalt und kichert.
„Was ist los?"
„Ach nichts ..."
Irgendetwas scheint mir gerade zu entgehen.
„Weißt du was? Ich denke, du hast recht und ein bisschen Tequila könnte nicht schaden."
*Von wegen ...*
Als ob es bei ihr und mir jemals bei *ein bisschen Tequila* geblieben wäre.
Ohne Slip und fest entschlossen, mir den Sergeant zu schnappen, lasse ich das Clubhaus auf mich wirken.
Es riecht nach Holz, Leder und kaltem Rauch. Aus den Boxen dringen harte Bässe, ein Mann singt, oder besser gesagt brüllt, irgendetwas über die Route 66 und 2451 Meilen und die Freiheit. Der im Eck stehende Flipperautomat dudelt leise vor sich hin, ein Typ, der unzählige Ketten um seinen breiten Hals hängen hat, prügelt wie ein Irrer auf einen von der Decke hängenden Boxsack ein.
Bei jedem Schlag spannen sich die Hügel seiner Rückenmuskulatur an, glänzen dank dem Schweiß und sorgen dafür, dass mir das Wasser im Mund zusammenläuft.
„Mhhhh lecker ..."
Sandra folgt meinem Blick und lacht.
„Das ist BlingBling, der Kassenwart der *Bloody Kings*. Er ist für alles Finanzielle verantwortlich."
BlingBling? *Shit!* Und ich dachte schon, Knife wäre ein seltsamer Name.
Aber egal, ein Mann, der so aussieht, kann heißen, wie er will.
Seine breiten Schultern verjüngen sich Richtung Taille zu einem sexy Dreieck. Die Jeans sitzt tief auf seinen Hüften, hinten am Hosenbund hängt ein langer Dolch, der dem von Knife sehr ähnlich sieht.
Der Kassenwart ist groß, mindestens 1,90 Meter, hat kurze blonde Haare und riesig wirkende Fäuste. Die Wölbungen in seinen Oberarmen arbeiten heftig. Dieser Rocker hat die perfekt proportioniertesten Bizepse, die ich je gesehen habe.
*Sex auf zwei Beinen ...*
Wieder schlägt er hart zu, der Punch bringt den Karabiner, an dem der Sandsack hängt, zum Quietschen.

„Stell dir mal vor, dieser Kerl setzt all seine Kraft dazu ein, dich zu vögeln."

Sandra sagt nichts, verdreht die Augen und wünscht mir viel Spaß, ehe sie Richtung Bar verschwindet.

Je näher ich BlingBling komme, umso mehr Details fallen mir auf. Alles an diesem Biker wirkt markant, maskulin und ganz und gar anbetungswürdig.

Er bemerkt mich, stoppt sein Tun und fängt den auf ihn zukommenden Boxsack.

„Was ist los, Mädchen?"

Mein eigentlicher Plan mag zwar gewesen sein, mir den Sergeant zu schnappen. Aber wer sagt, dass ich nicht zwei Rocker haben kann? Einen zur Vorspeise und einen als Hauptgang ...

Vielleicht sogar noch einen dritten, ich meine, seit wann lässt man denn die Nachspeise ausfallen?

Sein Blick rutscht an meinem Gesicht nach unten, verweilt kurz an meinen Lippen und pinnt sich dann an dem oberen Rand der Korsage fest, ehe seine Augen zu dem Ledermini gleiten.

Zufrieden stelle ich fest, dass sich seine Pupillen weiten. Ihm gefällt ganz offensichtlich, was er sieht. Erst nachdem er meine nackten Beine einer gründlichen Musterung unterzogen hat, sieht er mir wieder in die Augen.

„Mach das noch mal."

Er wirkt irritiert?

„Was? Dich gedanklich ficken?"

Okay.

„Hast du das denn etwa gerade?"

Er nickt, noch immer steht er mit geballten Fäusten vor mir. Wenn ich einen Slip anhätte, würde dieser jetzt feucht werden. Aber da dieser in Mias Wohnung liegt, spüre ich, wie ein Tropfen meiner Feuchtigkeit an meinem Oberschenkel entlangrinnt.

*Gott!* Ich hatte schon so lange keinen Sex mehr, dass allein BlingBlings Anblick ausreicht, um mich zu erregen.

Muskeln – Muskeln – Muskeln – pures Luxustestosteron.

„War dann aber nur ein kurzer Quickie, was?"

Seine Lippen zucken.

„Für dich würde es ausreichen."

Was soll das denn heißen?

„Angst, dass du mir nicht gewachsen bist, Rocker?"

In seinen grauen Iriden blitzt es überrascht auf.

Endlich lässt er den Boxsack los und dreht sich vollständig zu mir um, sodass ich einen Blick auf sein wohlproportioniertes Sixpack werfen kann.

Ein schmaler Streifen Haare zieht sich von seinem Brustkorb nach unten zu seinem Hosenbund, lenkt meine Aufmerksamkeit zu dem sexy V, zu dem sich seine Hüfte verjüngt.

Drei schwarze Sterne zieren seine linke Flanke, bis jetzt sind das die einzigen Tattoos, die ich erkennen konnte. Etwas mehr Tinte wäre mir zwar ganz recht gewesen, aber wer bin ich, dass ich mich bei so einem höllisch heißen Anblick beschweren würde?

„Du bist neu hier."

Keine Frage, nur eine Tatsache.

„Jep, für eine Woche. Ich will Abenteuer, Sex und Spaß."

Meine Direktheit scheint ihn nicht zu stören.

„Du willst von einem *Bloody King* gefickt werden?"

„Das ist der Plan."

Seine Bauchmuskeln zucken, ich lecke mir die Lippen, drehe mich kurz zu meiner Freundin um.

Sandra sitzt längst auf einem der Barhocker, vor ihr steht eine Flasche Tequila, daneben entdecke ich eine Zitrone, ein Messer und einen Salzstreuer.

Sie ist bereit, ich bin es ebenfalls – für den Tequila und den Biker vor mir. Zwei große Hände umfassen meine Taille, Sandra lacht, ich sehe wieder zu dem Rocker vor mir.

„Du willst es jetzt?"

Ich nicke.

„Und ich will es hart."

Sein geknurrtes „Perfekt!" löst ein heftiges Kribbeln in meinem Bauch aus.

In der einen Sekunde stehe ich noch auf meinen eigenen Füßen, in der nächsten werde ich gepackt und über eine harte Schulter geworfen.

*Bingo ...*

Groß und besitzergreifend landet BlingBlings Hand auf meiner Rückseite, schiebt den Rock nach oben und tätschelt meinen nackten Arsch.

Ein heftiger Blitz durchzuckt mich, ich bin so feucht, dass kein langes Vorspiel nötig sein wird. Mit großen Schritten trägt mich der Kassenwart durch den großen Hauptraum, an der Bar vorbei und in einen dunklen Flur. Claire kommt aus einer der Türen rechts von mir, hinter ihr taucht Seven auf, an dem raubtierhaften Grinsen, zu dem seine Lippen verzogen sind, und an dem schief hängenden Top meiner

Freundin kann ich erkennen, dass sie gerade das getan haben, was BlingBling hoffentlich auch gleich mit mir tun wird.

Claire grinst mich wissend an.

„Himmel Katinka, du hast keine Zeit verloren, was?"

„Nein, warum sollte ich?"

Sie reckt ihren Daumen nach oben und wünscht mir viel Spaß, dann werde ich auch schon in ein nur schwach beleuchtetes Zimmer verschleppt, in dem es nach Zitronenpolitur und Sandelholz riecht.

„Fuck Baby, ich werde dich gleich so hart ficken, dass du danach auf allen vieren aus meinem Büro kriechen wirst."

Wollen wir hoffen, dass das mal kein leeres Versprechen ist. Langsam lässt er mich an sich nach unten gleiten, unsere Gesichter befinden sich direkt gegenüber – Auge in Auge. Meine Beine baumeln noch immer in der Luft und meine Brüste werden fest gegen den muskelbepackten Oberkörper gequetscht.

Für diesen Rocker scheine ich nicht mehr als eine Feder zu wiegen.

*Bämm ...* Ich steh einfach auf starke Männer!

Je mehr Höhlenmensch in ihnen steckt, umso besser.

Scheiß auf die Evolution – ein bisschen King-Kong hat noch keinem Kerl geschadet.

Das Gefühl seines warmen, verschwitzten Körpers so nah an dem meinen hat auf mich dieselbe Wirkung wie der Tequila, den ich eigentlich zusammen mit Sandra trinken wollte.

Hoffentlich nimmt sie es mir nicht übel, dass ich sie einfach so alleine an der Bar zurückgelassen habe. Aber wenn sich mir eine Gelegenheit auf schmutzigen, befriedigenden Sex mit einem heißen Outlaw bietet, muss ich die einfach ergreifen.

Langes Zögern, viele Worte und unnötige Komplikationen waren noch nie mein Ding.

Ich brauche keine Schmetterlinge im Bauch und keine rosa Wolken, um ficken zu wollen.

Shakespeares Romeo und Julia sind das beste Beispiel dafür, dass Romantik und Gefühle kein Garant für ein Happy End sind.

Hätten die beiden nicht so ein Theater um die wahre Liebe gemacht, sondern sich auf grandioses Ficken beschränkt, hätte die Geschichte der beiden kein so dramatisches Ende genommen, sondern eher ein postorgastisches.

Mehr als zufrieden mit meiner Wahl, platziere ich meine Hände auf BlingBlings Schultern, drücke zu und genieße die harten Muskelstränge unter meinen Fingern.

*Wirklich beeindruckend …*
Sein warmer Atem streift über meine Stirn, unsere Blicke begegnen sich.
Ein vorfreudiges Prickeln breitet sich auf meinen Lippen aus.
„Ich hab gehört, dass Rocker nicht küssen. Stimmt das?“
Zwischen seinen Augenbrauen bilden sich zwei tiefe Furchen.
„Wer hat denn so ’nen Scheiß verzählt?“
Wusste ich es doch.
„So ein Idiot, dem ich am Straßenrand begegnet bin.“
Der Kassenwart betrachtet meinen Mund, gibt ein wildes Brummen von sich und setzt mich auf dem antik wirkenden Schreibtisch ab, der der Optik nach viel besser ins Oval Office des Präsidenten gepasst hätte als in einen Rockerclub.
„Deine Lippen sind zum Ficken gedacht. Erst schiebe ich meine Zunge in deinen Mund, dann meine Finger und zum Schluss lasse ich dich meinen Schwanz schlucken.“
Was ich von seinem Vorschlag und der vorgegebenen Reihenfolge halte?
Ganz einfach: Yummi ...
BlingBling lässt seinen Worten Taten folgen, umfasst mit seinen großen Händen mein Gesicht, reibt mit seinen schwieligen Daumenkuppen über meine Wangen und drückt seinen Mund fest auf den meinen. Der Kuss, zu dem er mich verführt, ist weder sanft noch langsam – er ist wild, rau, gierig und verschlingend, und er sorgt dafür, dass erneut ein Schwall Feuchtigkeit aus mir herauskommt.
Zunächst träge und dann immer schneller teilt seine Zunge meine Lippen, wühlt sich durch die Höhle meines Mundes und stiehlt mir den Atem.
Lustvoll erwidere ich das Spiel aus Vorstoß und Rückzug, lasse dabei meine Finger über seinen Brustkorb tanzen und spüre, wie die festen Hügel dank meiner Berührungen zu zucken anfangen.
Dieser Rocker ist heiß, megastark und ein extrem guter Küsser.
Wenn er mit seinem Schwanz genauso umgehen kann, wie mit seiner Zunge, na dann Halleluja!
Ungeduldig umfasse ich die Schnalle seines Gürtels, öffne diese und drücke dann den Jeansknopf durch das Loch. Anschließend ziehe ich den Reißverschluss nach unten und schiebe meine Hand geschickt in die nun offen stehende Hose.
In der Sekunde, in der ich seine pralle Erektion umfasse, geht ein Ruck durch BlingBlings Körper.
Sein gezischte „Fuck Baby!“ lässt mich zufrieden grinsen.

„Lass mal schauen, ob es sich rentiert, für dich feucht zu werden. Alles unter zwanzig Zentimeter ist den Aufwand nicht wert."

Im ersten Moment sieht er mich überrascht an, dann lässt er den Kopf in den Nacken fallen und stößt ein lautes Lachen aus.

„Shit Mädchen, du gefällst mir."

Das Gerät zwischen seinen Beinen darf gut und gerne als genau das bezeichnet werden – ein Gerät. Sosehr ich mich auch anstrenge, meine Finger darum zu schließen, ich schaffe es nicht, sein Schwanz ist einfach zu dick – dicker als mein Handgelenk.

Mein Puls flattert und meine Mitte zieht sich erwartungsvoll zusammen.

„Das könnte interessant werden."

„Du wirst schreien und mich um Gnade anflehen, und ich werde dich umso härter rannehmen, Fickstück."

*Grrr ...*

Es stört mich nicht, dass er mich gerade als Fickstück bezeichnet hat.

Warum sollte es auch?

Ich würde es viel schlimmer finden, wenn er mich Mäuschen nennen oder mir irgendeinen anderen Tiernamen geben würde.

„Genau das wollte ich hören. Eigentlich bin ich kein Fan von Romantik, aber deine Rockerromantik gefällt mir, *Bloody King*."

Er bleckt die Zähne, ich ziehe seine Jeans nach unten und riskiere einen Blick auf das Monster in meiner Hand.

Hatte ich zwanzig Zentimeter gesagt? Ehrlich?

Diese Vorgabe erfüllt BlingBling mit Leichtigkeit.

„Den wirst du nie in mich hineinbekommen. Mein Dildo ist nicht so lang und schon gar nicht so dick und nicht mal den schaffe ich komplett."

Seine Augen blitzen zufrieden auf.

„Ich mag es, wenn ihr Mädchen schreit und weint."

Gut.

„Und ich mag es, ordentlich gebumst zu werden. Füll mich aus, dehn mich – fick mich."

Langsam kreise ich mit dem Daumen über die dicke Krone seiner Eichel, verwöhne den Schlitz an der Spitze und verteile die ersten Tropfen.

Er revanchiert sich, packt meine Knie, reißt sie weit auseinander und zieht mich vor bis an die Tischkante. Dann schiebt er meinen Rock nach oben und entblößt so meine feuchte Mitte.

„Kein Höschen?"

„Nein. Das hat nicht zu meiner Abendplanung gepasst."

Er grinst und nickt.
„Wie ich sehe, verstehen wir uns.“
Mit den Fingern durch meinen Schlitz streichend, testet er, wie bereit ich für ihn bin und stöhnt zufrieden, als seine Finger immer nasser werden.
„Du kannst es ja kaum erwarten, endlich meinen Schwanz in dir zu haben.“
„Am besten sofort und am besten tief und hart!“
Ich lecke mir die Lippen, sein Penis zuckt.
„Deine gierige kleine Pussy muss sich noch etwas gedulden ... Bevor ich dich zum Schreien bringe, sind deine roten Lippen dran.“
Nicht sonderlich zärtlich vergräbt er seine Faust in meinen Locken, zieht mich vom Tisch und drückt mich vor sich zu Boden.
Jetzt knie ich vor ihm, zwei seiner Finger drücken meine Lippen auseinander, reiben über meine Zunge und schieben sich tief in meinen Rachen.
Ich würge, er knurrt.
Gierig öffne ich den Mund so weit ich kann, lasse zu, dass er ihn mit seinen Fingern fickt.
Erste Tränen steigen mir in die Augen, doch das hält BlingBling nicht davon ab, als Nächstes mit drei seiner Finger in meinen Hals zu stoßen.
Er ist grob und brutal und so gut zu mir.
Wieder würge ich, wieder stöhnt er zufrieden.
*Himmel ist das geil!*
Allein das Wissen, dass mich dieser Rocker packen und zu allem Möglichen zwingen könnte, turnt mich unheimlich an.
Endlich schenkt er mir seinen Schwanz, sein herbes, zutiefst männliches Aroma, explodiert auf meiner Zunge und mein Inneres zieht sich erregt zusammen.
Verführerisch gleitet seine glatte Eichel an meinem Gaumen entlang, ich schlucke ihn, entlocke dem großen, starken Rocker damit ein lautes Stöhnen.
„Holy Shit, Mädchen!“
Oh ja, allerdings ...
Beide Hände in meinen Haaren vergrabend, schiebt er sich tiefer und tiefer in mich hinein. Dick und prall stößt sich sein Schwanz in meinen Rachen, füllt ihn aus, nimmt mir die Luft zum Atmen.
Mein Puls rast und meine Sinne spielen verrückt.
Ganz genau deswegen bin ich nach Meadville gekommen: Sex, Biker, Muskeln, Blowjobs und Orgasmen.

BlingBling kennt keine Gnade, stoppt seine Vorwärtsbewegung erst, als er bis zur Wurzel in mir steckt. Meine Tränen laufen über, seine dicken Hoden pressen sich gegen mein Kinn.

„Augen nach oben."

Ich tue, was er will und sehe ihn an. Das Gesicht dieses Rockers ist von Natur aus schon hart und kantig, aber jetzt ist es zu einer Maske der Lust verzogen, die dafür sorgt, dass seiner Mimik kein Funke Weichheit geblieben ist. Seine Lippen bilden einen dünnen und blutleeren Strich, wie bei einem wilden Stier sind seine Nasenflügel gebläht, eine dicke Ader windet sich mittig über seiner Stirn.

*Was für ein Anblick ...*

Pochend drückt sich sein Penis auf meine Zunge, ich beginne mit dem Kopf vor und zurück zu wippen und werde mit einem gutturalen Stöhnen belohnt.

„Oh Mädchen ..."

Bereit ihm alles zu geben, stütze ich mich an seinen Oberschenkeln ab, und verpasse dem mächtigen Biker den Blowjob seines Lebens. Unter meinen Fingern beginnen die beeindruckenden Muskeln zu zucken. Wann immer ich mich zurückziehe, reißt er mich an den Haaren wieder auf sein Glied. Wir finden den perfekten Rhythmus, ich bin so feucht, dass es mich nicht wundern würde, wenn sich unter meiner Pussy eine Pfütze auf dem Boden bildet.

Die Atmung des *Bloody Kings* kommt immer abgehackter, immer mehr Sperma tropft aus der Spitze und berauscht mit seinem herben Geschmack meine Sinne.

Vor meinen Augen dreht sich alles, in meinem Hirn herrscht eine gähnende Leere, während sich meine Brüste immer schwerer und voller anfühlen.

Wenn es schon so geil ist, an diesem Schwanz zu lutschen, wie fantastisch muss es dann erst sein, von ihm ausgefüllt zu werden?

Beim nächsten Vorstoß rammt er sich besonders tief in meinen Hals, mein Sichtfeld verschwimmt und mein Herz rast.

„Respekt Darling, nicht viele schaffen es, meine komplette Länge zu schlucken."

Das wundert mich nicht. Es fühlt sich so an, als würde sein Penis bis in meinem Bauch stecken, was natürlich Schwachsinn ist.

Trotzdem!

Es fühlt sich so an und sorgt dafür, dass ich vor Lust beinahe platze.

Vor diesem muskelbepackten Outlaw zu knien und seine dicken Eier an meinem Gesicht zu spüren, hat etwas Magisches ...

Brummend löst er eine Hand aus meinen Locken, umfasst damit meinen Hals und ertastet, wie sein Penis in mir arbeitet.

Die Zähne bleckend, sieht er mir für einen kurzen Moment in die Augen, ehe er den Kopf in den Nacken fallen lässt und ein „Fuck!" gegen die Zimmerdecke brüllt.

Ein Zucken geht durch sein Sixpack, ich tackere meine Augen auf den Sternen an seinem Hüftknochen fest und lasse zu, dass er meinen Mund in der Geschwindigkeit und der Härte fickt, die er braucht.

Es dauert nicht lange, bis sich mein Gleichgewichtssinn flüsternd verabschiedet und auch der letzte Gedanke in meinem Kopf gleich einer bunt schillernden Seifenblase zerplatzt.

Ich verwandle mich in ein Wesen, das nichts mit mir selbst zu tun hat, sondern das einzig und allein darauf konzentriert ist, dem blutigen König vor mir die größtmögliche Lust zu verschaffen.

Ich atme nur, wenn er es zulässt, lasse ihn sachte die Zähne spüren und entlocke ihm somit ein wildes Knurren.

„Deine Kehle zu ficken, ist besser, als literweise Whisky in mich reinzuschütten und den verdammten Sandsack zu verprügeln."

Freut mich zu hören ...

„Mich in deinen Mund zu stoßen, ist besser, als Nutten zu ficken!"

Was ein verrücktes Kompliment ...

„Bis zum Anschlag in deinem Rachen zu stecken, ist geiler, als zu töten!"

*Ach du heilige Scheiße!*

Hat er das gerade echt gesagt oder spielt mir der Sauerstoffentzug einen Streich? Ich weiß es nicht.

Was mir aber durchaus klar ist, ist, dass ich diesem Biker zutraue, ein Killer zu sein. Über die Member dieses Motorcycle Clubs sind die wildesten, gruseligsten und abenteuerlichsten Geschichten im Umlauf. Was zum Teil mit dafür sorgt, dass ich es kaum erwarten konnte, mir einen dieser *Kings* zu schnappen.

Vor meinen Augen dreht sich alles, ich wanke und bin kurz davor umzukippen. BlingBling merkt es.

Anstatt langsamer vorzugehen und meine Atempausen zu verlängern, rammt er sich noch tiefer und fester in mich hinein.

Es stört mich nicht – ganz im Gegenteil. Der tranceartige Zustand, in den er mich versetzt hat, fühlt sich unglaublich gut an.

Der harte Boden unter meinen Knien kommt mir vor wie Wolke sieben. Selbst wenn ich die Wahl hätte, etwas zu ändern, würde ich es nicht tun.

Diese grobe, raue und absolut animalische Inbesitznahme ist mit das Geilste, was ich jemals erlebt habe.

Immer mehr Speichel tropft mir aus dem Mundwinkel, meine Lunge zieht sich krampfend zusammen.

Das hier ist besser und härter als jeder Porno, den ich mir jemals angesehen habe.

Seine Finger noch etwas fester um meine Kehle schließend, stößt er sich erneut bis zum letzten Millimeter in mich hinein, grunzt dabei laut und reißt mir den Kopf nach hinten, sodass er dabei zusehen kann, wie sein dicker Schwanz meinen Mund ausfüllt.

„Du siehst fucking geil aus.“

Ich kann nichts sagen, nicht atmen, nicht denken. Mein komplettes Sein konzentriert sich einfach nur aufs Fühlen.

Anstatt sich wieder zurückzuziehen, bleibt er so in mir stecken, lässt die Hüften kreisen und lacht, als dabei immer mehr Tränen aus meinen Augenwinkeln tropfen.

„Bereust du schon, dass du dich auf mich eingelassen hast?“

*Oh nein ... Ganz bestimmt nicht ...*

Aus offensichtlichen Gründen bin ich nicht in der Lage zu sprechen, also schüttle ich nur verneinend den Kopf.

„Bereit, so richtig loszulegen?“

Wie bitte? Er hat noch mehr drauf?

Während ich nicke, schiebe ich mich freiwillig noch ein Stückchen tiefer auf seine beachtliche Erektion, was ihm ein heftiges Zischen entlockt.

Die einzige Warnung, die ich erhalte, ist, dass sich sein Griff in meinen Locken festigt.

Dann beginnt er, meinen Mund zu ficken als wäre er seine Faust.

Tiefer und härter, schneller und wilder. Meine Lippen schwellen an, mein Unterleib steht in Flammen und vor meinen Augen wird es schwarz. Ich kann regelrecht spüren, wie sich mein Hals seinem Glied anpasst und wie sich seine dicke Eichel so tief in meine Kehle rammt, dass ich sie nicht mal mehr schlucken muss.

Ich wanke, strauchle und verliere den Bezug zur Realität.

BlingBling bemerkt es und lacht laut. In meinen Ohren beginnt es zu rauschen, mein Puls überschlägt sich und meinem Verstand gehen die Lichter aus. Alles was ich noch wahrnehme, ist die Härte in meinem Mund und der feste Griff, mit dem mich der Rocker aufrecht hält.

Kurz bevor ich das Bewusstsein verliere, zieht er sich komplett aus mir heraus und verpasst mir einen leichten Klaps.

„Hey Baby, schön hiergeblieben. Noch bin ich nicht mit dir fertig.“

Ich bin schon mehr im Jenseits als im Diesseits und bekomme nur am Rand mit, wie er mich vom Boden pickt, über den Schreibtisch beugt und meinem Arsch ein heftiges Spanking verpasst.
Die bittere Pein, die sich wie ein Waldbrand auf meinen Arschbacken ausbreitet, holt mich zurück in die Realität und vertreibt die schwarzen Flecken, die mein Sichtfeld eingeengt haben.
Das war knapp, noch eine Sekunde länger und ich wäre ohnmächtig geworden.
Sein nächster Schlag ist hart – fast schon zu hart.
Ich schreie gequält auf und sehne mich dennoch nach mehr.
Was ist nur los mit mir?
Schwer und heiß drückt sich sein Körper auf den meinen, er pinnt mich auf die Holzplatte und leckt von hinten über meinen Nacken. Mein Po drückt sich gegen seinen harten Schwanz.
Die Ausdauer dieses Bikers ist beachtlich ...
„Willst du etwa schlappmachen, Darling?“
Mein Hirn ist noch immer offline, mein Rachen fühlt sich an, als wäre ein Schnellzug durch ihn hindurch gebrettert, und meine Lungenflügel sind noch immer damit beschäftigt, sich mit frischem Sauerstoff vollzusaugen.
Ich bin kurz vorm Kollabieren.
Es dauert einen Moment, bis es mir gelingt, einen Satz zu formulieren und diesen dann auch über die geschwollenen Lippen zu bringen.
„Nein, ich will gefickt werden.“
Das raue Lachen, welches er ausstößt, lässt mich erschaudern.
„Richtige Antwort!“
Seine Zähne finden mein Ohrläppchen, er beißt sachte zu und knabbert dann leicht an ihm. Sein heißer Atem streicht über die empfindliche Stelle an meinem Nacken, an der sich mindestens eine Millionen Nervenenden befinden müssen, die Härchen auf meinen Armen stellen sich auf, erneut rinnt ein Schwall Feuchtigkeit aus meiner Mitte.
Ich bin so erregt, dass ich kurz davor bin, meine Hand nach unten gleiten zu lassen und es mir selbst zu machen. Wahrscheinlich müsste ich nur einmal kurz gegen meinen Kitzler schnippen und ich würde abgehen wie eine Rakete.
Bestimmend drückt er mich nach unten.
„Bleib so liegen!“
Er klingt ernst, ich komme nicht mal auf die Idee, seinen Befehl zu missachten.

Anstatt es mir selbst zu machen, konzentriere ich mich ganz darauf, ein- und auszuatmen. Der herbe Geschmack des Kassenwarts liegt noch immer auf meiner Zunge, ich glaube, ich bin jetzt schon süchtig nach Rockersex.

*Vielleicht gibt es diesen Fluch ja doch?*

Da ich meine Augen geschlossen habe, lausche ich den Geräuschen. Eine Schublade wird geöffnet, etwas knistert – das muss die Kondomverpackung sein – dann tritt BlingBling wieder hinter mich.

„Bist du bereit, so richtig hart gebumst zu werden?"

„Mehr als bereit! Zeig mir, was ein *Bloody King* draufhat!"

*Das* muss ich ihm nicht zweimal sagen.

Fordernd stupst die breite Krone seines Gliedes gegen mein zuckendes Loch, kaum dass sie in meiner Nässe badet, stößt BlingBling einen derben Fluch aus, dann vergräbt er seine Finger in meiner Taille, sodass es beinahe schmerzhaft ist, und rammt sich mit so viel Kraft in mich hinein, dass der Schreibtisch knarzend über den Boden schrammt.

Ich kreische, der Biker hinter mir brüllt, mein Inneres fühlt sich an, als wäre es in zwei Teile zerrissen worden. Ich heiße den dekadenten Schmerz willkommen, stöhne zufrieden und recke ihm meine Rückseite entgegen.

BlingBling lacht, verpasst meiner linken Pobacke einen Hieb und bohrt sich erneut bis zum letzten Millimeter in mich hinein.

Wieder schreie ich, wieder schmerzt es – aber auf eine gute Art und Weise.

Mit letzter Kraft halte ich mich an der Tischkante fest, und beiße mir auf die Unterlippe, als der Outlaw damit beginnt, meine Pussy wie meinen Mund zu ficken: schnell, gnadenlos und unheimlich tief.

Wieder und wieder – hart und härter – schnell und schneller bohrt sich sein Schwanz in meinen engen Kanal. Dehnt und weitet ihn, so lange, bis er endlich komplett in mich hineinpasst.

Ich bin so auf den Mann hinter mir konzentriert, dass ich spüren kann, wie seine Muskeln arbeiten, wie sie sich anspannen und wieder lockerlassen. Schweiß benetzt unsere Körper, bestimmend hält er mich an Ort und Stelle.

Ich zerfließe, zittere und bebe – schnappe nach Luft und flehe BlingBling an, bitte niemals wieder aufzuhören.

Er knurrt, nennt mich ein gieriges Luder und pumpt sich wieder und wieder in mich hinein. Der Orgasmus, der sich in mir aufbaut, gleicht einer Naturgewalt – stark und unkontrollierbar. Meine Knie knicken ein und meine Beine geben nach.

Der Druck in meinem Unterleib wird stärker – beinahe unerträglich und dann passiert es ... Die Lust zerplatzt, ich stehe in Flammen, der über mir hereinbrechende Orgasmus erschüttert mich bis in die Grundfesten und sorgt dafür, dass ich am ganzen Leib zittere.

Mein gewimmertes „Bittteeeee!“ bringt BlingBling dazu, seine Geschwindigkeit zu reduzieren, aber dafür noch tiefer zuzustoßen.

Keine Ahnung wie lange er dieses neue Tempo beibehält, es fühlt sich an wie eine Ewigkeit. Ich komme wieder und wieder, stottere zusammenhangsloses Zeug, bettle um mehr und flehe um Gnade.

Der Rocker scheint nichts davon wahrzunehmen, ist in seiner ganz eigenen Welt gefangen.

Mit letzter Kraft drehe ich den Kopf zu Seite, suche über meine Schulter hinweg seinen Blick und erschaudere, als er ihn mit so einer Eindringlichkeit erwidert, dass mein eh schon überfordertes Herz völlig ins Schleudern gerät. In meinem Inneren breitet sich ein warmes Pochen aus, es dauert einen Moment, bis ich kapiere, was das bedeutet: Der Rocker hinter mir hat seine Ladung in die dünne Latexmembran gespritzt, die unsere pochenden Körper trennt.

Wie es sich wohl anfühlen würde, ihn ohne dieses störende Kondom zu spüren?

Paradiesisch wahrscheinlich ...

„Holy Fuck, Darling. Deine Pussy ist der Hammer. Der absolute Megahammer!“

*Danke für das Kompliment ...*

Ich bringe etwas Ähnliches wie ein Lächeln zustande, kämpfe immer noch darum, dass mein Kreislauf nicht endgültig kollabiert.

Ich brauche Tequila – am besten viel davon!

„Himmel, für deinen Schwanz bräuchtest du echt einen Waffenschein.“

Groß und mächtig steht der Outlaw hinter mir, sein pochendes Glied noch immer tief in mir vergraben, seine beiden Hände auf meinen Arschbacken liegend.

„Wie lange bleibst du in Meadville?“

Warum will er das wissen?

„Geplant ist eine Woche.“

Er nickt grimmig.

„Für die Zeit gehörst du mir.“

Mit diesen Worten zieht er sich aus mir heraus, verpasst meinem Hintern einen letzten Klaps und rollt sich das gefüllte Kondom von seinem immer noch beeindruckend großen Schwanz.

„Ich bin kein Fan von Monogamie und Exklusivrechten.“

Überrascht sieht er mich an, kneift dann die Augen zusammen und stößt einen warnenden Laut aus.

„Ich habe dir keinen Ring angeboten, sondern dir gesagt, dass ich dich für die kommenden sieben Tage in Grund und Boden ficken werde. Wo ist also das Problem, Darling?"

*Oh weia ...*

Wenn er in diesem Tonfall und mit diesen glühenden Augen Darling zu mir sagt, habe ich kein Problem – absolut überhaupt keins!

„Nirgends. Ich wollte das nur mal so klarstellen."

Er nickt zufrieden, dann stellt er sich wieder hinter mich und bedeckt mit seiner prankenartigen Hand meine pochenden, empfindlichen und geschwollenen Schamlippen.

„Monogamie ist Bullshit. Aber dieses Paradies hier reserviere ich erst mal für mich. Kapiert?"

Ich nicke, was keine gute Idee ist, die Umgebung beginnt sich zu drehen. Wenn dieser Rocker entschlossen ist, mich wieder und wieder zu ficken, werde ich nicht nein sagen. Sein Schwanz ist ein dicker, magischer und übergroßer Zauberstab, der sich verdammt gut in meinem Inneren angefühlt hat.

Der Sex mit ihm ist der Jackpot – der Multiple-Orgasmen-Jackpot, den ich nur zu gerne für mich beanspruche.

Seufzend richte ich mich auf, komme genau zwei Schritte weit, ehe meine Beine einknicken. BlingBling reagiert blitzschnell, streckt seinen Arm nach mir aus und fängt mich auf.

„Langsam Mädchen ... Du musst dich erst an mich gewöhnen."

„Scheint so."

Nur zu gerne sinke ich an seine verschwitzte, breite und von Muskelbergen überzogene Brust, inhaliere seinen göttlichen Duft und lecke einen Schweißtropfen von seinem virilen Hals.

Mühelos hebt er mich hoch, sodass sich unsere Lippen auf gleicher Höhe befinden – dann küsst er mich auf die gleiche Art, wie er mich gerade gevögelt hat.

Hart – tief – schnell – eindringlich – stürmisch – gnadenlos und absolut perfekt.

Von wegen Rocker küssen nicht ...

BlingBling fickt mich mit seiner Zunge, sein Schwanz zuckt, wird erneut hart.

*Oh Hilfe ...*

„Bereit für Runde zwei, Mädchen?"

Ich schätze, der Tequila kann warten.

„Immer, für deinen Schwanz werde ich immer bereit sein."

Er lacht zufrieden, ich schlinge meine Beine um seine Taille, ohne mich abzusetzen, gleitet er erneut in mich hinein.
„Das Kondom?“
„Gleich, Darling. Gleich – erst will ich dich spüren.“
Da ich die Pille nehme, soll mir das recht sein.
Und wir spüren uns, lange und intensiv.
Keine Ahnung wie viele Stöße nötig sind, bis ich erneut laut schreiend komme – es sind auf jeden Fall nicht viele.

## 5. Kapitel

### Ein Rocker, der kapiert, dass er die Chance vertan hat

Meine Finger schlingen sich so fest um das Glas, bis es bricht.

Das leise Klirren vermischt sich mit den lauten Schreien des Mädchens, das ich abgewiesen habe.

*Bullshit!*

*Was ein galaktischer Bullshit!*

Wenn ich gewollt hätte, dann wäre mein Schwanz schon am Straßenrand in dieser Pussy gelandet.

Aber nein – ich wollte das Richtige tun.

*Das Richtige ...* Wie lachhaft.

Einmal in meinem Leben wollte ich der strahlende Held und nicht der blutverschmierte Outlaw sein und nun? *Fuck!*

Nun hat sich BlingBling die Kleine geschnappt und ganz offensichtlich schon seit einer kleinen Ewigkeit seinen Spaß mit ihr.

Meine Laune könnte nicht beschissener sein, wobei die meines Vizepräsidenten gleich noch viel beschissener sein wird.

Sandra und Claire sitzen an der Bar, eine fast leere Flasche Tequila vor sich stehend, und machen mit den ausgesaugten Zitronenschnitzen eine Art Strichliste darüber, wie oft ihre Freundin gerade von unserem Kassenwart zum Höhepunkt gebracht wird.

Das Problem ist nur, weder Sandra noch Claire vertragen das Zeug, das sie da wie verrückt in sich reinkippen.

Nach heute Nacht wird Tyler sicherlich den restlichen Tequilabestand des Clubs beseitigen und sicherstellen, dass nie wieder eine Flasche des mexikanischen Nationalgetränks ihren Weg auf das Gelände der *Bloody Kings* findet.

Katinka schreit erneut, ein weiterer Zitronenschnitz wird fein säuberlich eingereiht. Sandra lacht dabei so heftig, dass sie beinahe vom Barhocker fällt.

Ich sollte nicht eifersüchtig sein – aber zur Hölle – ich bin es!

Seit Wochen suche ich nach einem Mädchen wie diesem und dann finde ich es und lasse es laufen, damit es schlussendlich unter einem meiner Brüder landet.

Zornig wische ich mit dem Ärmel die Scherben vom Tisch, trinke den Scotch nun direkt aus der Flasche.

Meine Kippe ist verraucht, ich gönne mir eine neue.

Mia und Black betreten den großen Hauptraum, während sich unser Präsident zu mir gesellt, macht sich seine Lady auf den Weg zu ihren Freundinnen.
Blacks gezischtes „Scheiß Tequila!“ bringt mich zum Grinsen.
„Wenn du nicht dazwischengehst, wird dein Mädchen in kürzester Zeit genau so betrunken sein wie die anderen beiden.“
Unbeeindruckt zuckt er mit den Schultern.
„Stört mich nicht. Wenn sie nicht mehr laufen kann, trage ich sie eben ins Bett.“
Seit Black diese Frau an seiner Seite hat, wirkt er tiefenentspannt. Egal ob ein Dutzend zerstückelter Rumänen, ein gescheitertes Sprengstoffattentat oder ein Auftragsmord, nichts bringt ihn noch aus der Ruhe.
Ob ich auch so gechillt geworden wäre, wenn ich dieser Katinka nicht nur den Reifen gewechselt, sondern auch gleich die Pussy gestopft hätte? Vielleicht?!
„Ich hatte das Mädchen zuerst entdeckt.“
*Verdammt!*
„Aye, aber du hast gezögert.“
„Habe ich.“
„Und jetzt bist du gefickt, weil nicht du derjenige bist, der sie fickt.“
Treffend auf den Punkt gebracht.
„Ziemlich viel Geficke in einem Satz.“
„Ziemlich wenig Geficke für dich.“
„Arschloch!“
Er lacht, schnappt sich den Scotch und gönnt sich ein paar Schlucke.
„Wenn du das Mädchen wolltest, warum hast du es dir dann nicht gepackt?“
Eine berechtigte Frage.
Die ehrliche Antwort behalte ich lieber für mich. Das Letzte, was ich will, ist, zum Gespött des gesamten Clubs zu werden.
„Zu langsam.“
An Blacks Mimik kann ich erkennen, dass er mir kein Wort glaubt.
„Laber keinen Dreck, Bro. Du bist schneller als dein Schatten.“
Beim Töten ja – wenn es darum geht, jemandem die Kehle aufzuschlitzen, mag das zutreffen, aber bei Frauen? Never!
„Weißt du, wo Tyler und Seven sind, sie sollten sich um ihre Frauen kümmern.“
Er zieht sein Handy aus der Tasche, tippt eine kurze Textnachricht.
„Das wird lustig.“
Für uns ja, für die Mädels weniger.

Tyler kommt als Erstes um die Ecke, als er sein Mädchen an der Bar entdeckt, stößt er einen gezischten Fluch aus.

„Echt jetzt? Ihr Wichser hättet das nicht verhindern können?“

Sein Vorwurf lässt mich kalt.

„Deine Frau, deine Aufgabe.“

Er boxt mir so hart gegen die Schulter, dass es mich fast vom Hocker haut.

„Du wolltest eine Lady.“

„Sie ist nicht meine Lady.“

„Und genau darin liegt das Problem. Zieh dem Mädchen dein Leder an, mach sie zu deinem Eigentum und die Trinkerei findet sofort ein Ende.“

Im Gegensatz zu unserem Vize haben wir alle längst kapiert, dass Sandra unglücklich ist, weil sie noch immer kein *Property of Tyler* auf dem Rücken stehen hat.

„Sandra will keine Lady sein.“

Ja genau ...

„Und ich finde Pussys scheiße!“

Black verdreht lachend die Augen, Tyler sieht mich zornig an.

„Das hat sie selbst gesagt.“

„Und wann das letzte Mal?“

Er überlegt.

„Keine Ahnung, spielt keine Rolle.“

Tut es doch.

„Frauen wechseln ihre Meinungen wie wir die Waffen.“

Seven taucht auf, als er seine betrunkene Old Lady sieht, stößt er ein gezischtes „Fuck!“ aus.

„Danke fürs Aufpassen, Brüder.“

Pure Ironie schwingt in seiner Stimme mit.

„Nicht mein Job. Ich bin der Sergeant und kein Babysitter.“

Unser Enforcer grinst.

„Aye, das habe ich auch schon mal gesagt und jetzt gehört dieses rosane Wesen da drüben mir.“

Purer Besitzerstolz schwingt in seiner Stimme mit.

Die Geschichte der beiden hat tatsächlich etwas ungewöhnlich begonnen.

Sandra bekommt einen heftigen Lachanfall, verschluckt sich an der Zitrone und fällt rückwärts vom Barhocker.

Sie landet hart auf dem Boden, kichert weiter und hält sich den Bauch.

„Das wird eine interessante Nacht.“

„Fick sie nicht wieder mitten auf der Straße!“
Perplex sieht er mich an.
„Woher weißt du das?“
„Die Aufnahmen der Überwachungskameras sind frei zugänglich.“
Er ballt die Faust, mir ist klar, was er gerade am liebsten tun würde.
„Reg dich ab, Alter. Als Sergeant ist es meine Aufgabe, die Aufzeichnungen nach verdächtigen Vorkommnissen zu prüfen.“
Tief einatmend, wendet er sich ab, pickt sein Mädchen vom Boden auf und wirft es sich über die Schulter. Ohne uns eines weiteren Blickes zu würdigen, marschiert er nach oben.
„Sandra ist eine tolle Frau, sie hat es verdient, ein Ladyleder zu tragen!“
In diesem Fall kann ich meinem Präsidenten nur zustimmen.
Black nickt mir zu und fängt seine Lady ein. Seven folgt ihm, er setzt sich zu Claire an die Bar, küsst sie stürmisch und zieht sie dann auf seinen Schoß.
Ich bleibe alleine zurück, rauche meine Kippe fertig und verschwinde dann raus an die frische Luft. Ich brauche Abstand – eine Pause von Katinkas Schreien und dem ganzen anderen Bullshit.
BlingBling war schneller, das Mädchen hat seine Wahl getroffen.
So beschissen ich das im Augenblick auch finden mag, zumindest bleibt mir so meine Freiheit. Die Freiheit, aufs Bike zu steigen und mich zu verpissen, und ganz genau von dieser mache ich jetzt Gebrauch.
Das Schicksal ist mein Zeuge – wenn ich das nächste Mal eine schöne Frau am Straßenrand stehen sehe, die meine Hilfe braucht, werde ich anhalten, ich werde ihr helfen und dann – *bloody Hell* – dann werde ich sie genau dort ficken.
Wieder und wieder und wieder und wieder, so lange, bis sich der Druck in meinem Inneren auflöst und ich mich nach langer Zeit endlich mal wieder gut fühle.
Die Kippe durch die Luft schnippend, setze ich mich auf die Harley, ziehe mir den Helm an und betrachte den am Nachthimmel stehenden Vollmond.
Dann starte ich mit einem Tritt den Motor, gebe Gas und fahre los.
*Highway ich komme ...*

## 6. Kapitel

## Der Kassenwart, der kapiert, dass er den Hauptgewinn einkassiert hat

Drei Tage mit dem Mädchen haben ausgereicht, um mir klarzumachen, dass mir eine Woche nicht ausreichen wird.

Rote Lippen, braune Locken, wunderschöne Augen und eine Haut so rein und weich wie Seide.

*Fuck!*

Ihre Pussy ist der Hammer – der absolute Oberhammer!

In der Vergangenheit habe ich schon viele Tussis gefickt, aber keine war so eng, heiß und willig wie Katinka.

Kaum zu glauben, dass die Kleine erst fünfundzwanzig Jahre alt ist, sie bumst, als hätte sie die letzten hundert Jahre nichts anderes getan.

Die Tatsache, dass Knife das Mädchen zuerst entdeckt hat und wieder laufen ließ, ist mein Glück.

Allerdings gefällt mir nicht, wie unser Sergeant Katinka ansieht, wenn er denkt, unbeobachtet zu sein.

Es fällt mir leicht, die Gier in seinem Blick zu erkennen, denn es ist die gleiche, die auch in mir schwelt. Ich bin wachsam und passe auf – diese Frau teile ich nicht. Mit niemandem!

Uns bleiben noch vier Tage, vier Tage, in denen ich mir endlich klar werden muss, was zur Hölle noch mal ich eigentlich will.

Wenn sie am Ende dieser Woche in ihren Wagen steigt und zurück nach Jackson fährt, dann trennen uns mehrere hundert Meilen, die Fahrt dauert zu lang, um für einen wilden Fick in Kauf genommen zu werden. Auf den Punkt gebracht: Wenn Katinka in ihren Ford steigt, ist das, was auch immer da zwischen uns läuft, vorbei.

Im Grunde genommen sollte ich diese begrenzte Angelegenheit gut finden.

Guter Sex ohne Komplikationen und Besitzansprüchen ist eigentlich genau das, was ich bevorzuge. *Eigentlich!*

*Aber genau darin liegt das Problem.*

Da Katinka überhaupt keine Ansprüche an mir geltend macht, bin eher ich derjenige, der ihr hinterherjagt und aufpasst, dass sie nicht kurzerhand auf einen meiner Brüder steigt, um sich vögeln zu lassen.

Dieses Mädchen hat keine Moral und keine Scheu, sie nimmt sich, was sie will, hat ihren Spaß und genießt das Leben – und genau das macht sie so sexy.

„Wie sieht es aus? Hat der Fluch wieder zugeschlagen?“

Mia lehnt sich an mich, stibitzt mir die Kippe aus den Fingern und gönnt sich einen tiefen Zug.

„Es gibt keinen Fluch!"

Sie lacht.

„Und warum kuckst du dann so grimmig, sobald sich ein anderer Mann meiner Freundin nähert."

Verdammt, erwischt!

„Tue ich nicht."

„Doch, du siehst gerade so aus, als wärest du kurz davor, Knife das Genick zu brechen, und das nur, weil er und Katinka sich unterhalten."

Unterhalten?

Ich kann dem Wichser ansehen, dass er sie gerade gedanklich fickt.

„Er ist mein Bruder, ich würde ihn nicht töten. Schon gar nicht wegen einer Pussy."

Trotzdem hätte ich gerade gute Lust, genau das zu tun.

*Fuck! Fuck! Fuck!*

Die Lady meines Präsidenten kichert und verdreht die Augen.

„Ja genau, und ich bin die Königin von England."

„Wo ist dann deine Krone?"

Sie deutet auf das schwarze Leder, das sie als Blacks Eigentum kennzeichnet.

„Ich trage lieber Kutte statt Krone."

„Richtige Einstellung."

Sie nickt, gibt mir die Kippe zurück und sieht mich an.

„Ich will nicht, dass meine Freundin wieder fährt, sie passt perfekt nach Meadville. Und du willst das eigentlich auch nicht. Also bring sie dazu zu bleiben! Bitte BlingBling."

*Grrr ...*

Mia eine Bitte abzuschlagen, ist beinahe unmöglich, vor allem wenn sie so eine Schnute zieht und mich dabei so zuckersüß ansieht.

Aber Fuck!

Es geht hier um nichts Geringeres als meine Freiheit!

F.R.E.I.H.E.I.T.

Das kostbarste Gut, das ein Mann haben kann.

„Es gibt keinen Fluch und ich will keine Old Lady. Ende der Diskussion."

Ihre Schnute verschwindet, auf einen Schlag wirkt sie nicht mehr wie ein putziges Katzenbaby, sondern eher wie ein tödlicher Skorpion, der fest entschlossen ist, mir seinen giftigen Stachel ins Herz zu rammen.

„Du bist ein Arschloch. Ehrlich BlingBling, ein echtes, blödes, egoistisches Arschloch."

Na, vielen Dank.

Mia gehört zu den wenigen Menschen, die so etwas zu mir sagen können, ohne direkt danach eines qualvollen Todes zu sterben.

„Geh zu deinem Kerl und lass mich in Ruhe."

Sie nimmt mir die Kippe erneut weg, wirft mir einen bösen Blick zu und marschiert davon.

*Himmel Halleluja können Frauen anstrengend sein ...*

Das, was ich zu ihr gesagt habe, war mein Ernst, ich will keine Old Lady, aber ich will ebenfalls nicht, dass Katinka zurück nach Jackson verschwindet.

*Fuck!*

Ich bin am Arsch ...

## 7. Kapitel

## Das Mädchen mit den toten Schmetterlingen im Bauch

Die Woche ist schnell vergangen, zu schnell!

Als ich vor sieben Tagen nach Meadville gekommen bin, wusste ich nicht, was mich erwartet, ich hatte einfach nur die Hoffnung, dass es eine geile Zeit werden würde.

Und was soll ich sagen?

Sie war geiler als erwartet, was zum Großteil an dem starken, mächtigen und muskelbepackten Outlaw liegt, der vor meiner offenen Wagentüre steht, die Stirn an den Unterarm gelehnt und den Blick an meinem Dekolleté festgetackert hat.

Von Mia, Claire und Sandra habe ich mich längst verabschiedet, was auch die getrockneten Tränen auf meinen Wangen erklärt.

„Warum verlängerst du deinen Urlaub nicht einfach? Wir könnten noch ein bisschen ficken und unseren Spaß haben."

Noch mehr Sex?

Himmel, ich bin mittlerweile so wund, dass ich kaum noch laufen kann. Dieser Rocker ist einfach unersättlich und sein Schwanz ist nicht totzukriegen.

BlingBling hat definitiv Viagra im Blut.

„Selbst wenn ich bleibe, kommt irgendwann der Tag, an dem wir uns verabschieden würden."

Tapfer zwinge ich mich zu einem Lächeln, versuche mir nicht anmerken zu lassen, wie sehr ich eigentlich in Meadville bleiben will.

Dieses kleine, verschlafene Städtchen hat sich genau wie der Rockerclub in mein Herz geschlichen. Vielleicht hat Mia ja doch recht gehabt und es gibt diesen blöden Fluch wirklich.

Anders kann ich mir nicht erklären, warum es mir so schwerfällt, tschüss zu sagen.

Für mich war von vornherein klar, dass mein Aufenthalt hier zeitlich begrenzt und nichts weiter als ein kurzweiliges Abenteuer sein wird.

Aber da habe ich auch noch nicht mit dem Kassenwart des *Bloody Kings Motorcycle Clubs* gerechnet.

Mir war nicht klar, dass ich gleich in meiner ersten Nacht auf den faszinierendsten, stärksten, attraktivsten, charmantesten und potentesten Mann treffen würde, dem ich jemals begegnet bin.

BlingBling hat mich umgehauen, mich hunderte Male zum Schreien gebracht und überall auf meiner Haut seine Spuren hinterlassen. Bissmale, Fingerabdrücke und Knutschflecke so weit das Auge reicht.

Aber er hat mich nicht nur äußerlich, sondern auch innerlich berührt. Keine Ahnung wie es ihm gelungen ist, sich in mein Herz zu schleichen, aber er hat es geschafft. *Leider ...*

Ich bin schon ein großes Mädchen, das längst nicht mehr an Märchen glaubt.

Ich bin klug und erwachsen und daher weiß ich auch, dass aus uns beiden nie mehr werden kann als ein wildes Abenteuer.

Zumindest erinnert mich der rationale Teil meines Hirns wieder und wieder daran, während der hoffnungslos romantische Teil in meinem Kopf längst damit beschäftigt ist, einen Grund zu finden, aus dem ich schon möglichst bald wieder nach Meadville kommen muss.

„Aber was wäre, wenn ich gar nicht will, dass du wieder fährst?"

*Bämmm ...*

Mein armes Herz macht einen Satz, so etwas, das sich wie Hoffnung anfühlt, breitet sich in meiner Brust aus.

*Dumm! Dumm! Dumm!*

*Knall dem Biker die Türe vor der Nase zu, dreh den Schlüssel rum, gib Gas und komm nie wieder zurück!*

Mein Unterbewusstsein schreit mich zornig an, es will, dass ich mein Herz so schnell wie möglich in Sicherheit bringe.

Das Blöde ist nur, dass mein Herz das eigentlich gar nicht will.

„Was willst du denn dann?"

Unsere Blicke verschmelzen, ich ertrinke in dem farbigen Kreis, der seine Pupillen umrandet, kann nichts dagegen tun, dass ich am liebsten aussteigen und mich in seine starken Arme werfen würde.

„Ich will dich ficken, Darling. Das solltest du mittlerweile kapiert haben."

*Scheiße!*

Seine harten Worte reißen mich aus der rosaroten Blase, in der ich gerade auf Wolke sieben fliegen wollte.

Der Boden der Tatsachen ist härter als gedacht.

Hätte er gesagt, dass er mich bei sich haben will, wäre ich, so verrückt es auch gewesen sein mag, wahrscheinlich geblieben.

So aber?

*Verflucht!*

Das zwischen uns war nur Sex – ist nur Sex und wird immer nur Sex bleiben.

Die Gefühle, die ich für diesen Rocker entwickelt habe, waren nie ein Teil unserer schweigend geschlossenen Abmachung.

„Du wirst jemand anderen finden!"

Obwohl ich ihn leicht über die Lippen bringe, fühlt sich der Satz auf meiner Zunge wie bittere Säure an.

Er nickt. „Ja, wahrscheinlich."

Und wieder hätte ich mir eine andere Antwort gewünscht.

Zum Beispiel: *„Aber ich will gar keine andere, ich will nur dich!"* Was ziemlich naiv von mir ist.

Seufzend steige ich aus, BlingBling weicht einen Schritt zurück, sodass ich nun zwischen ihm und meinem Wagen eingeklemmt bin. Seine harten Muskeln drücken sich gegen mich, zucken und spannen sich an. Wenn ich jetzt nach unten fassen und ihn am Schwanz packen würde, wäre dieser bestimmt hart.

BlingBling ist einfach immer bereit, um mich zum Schreien zu bringen ...

Ich widerstehe dem Drang, lege meine Hände auf seine gewölbten Oberarme und lecke mir die plötzlich trockenen Lippen.

„Mach's gut, blutiger König."

Ein Knurren ausstoßend, packt er mich stürmisch, reißt mich von den Füßen und küsst mich so tief und grob, dass es mir den Atem verschlägt. Unsere Zungen treffen aufeinander, verschlingen sich und fordern den anderen zum Duell auf.

Keuchend sinke ich gegen meinen Rocker, inhaliere seinen unverkennbaren Duft und wühle mich durch seinen Mund.

Es wird Zeit, Abschied zu nehmen ...

Ein schmerzhaftes Ziehen breitet sich in meinem Inneren aus, all die vielen Schmetterlinge in meinem Bauch sterben einen qualvollen Tod.

BlingBling drückt mich so fest an sich, dass mir die Luft wegbleibt und ich die harte Beule in seiner Jeans spüren kann.

Atemlos lehne ich meine Stirn an die seine, wir sehen uns an.

„Von wegen, Rocker küssen nicht."

Seine Lippen zucken.

„Geh nicht, Mädchen."

Wieder macht mein Herz einen Hüpfer.

„Aus welchem Grund sollte ich bleiben?"

Das ist seine letzte Chance. Wenn er jetzt das Richtige sagt, lasse ich zu, dass Mias dummer Fluch gewinnt.

Doch anstatt die Worte auszusprechen, die ich so dringend hören will, kneift er die Augen zusammen, murmelt einen derben Fluch und stellt mich auf den Boden der Tatsachen ab.

„Fahr vorsichtig."

Nach dieser kurzen Ermahnung dreht er sich um und verschwindet ohne einen letzten Blick zurück im Clubhaus.

Bittere Tränen steigen mir in die Augen, mein Magen zieht sich gepeinigt zusammen, mein Schluchzen hallt durch die Stille des Autos.

*Das war's dann wohl ...*

Mia, Claire und Sandra stehen neben ihren Männern und winken mir zu, weshalb ich tapfer lächle, während ich stumm weine.

Hoffentlich können sie dank der Entfernung nicht sehen, dass mein Gesicht immer nasser wird.

*Himmel und Verdammnis!*

Ich habe mich in einen Kerl verliebt, der Harley fährt, Kutte trägt und BlingBling heißt. Geht es eigentlich noch schlimmer?

Ich glaube nicht!

Wütend auf mich selbst, lege ich den Gang ein, gebe Gas und rase regelrecht vom Clubgelände.

Vor mir liegen 300 lange Meilen – 300 Meilen, die hoffentlich ausreichen, um den Kopf wieder frei zu kriegen und über diesen Outlaw hinwegzukommen.

Die letzten sieben Tage waren der Hammer.

Sie waren wunderschön, aufregend und perfekt.

Doch jetzt habe ich einen Bauch voller toter Schmetterlinge und Tränen in den Augen – der Preis, den ich für dieses Abenteuer bezahle, ist ziemlich hoch.

## 8. Kapitel

### Ein Mann, eine Entscheidung und ein verficktes Glücksgefühl

Seit Katinka gefahren ist, sind zwei Stunden vergangen, zwei Stunden, die sich echt beschissen angefühlt haben.

So langsam wird mir klar, dass ich eine falsche Entscheidung getroffen habe.

Sie hat mir mehrmals die Chance gegeben, das Richtige zu sagen, ich konnte in ihren Augen ablesen, dass sie geblieben wäre, wenn ich mich nicht wie ein egoistisches Arschloch aufgeführt und ihr eine gute Fahrt gewünscht hätte.

Das, was uns beiden passiert ist, war nicht geplant.

Katinka wollte von einem Rocker gefickt werden und ich wollte sie ficken – das hat perfekt gepasst. Aber aus dem Sex ist mehr geworden und dieses *mehr* hat angefangen, mir etwas zu bedeuten.

Wie sehr ich die Nähe dieses Mädchen genossen habe, wird mir erst jetzt, wo sie wieder weg ist, klar.

*Fuck! Alles Fuck! Doppel Fuck!*

Die Ladys meiner Brüder sind wütend auf mich, selbst Black scheint irgendwie angepisst zu sein, wahrscheinlich weil seine Lady traurig ist. Er hasst es, wenn Mia unglücklich ist und er nichts daran ändern kann.

Aber so spielt das Leben nun mal.

*Bullshit!*

Das alles wäre viel leichter zu ertragen, wenn ich nicht auch wütend auf mich wäre.

Fluchend balle ich die Faust, hole aus und verpasse Knife ohne Vorwarnung einen Punch in den Magen.

Mein Bruder ächzt und kippt keuchend nach vorne um.

Na also – zack fühle ich mich besser!

Es vergehen einige Sekunden, bis er wieder so weit zu Atem gekommen ist, um mich anschreien zu können.

„Bist du bescheuert, Alter?“

Yeah, ganz offensichtlich bin ich das.

„Das wollte ich schon die ganze Woche über tun.“

Irritiert runzelt er die Stirn.

„Warum?“

„Du hast mein Mädchen mit den Augen gefickt.“

Erst wirkt er überrascht, dann beginnt er zu lachen, obwohl seine Mimik noch immer schmerzerfüllt ist.

„Du bist gar nicht wütend auf mich, sondern auf dich selbst, weil du denselben Fehler gemacht hast wie ich."

Im ersten Moment habe ich keine Ahnung, was für einen Mist er da redet, aber dann ... *Verdammt!*

Dann wird mir klar, was er meint und dass er recht hat.

Frustriert lasse ich mich neben ihm auf den Boden sinken, winkle die Knie an und gönne mir eine Kippe.

Knife ist nicht mehr wütend auf mich, akzeptiert die Sorry-Zigarette, die ich ihm reiche, und wartet, bis ich ihm Feuer gebe.

„Wir haben sie beide gehen lassen."

Er nickt, ich nicke, eine aufgebracht wirkende, plötzlich aus dem Nichts auftauchende Mia nickt.

„Und jetzt sitzt ihr beide blöd auf dem Arsch, anstatt sie zurückzuholen."

Zurückholen?

„Katinka hat zwei Stunden Vorsprung."

Die Hände in die Hüfte stemmend, verdreht Blacks Old Lady schnaubend die Augen.

„Oh wow. Zwei Stunden. Hölle! Was seid ihr? Babys? Weicheier oder *Bloody Kings*?"

„Letzteres!"

„Gut. Dann verhaltet euch auch so."

Sie stapft davon, Knife lacht.

„Stell dir mal vor, im Club würden vier ihres Kalibers herumlaufen?"

An der Marlboro ziehend, gibt er ein Zischen von sich.

„Meinst du wirklich, dass es auf eine vierte ankommen würde?"

*Fuck!*

Für den MC würde es kaum einen Unterschied machen, aber für mich?

Für mich würde sich alles ändern.

„Das Mädchen war schon der Hammer!"

Der Sergeant grunzt zustimmend.

„Es ist noch immer der Hammer – zwei Stunden entfernt von hier."

*Wichser!*

Wieder und wieder fülle ich meine Lunge mit dem nikotinhaltigen Rauch, versuche herauszufinden, was ich wirklich will.

Die Antwort auf diese Frage ist schnell gefunden, mein Stolz hingegen braucht etwas länger, um sich einzugestehen, dass es Zeit wird zu handeln.

Mit einem Fluch auf den Lippen springe ich auf die Füße, schnippe die fertig gerauchte Zigarette durch die offen stehende Türe raus auf den Hof und mache mich auf den Weg zu meinem Bike.

Zwei Stunden in ihrem alten Ford sind ein Katzensprung.

Entschlossen stülpe ich mir den Helm auf den Kopf, lasse den Verschluss einrasten und klappe den Ständer der Harley ein.

Eine Minute später hallt das Dröhnen des Motors über das Gelände, fünf Minuten später passiere ich die Stadtgrenze, weitere zehn Minuten vergehen, bis sich ein unbekannter Frieden in meinem Inneren ausbreitet.

Katinka zurückzuholen, ist die richtige Entscheidung.

Entschlossen erhöhe ich die Geschwindigkeit, rase den Highway entlang und lege mich tief in die Kurven.

Das Mädchen weiß es zwar noch nicht, aber es gehört längst mir!

## 9. Kapitel

## Das Mädchen, das eingefangen und geliebt werden will, oder anders: Happy End

Schluchzend wische ich mir eine Träne nach der anderen ab.
Bis heute war mir nicht klar, dass ein Mensch so viel heulen kann, ohne auszutrocknen.
Ihr wart sicherlich schon mal verliebt, fandet ihr es toll?
Also ich finde es im Augenblick ziemlich beschissen ...
Der Meadville-Rocker-Outlaw-Fluch hat mich volle Kanne erwischt. Nicht zum ersten Mal spiele ich mit dem Gedanken, in die nächste Ortschaft zu fahren und mich mit Weihwasser einzureiben.
Wie bekämpft man Flüche?
Mit Knoblauch? Echtem Silber und Kruzifixen?
Keine Ahnung!
Ich habe verdammt noch mal keine Ahnung.
Sandra hatte mich gewarnt, sie hat mir gesagt, dass ich mich garantiert in den Rocker verlieben werde, von dem ich mich ficken lasse, aber ich wollte ihr ja nicht glauben.
*Schön blöd ...*
Wenn ich gewusst hätte, wie die Woche enden wird, wäre ich nie nach Meadville gefahren.
Aber ich wusste es nicht und jetzt bin ich in einen Kerl verliebt, der kein Interesse an meiner Liebe hat.
*Scheiße! Scheiße! Scheiße!*
Vielleicht sollte ich mir, sobald ich in Jackson angekommen bin, eine Schildkröte kaufen, sie BlingBling taufen und mich darüber freuen, dass ich sie in einem Glaskasten einsperren und behalten kann.
Entsetzt schüttle ich den Kopf.
*Never ...*
Das wäre eine schreckliche Tierquälerei.
Tiere gehören in keinen Glaskasten und auch in keine Käfige, sie wollen frei sein, genau wie wir Menschen.
Schniefend setze ich den Blinker, halte am Straßenrand an und werde von einem erneuten Heulkrampf durchgeschüttelt.
Obwohl ich vor zwei Stunden losgefahren bin, habe ich nur wenige Meilen geschafft.
Irgendwie habe ich keine große Lust, Meadville hinter mir zu lassen.
Je weiter ich mich von BlingBling entferne, umso schlechter fühle ich mich.

Wütend schlage ich auf das Lenkrad und hoffe auf ein Wunder.

Ich will nicht nach Hause, ich will, dass mein Rocker erkennt, dass es ein Fehler war, mich gehen zu lassen, ich will eingefangen und geliebt werden. Auf den Punkt – ich will ein Happy End.

Ein klassisches, glückliches Ende.

Ein schnulziges und unrealistisches: *Und sie liebten sich bis ans Ende ihrer Tage.*

Aber so etwas gibt es im wahren Leben nicht, sondern nur in Büchern und Filmen.

Von mir selbst genervt, verdrehe ich die Augen, kämpfe gegen die Tränen an und versuche, mich selbst zu beruhigen.

Dicke, graue Wolken bedecken den Himmel, sie passen perfekt zu meiner düsteren Stimmung.

Ein Blitz zuckt grell gen Westen, es donnert.

*Na klasse!* Das hat mir gerade noch gefehlt ...

Ich hasse Gewitter.

Okay. Schön ... Wenn ich jetzt in BlingBlings muskulösen Armen liegen würde, dann würde ich es wahrscheinlich genießen, aber hier alleine im Auto, gefühlte 100.000 Meilen von meinem Ziel entfernt, kann ich dieses Unwetter überhaupt nicht gebrauchen.

„Liebes Schicksal, warum hasst du mich so?"

Aus den Lautsprechern dringt ein traurig klingender Lovesong, sofort beginnen meine Tränen wieder zu fließen.

ütend schallte ich ihn aus, wieder donnert es, aber dieses Mal klingt es anders.

*Merkwürdig ...*

Es dauert einen Moment, bis ich kapiere, dass das laute Dröhnen nicht vom Himmel kommt, sondern von irgendwo hinter mir.

Überrascht sehe ich aus der Rückscheibe und kann nicht glauben, was ich da sehe:

Eine Harley und einen Biker mit lederner Kutte. BlingBling ...

In der ersten Sekunde will ich es nicht wahrhaben, bin mir sicher, dass mir meine Fantasie einen Streich spielt. Aber dann zieht sich der Rocker den Helm vom Kopf und steigt in einer lässigen Geste ab.

Das Herz schlägt mir bis zum Hals, die Schmetterlinge in meinem Bauch erwachen wie durch ein Wunder wieder zum Leben und an meinen Lippen zupft ein flüchtiges Lächeln.

Passiert das gerade wirklich?

Mit zitternden Fingern öffne ich die Türe, steige aus und stehe prompt einem entschlossen wirkenden *Bloody King* gegenüber.

Groß und mächtig, stark und düster auf seine ganz eigene Art, einfach höllisch heiß.

„Was machst du hier?"

Erneut grollt ein lautes Donnern über unseren Köpfen, vermischt sich mit dem leisen Fluch, der über BlingBlings Lippen kommt.

„Dich einfangen, Darling."

*Einfangen?*

Ich bin wie erstarrt, kann nicht glauben, dass das gerade wirklich passiert.

Er streckt die Hände nach mir aus, zieht mich mit einem Ruck ganz fest an sich und vergräbt seine Nase in meinem Scheitel.

Dann schnuppert er geräuschvoll an mir, wie ein Wolf, der seine Fährte aufnimmt.

„Und jetzt, wo du mich gefangen hast, was passiert jetzt?"

Ich stelle mich auf die Zehenspitzen, mein Herz glüht und rast, fühlt sich an, als würde es vor Glück gleich platzen.

„Ich behalte dich."

Drei so einfache Wörter, dennoch verändern sie einfach alles.

„Für wie lange?"

An seinen Augenwinkeln bilden sich winzige Fältchen und an seinem Kiefer beginnt ein Muskel zu zucken.

„Für immer, Darling. Für fucking immer."

*Rockerromantik pur ...*

„Happy End?"

Er nickt, dann küsst er mich so stürmisch, dass ihm sogar das Gewitter über uns seinen Respekt zollt.

Dieser Rocker ist eine Naturgewalt.

Groß und stark, hart wie ein Stein und wild wie ein Sturm, und ich liebe ihn.

Ich liebe den Geruch von Leder, Mann, Schießpulver und Benzin, der ihn einfach immer umgibt – ich liebe die Kutte, die er trägt, die Muskeln in seinem Bauch, die sich so herrlich anspannen, wenn er mich hart fickt, und ich liebe seine großen, zu King Kong passenden Hände, die mich so fest halten, als ob ich für ihn das Wichtigste auf der Welt wäre.

Noch immer kreist seine Zunge durch meinen Mund, trifft auf die meine, stiehlt mir den Atem. Scharf schnappt er mit den Zähnen nach meiner Unterlippe, beißt sich kurz an ihr fest und züngelt dann über das gepeinigte Fleisch.

In meinem Kopf dreht sich alles, meine Füße baumeln in der Luft, die Schmetterlinge fliegen in meinem Bauch dreifache Loopings – noch nie zuvor bin ich so glücklich gewesen wie in diesem Moment.

Unser Kuss dauert eine kleine Ewigkeit, der Wind fährt durch meine Haare, erste Regentropfen rieseln auf uns herab.

Erst als sich alle meine Knochen so anfühlen, als würden sie aus Wackelpudding bestehen und mein Slip feucht ist, löst er sich wieder von mir.

„Bevor ich dich gleich ficke, musst du eine Sache wissen."

Atemlos suche ich seinen Blick, lehne mich fester an ihn, genieße die Wärme, die er ausstrahlt.

„Was für eine Sache."

„Wenn du mir noch mal erlaubst, meinen Schwanz in dich reinzustecken, dann ist das mit dir und mir für immer. So einen Bullshit wie mein Vize mache ich nicht mit. Du wirst meine Kutte tragen, nach Meadville ziehen und mir gehören!"

*Ding ... Ding ... Ding ... Jackpot!*

„Für immer ist genau das, was ich will."

Seine Augen blitzen und sein Schwanz zuckt ungeduldig.

Das perfekte Happy End. Grob, schmutzig, rau und mit jeder Menge Gefluche – aber absolut perfekt!

Wieder nimmt er meinen Mund in Besitz, wieder klaut er mir den Atem.

*Von wegen Rocker küssen nicht ...*

Er fickt mich mit seiner Zunge, wirbelt mich herum und drückt mich grob über die Motorhaube. Der Sturm wird heftiger, das Grollen des Donners wird lauter und die Blitze heller.

Geschickt reißt er meine Jeans nach unten, entblößt meinen Hintern und verpasst ihm einen leichten Klaps.

Das Herz schlägt mir bis zum Hals, ich höre es hinter mir rascheln, einen Atemzug später spüre ich die dicke Wulst seines Schwanzes, die sich gegen meinen Eingang drückt.

BlingBling beugt sich über mich, beißt sich an meinem Nacken fest und stößt sich mit einem kraftvollen Ruck bis zum Anschlag in mich hinein.

Zuckend umschließt mein Inneres seine Härte, mein Körper passt sich seinem Glied an, fast so als wäre er nur dafür geschaffen worden.

„Jetzt ist es für immer!"

Rau streicht seine Stimme über meine vibrierenden Nerven, ein berauschender Mix aus Endorphinen, Lust und Liebe rast durch meine Adern.

Ein Auto fährt neben uns an der Straße vorbei – es stört mich nicht, dass wir Zuschauer haben.

Dieser Moment gehört ganz allein uns ...

Genau wie die Zukunft, die vor uns liegt und die nur darauf wartet, gelebt zu werden.

Noch nie zuvor war ich so glücklich wie in diesem Moment ...

# Rocker lieben nicht

## 1. Kapitel

## Ein Mädchen, ein Exfreund, eine zerstörte Türe und drei Rocker

Ungläubig sehe ich aus dem Fenster und beobachte, wie der Gerichtsvollzieher neben dem Abschleppwagen steht und sich mit dem Typen von der Werkstatt unterhält, der gerade dabei ist meinen MINI aufzuladen.

*Scheiße! Scheiße! Scheiße!*

Ja, ich bin mit den Raten ein ganz kleines bisschen in Verzug, genauer gesagt sieben Monate, aber das bedeutet doch noch lange nicht, dass ihn mir die Bank einfach wieder wegnehmen kann.

Ich brauche mein Auto!

Wie soll ich denn sonst zur Arbeit kommen?

Tränen steigen mir in die Augen, am liebsten würde ich runterlaufen und dem Geldeintreiber das Gesicht zerkratzen, aber das würde mir auch nichts bringen – nichts als eine Anzeige wegen Körperverletzung.

Worauf ich gut verzichten kann!

Ich wohne in Meadville und ich arbeite in Meadville, allerdings befindet sich der Country Club am anderen Ende der Stadt.

Mit dem Auto brauche ich für die Strecke fast fünfzehn Minuten, aber zu Fuß? Ich meine – verdammt, das sind gut und gerne vier Meilen, da bin ich locker eine Stunde unterwegs – wenn nicht länger ...

Klar, es ist machbar und ich würde mich auch gar nicht beschweren, wenn ich nur diesen einen Job hätte, aber da ich da nicht so viel verdiene, stehe ich zusätzlich drei Nächte in der Woche in der Tankstelle. Ohne Auto ist es unmöglich, schnell genug von Job zu Job zu kommen – was bedeutet, dass ich mich entscheiden muss: Country Club oder Tanke?

Das Problem ist nur, dass ich mir diese Frage nicht leisten kann.

*Verdammt!*

Ich arbeite nicht zum Spaß, sondern weil ich das Geld brauche.

Wenn ich jetzt eine Stelle aufgeben muss, wird es mir nie gelingen, meine Schulden bei der Bank zu bezahlen und meinen MINI zurückzubekommen.

Wut breitet sich in mir aus – das ist alles so unfair!

Die Notlage, in der ich mich befinde, habe ich nicht mal selbst verschuldet. Brandon, mein Ex, hatte nicht nur ein echt krasses Alkoholproblem, sondern auch eine Vorliebe für Glücksspiel jeglicher Art. Karten, Würfel, Automaten und Onlinecasinos ...

Am Anfang waren es nur ein paar Dollar, aber dann kamen immer mehr Nullen hinzu und er ist so richtig abgerutscht.
Es war keine Seltenheit, dass er die Nächte durchgezockt hat.
Wenn nicht in irgendwelchen Bars und Kneipen, dann halt zu Hause am PC. Irgendwann ist er dann auf die grandiose Idee gekommen, sich heimlich meine Kreditkarte zu nehmen.
Man hält es nicht für möglich, aber Brandon ist es gelungen, innerhalb von vier Wochen einen Betrag von mehr als neuntausend Dollar zu verspielen. Ihr könnt euch sicherlich vorstellen, dass es mich fast von den Füßen gehauen hat, als ich die Visaabrechnung bekommen und das dicke Minus gesehen habe.
Neuntausend Dollar mögen für manche Menschen kein Problem sein, für mich hingegen ist es ein Vermögen!
Bis zu diesem Tag war mir nicht mal klar, dass ich ein Limit von zehntausend auf der Karte hatte. Nennt mich naiv, aber ich wusste es wirklich nicht.
Ich habe meine Kreditkarte nur benutzt, wenn ich mir im Internet ein paar Schuhe oder so etwas bestellen wollte.
Und mehr als ein- oder zweihundert Dollar habe ich nie ausgegeben.
Brandons Verrat war für mich mindestens so schlimm wie die Schulden.
Für mich war er die große Liebe, dumm wie ich war, hatte ich immer gehofft, dass er es schaffen würde, sich zu ändern.
*Verdammt!*
Er hat mir hundert Mal versprochen, dass er mit dem Trinken und dem Spielen aufhören wird. Gehalten hat er es jedoch nie.
Jetzt bin ich nicht nur meine Kreditwürdigkeit, mein Auto und meine Visa los, sondern habe zudem auch noch ein gebrochenes Herz und bin Single – ein zu Fuß gehender Single, um genau zu sein.
Kann es eigentlich noch beschissener kommen?
Ich denke nicht!
Der Abschleppdienst hat mittlerweile seine Arbeit erledigt, er lässt sich noch irgendein Dokument von dem Gerichtsvollzieher unterschreiben, dann fährt er davon.
Mir bleibt nichts anderes übrig, als dabei zuzusehen, wie mein heißgeliebter roter MINI um die nächste Kurve verschwindet.
Meine Tränen laufen über, schniefend sinke ich zu Boden und vergrabe das Gesicht in den Händen.
Wenn nicht ganz bald ein Wunder geschieht, bin ich so was von geliefert!
*Wumm – Wumm – Wumm ...*

Das laute Donnern an der Türe hält mich davon ab, in meinem Selbstmitleid zu versinken. Irritiert stehe ich auf und schaue aus dem Fenster, prüfe, ob der Gerichtsvollzieher immer noch unten steht, er tut es – telefonierend.

Allerdings stehen an der Stelle, an der bis vor wenigen Minuten noch mein MINI stand, jetzt drei dicke, schwere Motorräder: große und irgendwie gefährlich aussehende Harleys.

Totenköpfe und Flammen zieren die Tanks ...

Selbst von hier oben kann ich erkennen, dass es sich bei diesen Bikes nicht um die Maschinen von ein paar netten Familienvätern handelt, die nach Feierabend einfach eine Runde drehen wollen, sondern um Motorräder der *Bloody Kings*. Dem Motorcycle Club, der sich vor knapp einem Jahr in unserem kleinen Städtchen niedergelassen und seitdem die Kontrolle über die Cops, die Politiker und so ziemlich alle anderen Dinge übernommen hat.

Von den Rockern hingegen fehlt jede Spur.

Der Gerichtsvollzieher steckt sein Handy weg, steigt in eine silberne Limousine und fährt davon.

Wie schön für ihn, dass er noch ein Auto besitzt.

Mir ist klar, dass er nur seine Arbeit gemacht hat und dass ich es nicht persönlich nehmen sollte, trotzdem ist er in meinen Augen ein Arschloch!

Welcher normale Mensch entscheidet sich dazu, so einen Job zu machen? Ganz ehrlich!

Seine Berufswahl macht ihn mir aus Prinzip schon mal unsympathisch.

Genau wie Bestatter oder wie die Leute heißen, die sich darum kümmern, die Toten zu schminken und anständig anzuziehen.

Es gibt so bestimmte Berufe, die sind mir einfach unheimlich und Gerichtsvollzieher, Gynäkologen, Zahnärzte und Leichenschminker gehören da definitiv dazu.

Ihr könnt ruhig den Kopf schütteln, ich weiß, dass ich komisch bin.

Ich meine, stellt euch mal vor, da sitzen vier kleine Jungs im Kindergarten im Sandkasten und reden darüber, was sie mal tun wollen, wenn sie groß sind.

Wie schräg ist das denn, wenn keiner von ihnen sagt, dass er mal Feuerwehrmann, Superman oder Polizist werden will.

Sondern stattdessen: „Also ich will mal Tote schminken." Oder: „Ich will mal Leuten in den Zähnen bohren." Oder noch besser: „Ich will nackte Frauen untersuchen." Wobei, der Hammer ist ja immer noch:

„Wenn ich mal groß bin, dann will ich Menschen die Sachen unterm Arsch wegpfänden.“

Kommt schon, Hand aufs Herz, das ist doch irgendwie schräg, oder?

Trotzdem weiß ich noch immer nicht, wer gerade versucht, meine Wohnungstüre einzuschlagen.

Wieder dröhnt es: *Wumm – Wumm – Wumm ...*

Dieses Mal noch etwas aggressiver und entschlossener als zuvor.

Mein Bauchgefühl warnt mich mit einem fiesen Stechen: Wer auch immer so entschlossen die Klingel ignoriert, ist nicht gekommen, um mir eine Packung Schokolade zu schenken.

Ich schlucke schwer, starre Richtung Türe und hoffe, dass – wer auch immer davorsteht – es sich anders überlegt und einfach wieder verschwindet.

Noch mehr Probleme kann ich nun wirklich nicht gebrauchen.

Doch das Schicksal kennt keine Gnade.

Das nächste Mal, als so *höflich* angeklopft wird, gibt das Schloss nach, die Scharniere knarzen und die Tür schwingt auf.

Mein entsetztes Keuchen wird von einem gebrummten „Fuck! Was ist das denn für ein Bullshit!“ übertönt. Panisch starre ich die großen, äußerst breitschultrigen Biker an, die unerschütterlich wie Berge im Türrahmen stehen und sich darüber unterhalten, wie instabil die heutigen Türen doch sind.

*Instabil?* Dass ich nicht lache ...

Jetzt weiß ich zumindest, zu wem die Harleys gehören ...

Mein Blick fällt auf den Kerl in vorderster Front, der gerade die Scharniere begutachtet. Sein megabreiter Rücken wird von einer abgewetzten schwarzen Kutte bedeckt, die mit verschiedenen Patches übersät ist. Weiß und zackig steht in geraden Lettern *Bloody Kings Motorcycle Club* auf dem Leder.

Der kantige Kiefer wirkt wie aus Stein gemeißelt und ist mit dunklen Bartstoppeln bedeckt. Dazu überraschend volle Lippen, markante Wangenknochen und eine Nase, die so wirkt, als wäre sie schon dutzende Mal gebrochen gewesen.

Doch das Unheimlichste an diesem Rocker ist nicht etwa die Waffe, die vorne in seinem Hosenbund steckt oder der lange Dolch, den er sich ums Bein gebunden hat – das Unheimlichste an diesem Mann sind seine faszinierenden Augen. Keine Ahnung, ob sie blau oder grau sind, wenn ich sie beschreiben müsste, dann würde ich sie meerfarben nennen, aber darunter könnt ihr euch wahrscheinlich nicht viel vorstellen.

Der *Bloody King* hat beneidenswert lange Wimpern, gebogene Augenbrauen und zwei tiefe Furchen auf der Stirn.
Seine langen rabenschwarzen Haare mit vereinzelten grauen Strähnen sind zu einem Pferdeschwanz zusammengebunden.
Alles an diesem Outlaw ist hart und gnadenlos.
Er ist genau der Typ Mann, der eine Türe einfach mit roher Gewalt aufbricht, anstatt die Klingel zu benutzen.
Es kostet mich einiges an Willenskraft, dass ich mich nicht umdrehe und mich hinterm Vorhang verstecke, sondern stattdessen dem eindringlichen Blick des Rockers standhalte.
„Ist das die Schnecke?"
*Schnecke?*
Der Typ links hinter ihm zuckt gelangweilt mit den Schultern.
„Woher soll ich das wissen, Bro?"
Jetzt meldet sich auch der Rocker mit dem Death-Skull-Tattoo am Kehlkopf zu Wort.
Soviel ich weiß, wird er Black genannt und ist der Präsident des *Bloody Kings Motorcycle Clubs*.
„Pack dir die Kleine einfach und dann nichts wie weg hier, mir knurrt der Magen, ich hab 'nen krassen Kohldampf."
*Wie nett ...*
Während ich hier stehe und mir vor Angst fast in die Hose pinkle, denkt er nur an die nächste Mahlzeit.
Die drei benehmen sich, als wäre es das Normalste auf der Welt, einfach so in eine Wohnung einzubrechen.
Die Frage ist, wie soll ich reagieren?
Schreien? Weinen?
Schimpfen oder mit Gegenständen um mich werfen?
Das Dumme ist nur, das Einzige, was sich griffbereit in meiner Nähe befindet, ist ein pinkes mit Schmetterlingen bedrucktes Sofakissen. Und ich bezweifle stark, dass mich das vor den drei Muskelbergen beschützen wird.
„Was wollt ihr hier?"
Der Rocker mit den Meeresaugen sieht mich eindringlich an.
„Was wir wollen? Dich!"
*Wie bitte ...*
Ich muss mich verhört haben.
„Mich?"
„Aye, dich."
*Scheiße!*
„Warum?"

Er lacht. Ist das zu fassen? Er lacht!

Fast so, als hätte ich einen Witz gemacht.

„Weil ich dich im Pokern gewonnen habe, Schnecke."

Schon wieder dieses *Schnecke*!

„Gibt es einen Grund, warum du mich andauernd mit einem nassen und schleimigen Weichtier vergleichst? Mein Name ist Anny."

Das bellende Lachen des Präsidenten lässt mich erschrocken zusammenzucken.

*Himmel!*

Selbst das Lachen dieser Outlaws ist angsteinflößend.

„Es stört dich, dass ich dich Schnecke nenne?"

Ich nicke.

„So sieht es aus."

„Und dass wir deine Türe zerstört und ich dich im Pokern gewonnen habe, ist dir egal?"

Zuerst weiß ich nicht, wovon er spricht, dann trifft mich die Bedeutung seiner Worte wie ein kraftvoller Schlag in die Magengrube.

Ich war so wütend wegen des ekelhaften Tiernamens, dass ich diese Informationen einfach ausgeblendet habe.

Aber jetzt, wo sie mit voller Wucht durch meinen Kopf hallen, beginnen meine Knie zu zittern und mir wird richtig schlecht.

„Man kann einen Menschen nicht gewinnen!"

Es gelingt mir gerade so, den Satz hervorzuwürgen, ehe ich die Tragweite des ganzen verstehe.

Für diese Katastrophe gibt es nur eine logische Erklärung: Brandon!

„Ach, und wieso nicht?"

Der Rocker scheint es darauf abgesehen zu haben, mich herauszufordern. Mit den Händen in den Hosentaschen schlendert er lässig auf mich zu, meine Nerven liegen blank.

Die Frage ist so blöd, dass mir keine gute Antwort einfallen will.

„Weil ich kein Gegenstand bin."

Langsam gleiten seine Augen an meinem Gesicht nach unten, bleiben an dem tief ausgeschnittenen Top hängen, verweilen dann auf meinem nackten Bauch und schlussendlich pinnen sie sich an meiner mehr als enganliegenden Sporthose fest.

„Also für mich bist du ein echt scharfes Teil!"

*Hilfe ...*

Ist das jetzt ein Kompliment oder eine Beleidigung?

Bis jetzt ist es mir noch immer nicht gelungen, zu verstehen, was hier gerade eigentlich vor sich geht,

„Was wollt ihr hier?"

Der Kerl neben dem Präsidenten lacht.

Mein Blick huscht kurz zu ihm, ich entdecke die unzähligen Ketten an seinem Hals.

„Die Schnecke scheint nicht gerade die Hellste zu sein."

Eigentlich fluche ich nicht gerne und eigentlich mag ich auch keine Schimpfwörter, aber in diesem Fall ...

„Fick dich, Arschloch!"

Die Beleidigung kommt mir so leicht über die Lippen, dass allen drei Rockern beinahe die Augen aus dem Kopf fallen.

Sehr schön ... es kann nicht schaden, wenn sie endlich kapieren, dass ich weder eine ekelhafte Schnecke noch ein verdammter Pokergewinn bin, sondern eine Frau, die die Schnauze gerade gestrichen voll hat.

„Ich bin gekommen, um meinen Gewinn abzuholen."

*Argh ...*

Der Biker mit dem Dolch am Bein sieht mich herausfordernd an.

Ohne es verhindern zu können, ertrinke ich in den Tiefen seiner Meeresaugen, die Luft zwischen uns beginnt zu knistern.

*Halleluja ...*

Was passiert hier gerade?

Er ist wie eine große Packung Chips, extrem verführerisch, verboten lecker, aber zu 100 % ungesund.

„Lass mich raten, du hast mit meinem Ex gepokert."

„Wenn dein Ex Brandon heißt ..."

Wusste ich es doch.

„Dieser Idiot!"

Kaum zu glauben, dass ich mich jemals in so einen unfähigen, verlogenen, schwanzlosen, blöden, versoffenen, hinterhältigen, spielsüchtigen Loser verlieben konnte.

„Wenn mir dieses Arschloch jemals wieder über den Weg läuft, knalle ich es höchstpersönlich ab."

Schmunzelnd zieht er die Waffe aus seinem Hosenbund und reicht sie mir.

„Kannst du damit umgehen?"

Perplex starre ich auf die Pistole in seiner Hand, mache aber meine Anstalten, sie ihm abzunehmen. Was vielleicht sogar die beste Idee wäre, wenn man bedenkt, dass dieser *King* tatsächlich glaubt, mich beim Kartenspielen gewonnen zu haben.

Ich schüttle den Kopf.

„Nein, kann ich nicht."

Er zieht die Mundwinkel nach unten und steckt das Ding wieder weg.

„Gut, dann bringe ich es dir bei, sobald wir im Club sind."

*Beibringen? Wir? Im Club?*

„Das wird nie passieren."

Unsere Blicke begegnen sich, anstatt wütend oder aufgebracht zu sein, weil ich mich weigere, sein Gewinn zu sein, liegt pure Selbstsicherheit in seinen Augen.

Überhaupt umgibt diesen Rocker eine Aura von Arroganz und Unbesiegbarkeit, um die ich ihn extrem beneide.

Ihm hätte der Gerichtsvollzieher garantiert niemals das Motorrad weggenommen.

„Es muss schön sein, ganz oben in der Nahrungskette zu stehen."

Anstatt sich über meine unpassende Äußerung zu wundern, bleibt er ganz cool.

„Das ist es."

„Ihr habt meine Türe kaputtgemacht."

„Keine Sorge, Dog wird sie reparieren."

Dog?

„Das will ich auch hoffen, ich habe echt kein Geld für einen Handwerker."

*Scheiße!*

Ich weiß ja nicht mal, wie ich diesen Monat die Miete bezahlen soll, und in meinem Kühlschrank herrscht dieselbe gähnende Leere wie auf meinem Konto.

„Willst du noch was packen?"

„Waaaaassssss?"

„Packen. Klamotten, Höschen – dein Zeug eben."

So langsam dämmert es mir, dass der Biker das alles tatsächlich total ernst meint.

„Du willst das echt durchziehen, oder?"

Er nickt.

Sprachlos und nicht sicher, was ich jetzt tun soll, starre ich die vielen Aufnäher an, die seine Kutte zieren:

Eine rote Raute, auf der ein 1 %-Zeichen abgebildet ist, Kreise mit seltsamen Abkürzungen, der Name seines Clubs, darunter steht Meadville geschrieben und daneben prangt ein *Sergeant-at-Arms-Patch,* unter dem in blutroten Buchstaben Expect no Mercy steht.

Ich schlucke hart und sehe ihm wieder direkt in die graublauen Augen.

„Was, wenn ich mich weigere?"

Belustigung blitzt in seinen Iriden auf.

„Damit rechne ich fest, erst dann wird es interessant."

Ist das sein Ernst?

Der entschlossene Zug um seine Lippen steht für ein Ja.
„Ich kann auch einfach die Polizei rufen."
Die Drohung lässt die drei Rocker völlig kalt.
„Du kannst dir auch ein Klavier ans Bein binden, es würde dir nichts nützen."
Der Sergeant hat recht. Seit Grant, unser ehemaliger Sheriff, in Pension gegangen ist, trägt Hanks den Sheriffstern.
Hanks ist ein Idiot. Er meint es gut, ist aber durch und durch inkompetent. Als ich bei ihm war, weil ich Brandon wegen Betrugs anzeigen wollte, hat er mich einfach wieder nachhause geschickt und mir gesagt, ich soll meine Beziehungsstreitigkeiten gefälligst mit meinem Mann klären. *Nicht! Witzig!*
„Jetzt mal ehrlich, Sergeant. Was hast du davon, mich mitzunehmen?"
Ohne mich vorher um Erlaubnis zu fragen, immerhin ist das meine Wohnung, zündet er sich eine Kippe an, inhaliert den ersten Zug und lässt den Rauch dann durch die Nase entweichen.
„Höchstwahrscheinlich nichts als Ärger."
Die Antwort überrascht mich.
„Warum tust du es dann trotzdem?"
„Deinetwegen."
*Wie? Weswegen? Das überrascht mich.*
„Du kennst mich nicht."
Er nickt. „Stimmt. Trotzdem will ich nicht, dass du in die Hände der Rumänen fällst."
Jetzt verstehe ich kein Wort mehr.
„Welche Rumänen?"
„Dein Ex hat dich nicht nur an mich verloren ..."
Es dauert einen Moment bis ich kapiere, worauf er hinauswill.
„Sondern auch an die Rumänen?"
„So sieht es aus. Wenn du mit mir mitkommst, wird dir nichts passieren. Aber wenn du hierbleibst, werden dich die nächsten Männer, die deine Türe einschlagen, einkassieren, vergewaltigen, auf den Strich schicken und schlussendlich töten."
Die Ernsthaftigkeit, mit der er spricht, verrät mir, dass er es absolut ernst meint. Dieser Rocker blufft nicht, er lügt nicht – er spricht Tatsachen aus.
Bittere Galle steigt in meinem Hals hoch, mir wird schlecht.
„Wieso solltest du mich beschützen wollen?"
„Ich hasse die Rumänen, aber was ich noch mehr hasse, sind tote Mädchen."

*Himmel, ist das heftig ...*

„Da habe ich ja Glück gehabt, was?“

Die Zigarette an seine Lippen führend nickt er wieder.

„Du hast fünf Minuten. Pack, was du brauchst.“

Mein erster Impuls ist es, mich erneut zu weigern, ihm zu widersprechen und mich mit Händen und Füßen gegen diesen ganzen Bullshit zu wehren.

Aber ich tue es nicht, dafür kenne ich Brandon einfach viel zu gut. Ich traue meinem Ex durchaus zu, dass er mich mehrfach als Pokereinsatz verwendet hat.

Die Hände zu Fäusten ballend, sehe ich zu den zwei Bikern, die geduldig im Flur stehen und das ganze Drama interessiert beobachten.

*Zur Hölle!*

Wenn ich bleibe, bin ich erledigt, und wenn ich mit dem Sergeant mitgehe, bin ich es ebenfalls. Also was tun?

Wieder sehe ich zu dem Rocker vor mir, wieder beginnt die Luft zwischen uns zu knistern.

*Mein Männergeschmack war schon immer beschissen ...*

„Du hättest diesem Brandon nicht vertrauen dürfen, Anny.“

Ach, was er nicht sagt.

„Das passiert in der Liebe, man macht Fehler. Kennst du das nicht, Sergeant?“

Er schüttelt den Kopf.

„Rocker lieben nicht!“

Das ist krass.

Abrupt drehe ich mich um, gehe zum angrenzenden Schlafzimmer. Bevor ich jedoch damit anfange zu packen, sehe ich ein letztes Mal zu dem Sergeant at Arms, der groß und gefährlich in meinem Wohnzimmer steht

„Was hast du bei der Pokerpartie gesetzt?“

„Mein Bike.“

Überrascht sehe ich ihn an. Soweit ich weiß, gibt es nur drei Dinge, die diesen *Bloody Kings* heilig sind: ihre Harleys, ihre Kutten und ihre Old Ladys.

„Du hättest es verlieren können.“

Das Lächeln, zu dem sich seine Lippen verziehen, stellt merkwürdige Dinge mit mir an, in meinem Magen dreht ein einzelner Schmetterling seine Kreise.

„Ich verliere nie.“

*Gut zu wissen ...*

Ich lasse das Chaos erst mal sacken und mache mich daran, alles, was ich brauche, in eine Tasche zu packen. Während ich das tue, stelle ich mir vor, wie ich meinen verlogenen, feigen und bescheuerten Ex ganz langsam mit einem stumpfen Löffel kastriere.

Vielleicht sollte ich das Angebot des Sergeants, mir das Schießen beizubringen, annehmen – man kann ja nie wissen ...

Ich fühle mich wie betäubt, wie ferngesteuert.

Und obwohl das die harte Realität ist und ich auch so handle, wie es das Beste für mich ist, begreife ich das ganze Ausmaß der Katastrophe noch nicht so ganz.

Ich habe kein Auto mehr, meine Wohnungstüre wurde eingeschlagen und mein Ex hat nicht nur mein komplettes Geld, sondern auch mich – *Versteht ihr, mich!* – beim Pokern an einen der gefährlichsten Rockerclubs des Landes verloren. Und als ob das noch nicht schlimm genug wäre, gibt es da anscheinend auch noch Rumänen, die mich, laut dem Rocker, zum Sex zwingen, auf den Strich schicken und umbringen wollen.

Wie ein Roboter habe ich meine Sachen gepackt, die Taschen stehen vor mir auf dem Boden, aber meine Füße wollen sich einfach nicht zurück ins Wohnzimmer bewegen.

Vielleicht sollte ich doch besser zur Polizei gehen?

Aber was würden die schon machen?

An der Tatsache, dass mein Auto gepfändet wurde, kann niemand etwas ändern und diese Pokerscheiße? Die glaubt mir doch kein Mensch und wenn doch, wird mir unser toller neuer Sheriff nur das sagen, was ich dem Sergeant der *Bloody Kings* ebenfalls schon mitgeteilt habe: Menschen kann man nicht beim Kartenspielen gewinnen!

Das Dumme ist nur, das scheinen diese Biker ganz anders zu sehen ...

*„Wieso solltest du mich beschützen wollen?“*

*„Ich hasse die Rumänen, aber was ich noch mehr hasse, sind tote Mädchen.“*

Wie beruhigend.

## 2. Kapitel

## Ein Rocker, mal wieder eine gute Tat und eine zweite Chance

*Fuck!*

Ist das zu fassen?

Erst konnte ich nicht glauben, dass mir dieser Wichser sein Mädchen als Wetteinsatz angeboten hat, aber dann habe ich mich auf den Bullshit eingelassen, nur um zu sehen, wie weit er zu gehen bereit ist.

Zu meinem Entsetzen hat er es eiskalt durchgezogen, er hat die Partie, wie zu erwarten war, verloren – kein Wunder, er hatte nur ein lächerliches Paar in der Hand.

Ohne zu zögern, hat er mir ein Bild der Frau auf den Tisch gelegt, einen Stift aus der Hosentasche gezogen und auf der Rückseite ihren Namen und ihre Adresse notiert.

In meinem Leben habe ich schon viel erlebt – Dinge, die sich ein normaler Mensch nicht auch nur ansatzweise vorstellen kann – aber das war sogar für mich neu.

So viel Kaltschnäuzigkeit, so viel Desinteresse an der Zukunft seines Mädchens ...

*Fucking unfassbar!*

Dieser Brandon wusste nicht, dass ich keiner Frau etwas zuleide tue. Alles, was er gesehen hat, war die Waffe unter meinem Leder, der Dolch an meinem Bein und die Kutte, die mich als den Sergeant at Arms des *Bloody Kings Motorcycle Clubs* ausweist.

Aber es war ihm egal, was aus dem Mädchen wird, es war ihm so drecksegal, dass er sie eine Nacht später zusätzlich an die Rumänen verloren hat.

Anfänglich hatte ich nicht vor, meinen Wetteinsatz abzuholen.

Ja, ich hatte die Adresse, aber verdammt, diese Frau kann nichts dafür, dass ihr Macker ein skrupelloser Bastard ist.

Erst als mir zu Ohren gekommen ist, dass erneut ein Bild von ihr auf einem Pokertisch gelandet ist, bin ich aktiv geworden.

Erstens, weil ich nicht zulassen konnte, dass der Frau etwas passiert, und zweitens, weil ich weiß, wie die Rumänen ticken.

Die Tatsache, dass dieses Mädchen verdammt hübsch, jung und sexy ist, hat meine Entscheidung genauso beeinflusst, wie der Umstand, dass ich den Rumänen eins auswischen wollte, indem ich ihnen ihren Gewinn vor der Nase wegschnappe.

Die letzte Nacht habe ich damit verbracht, das Foto, das ich von ihr hatte, anzustarren.

Stundenlang bin ich draußen im Hof gesessen, habe einen Scotch nach dem anderen in mich reingeschüttet und mich dabei gefragt, wie dieses Mädchen wohl riecht.

Wie es schmeckt und welche Geräusche es macht, wenn ich es tief und hart ficke.

*Bullshit!*

Dank des Bildes wusste ich, dass diese Anny schön ist.

Aber *Fuck!*

Sie ist mehr als schön ...

Der Glanz ihrer Locken, das dunkle Grün ihrer Augen und die cremefarbene weiche Haut – so verdammt sexy!

Egal wie hoch der Einsatz ist, diese Frau kann nicht in Dollars aufgewogen werden.

Wenn ich dieser Brandon gewesen wäre, wenn dieses Mädchen mir gehört hätte ... Niemals hätte ich es ins Spiel gebracht.

Eher hätte ich mir beide Hände abhacken lassen, als dass ich sie an einen Mann wie mich verloren hätte.

Aber er hat es getan, er hat dieses faszinierende Geschöpf weggegeben, als wäre es weniger wert als eine Dose Bier.

Auf die Frage, wieso er das getan hat, will mir partout keine Antwort einfallen. Aber eines ist schon mal klar, ich werde nicht zulassen, dass ihr etwas passiert.

Solange ich nicht weiß, ob und wann die Rumänen hier auftauchen, um sich ihren grünäugigen Gewinn abzuholen, wird das Mädchen das Clubgelände nicht ohne meine Erlaubnis verlassen.

„Dein Gewinn sieht lecker aus."

Black kommt auf mich zu, schaut sich neugierig in der Wohnung um.

„Rede nicht so über sie."

Verwundert zieht er eine Augenbraue in die Höhe.

„Und warum nicht?"

„Weil die Kleine jetzt unter meinem Schutz steht."

Er zuckt mit den Schultern.

„Na und?"

Es war ja klar, dass er sich blöd stellt.

„Willst du, dass ich so über Mia rede?"

Mit einem Schlag weicht sämtliche Belustigung aus seiner Mimik.

„Nein."

„Dann hast du kapiert, was ich meine."

BlingBling, der noch immer an der Tür steht, beginnt zu lachen und überkreuzt die Beine.

„Dauert das hier noch lange? Auf meinem Schreibtisch stapelt sich die Arbeit."

Ja, von wegen ...

„Tu nicht so pflichtbewusst, in Wirklichkeit willst du nur zu deiner Lady zurück."

Der Kassenwart macht sich nicht mal die Mühe es abzustreiten.

„Wenigstens habe ich eine Old Lady."

*Arschloch!*

„Wenn ich Katinka gewollt hätte, dann hätte ich sie direkt am Straßengraben gefickt und dann würde sie jetzt mein Leder tragen."

Dazu sagt er nichts, grunzt nur und zieht sein Handy aus der Tasche.

Genervt zünde ich mir eine Kippe an, fülle meine Lunge mit Rauch und rufe Dog an.

„Pack dir einen Werkzeugkoffer und komm mit dem Wagen zu der Adresse, die ich dir gleich schicke. Du musst eine Tür reparieren und ein paar Taschen zum Club bringen."

Bevor er irgendwelche Fragen stellen kann, beende ich das Gespräch, stoße einen Fluch aus und gehe in den angrenzenden Raum, in dem das Mädchen verschwunden ist.

Ich finde es auf dem Bett sitzend vor, die Hände vors Gesicht geschlagen, ihre Sachen hat sie offensichtlich gepackt.

„Bist du fertig?"

Sie scheint mein Kommen nicht bemerkt zu haben und zuckt erschrocken zusammen.

Aus verheulten Augen sieht sie mich an.

„Ich bin fix und fertig."

Aye, das sehe ich.

Die Zigarette im Mundwinkel, schiebe ich die Hände in die Hosentaschen und zwinge mich stehen zu bleiben.

Mit wütenden, betrunkenen und nackten Frauen weiß ich umzugehen, aber wenn sie traurig sind und weinen – *Verdammt!*

Mit Tränen kenne ich mich nicht aus.

„Wir müssen los."

„Was, wenn ich nicht mitkommen will?"

„Dann wirst du es bitter bereuen!"

„Soll das eine Drohung sein, Rocker?"

Nein, nicht wirklich.

„Nur eine Tatsache."

In ihren Augen blitzt es kämpferisch, sie steht auf und verschränkt die Arme vor der Brust. Was die prallen, weichen Hügel ihrer Titten nach oben drückt und mir das Denken erschwert.

Black hatte recht, diese Frau ist lecker.
„Ach?“
Nur Frauen schaffen es, drei so unbedeutende Buchstaben so herausfordernd und wütend klingen zu lassen.
„Willst du mich etwa gegen meinen Willen hier rausschleifen?“
Die Distanz zwischen uns verringernd, gehe ich einen Schritt auf sie zu, baue mich direkt vor ihr zu meiner vollen Größe auf und verschränke genau wie sie die Arme vor der Brust, lasse meine Muskeln spielen und beobachte zufrieden, wie sie hart schluckt und den Kopf in den Nacken legen muss, damit sie überhaupt zu mir hochschauen kann.
Diese Frau ist so winzig, sie reicht mir nicht mal bis zur Schulter.
Sie gegen ihren Willen hier rauszuschaffen dürfte kein Problem sein.
„Nicht schleifen, tragen.“
Das scheint ihr auch nicht besonders gut zu gefallen.
„Arschloch!“
*Nett ...*
Ich bleibe ruhig und lasse mich nicht provozieren.
„Richtig. Dein Ex ist ein Arschloch, ihm hast du diesen Bullshit hier zu verdanken. Heb dir deine Wut für ihn auf. Ich bin nicht hier, weil ich dir schaden, sondern weil ich dich retten will. Aber meine Geduld neigt sich gerade dem Ende zu. Wenn du leben willst, dann pack deinen Kram und beweg deinen Hintern raus zu meinem Bike. Wenn nicht, bleib hier stehen und ertrinke im Selbstmitleid.“
Mit diesen Worten gehe ich zurück zu meinen Brüdern und marschiere zur Türe.
„Wow, Knife, du hast es echt drauf. Du weißt genau, wie man mit verängstigten Frauen umgeht.“
Blacks Stimme trieft nur so vor Ironie.
„Halt dein Maul und kümmere dich um deine eigene Scheiße!“
Er zeigt sich wenig beeindruckt.
„Das Mädchen hat alles verloren und du stellst ihm ein Ultimatum.“
„Was hätte ich sonst mit ihm tun sollen? In Watte packen?“
BlingBling lacht, Black ebenfalls – anscheinend bin ich der Einzige, der diese Angelegenheit echt zum Kotzen findet.
„Fickt euch!“
Sie lachen noch lauter, ich schüttle den Kopf, stürme die Treppe nach unten und raus zu den Harleys. Ich brauche Abstand, frische Luft und eine Pause.

Es war nicht geplant, Anny zu Tode zu erschrecken, indem wir ihre Türe kurzerhand einschlagen, aber verdammt – wir haben nur ein paar Mal geklopft.

Ich lehne mich an meine Maschine, schließe kurz die Augen und sauge die kühle Herbstluft in meine Lunge.

Wer hätte gedacht, dass es so kompliziert sein kann, einen Gewinn einzufordern?

*Fuck!*

Ich hätte das Mädchen einfach seinem Schicksal überlassen sollen.

Es ist nicht mein Problem, was die Rumänen mit ihm anstellen.

Meine letzte gute Tat war ein Reifenwechsel, schlussendlich hat jedoch BlingBling Katinka einkassiert.

Dieses Mal wird das anders laufen.

Wenn ich Anny beschütze, dann gehört die Kleine mir.

M.I.R.

Das ist meine zweite Chance auf ein süßes kleines Ding mit prallen Titten, vollen Lippen und einem Arsch, der geradezu danach schreit, gefickt zu werden.

## 3. Kapitel

### Ein Mädchen, eine neue Welt und ein Kuss so süß wie Strawberry-Cheesecake-Eis

Der Geruch von Leder, Minze und Mann steigt mir in die Nase.
Meine Wange wird gegen glattes Leder gedrückt und meine Hände sind unter dem Pullover des Sergeant at Arms der *Bloody Kings* verborgen.
Aber nicht, weil ich es unbedingt darauf abgesehen habe, herauszufinden, ob dieser Biker ein Sixpack hat, sondern weil er mir befohlen hat, das zu tun.
Ja genau, ihr habt ganz richtig gelesen – er hat es mir befohlen!
Ist das zu fassen?
Dieser Typ benimmt sich, als hätte er jedes Recht der Welt, über mich zu bestimmen, was mich echt wütend macht. Trotzdem!
Ja, trotzdem, muss ich zugeben, dass es etwas Berauschendes, etwas Unglaubliches hat, hinter ihm auf der riesigen Harley zu sitzen, seinen Geruch einzuatmen und die harten Wölbungen seiner Bauchmuskeln an meinen Händen zu spüren.
Also ja – er hat ein Sixpack und was für eins.
Wann immer sich das Motorrad in eine Kurve legt, spannen sich die festen Hügel an, genau wie seine kraftvollen Beine und seine megabeeindruckenden Oberarme.
Ich meine – *na ja* – ich bin auch nur eine Frau, eine einsame, untervögelte Frau, die schon so verdammt lange nicht mehr beschützend festgehalten worden ist, dass sie ganz vergessen hat, wie unglaublich schön es ist, einen starken Mann in der Nähe zu haben.
Zwar weiß ich nicht, wie schnell wir fahren, aber dem Gefühl nach um einiges schneller als erlaubt. Überhaupt scheinen für diese Biker keine Verkehrsregeln zu gelten.
Vorfahrt? Rechts vor links? Rote Ampeln?
*Paaahhh ...*
Die drei Rocker, die meine Wohnungstüre auf dem Gewissen haben, verhalten sich auf der Straße genauso dominant und gewissenlos wie in meiner Wohnung.
Obwohl sich der November genau wie der Oktober von seiner sonnigen Seite zeigt und ich meine dickste Jacke angezogen habe, ist mir scheißkalt.
Bis zum Club sind es nur wenige Meilen, dennoch bin ich, als wir endlich vor dem bewachten Tor anhalten, beinahe erfroren.

Trotz der Kälte war es ein beeindruckendes Erlebnis, diesem Sergeant so nah zu sein. Bis jetzt bin ich noch nie auf einem Motorrad gesessen, mir war nicht klar, dass das so eine intime Angelegenheit ist.

Die drei Harleys passieren das Clubtor, der junge Typ, der meine Sachen hierherbringen, aber davor noch meine Türe reparieren soll, kommt später nach.

Es hat sich seltsam angefühlt, diesen Rocker allein in meinem Zuhause zurückzulassen, aber der Sergeant hat mir keine andere Wahl gelassen.

Er hat mir seinen Standpunkt unmissverständlich klargemacht: Brandon ist ein Arschloch, ich stecke bis zum Hals in der Scheiße und er ist meine Rettung.

*Schon komisch ...* seit wann sind kriminelle, bis an die Zähne bewaffnete Bad-Ass-Biker mit einem *Expect-no-Mercy-Patch* auf der Kutte die Guten?

Um ehrlich zu sein, keine Ahnung.

Dass ich jetzt bin, wo ich bin, habe ich einzig und allein meinem Bauchgefühl zu verdanken, denn das hat mir eindringlichst geraten, dem Rocker zu vertrauen und mich unter seinen Schutz zu begeben.

Ob das eine gute Idee war, werden die nächsten Tage zeigen.

Wir stoppen am Ende einer Reihe beeindruckender Harleys, eine schöner als die andere. Obwohl die meisten schwarz sind, kann selbst ich Laie erkennen, dass sich die Motorräder dennoch voneinander unterscheiden.

Seit sich der Club in Meadville niedergelassen hat, bin ich schon so einige Male am Clubgelände vorbeigefahren. Ich wäre allerdings nie auf die Idee gekommen, jemals das stets bewachte Areal zu betreten.

Aber jetzt bin ich hier, auf dem Bike des Sergeants und meine Finger stecken unter seinem Pulli.

Die unglaubliche Hitze, die er ausstrahlt, verrät mir, dass ihm die niedrigen Temperaturen nichts anhaben können.

*Wie unfair!*

Neugierig sehe ich mich um. Erst als eine warme Hand auf meinem Oberschenkel landet, wird mir klar, dass der Sergeant nur darauf wartet, dass ich ihn endlich loslasse und absteige.

*Peinlich ...*

Black und der andere Rocker stehen längst neben ihren Maschinen, sie rauchen und unterhalten sich. Zögerlich löse ich meine Finger von dem warmen Sixpack, rutsche auf dem breiten Ledersitz nach hinten und schaffe so etwas dringend benötigten Abstand zwischen uns.

Ich steige ziemlich umständlich ab und versuche, den Verschluss des Helms zu lösen, den mir der Sergeant, bevor wir losgefahren sind, aufgesetzt hat.
Die Tatsache, dass er ihn mir, ohne zu zögern, überlassen hat, verrät mir viel über den Mann mit dem Dolch am Bein.
Ja klar, es war nur ein Helm, eine kleine Geste, dennoch weiß ich sie zu schätzen.
Wir dürfen schließlich nicht vergessen, dass ich für diesen *Bloody King* eine Fremde bin. Es wäre nur natürlich, wenn ihm meine Sicherheit egal wäre, aber das ist sie offensichtlich nicht und das fühlt sich nach meinem egoistischen Ex, der immer nur an sich selbst gedacht hat, wirklich gut an.
Wenn ich eine Sache durch Brandon gelernt habe, dann, dass es auf die vielen Kleinigkeiten ankommt, die dem anderen zeigen, dass man ihn wertschätzt.
Türen aufhalten, die leere Klorolle ersetzen, das Lieblingseis des anderen kaufen, ihn nicht ungefragt in den Ruin treiben, usw.
„Komm Schnecke, ich bring dich rein. Du siehst halb erfroren aus.“
An der Art wie er das *Schnecke* ausspricht, kann ich erkennen, dass er genau weiß, dass ich mich darüber ärgere und er es genau deswegen getan hat.
„Ein warmes Auto wäre mir lieber gewesen.“
Seine Lippen zucken belustigt, mir hingegen steigen die Tränen in die Augen, aber nicht wegen der Fahrt auf dem Motorrad, denn die war trotz der Kälte ziemlich aufregend, sondern wegen der Tatsache, dass ich kein Auto mehr habe.
Klar, wenn ich morgen die offenen Raten überweisen würde, dann hätte ich meinen geliebten MINI schwuppdiwupp wieder zurück, aber so wie es derzeit um meine Finanzen steht, wird mir das frühestens in einem Jahr gelingen, wenn überhaupt und das heißt, leb wohl geliebter MINI, wir werden uns nie wiedersehen!
Erneut überkommt mich der Wunsch, Brandon mit einem Löffel zu kastrieren. Dieser blöde Arsch hat mir mein ganzes Leben ruiniert.
Wahrscheinlich weiß er nicht mal, wie tief er mich in die Scheiße geritten hat und selbst wenn, wäre es ihm garantiert egal.
Ich meine, jetzt mal ernsthaft!
Wie kann ich bitteschön meine Exfreundin als Pokereinsatz verwenden?
Und das nicht nur ein Mal, oh nein, sondern gleich zwei Mal ...
Mein Blick fällt auf die Waffe im Hosenbund des Rockers, dann sehe ich ihm direkt in die Meeresaugen.

„Du hast gesagt, du bringst mir bei, damit umzugehen.“
Überrascht runzelt er die Stirn.
„Wenn du das willst?“
Ich nicke entschlossen.
„Und wie ich das will!“
Sobald ich schießen kann, werde ich Brandon zeigen, *wie wütend* ich auf ihn bin!
„Diesen Blick kenne ich, Bro. Die Frau ist auf ’nem Killertrip.“
Irritiert drehe ich mich zu dem Präsidenten um.
„Woher willst du das wissen?“
„Ich hab ’ne Lady und wann immer ich irgendetwas sage oder tue, was ihr nicht passt, sieht sie mich genauso an.“
*Ah stimmt ...* Da war ja was.
Wenn meine Infos stimmen, dann hat sich Black Mia geschnappt, die Mia von dem gleichnamigen Café auf der anderen Straßenseite.
„Dann muss sie aber ziemlich oft ziemlich wütend auf dich sein.“
Er nickt.
„Jep, das ist sie.“
„Hast du sie etwa auch als Spieleinsatz verwendet?“
Er schüttelt den Kopf.
„Nope, bist du irre? Mein Mädchen ist mir heilig!“
Etwas, das sich nach Neid anfühlt, breitet sich in mir aus.
„Dann ist sie garantiert nicht so wütend, dass sie dir erst in die Eier und dann ins Herz schießen will!“
Jetzt wirkt Black doch überrascht und nicht nur er, der Sergeant ebenfalls.
„Du willst deinem Ex die Eier abschießen?“
„Wundert dich das?“
Die Mundwinkel nach unten ziehend reibt er sich über den Nacken.
„Nein, nicht im Geringsten. Der Wichser hat es verdient, mit Blei vollgepumpt zu werden.“
Ja, das sehe ich genauso.
Da gibt es nur ein Problem, so wütend ich auch auf Brandon sein mag, um ehrlich zu sein, glaube ich nicht, dass ich es schaffen werde, den Plan durchzuziehen.
Ich bin kein sonderlich gewalttätiger Mensch und was erschwerend hinzukommt, ich kann kein Blut sehen.
Nicht gerade die besten Voraussetzungen, um jemanden auf so brutale Art und Weise zu kastrieren.
„Jetzt, wo du mich hierhergebracht hast, wie geht es weiter?“

Der Sergeant und der Präsident tauschen einen kurzen, jedoch bedeutungsvollen Blick.

„Es ist besser, wenn wir uns in meinem Büro darüber unterhalten."

Von einem Outlaw-Biker hätte ich diesen Satz garantiert niemals erwartet.

„Warum? Weil du denkst, dass ich aus einem geschlossenen Raum nicht so schnell flüchten kann?"

Die Mundwinkel des Sergeants zucken belustigt.

„Oh Schnecke, selbst jetzt, selbst hier kannst du mir nicht mehr entkommen."

Ein unheilvoller Schauer lässt mich erbeben.

„Ich bin freiwillig mit dir mitgekommen. Vergiss das nicht, Rocker."

„Du bist hier, weil du keine andere Wahl hast!"

Irgendwie finde ich es nicht nett, dass er das so unverblümt ausspricht. Aber er hat recht. Entweder die *Bloody Kings* oder die Rumänen. Ich denke, bei den *Kings* bin ich besser aufgehoben.

„Ich hätte auch zu den Cops gehen können."

Hätte ich nicht, zumindest hätte mir das nichts gebracht – trotzdem wollte ich noch eine Alternative aufzählen.

„Logo. Du hättest dich auch einfach in 'nen Schmetterling verwandeln können."

Die Rocker lachen, mittlerweile sind es schon drei Kerle, die ich mit einem stumpfen Löffel massakrieren will.

Ein kühler Wind kommt auf, fährt mir unter die Haare, bringt mich zum Zittern.

„Lasst uns reingehen!"

Besitzergreifend legt sich seine Hand auf die untere Hälfte meines Rückens, selbstsicher führt er mich Richtung Clubhaus, mein Puls beginnt zu rasen.

*Hilfe ...*

Im Inneren ist es genau, wie ich es mir vorgestellt hatte, nur sauberer.

Billardtische, Poster an den Wänden, eine Bar, deren Bretter sich unter dem Gewicht der verschiedenen Flaschen durchbiegen, Flipperautomaten, Boxsäcke, Sitzgruppen, Dartscheiben und eine wunderschöne Harley, die wie ein Kunstwerk auf einem Podest steht und von zwei LED-Strahlern beleuchtet wird.

Das Motorrad ist matt grün, der unverkennbare Skull der *Bloody Kings* befindet sich auf dem Tank, darüber ist eine Krone, von deren Zacken dicke rote Blutstropfen perlen.

Alles an dieser Maschine wirkt mächtig, anziehend und zugleich aggressiv.

Diese Biker sind die Könige der Straßen und das wissen sie ganz genau ...

Der Sergeant führt mich einen dunklen, nur schwach beleuchteten Gang entlang, in den kein Tageslicht vordringt.

Verschiedene Bilder hängen an der Wand, die meisten sind schwarzweiß oder sepia und scheinen schon älter zu sein.

Leider habe ich keine Zeit, sie genauer zu betrachten, denn der Mann neben mir lotst mich zielstrebig zu seinem Büro.

Mehrere verschlossene Türen später betreten wir einen Raum, der so groß ist wie mein Wohnzimmer. Er hat ein Fenster, vor dem massive Gitterstäbe angebracht sind – ich komme mir vor wie im Knast.

Es riecht nach kaltem Rauch, Zitronenpolitur, Mann und einem Hauch Desinfektionsmittel.

Eine seltsame Kombination, wenn ihr mich fragt.

„Setz dich!"

Höflich deutet er auf einen der Holzstühle, die vor seinem Schreibtisch stehen, seine Stimme klingt seltsam, fast so, als ob das hier ein Businessmeeting wäre. Fehlt nur noch, dass er sich einen Anzug anzieht und eine Krawatte um den virilen Hals knotet.

Ich setze mich, meine skurrilen Gedanken bringen mich zum Schmunzeln. Doch das Lächeln hält nicht lang, es rutscht mir wieder von den Lippen, als Black groß und bedrohlich direkt hinter mir stehen bleibt. *Himmel hilf* ...

„Warum fühlt es sich gerade so an, als würdet ihr mich jede Sekunde aus dem Weg schaffen?"

Der Präsident scheint zu kapieren, dass ich ihn damit gemeint habe. Er verändert seine Position, bewegt sich durch das Büro und lässt sich auf einen der schwarzen Ledersessel sinken, die sich links von mir befinden.

Er schafft Abstand und schenkt mir so etwas Freiraum.

„Besser?"

Ich nicke.

„Irgendwie schon."

Trotzdem bin ich nicht so naiv zu glauben, dass ich mich jetzt in Sicherheit befinde.

Ich bin alleine an einem Ort, der von Raubtieren beherrscht wird, denn genau das sind diese Outlaws. Gefährliche, tödliche, sprungbereite Löwen, die immer auf der Jagd nach der nächsten Beute sind. Neben ihnen komme ich mir tatsächlich so klein und schutzlos wie eine Schnecke vor.

Tief einatmend, verschränke ich die Hände auf dem Schoss und sehe dem Rocker mir gegenüber direkt in die Augen.

„Du schuldest mir noch immer eine Antwort auf die Frage, wie es jetzt weitergeht. Ich meine, die Rumänen wissen nicht, wo ich bin und ihr wisst nicht, ob und wann sie gekommen wären, um mich einzukassieren. Vielleicht hätten sie nie ihren dubiosen Gewinn eingefordert und ich war gar nicht in Gefahr."

„Und der böse Wolf wollte das süße Rotkäppchen auch nie auffressen."

Eine Märchenmetapher? Echt jetzt?

„Hör auf in Rätseln zu sprechen. Es geht hier um mein Leben, um meine Existenz! Das ist dir hoffentlich bewusst!"

Er nickt, hinter mir wird die Türe aufgestoßen, ich zucke erschrocken zusammen.

„Hey Knife, hast du meinen Mann gesehen?"

Heißt der Sergeant at Arms etwa Knife?

Merkwürdig, aber auch irgendwie passend.

Überrascht eine weibliche Stimme zu hören, drehe ich mich um. Pinke Haare, grüne Augen und ein hübsches Gesicht.

„Seven ist in der Werkstatt."

Die Frau nickt, mustert mich kurz genauso gründlich, wie ich es gerade bei ihr getan habe und grinst mich freundlich an, dann ist sie auch schon wieder verschwunden.

„Für die Rumänen bist du ein gewinnbringendes Stück Fleisch. Natürlich werden sie ihren Anspruch auf dich geltend machen. Dass wir dich geholt haben, war nicht uneigennützig. Der Club hat mit den Bastarden noch eine offene Rechnung zu begleichen. Wenn sie erfahren, dass du hier bist, werden sie versuchen, an dich ranzukommen, und dann machen wir sie ein für alle Mal platt."

Der nur schlecht unterdrückte Hass, der in seiner Stimme mitschwingt, sorgt dafür, dass sich die feinen Härchen in meinem Nacken warnend aufstellen.

„Ihr benutzt mich als Lockvogel?"

„Wir beschützen dich und ziehen unseren Nutzen daraus."

Wortklauberei.

„Verkauf mich nicht für blöd, Knife."

Überrascht, dass ich ihn mit dem Namen anspreche, zieht er eine Braue nach oben und sieht mir so tief in die Augen, dass es mir den Atem verschlägt.

„Tue ich nicht. Das ist eine Win-win-Situation für beide Parteien."

„Ach, und was habe ich davon?"

„Sicherheit!"
Ein verwegenes Lächeln umspielt seine vollen Lippen.
„Und Schießunterricht."
Knife beugt sich vor, zieht die Waffe aus seinem Hosenbund und legt sie direkt vor mir auf den Schreibtisch.
„Ich kenne mindestens ein Dutzend Stellen, auf die du schießen und damit deinen Ex töten kannst, ohne viel Blut zu vergießen."
*Klingt verlockend ... ehrlich. Wirklich sehr verlockend ...*
Noch immer sind unsere Blicke miteinander verschmolzen, meine Lippen prickeln und mein armes Herz gerät aus dem Takt.
Die Luft zwischen uns beginnt zu knistern – schwups – da ist er wieder, dieser einsame, Loopings fliegende Schmetterling, der in meinem Bauch seine Bahnen dreht.
Ich will wegsehen, den Blick senken und der Anziehung, die dieser Biker auf mich ausübt, entkommen, aber es gelingt mir nicht.
Keine Ahnung, wie lange wir so dasitzen, die Waffe zwischen uns, sein Angebot, das vielversprechend im Raum hängt.
Erst als er sich endlich wieder zurücklehnt und sich eine Kippe anzündet, bricht der Bann.
Zitternd sehe ich nach links und stelle überrascht fest, dass Black bereits gegangen ist.
*Oh Scheiße!*
Wann ist das passiert?
Wann ist der Präsident gegangen und warum habe ich es nicht bemerkt?
Irritiert sehe ich zurück zu Knife, er beobachtet mich noch immer so eindringlich und stechend, dass ich immer unruhiger werde.
„Wie lange wird es dauern, bis dieses Win-win eintritt und die Katastrophe endlich vorbei ist?"
Ich hoffe auf eine genaue Zeitangabe, bekomme jedoch nur ein „Bis die Rumänen auftauchen!", was mir einen Fluch entlockt.
„Das kann ich mir nicht leisten. Ich muss arbeiten, ich habe zwei Jobs und ich brauche das Geld."
Knife wirkt nicht überrascht, es würde mich nicht wundern, wenn er sich im Vorfeld über mich informiert hat.
Diese *Bloody Kings* wirken auf mich nicht so, als ob sie irgendetwas dem Zufall überlassen würden.
„Mit Tanner habe ich schon gesprochen. Er weiß Bescheid und gibt dir frei."
*Wie bitte?*
Ich glaube, ich habe mich gerade verhört.

„Du hast mit meinem Chef gesprochen?"
Er nickt, als wäre es das Normalste auf der Welt.
„Aye. Tanner ist ein guter Mann, er kapiert, dass du erst mal bei uns bleiben musst."
So wie ich das sehe, hatte Tanner gar keine andere Chance, als es zu kapieren.
Das ist alles so heftig, dass ich es nicht mal schaffe mich aufzuregen, obwohl das wohl die angemessene Reaktion auf all das wäre.
„Trotzdem muss ich im Country Club arbeiten."
Wobei das ohne Auto eh schwierig wird. Vielleicht sollte ich mir ein Fahrrad besorgen. Aber von welchem Geld?
*Scheiße! Scheiße! Scheiße!*
*Fick dich, Brandon!*
„Das werde ich auch noch klären, keine Sorge."
Keine Sorge? *Keine Sorge?* K.E.I.N.E S.O.R.G.E?
Wutentbrannt springe ich von dem Stuhl, stemme mich mit den Fäusten auf der Tischplatte zwischen uns auf und bin kurz davor, die verdammte Waffe zu nehmen und sie dem arroganten Kuttenträger ans Hirn zu werfen.
„Du sprichst hier von meinem Leben! Kapierst du das eigentlich? Diese beiden Jobs sind meine Existenz. Dank Brandon habe ich jede Menge Schulden. Hohe Schulden und kurz bevor ihr aufgetaucht seid, wurde mein Auto gepfändet. Mir steht das Wasser bis zum Hals. Ich habe das Gefühl, in all dem Mist zu ertrinken, und du kommst mir mit ‚*keine Sorge*'? Halt deine Klappe, Sergeant. Du hast nämlich überhaupt keine Ahnung, wie im Arsch ich bin."
Scheinbar reglos sitzt er da, groß und ruhig, wie ein Löwe auf der Pirsch. Er wartet, bis mein Ausbruch vorbei ist und steht dann so langsam auf, als hätte jemand die Welt auf Zeitlupenmodus gestellt. *Auweia …*
„Ich rette deinen Arsch, Mädchen."
„Falsch, du ruinierst mich. Und mein Arsch geht dich gar nichts an, Rocker!"
*Oh Mist!*
Bilde ich es mir nur ein oder hat mein letzter Satz wie eine Herausforderung geklungen?
„Da ich deinen Arsch gewonnen habe, gehört er faktisch mir!"
*Waaaasss?*
„Du spinnst!"
„Vielleicht."
*Scheiße!*

Während ich vor Zorn fast an die Decke gehe, wirkt er ruhig, eher amüsiert als wütend. An seinen Mundwinkeln zupft ein Lächeln, seine Meeresaugen funkeln eiskalt und zugleich wunderschön wie Diamanten.

Wenn dieser Kerl doch nur nicht so verdammt sexy wäre.

Leder, Waffen, Muskeln und dieser eckige Kiefer in Kombination mit den großen Händen, den langen zu einem Zopf zusammengebundenen Haaren und diesem megakrassen Körper.

Macht und Unbesiegbarkeit strömen ihm aus jeder Pore, sorgen dafür, dass mein Östrogenhaushalt völlig verrücktspielt.

Das Kribbeln in meinem Bauch wird immer stärker, aus dem einen Schmetterling sind mindestens zwei geworden.

„Du solltest eine Sache nicht vergessen, Anny. Ich beschütze deinen Arsch, was bedeutet, dass ich gewisse Ansprüche geltend machen kann.“

Von wegen.

„Träum weiter, Knife.“

Wieder klingen meine Worte wie eine Herausforderung – wieder zucken seine Mundwinkel.

„Willst du das etwa abstreiten?“

Teufel noch eins, wie sind wir überhaupt an diesen Punkt des Gespräches gelangt?

Ich wollte eine genaue Zeitangabe, wann dieser Zirkus hier endlich wieder vorbei ist, dann hat er mir eröffnet, dass ich, solange das mit den Rumänen nicht geklärt ist, nicht arbeiten gehen kann und dass er sich um meine Chefs kümmert und dann ...

Tja und dann stand irgendwie mein Arsch im Fokus.

„Kommen wir zurück zum Wesentlichen.“

Aber was ist eigentlich das Wesentliche?

„Ich muss arbeiten, Knife.“

„Falsch, du musst mir vertrauen.“

„Mit Männern und dem Vertrauen habe ich ganz schlechte Erfahrungen gemacht.“

Sein gemurmeltes „Das ist mir bewusst.“ vibriert in meinem Inneren wider.

Muss dieser Kerl so eine dunkle, über meine eh schon blank liegenden Nerven streichende Stimme haben?

*Liebes Schicksal, das ist unfair – das ist alles total unfair.*

Ohne den Blick von mir zu lösen, steht er auf, umrundet den Schreibtisch und bleibt so nah vor mir stehen, dass mir der göttliche Geruch seines Körpers in die Nase steigt.

Leder, Mann und Schießpulver.
Und zack – jetzt sind es schon drei Schmetterlinge, die ihre Loopings drehen ...
Obwohl ich ahne, was er vorhat, weiche ich nicht zurück, sondern lasse zu, dass sich seine warmen Hände auf meine Hüfte legen.
Mit einem Ruck zieht er mich an sich, sodass seine Kehle und sein stoppeliges Kinn mein Blickfeld füllen. Ich lege den Kopf in den Nacken, sehe an dem *Sergeant-at-Arms-Patch* vorbei bis nach oben zu seinen Augen und spüre, wie mir das Herz wummernd gegen die Rippen schlägt.
„Was soll das werden?“
„Es wird Zeit, meinen verführerischen Gewinn zu kosten.“
Bevor mein von seiner plötzlichen Nähe lahmgelegtes Hirn versteht, was es gerade gehört hat, berühren seine Lippen auch schon die meinen.
Erst sachte, dann immer fester streicht sein Mund über den meinen, ich höre, wie er die Luft tief einsaugt, so meinen Geruch inhaliert und ein zufriedenes Brummen ausstößt.
*Lauf weg ... Nein, drück dich an ihn ... Küss ihn ... Beiß ihn ... Lass dich beißen ... Das ist ein Fehler ... Gott, riecht dieser Rocker gut ... Fleh ihn um Gnade an ... Wie lange ist es eigentlich her, dass ich das letzte Mal Sex hatte ...*
Unzählige zusammenhangslose, wirre Gedanken huschen wie ein Schwarm Fische durch meinen Kopf. Erst in den Moment, in dem seine Hände auf meinem Po landen, verpuffen sie auf einen Schlag. Zurück bleibt nur eine leise Stimme, die mir leise ‚Küss ihn endlich’ zuwispert. Ich höre auf sie, was bleibt mir auch anderes übrig, schlinge dem Sergeant meine Arme um den Nacken und stelle mich auf die Zehenspitzen.
„Es wäre besser wegzulaufen.“
Meine geflüsterten Worte hängen bedeutungsschwer zwischen uns.
„Du würdest nicht weit kommen, Mädchen.“
Er knurrt und festigt seinen Griff.
Das Verrückteste ist gar nicht, dass ich nicht weglaufe, oder dass ich es gar nicht erst versuche, sondern dass ich es in Wirklichkeit überhaupt nicht will.
Endlich lässt er mich seine Zunge spüren, öffnet mit ihr meine Lippen und wühlt sich dann träge durch meinen Mund.
*Halleluja, kann dieser Mann küssen ...*

Wild und zugleich rau – sanft und dennoch grob – besitzergreifend und trotzdem verführerisch stiehlt er mir den Atem, fordert mich auf, ihn zurückzuküssen und lässt mich für einen kostbaren Augenblick vergessen, wie beschissen die Realität ist.

Überwältigt lasse ich mich gegen ihn sinken, mein Puls rast und meine Sinne spielen verrückt. Dieser Kuss ist besser als alles, was ich bisher erlebt habe. Heißer als in meiner Fantasie und köstlicher als eine große Kugel Strawberry-Cheesecake-Eis.

Knife packt mich fester, geht noch stürmischer ans Werk und sorgt so dafür, dass meine Knie weich werden.

Erst als ich zitternd, atemlos und wimmernd in seinen Armen hänge, gibt er meinen Mund wieder frei.

„Willkommen in meiner Welt, Schnecke – willkommen bei den *Bloody Kings*."

## 4. Kapitel

## Ein Rocker, sechs lange Tage und eine Überraschung

Die letzten sechs Tage waren fucking fantastisch!

Anny ist der Wahnsinn, sie hat mich angefixt und süchtig gemacht.

Wir waren im Kino, Hot Dog essen und Harley fahren.

Selbst den Umgang mit einer Waffe habe ich ihr beigebracht und *bämm*... diese Frau hat sich als absolute Killerbraut herausgestellt.

Alles könnte perfekt sein, könnte ...

Wäre da nicht der Bullshit mit den Rumänen, der noch immer darauf wartet, wie eine Bombe zu platzen.

Bis jetzt haben sich die Wichser nicht blicken lassen, was Black und mich ziemlich nervös macht. Irgendetwas stimmt da nicht und es kotzt mich an, dass ich nicht vorhersagen kann, wie der ganze Mist ablaufen wird.

Als Sergeant at Arms ist es meine Aufgabe, für die Sicherheit des Clubs, der Mitglieder und der ganzen verdammten Stadt zu sorgen.

Aber das ist im Augenblick schwieriger, als es sein sollte, denn dieses Mädchen, das ich im Pokern gewonnen habe, lenkt mich höllisch ab.

*Ein Kuss! Holy Fuck! Ein Kuss, mehr nicht ...*

Diese Augen, diese Lippen und dieser gottverdammte Arsch!

Die vergangenen Nächte habe ich auf der Couch in meinem Büro verbracht, während ich Anny meine Wohnung im zweiten Stock des Clubhauses überlassen habe.

Natürlich hätte ich es mir auch in meinem Wohnzimmer bequem machen können, aber *fuck!*

Wenn es um dieses Mädchen geht, traue ich mir selbst nicht.

Die Versuchung, sie mir einfach zu packen, ist zu groß.

Diese Frau hat in den letzten Wochen genug durchgemacht, sie braucht eine Pause, also werde ich ihr diese zugestehen.

Aber dann! *Yeah* ... Wenn diese Schonfrist vorbei ist, werde ich sie unter mir begraben, mich bis zum Anschlag in sie rammen und sie so hart ficken, dass sie komplett Meadville zusammenschreit.

Meine Wut auf diesen Brandon hat mittlerweile ein gefährliches Ausmaß angenommen. Wenn mir dieser Bastard das nächste Mal über den Weg läuft, werde ich ihn seine Zähne schlucken lassen. Alle.

Was er mit Anny abgezogen hat, ist unentschuldbar.

Ich habe das, was sie mir erzählt hat, gecheckt, sie ist tatsächlich pleite und ihr Auto gehört wieder der Bank. Zumindest hat es das, bis ich die offenen Raten bezahlt habe.

Dog ist gerade dabei den MINI abzuholen.
Ihr fragt euch, warum ich das getan habe?
Ihr wollt eine ehrliche Antwort?
Sorry, ich habe keine.
Dieses Mädchen berührt etwas tief in mir, von dem ich bisher nicht wusste, dass es überhaupt existiert.
Aye, Mia hat mir schon immer gut gefallen und Katinka ebenfalls. Aber Anny? *Holy – Holy – Fuck!*
Bei ihr ist es anders. Ich kann es nicht beschreiben, ich will sie einfach beschützen und dafür sorgen, dass es ihr gut geht.
Die paar Dollars, die sie der Bank geschuldet hat, jucken mich nicht. Sie fallen in meinem Schließfach nicht mal auf.
Aber für sie bedeutet es die Welt, ihren geliebten MINI zurückzubekommen. Ich kann es verstehen.
Wenn mir jemand mein Bike nehmen würde – das wäre mein Untergang. Ich würde durchdrehen, Amok laufen und die verdammte Bank mit einem Päckchen TNT in die Luft sprengen.
Aus irgendeinem Grund fühle ich mich für diese Frau verantwortlich und das liegt nicht daran, dass sie nach den Gesetzen meiner Welt längst mir gehört.
Für Anny mag das unverständlich sein, aber in dem Moment, in dem ich sie gewonnen habe, ist sie zu meinem Eigentum geworden.
Die Frauen spielen seit einer Stunde Billard, sie lachen und haben Spaß. Selbst Anny wirkt für ihre Verhältnisse entspannt.
Es fällt ihr schwer untätig rumzusitzen und darauf zu warten, dass sie ihr Leben weiterführen kann.
Sie sorgt sich um ihre Jobs, was nur verständlich ist.
Mia, Claire, Sandra und Katinka jammern über den eklatanten Mangel an Tequila. Tyler und Seven haben dafür gesorgt, dass sämtliche Restbestände vernichtet wurden.
Das laute Hupen, das vom Hof tönt, verrät mir, dass Dog zurück ist. Anny scheint es ebenfalls gehört zu haben, ihr Kopf ruckt nach oben, ob sie ihren MINI erkannt hat?
Anscheinend nicht, anstatt aufzustehen und nachzusehen, bleibt sie einfach sitzen, nippt an ihrer Cola und sieht dabei zu, wie Mia gekonnt den Queue anlegt und drei volle einlocht.
Für ein paar Minuten gönne ich mir noch das Vergnügen, sie zu beobachten, dann gehe ich auf die Mädels zu, bleibe direkt hinter Anny stehen und umfasse ihre schmalen Schultern.
„Hast du einen Moment?“
Claire wackelt anzüglich mit den Augenbrauen und Sandra pfeift laut.

Das Mädchen vor mir legt den Kopf in den Nacken und sieht mich neugierig an.
„Warum, was ist los?“
„Ich will dir etwas zeigen.“
Katinka beißt sich auf die Unterlippe und grinst frech.
Sandra kann die Klappe nicht halten.
„Wir können uns alle vorstellen, *was* du ihr zeigen willst, Knife.“
*Fuck!*
„Wart ihr eigentlich schon immer so anstrengend?“
Die Ladys tauschen einen kurzen Blick, nicken synchron und beginnen zu gackern.
Selbst Anny muss schmunzeln, was meinen Schwanz zucken lässt.
*Verdammt ...*
Seit unserem ersten Kuss kann ich an nichts anderes denken, als daran mich in diese Frau zu rammen. Ich will sie spüren, kosten, beißen und ficken. Wieder und wieder so lange bis sie ihren Ex vergisst und mit vor Lust heiserer Stimme meinen Namen schreit.
Anny scheint zu spüren, wie es in mir aussieht, vielleicht kann sie es auch in meinen Augen ablesen.
Ihre Pupillen weiten sich, ihr Atem kommt schneller.
An der zarten Kurve ihrer Kehle überschlägt sich ihr Puls.
Nach und nach verliert die Realität an Bedeutung.
*Die letzten sechs Tage haben einfach alles verändert ...*
Die eindeutig zweideutigen Kommentare der Ladys ausblendend konzentriere ich mich auf die Frau, die mich bis in meine Träume verfolgt.
„Und was willst du mir zeigen, Sergeant?“
Anny nennt mich nur selten beim Namen, meistens spricht sie mich mit meinem Titel an.
„Das wirst du gleich sehen.“
Ihre rosa Zungenspitze schnellt vor, streicht über die vollen Lippen, sorgt dafür, dass sich meine Hoden pochend zusammenziehen.
*Holy Shit!*
Wie es sich wohl anfühlt, diesen Mund zu vögeln?
Nach kurzem Zögern steht Anny auf, ich packe sie am Arm, ziehe sie bestimmend an mich heran, sodass ich ihren schlanken Körper an meinem spüren kann. Dog taucht in der Eingangstüre auf und wirft mir nach einem kurzen Zwinkern in Annys Richtung den Schlüssel zu.
„Alles erledigt, Bro.“
Es war komplizierter als gedacht, ohne Annys Einverständniserklärung an den Wagen ranzukommen.

Scheiß Datenschutz!

Schweigend führe ich sie raus auf den Hof, der rote MINI steht mitten in der Einfahrt. In der Sekunde, in der sie das Auto entdeckt, stolpert sie fast über ihre eigenen Füße. Ich beobachte jede noch so kleine Regung ihrer Mimik.

Sie keucht überrascht auf, schlägt sich die Hände vors Gesicht.

„Was ist das?"

Ich habe mit vielen Reaktionen gerechnet, aber nicht mit dieser Frage.

„Dein Wagen."

Sie schafft es, den Blick kurz von ihrem MINI loszureißen und mich anzusehen.

„Aber wie? Ich meine, warum?"

„Du hast mir erzählt, dass er gepfändet wurde, ich habe ihn dir wieder zurückgeholt."

Ein Schauder lässt sie erbeben.

„Ja, aber wie? Ich meine, ich habe die Raten nicht bezahlt."

*Lächerlich* ... Das waren Peanuts, nicht mal tausend Euro.

„Ich habe ihn bei der Bank ausgelöst."

„Warum hast du das getan?"

*Weil ich dich will – weil du mich faszinierst – weil ... Bullshit!*

„Weil ich es kann!"

Anstatt der zu erwartenden Freude breiten sich dicke Tränen in ihren grünen Augen aus.

*Fuck!* So war das nicht geplant.

„Aber jetzt habe ich bei dir auch noch Schulden."

Von wegen.

„Nein, hast du nicht."

„Doch."

Ein genervtes Zischen ausstoßend, löse ich das Lederband, das meine Haare zusammenhält und fahre mir durch die Strähnen.

Dann drehe ich mich zu dem Mädchen um, umfasse ihre Taille und küsse es wild und grob. Im ersten Moment wirkt Anny überrascht, verhält sich starr und reglos. Dann gibt sie ein leises Wimmern von sich, schenkt mir ihre Zunge und erwidert zögerlich den Kuss. *Gewonnen!*

Allein dafür hätte ich tausende von Dollars auf den Tisch gelegt!

Samten und weich, heiß und feucht – ihr Mund ist der Hammer.

In meiner Jeans wird es eng, gedanklich habe ich sie längst über den MINI gebeugt, ihr die Hose nach unten gerissen und mich bis zum Anschlag in ihre enge Pussy gestoßen.

„Knife ..."

Sie stöhnt meinen Namen, schnappt nach Luft und krallt sich an meiner Kutte fest.

Es kostet mich einiges an Beherrschung, das Richtige zu tun und stehen zu bleiben, anstatt meinen Kopffick in die Realität umzusetzen.

Diese Frau gehört mir, nur mir, mir ganz allein!

## 5. Kapitel

## Das Mädchen, der Gürtel, wilder Sex und fliegende Kugeln

*Gottverdammt!*

Ich gebe auf, ich bin schachmatt – ich habe keine Lust mehr, das Richtige zu tun.

Seit Knife und seine Brüder meine Wohnungstüre eingeschlagen haben, sind sechs lange Tage vergangen.

Tage, die ich in einer völlig neuen Welt verbracht habe.

Der *Bloody Kings Motorcycle Club* ist nicht annähernd so brutal, wie ich es mir immer vorgestellt habe.

In meiner Fantasie haben diese Rocker ihre Frauen geschlagen, Blut zum Frühstück getrunken und von morgens bis abends irgendwelche kriminellen Dinge getan.

Damit lag ich falsch!

So falsch wie nur überhaupt möglich.

*Von wegen ‚Rocker lieben nicht' ...*

Diese Biker verehren ihre Ladys, tragen sie regelrecht auf Händen, sie frühstücken nicht, lieben aber Kaffee, und von ihren Geschäften habe ich bisher überhaupt nichts mitbekommen.

Alles ist friedlich – laut aber friedlich und zu meinem Erstaunen habe ich längst angefangen, mich unter den Kutten tragenden Outlaws und ihren Old Ladys wohl zu fühlen.

Ich hatte nie viele Freundinnen, irgendwie ist es mir immer schwergefallen, Kontakte zu knüpfen. Aber Mia, Claire, Sandra und Katinka haben es mir leicht gemacht und mich, ohne zu zögern, in ihrer Mitte aufgenommen.

Sie alle tragen ihre eigenen Kutten, alle außer Sandra.

Warum das so ist, habe ich jedoch noch nicht herausgefunden.

Vor allem, da sie genau wie die anderen Frauen wie eine Old Lady behandelt wird.

Vielleicht hat sie ja eine Lederallergie oder so etwas?

Die Mädels sind fantastisch, sie haben es tatsächlich geschafft, mich von meinen Problemen abzulenken.

Und dann wäre da noch dieser Rocker mit den Meeresaugen, der mich ansieht, als würde er jede Sekunde wie ein Wilder über mich herfallen.

Knife ist ein wirklich faszinierender Mann. Die letzten beiden Nächte habe ich von ihm geträumt, und glaubt mir, diese Träume waren alles, aber ganz bestimmt nicht jugendfrei.

Bis auf unseren ersten Kuss in seinem Büro ist bis jetzt nichts zwischen uns gelaufen – und das nicht, weil ich kein Interesse an dem Sergeant at Arms gehabt hätte, sondern weil ich einfach nicht wusste, wie ich den ersten Schritt machen soll.

Zwar bin ich mir ganz sicher, dass eine wilde Affäre mit diesem *Bloody King* das Letzte ist, was ich gerade gebrauchen kann, aber Himmel ...

Das Knistern zwischen uns wird von Tag zu Tag stärker.

Die Tatsache, dass mich mein Ex beim Pokern verspielt hat, ist der beste Beweis dafür, dass mein Männergeschmack noch nie der beste war. Trotzdem bin ich mir ganz sicher, dass Knife anders ist als alle meine Exfreunde. Und das liegt nicht nur an der Kutte, die er trägt, oder an dem Leben, das er führt, sondern einfach nur an ihm – an dem Menschen, der er tief in seinem Inneren ist.

Unser Kuss wird langsamer, aber dafür intensiver.

Zwischen meinen Schenkeln wird es feucht, mein Herz rast und meine Sinne spielen verrückt.

Dieser zweite Kuss war so was von überfällig.

Knife wollte mir Zeit geben, er wollte das Richtige tun und dafür danke ich ihm sehr. *Aber verdammt ...*

Dieses Versteckspiel hat jetzt ein Ende.

Ich. Will. Diesen. Rocker. *JETZT!*

Und das nicht nur, weil er das Unmögliche geschafft und mir mein Auto zurückgeholt hat, sondern weil er dieses Kribbeln in mir auslöst, weil er die Schmetterlinge in meinem Bauch immer mehr werden lässt – weil er einfach für mich da ist.

In den letzten Tagen haben wir viel Zeit miteinander verbracht. Er hat mir wie versprochen Schießunterricht gegeben und war mehr als geduldig dabei.

Am Anfang habe ich keine der extra aufgestellten Bierdosen getroffen, aber mittlerweile bin ich richtig gut geworden.

Falls es jemals so weit kommt und ich Brandon mit einer Waffe in der Hand gegenüberstehe, kann er sich von seinen Eiern verabschieden.

Aber es war nicht nur der Schießunterricht, der Knife und mich näher zusammengebracht hat, es waren auch die Fahrten auf seiner Harley, der Kinoabend mit Popcorn und das Beinahe-Date an dem Hot-Dog-Stand.

So etwas wie mit ihm habe ich noch nie erlebt – ehrlich – noch nie und das, obwohl wir überhaupt keinen Sex hatten.

Ich weiß nicht, wie das zwischen uns so werden konnte, ich weiß nicht, warum sich dieser *Bloody King* in den Kopf gesetzt hat, mich glücklich zu machen, aber es ist ihm definitiv gelungen.

So beschissen das, was Brandon getan hat, auch war, mittlerweile muss ihm fast dankbar sein. Ohne ihn hätte ich weder Mia noch die anderen Ladys kennengelernt, ohne ihn wäre ich niemals in den starken Armen des Sergeants gelandet.

Ein letztes Mal lässt Knife seine Zunge durch meinen Mund kreisen, dann beendet er unseren Kuss und sieht aus verschleierten Augen mit einem rauen Knurren auf mich herab.

„Fuck Mädchen! Fuck! Ich will dich! Ich wollte dich schon, bevor ich in deiner Wohnung aufgetaucht bin. Das Bild von dir, das mir dein Ex gegeben hat, hat ausgereicht, um mich in den Wahnsinn zu treiben. Stundenlang habe ich es angestarrt, mich gefragt, wie du wohl riechst, wie du schmeckst ..."

Er verstummt, macht eine kurze Pause und streicht mit seiner schwieligen Daumenkuppe über meinen geschwollenen Mund.

„Als ich dich dann das erste Mal in echt gesehen habe, konnte ich es nicht fassen. Du warst noch schöner als auf dem verfickten Foto! Ich war wütend, auf dich, auf deinen Ex und auf die ganze Welt."

*Ja, das ist mir damals aufgefallen ...*

Knife schüttelt über sich selbst verwundert den Kopf, haucht mir einen sanften Kuss auf die Schläfe.

„Das mit den Rumänen wird nicht mehr lange dauern, sie werden kommen – bald. Und wenn das dann endlich geklärt ist, will ich nicht, dass du zurückkehrst in dein Leben und somit aus dem meinen verschwindest."

Mein Herz gerät aus dem Takt.

„Das will ich auch nicht."

Er nickt zufrieden, seine Nasenlöcher sind gebläht.

Alles an diesem Biker wirkt düster, gefährlich und undomestiziert. Seine langen schwarzen Haare fallen auf seine Schultern, an seinem markanten Kiefer beginnt ein Muskel zu zucken. Die angespannten Hügel unter meinen Fingern sind hart wie Stein und das Glimmen in seinen Augen kann nur als teuflisch beschrieben werden.

Knifes Bizepse zucken, ich kann es kaum erwarten, unter diesem Rocker zu liegen, mich an seiner Schulter festzubeißen, während er sich wieder und wieder in mich stößt.

Die Tränen, die sich vor Überraschung und Dankbarkeit in meinen Augenwinkeln gebildet haben, laufen über.

„Danke für meinen MINI."

„Jederzeit wieder.“
Das glaube ich ihm aufs Wort.
Keine Ahnung, wie er es geschafft hat, diese Überraschung so schnell zu organisieren, für mich ist es ein echtes Wunder.
In den vergangenen Tagen haben wir uns viel unterhalten, Knife weiß genau, wie viel mir dieses Auto bedeutet. Trotzdem wäre ich nie auf die Idee gekommen, dass er es mir zurückbringt. Damit habe ich nicht gerechnet und es wäre auch nicht nötig gewesen.
Meine Schulden sind nicht sein Problem ...
Lachend und zugleich weinend, wische ich mir über die Augen.
„Du bist ehrlich total verrückt.“
Seine Augen blitzen belustigt.
„Aye, verrückt nach dir, Schnecke.“
„Beweise es.“
Ein Fauchen löst sich aus seiner Kehle.
„Wenn ich dich jetzt ficke, gibt es kein Zurück mehr, Anny. Dann gehörst du mir. Scheiß auf die Rumänen, deinen Ex und alles andere. Ich werde meine Zähne in dein Fleisch rammen, dich markieren und für mich beanspruchen. Für immer!“
*Halleluja!*
Das nenne ich mal eine Ansage.
Was ist die angemessene Reaktion auf so viel Testosteron?
Ein feuchtes Höschen?
*Habe ich schon!*
Schmetterlinge im Bauch?
*Sind vorhanden!*
Lust auf mehr?
*Ist definitiv da!*
Also was spricht dagegen?
*Nichts!*
„Für immer ist eine ganz schön lange Zeit.“
„Für immer ist perfekt.“
Mir ist natürlich klar, dass es viel zu früh ist, um über so etwas wie *‚für immer'* zu reden, aber wenn ich den Geschichten Glauben schenke, die mir die anderen Old Ladys erzählt haben, dann ist es anscheinend ganz normal, dass die Rocker schnell zur Sache kommen.
Mia redet sogar immer von einem Fluch, dem Bloody-Kings-Old-Lady-Fluch.
Ob es den wirklich gibt?
Black, Seven, Tyler und BlingBling sind das beste Beispiel dafür, dass da irgendetwas Wahres dran sein muss.

Eine meiner größten Schwächen ist, dass ich eine hoffnungslose Romantikerin bin. Egal, wie oft ich mir auch schon die Finger an einem Typen verbrannt habe und egal, wie oft mein Herz auch schon gebrochen wurde, irgendwie hoffe ich immer, dass es irgendwo auf dieser Welt die Liebe meines Lebens gibt.

*Schön dumm, ich weiß ...*

Aber jetzt mal ehrlich, was wäre, wenn wir alle unsere Hoffnungen und Wünsche aufgeben?

Wie soll das Leben denn dann noch Spaß machen?

„Dieses *‚für immer'* hat bei mir noch nie funktioniert, Knife."

Die Lippen zu einem dünnen Striche zusammenpressend sieht er mich fast schon zornig an.

„Das durfte es ja auch nicht. Sonst hätte ich dich niemals beim Pokern gewinnen können und du wärst niemals hier bei mir gelandet. Und *fuck* Baby, genau hier gehörst du nun mal hin!"

Pure Arroganz gepaart mit süßer Romantik oder besser gesagt – Rockerromantik.

„Du klingst ziemlich selbstsicher."

„Das bin ich immer, wenn ich auf dem richtigen Weg bin."

Mit diesen Worten hebt er mich hoch, tackert seinen Mund auf den meinen und dringt dann mit seiner Zunge tief in mich ein. Gierig, besitzergreifend und stürmisch raubt er mir nicht nur den Atem, sondern auch den Verstand.

„Ich will dich ..."

Mehr Aufforderung braucht er nicht.

Mühelos hebt er mich hoch, trägt mich zurück ins Clubhaus und Richtung Treppe.

„Dein Büro reicht mir auch."

Entschlossen schüttelt er den Kopf.

„Never. Keine Chance, Süße. Jede verdammte Nacht, die du in meinem Bett verbracht hast, habe ich mir vorgestellt, wie ich zur dir hochgehe, dich auf die Matratze pinne und ficke. Hölle! Die Fantasie war geil und mein Schwanz war so hart, dass ich stundenlang wach lag. Jetzt soll sie endlich Wirklichkeit werden."

Dann ging es ihm also wie mir.

In seinem Bett zu liegen hatte etwas Intimes, etwas Erregendes.

Mehr als ein Mal habe ich mir vorgestellt, wie es wohl wäre, ihn bei mir zu haben.

„Wieso bist du dann nicht einfach hochgekommen?"

„Ich wollte dir Zeit lassen."

Endlich sind wir im zweiten Stock. Zu seiner Wohnung sind es nur noch ein paar Schritte. Obwohl er mich zwei Treppen nach oben getragen hat, wirkt Knife ganz entspannt, mein Gewicht scheint ihn nicht anzustrengen.
„Aber nach dem Kino ... ich hätte dich nicht weggeschickt."
Er brummt, öffnet die Türe, trägt mich zielstrebig Richtung Schlafzimmer.
„Trotzdem warst du noch nicht so weit."
Er hat recht.
Dennoch wollte ich ihn in dieser Nacht bei mir, auf mir und in mir.
Vor seinem Bett angekommen, behält er mich noch immer in seinen starken Armen und sucht meinen Blick.
Jegliche Sanftheit weicht aus seinen Gesichtszügen.
Gut, es ist nicht so, als ob er viel davon hätte, dieser Rocker wirkt irgendwie immer ernst und düster, aber jetzt ...
*Auweia ...* Jetzt sieht er aus wie ein echter Krieger, wie ein Outlaw, der fest entschlossen ist, etwas wirklich Böses zu tun.
Ein Schauer lässt mich erbeben, das Blut in meinen Adern beginnt zu kochen und mein Puls schnellt in die Höhe.
Seine Meeresaugen wirken, als würde ein Sturm in ihnen wüten, der unzählige Seefahrer das Leben kosten wird.
„Du bist mein Schicksal, Darling."
„Ich bin dein Pokergewinn."
„Nein." Er schüttelt den Kopf. „Du bist so viel mehr!"
Wieder küssen wir uns, dieses Mal beißend, neckend und versöhnend. Unsere Münder fechten einen leidenschaftlichen Kampf aus, bei dem es keinen Verlierer geben wird.
Minuten später gibt er meine Lippen wieder frei, grinst fies und wirft mich ohne Vorwarnung in die Mitte der Matratze.
Mein erschrockenes Quietschen hallt von den Wänden wider.
Ohne Knife kam mir dieser Raum immer riesig vor, doch jetzt, wo er ihn mit seiner Präsenz füllt, wirkt er plötzlich nicht mehr halb so groß.
„Vielleicht werde ich dich an mein Bett fesseln und dich dort für immer gefangen halten."
Ein verstörend verführerischer Gedanke.
„Dann müsstest du mich mit Schokolade und Weißwein füttern."
Er bückt sich lachend, öffnet die Schnürsenkel seiner schweren Stiefel und zieht sie aus. Als er sich wieder aufrichtet, fällt mein Blick auf die silberne Waffe, die sich in dem Holster unter seiner Kutte befindet.

Jetzt, wo ich mit ihr umzugehen weiß, wirkt sie gar nicht mehr so angsteinflößend auf mich wie bei unserer ersten Begegnung.

Als Nächstes entledigt er sich seiner Kutte, das Holster folgt, dann löst er den Dolch von seinem Oberschenkel.

„Warum nennt man dich eigentlich Knife?"

Diese Frage habe ich ihm schon einmal gestellt, ich glaube an meinem zweiten Tag bei den *Bloody Kings*, aber da wollte er mir keine Antwort geben.

„Bist du dir sicher, dass du diese Geschichte hören willst?"

Ich zögere kurz, der Klang seiner Stimme verrät mir, dass es kein nettes Märchen über Einhörner und Feen sein wird.

„Ich will alles über dich wissen."

„Nein, Süße. Willst du nicht. Glaube mir."

*Oh weh!*

In einer geschmeidigen Bewegung zieht er sich den Hoodie über den Kopf, entblößt so sein perfekt definiertes, mehr als beeindruckendes Sixpack.

„Jetzt ficke ich dich! Wieder und wieder, und dann ... wenn du so erschöpft bist, dass du keinen Schritt mehr laufen kannst, beantworte ich deine Fragen."

*Der Plan gefällt mir ...*

Seinen Anblick in mich aufsaugend, beiße ich mir auf die Unterlippe und versuche, nicht zu sabbern.

Was mir wirklich schwerfällt ...

Muskeln, Tattoos und Narben in einer sexy Kombination.

Auf seinem Brustkorb, an genau der Stelle, an der das *Sergeant-at-Arms-Patch* sein Leder ziert, hat er es sich mit Tinte auf ewig in die Haut stechen lassen.

Dieser Mann ist durch und durch ein *Bloody King*. Er lebt für diesen Club. Es würde mich nicht wundern, wenn Benzin statt Blut durch seine Adern fließen würde.

Sein breiter Oberkörper verjüngt sich zu einem sexy V, über seinem Hosenbund zeichnen sich dicke Adern ab, die sich in die Richtung seines Gliedes schlängeln. Ohne den Blick von mir zu lösen, öffnet er die Gürtelschnalle und anschließend seine Hose.

Ich schlucke, es kostet mich einiges an Beherrschung, auf dem Bett zu bleiben und nicht zu ihm zu eilen und ihm zur Hand zu gehen.

Anstatt sich endlich die Jeans auszuziehen, reißt er nur den ledernen Gürtel aus den Schlaufen, wickelt ihn sich um die rechte Faust und grinst mich siegessicher an.

*Hilfe!*

„Zeit zum Spielen ...“
„Was hast du vor?“
Selbst mir fällt auf, wie zittrig meine Stimme klingt.
„Erst fessle und dann ficke ich dich.“
*Ups ...*
„Ich stehe nicht so auf Bondage.“
Er lacht.
„Bondage ist was für Loser. Tausend Knoten, blöde Seile und seltsame Verrenkungen – Schwachsinn. Ich will dich einfach nur schutzlos unter mir haben.“
Schutzlos?
Dafür ist kein Gürtel notwendig. Knife ist viel größer als ich und bringt mindestens das Doppelte auf die Waage und das, obwohl ich kein Gramm Fett an seinem Körper entdecken kann, sondern nur Muskeln, Kraft und straffe Sehnen.
Für einen kurzen Moment spiele ich mit dem Gedanken, einfach aus dem Bett zu springen und davonzulaufen, verwerfe ihn jedoch gleich wieder – dafür will ich diesen Biker viel zu sehr.
Ein weiterer Beweis für meinen schlechten Männergeschmack.
Sobald ein Mann mehr Gefahr als Sicherheit und mehr Risiko als Beständigkeit ausstrahlt, schaltet mein Hirn ab und wechselt in den Paarungsmodus.
*Dumm ... Dumm ... Dumm ...*
„Zieh dein Oberteil aus.“
Der Klang seiner Stimme erlaubt keinen Widerspruch.
Ich tue es, werfe es auf den Boden und öffne meinen BH.
Kaum dass meine Brüste nackt sind, stößt er ein wildes Fauchen aus. Meine Nippel ziehen sich unter seinem gierigen Blick erregt zusammen.
In der einen Sekunde steht er noch vor mir, in der nächsten werde ich von mindestens einhundert Kilo Muskeln tief in die Matratze gepresst.
Knifes unverkennbarer Geruch steigt mir in die Nase und vertreibt all meine Zweifel.
Ich reagiere instinktiv auf diesen Rocker.
Er hat auf mich dieselbe Wirkung wie ein Streichholz auf einen Benzinkanister.
Grob und brutal pinnt er seine Lippen auf die meinen, dringt mit seiner rauen Zunge tief in mich ein, raubt mir die Luft zum Atmen.
Hilflos liege ich unter ihm, versuche ihn von mir runterzustoßen, um mehr Bewegungsfreiheit zu bekommen, schaffe das aber natürlich nicht.

Wie auch?
Seine Berührungen sind nicht zärtlich oder bittend, sondern besitzergreifend und fordernd. Mein blutiger König nimmt sich, ohne zu zögern, was er will – mich.
Da mir klar ist, dass ich keine Chance gegen ihn habe, stelle ich meine Gegenwehr ein und überlasse mich seiner Führung.
Knife bemerkt die Veränderung. Sofort wird unser Kuss etwas sanfter und sinnlicher. Seine Lippen verschlingen mich nicht mehr, sie verführen mich zu einem leidenschaftlichen Tanz.
Er gibt mich frei, seine Zunge umschmeichelt mein Ohrläppchen, ehe er es sachte in seinen Mund saugt und mich so erbeben lässt. Sehnsüchtig seufzend, vergrabe ich meine Finger in seinen vollen Haaren. Mit belegter Stimme flüstert er mir ins Ohr, dass ich mich fallen lassen und ihm die Kontrolle überlassen soll ...
Ich zögere, er spürt es.
„Vertrau mir, Darling. Du bist bei mir in Sicherheit."
Seltsamerweise spüre ich bis tief in mein Inneres, dass er die Wahrheit spricht.
Keine Ahnung warum, aber dieser gefährliche Outlaw hat es sich in den Kopf gesetzt, mich zu ficken und zu beschützen.
Nach all den vielen Pleiten und Pannen, den Sorgen und dem Ärger, scheint es die Schicksalsgöttin endlich mal wieder gut mit mir zu meinen.
Grob umfassen seine langen Finger mein Kinn, dann leckt er über meine Lippen, beißt sich an meinem Mundwinkel fest und küsst mich erneut stürmisch.
Unsere Zähne schlagen krachend aufeinander, die Schmetterlinge in meinem Bauch verwandeln sich in Glühwürmchen.
Mir wird heiß und kalt, mein Kreislauf spielt verrückt.
In einem verboten sinnlichen Rhythmus reibt er seinen harten Schwanz zwischen meinen Beinen auf und ab. Und trotz des störenden Stoffs unserer Hosen reagiert meine Mitte mit purer Lust.
Heiße Feuchtigkeit benetzt meine Schamlippen, ein sehnsüchtiges Pochen hallt in meinem Unterleib wider.
Herausfordernd sieht er mich an, öffnet meine Jeans, zieht sie nach unten und schiebt seine Finger in mein Höschen.
Als er spürt, wie bereit ich für ihn bin, grinst er zufrieden.
„So heiß und nass und perfekt."
Er zieht die Hand aus meinem Slip und hält sich die feuchten Finger an den Mund, schnuppert erst an ihnen und leckt sie dann ab.
„Ab jetzt gehörst du mir, Anny. Nur mir!"

Instinktiv will ich ihm widersprechen, doch er verhindert das, indem er mir den Mund zuhält.

„Schhhh... akzeptiere die Tatsache, du kannst längst nichts mehr daran ändern."

Von wegen.

Erneut will ich gegen ihn ankämpfen.

Aber in der Sekunde, in der seine Hand erneut zwischen meine Schenkel gleitet und seine rauen Fingerkuppen damit beginnen, über meinen empfindlichen Kitzler zu reiben, lösen sich meine Widerworte in Luft auf. Zurück bleibt nichts als Lust.

Langsam dringt er mit zwei seiner Finger tief in mich ein, krümmt sie leicht und trifft so auf diesen einen Punkt in meinem Inneren, der mir einen gequälten Schrei entlockt.

*Oh jaaaa ...*

Ich winde mich unter ihm – will mehr und immer mehr.

Seine große Hand, die noch immer auf meinem Mund liegt, erstickt mein Stöhnen.

Hilflos hebe ich mein Becken an, komme ihm willig entgegen und flehe wortlos nach mehr.

Das zwischen ihm und mir fühlt sich so gut und richtig an, dass ich längst nicht mehr daran denke, dass dieser Sex nichts weiter als ein großer Fehler sein könnte.

„Wenn ich deinen Mund wieder freigebe, versprichst du mir dann, ein artiges Mädchen zu sein und mir nicht mehr zu widersprechen?"

*Ich und brav? Von wegen!*

Kaum dass er meinen Mund endlich freigegeben hat, schnappe ich nach Luft und beiße mich an seiner Schulter fest.

Damit hat er nicht gerechnet, brummend weicht er zurück und sieht mich überrascht an.

„Du kleines Miststück."

Er klingt so verwundert, dass ich zu kichern anfange.

„Mein Ziel war es noch nie, ein braves Mädchen zu sein. Pech gehabt, Rocker!"

„Pech? Oh Darling ... ich nenne das gottverdammtes Glück!"

So schnell, dass ich es kaum mitbekomme, springt er aus dem Bett, zieht sich selbst aus und macht dann bei mir weiter. Nackt und entblößt liege ich nun vor ihm und fühle mich klein und so schutzlos wie noch nie zuvor in meinem Leben.

Dieser Biker ist alles, aber kein gewöhnlicher Mann.

Er ist ein Krieger, ein Killer, ein *Bloody King* und zugleich mein Retter.

Groß und beeindruckend kniet er sich zwischen meine gespreizten Beine und verschlingt mich gierig mit seinem unheimlich intensiven Blick.

Bestimmend umfasst er meine Knie spreizt meine Schenkel noch etwas weiter, sodass seinen Augen nicht die geringste Kleinigkeit meiner Muschi verborgen bleibt.

Überraschend zärtlich streifen seine Finger durch meinen Spalt, dringen in mich ein, rauben mir den Atem. Wimmernd beobachte ich den Sergeant dabei, wie er den Kopf senkt und sich zu mir vorbeugt.

Heiß und rau leckt seine Zungenspitze über meinen empfindlichen Kitzler. Züngelnd verwöhnt er meine Pussy, seine Finger ficken mich immer schneller, vor meinen Augen wird es schwarz.

„Ohhhhhh ...“

Mein lautes Keuchen hallt durch den Raum, hallt von den Wänden wieder.

Eine unglaubliche Lust baut sich in meinem Unterleib auf.

Jeder Zentimeter meiner Haut glüht. Nach und nach verliere ich den Bezug zur Realität, alles, was ich noch wahrnehme, ist der Rocker, der mich bei lebendigem Leib auffrisst. Nach Halt suchend kralle ich mich an seinen Schultern fest, presse mich seinem Mund entgegen.

Mein Orgasmus ist so nah – zum Greifen nah ...

Doch bevor er ihn mir schenkt, löst er sich jedoch wieder von mir.

Bettelnd reibe ich mich an ihm, doch Knife kennt keine Gnade.

Expect no Mercy – genau wie es auf seiner Kutte steht.

Frustriert öffne ich die Augen, sehe ihn an und stelle fest, dass er mich beobachtet und erneut den Gürtel in den Händen hält. Das Leder ist straff gespannt, seine Augen blitzen dämonisch.

„Warum hörst du auf? Was hast du vor?“

„Jetzt bist du fällig.“

„Was?“

Blitzschnell fängt er meine Hände ein, zieht den Gürtel darum und befestigt ihn an dem stählernen Bettgestell.

Das alles geht so schnell, dass ich nicht mal *‚stopp‘* rufen konnte.

Die Tatsache, dass er ganz offensichtlich geübt darin ist, Menschen zu fesseln, lässt mich erschaudern.

Prüfend ziehe ich an dem Leder, versuche zumindest eine Hand zu befreien – ich schaffe es natürlich nicht.

Wie auch? Knife gehört nicht zu der Sorte Mann, die etwas nur aus Show tut.

„Bitte ...“

Verrückterweise weiß ich nicht, ob ich darum flehe, endlich gefickt oder wieder befreit zu werden. Dieser Rocker löst einen gefährlichen Sturm in meinem Inneren aus, der eine so zerstörerische Kraft hat, dass es mir eigentlich Angst machen sollte.

Aber ich fürchte mich nicht, ich vertraue diesem Biker – ich vertraue ihm mein Leben, meinen Körper und meine Sicherheit an.

„Bitte, Knife. Bitte! Ich will dich endlich in mir spüren!“

Kaum dass meine Stimme verhallt ist, blähen sich seine Nasenflügel, seine Kieferpartie spannt sich an und seine Iriden glühen teuflisch.

Plötzlich wirkt alles an ihm hart, einschüchternd und tödlich.

Sein dicker Schwanz reckt sich mir geschwollen entgegen. Er ist groß und hat einen so gewaltigen Umfang, dass ich echte Zweifel habe, dass er in mich hineinpassen wird. Bläuliche Adern winden sich um die komplette Länge, verschwinden in der wulstigen Krone an der Spitze.

*Was für ein Anblick ...*

„Gefällt dir, was du siehst, Mädchen?“

„Mehr als nur gefallen. Dein Schwanz ist anbetungswürdig.“

Ich will ihn anfassen, ertasten und berühren ...

Wieder ziehe ich an der Fesselung, wieder scheitere ich.

„Ich will dich anfassen.“

„Nicht heute.“

Endlich lässt er sich auf mich fallen, bedeckt mich mit seinen harten Muskeln, küsst mich wild und grob.

Ich bin ihm völlig ausgeliefert.

Wenn Knife wollte, könnte er mich vergewaltigen und schwer verletzen. Aber er tut es nicht, er verwöhnt mich, küsst und verführt mich.

Er lässt sich Zeit, bereitet mir Lust und sorgt dafür, dass ich so nass werde, dass es mir an den Oberschenkeln hinabrinnt und auf das Bettlaken tropft.

„Wenn du jetzt nicht nein sagst, ficke und behalte ich dich.“

Wir sehen uns an, ich vergesse zu atmen.

Ich hatte schon so viele Liebhaber – zu viele und daher weiß ich auch, dass das hier alles andere als einfach nur bedeutungsloser, unkomplizierter Sex ist.

Diese Nummer wird alles verändern. Für immer.

„Ich sage nicht nein, ich will dich, Sergeant! Ich will alles an dir und alles von dir. Zeig mir, wie es ist, von einem *Bloody King* gevögelt zu werden.“

Das dunkle Knurren, das sich aus seiner Kehle löst, lässt die Glühwürmchen in meinem Bauch zerplatzen.

„Oh Darling, so langsam wird mir erst bewusst, wie dringend du jemanden brauchst, der auf dich aufpasst. Anstatt mich anzustacheln, solltest du um deine Sicherheit besorgt sein. Du bist so klein und zerbrechlich ... wenn ich nicht aufpasse, verletze ich dich, ohne es zu bemerken."

Mit einem Ruck zieht er mich nach unten, sodass meine Arme gestreckt werden und sich das Leder des Gürtels in meine Haut schneidet. Meine linke Brustwarze in seinen heißen Mund saugend, lässt er mich die Zähne spüren.

Knife verführt mich nicht einfach nur – er verschlingt mich regelrecht, fordert alles von mir. Auf einmal löst er sich von mir, bückt sich und zieht ein Kondom unter dem Bett hervor.

Schnell reißt er die Verpackung auf und rollt sich den roten Gummi über seine prachtvolle Erektion.

*Yummi ...*

Wie dieser Schwanz wohl schmeckt?

Sicherlich nach Abenteuer, Schießpulver, Mann und Benzin.

Keine drei Herzschläge später liegt Knife wieder schwer auf mir.

Eeennnndliiiich spüre ich die dicke Spitze seiner Eichel an meinem pochenden Eingang. Unsere Blicke verschmelzen, das Herz schlägt mir bis zum Hals.

Dann spüre ich, wie sein Glied langsam in mich eindringt.

Das dekadente Gefühl der Dehnung und die Art, wie er mich packt und auf seinen Schwanz schiebt, ist der Hammer. Ihn in mir aufzunehmen schmerzt ein bisschen, kein Wunder bei seiner Größe.

Wimmernd presse ich mich ihm entgegen, genieße seine Härte.

Mit jedem Zentimeter, den er tiefer vordringt, mit jedem geteilten Atemzug und jedem verschlingenden Kuss wird die Bindung zwischen uns stärker.

Entschlossen rammt er sich mit einer kraftvollen Bewegung bis zum Anschlag in mich hinein. Knife flucht, mein lauter Schrei durchbricht die Stille.

Am Anfang bewegt er sich quälend langsam, wird dann immer schneller und schneller ...

Das klatschende Geräusch unserer aufeinandertreffenden Körper vermischt sich mit seinem zutiefst männlichen Stöhnen.

„Mehr ... mehr! Gib mir alles!"

Zischend packt er mich noch etwas fester, ehe er mich gnadenlos nimmt.

Verschwitzt und atemlos spanne ich meinen Unterleib an, beobachte, wie sein Mienenspiel immer härter und entschlossener wird.

„Fuck Anny, davon werde ich nie genug bekommen!"
*Ich auch nicht ...*
Sein gnadenloser Rhythmus löscht die Realität komplett aus – alles, was jetzt noch zählt, sind er und ich und das Gefühl, mit diesem Rocker aufs Innigste verbunden zu sein.
Die Empfindungen sind dank der Fesselung um ein Tausendfaches höher.
Das Wissen, dass ich nun ihm gehöre, berauscht mich wie eine Flasche Wein.
Bebend und laut schreiend werde ich von einem heftigen Orgasmus hinfortgerissen.
Sein Stöhnen wird immer lauter, sein gebrülltes *Fuck* hallt genau wie mein Schrei durch die Wohnung, ehe er sich heiß und pumpend in die dünne Latexmembran ergießt.
Erschöpft lasse ich zu, dass er mich noch etwas tiefer in die Matratze presst, ich fühle mich wie losgelöst – so als würde ich schweben.
Eine angenehme Mattigkeit breitet sich in mir aus, das Leder sorgt dafür, dass meine Arme gestreckt bleiben.
„Holy Fuck!"
Knife flucht, küsst mich kurz und hart und sieht verwundert auf mich herab.
„Deine Pussy ist das absolute Paradies."
„Das gerade den Teufel willkommen geheißen hat."
Er nickt und brummt zustimmend.
„Ein Paradies für den Teufel, klingt nur fair."
Mit einem wohligen Seufzen zieht er sich aus mir heraus und lässt sich neben mir aufs Bett fallen.
„Das war ..."
Da mir die richtigen Worte fehlen, verstumme ich und bringe den Satz nicht zu Ende, sondern schließe die Augen und genieße das postorgastische Gefühl.
In meinem Inneren herrscht ein totales Chaos. So war es mit Brandon nie – so war es mit keinem meiner Exfreunde.
Die Art wie Knife mich angefasst, geküsst und genommen hat, war einfach unglaublich. Er hat mir das Gefühl gegeben kostbar und wichtig zu sein, was mir mehr als gut gefällt.
Der Rocker bemerkt, was los ist und lacht zufrieden.
„Frisch gefickt bist du sogar noch süßer als sonst!"
*Nett ...*

Erschöpft bleibe ich liegen, drehe mich, so gut es gefesselt eben geht, auf die Seite und beobachte, wie Knife aufsteht, das Kondom abzieht und seine Hose anzieht.

„Was machst du?“

Sein Blick fällt auf meinen nackten Körper, seine Augen verdunkeln sich, werden beinahe schwarz.

„Ich muss noch arbeiten.“

Irgendwie habe ich damit gerechnet, dass wir noch kuscheln.

Um ihn zu mir zurück zu locken, lasse ich die Knie auseinanderfallen und sehe ihn herausfordernd an.

„Wenn du bleibst, gehört das alles dir.“

Seine Lippen verziehen sich zu einem Schmunzeln.

„Das tut es eh schon.“

Gerade als er die Jeans schließt, taucht plötzlich Dog im Türrahmen auf. Erschrocken winkle ich die Knie an und wünsche mir eine Decke herbei. Gefesselt und nackt fühle ich mich wie auf dem Präsentierteller.

Knife bemerkt seinen Bruder und verpasst ihm zornig fluchend kurzerhand einen heftigen Schlag in den Magen, dann schubst er ihn aus dem Schlafzimmer, sodass Dog mich nicht länger anstarren kann.

„Du blöder Wichser, was soll das? Warum siehst du meine nackte Frau an? Willst du sterben?“

Mein Rocker klingt so wütend, dass ich seine Stimme fast nicht wiedererkenne.

Dog röchelt, bekommt noch immer keine Luft. Als er endlich wieder sprechen kann, klingt er gequält.

„Die Rumänen sind da. Wir werden angegriffen.“

Knifes gezischtes „Na endlich!“ ist voller Entschlossenheit. Es klingt nicht so, als würde er sich vor dieser Auseinandersetzung fürchten, sondern eher so, als würde er sich auf sie freuen!

„Ich bin in drei Sekunden unten. Kesselt die verdammten Schweine ein. Dieses Mal machen wir sie fertig! Ich will Antworten, dieser Mist wird hier und heute ein für alle Mal enden!“

Während er vor Tatendrang nur so zu strotzen scheint, fühle ich mich wie erschlagen.

Das angenehme Nachglühen löst sich auf, die Realität hat uns mit voller Wucht eingeholt.

Mit großen Schritten eilt Knife auf mich zu, löst den Gürtel und pinnt mir einen harten Kuss auf den Mund.

„Bleib im Haus, lass dich nicht draußen blicken!“ Noch ein Kuss – dieses Mal ist er noch härter. „Egal, was passiert. Du bleibst in Sicherheit. Kapiert?“

Ich bin so überrumpelt, dass ich nur ein verschüchtertes Nicken zusammenbringe. Während er aus dem Schlafzimmer rennt, fädelt er den Gürtel ein, dann ist er auch schon verschwunden und ich bin allein.

Mein gewispertes „Pass auf dich auf!“ verhallt ungehört, dann ertönen auch schon die ersten Schüsse.

*Bämm! Bämm! Bämm!*

Entsetzt krabble ich aus dem Bett und riskiere einen Blick aus dem Fenster.

Mehrere Autos stehen vor dem Club auf der Straße, darunter auch ein schwarzer Minibus, die Seitentüre steht offen, das grelle Zucken von Mündungsfeuer ist das Einzige, was ich erkenne. Glas splittert, spitze Scherben rieseln plötzlich auf mich herab. Eines der Geschosse ist nur wenige Zentimeter über meinem Kopf in die Scheibe eingeschlagen – das war knapp – verdammt knapp!

*Brandon – das Pokerspiel – kriegsbereite Rocker und schießwütige Rumänen ...*

Lieber Gott, steh mir bei!

# 6. Kapitel

## Der Rocker, sein Gewinn, eine Überraschung und jede Menge Tote

Black kniet neben mir im Dreck, wir halten die Stellung, während sich Seven, BlingBling, Tyler und Dog von hinten an die Rumänen heranschleichen.

Dass dieser Angriff so lange auf sich warten ließ, hat mir von Anfang an Sorgen bereitet. Diese Wichser sind bis jetzt impulsiv und nicht geplant vorgegangen.

*Fuck!*

Ganz offensichtlich haben sie ihre Strategie geändert.

Kein Wunder!

Seit wir uns in Meadville breitgemacht haben, haben wir Dutzende dieser Arschlöcher kaltgemacht. Wir haben sie gefoltert, erstochen, erschossen und hingerichtet. Egal, wie oft wir bisher einen von ihnen verhören wollten, funktioniert hat es nie.

Aber jetzt!

Jetzt ist der Augenblick gekommen, an dem wir ein für alle Mal klarstellen werden, wem diese Stadt gehört: uns – dem *Bloody Kings Motorcycle Club*.

Keine Ahnung, wie lange wir uns nun schon dieses Gefecht liefern. Es kommt mir vor wie eine Ewigkeit, dabei kann es noch nicht so lange her sein, dass ich bis zu den Eiern in meinem Mädchen gesteckt bin. Ihr süßer Geschmack liegt noch immer auf meinen Lippen.

„Woher haben diese Hurensöhne solche Waffen?“

Gute Frage ...

„Ich denke, sie werden von jemandem mit Einfluss unterstützt.“

Mein Präsident nickt zustimmend, zielt, drückt ab und erwischt den Rumänen, der versucht hat, sich an uns ranzuschleichen direkt zwischen die Augen.

„Einer weniger.“

Das sind immer noch zu viele.

„Hier geht es nicht nur um Anny.“

Black grunzt zustimmend.

„Nope, natürlich nicht. Diese Schweine sind hier, weil sie uns an den Kragen wollen. Am Anfang mag das alles mit einem Auftrag begonnen haben, der gescheiterte Bombenanschlag war nichts weiter als ein bezahlter Job. Aber mittlerweile, nach all den Monaten, ist aus diesem Bullshit etwas Persönliches geworden.“

Ich feure zwei Kugeln ab, lasse das leere Magazin aus meiner Beretta gleiten und wechsle es blitzschnell gegen ein neues aus.
„Das ist mein letztes."
„Meins auch."
*Fuck!*
„Wo bleiben Tyler und die anderen?"
Kaum dass ich die Frage gestellt habe, hört das nervige Rattern des Maschinengewehrs auf. Vorsichtig verlasse ich die Deckung, sehe nach, was passiert ist. Tyler steht mit einem blutigen Messer in dem Kleinbus, vor ihm liegt das Arschloch, das wie ein Irrer auf unser Clubhaus geballert hat.
Dog reißt die Seitentüre auf, jagt dem Typen hinterm Lenkrad mehrere Kugeln in die Brust.
BlingBling springt mit gezogener Knarre über die Motorhaube.
*Peng – Peng – Peng*. Drei Schuss, drei Treffer.
Ein lautes Gurgeln ist zu hören, dann ein Ächzen – jemand stirbt.
Die plötzlich eintretende Stille ist beinahe schon gespenstisch.
Seven taucht in meinem Blickfeld auf, seine Kutte und sein rechter Arm sind voller Blut. Mit großen Schritten kommt er auf uns zu, erst als er hinter der silbernen Limousine deren Insassen alle längst tot sind, vorbei ist, bemerke ich, dass er einen Mann hinter sich her schleift. Black stößt einen Fluch aus, schüttelt den Kopf und rennt los.
Ich traue dem Frieden noch nicht und bleibe noch einen Moment in Deckung.
*Zum Glück!*
Rechts von mir nehme ich eine Bewegung wahr, der Lauf einer Waffe blitzt im Sonnenlicht auf, zielt direkt auf Blacks Rücken.
Blitzschnell springe ich auf, reiße meinen Schussarm hoch und drücke ab, bevor es der Rumäne tun kann.
Dieser einzelne Schuss ist ohrenbetäubend, mein Präsident zuckt zusammen, der Wichser, der ihn töten wollte, geht mit einem lauten Schrei in die Knie.
Black kapiert, was gerade geschehen ist und nickt mir dankend zu.
„Fuck, das war knapp!"
Sein zorniger Fluch kommt dem, was mir gerade durch den Kopf ging, ziemlich nahe.
Wütend gehe ich zu dem noch lebenden Arschloch. Die Kugel hat sich in seine Schulter gebohrt, das aus dem Loch sickernde Blut pulsiert regelrecht, was bedeutet, dass ich ihn ziemlich nah am Herzen getroffen habe.
Ihm bleiben nur noch wenige Minuten.

Mitleidslos stelle ich mich auf die Einschussstelle, lasse den Rumänen mein Gewicht spüren und genieße das gepeinigte Schluchzen, das ihm entweicht.

„Wer hat euch geschickt?“

Das ist nicht das erste Mal, dass ich einer dieser Ratten diese Frage stelle, bisher habe ich leider nie eine Antwort bekommen. So ungern ich es auch zugebe, aber diese Bastarde sind zäher, als sie aussehen.

„Fick dich, Biker!“

Falsche Antwort.

Ich beschließe, dass es nicht schaden kann, auch das letzte Magazin aufzubrauchen, ziele auf den Bauch des Idioten und spanne den Zeigefinger an.

*Peng!*

Er schreit, spuckt Blut und sieht mich hasserfüllt an.

„Du hast mich schon getötet, Sergeant. Zweimal geht nicht.“

Da ist was Wahres dran.

„Der Tod kann eine schmerzhafte Angelegenheit sein. Manchmal lässt sich der Reaper Zeit mit seiner Sense.“

Furcht spiegelt sich in seinen grauen Augen. Es ist offensichtlich, dass er nicht halb so cool ist, wie er es mich glauben lassen will.

„Ich wiederhole meine Frage. Wer hat euch geschickt?“

„Wir kommen, um das Mädchen zu holen.“

Falsch.

„Ihr seid gekommen, um von uns getötet zu werden. Das Mädchen gehört längst mir!“

Seven kommt endlich bei mir an. Als der Mann vor mir sieht, wen unser Vollstrecker da einkassiert hat, schreit er entsetzt auf. Ich verstehe kein Rumänisch, aber das ist auch gar nicht nötig.

Der Junge, der hinter Seven im Staub liegt, ist die jüngere Version des Mannes, mit dem ich mich gerade *so nett* unterhalte.

Mit vor Panik aufgerissenen Augen sieht das Arschloch wieder zu mir.

„Ich sage dir alles, was du willst, wenn ihr meinen Sohn laufen lasst.“

*Bingo!*

Black grinst freudlos nur Seven ist sichtlich unglücklich über die Aussicht, seinen Gefangenen nicht mit Blei vollpumpen zu dürfen.

Trotzdem!

Die Informationen sind zu wichtig – wir brauchen sie – dringend.

„Sag mir, was ich hören will, und dein Sohn wird laufen gelassen.“

Er röchelt, immer mehr Blut rinnt aus seinem Mundwinkel – uns läuft die Zeit davon.

„Wer hat euch Wichser beauftragt?“
Dieses Mal stellt Seven die Eine-Million- Dollar-Frage.
„Hanks hat uns bezahlt.“
Ich höre zwar, was er sagt, verstehe es jedoch nicht.
„Unser Sheriff?“
Der Todgeweihte nickt.
„Als er uns engagiert hat, war er noch der Deputy.“
Black sieht erst mich an, dann Seven. Tyler, der sich gerade einen Weg zu uns gebahnt hat, runzelt irritiert die Stirn.
„Das ergibt keinen Sinn.“
Der Rumäne röchelt, sein Sohn jammert irgendetwas in seiner Landessprache.
Die beiden Wichser scheinen endlich verstanden zu haben, dass sie *Game Over* sind.
„So ist es aber, er wollte euren Tod, er wollte, dass ihr aus Meadville verschwindet. Für den Tod eures Sheriffs, also dem damaligen, haben wir einen dicken Bonus erhalten.“
Richtig. Grant, Hanks’ Vorgänger, wurde mit einer Kugel im Kopf aufgefunden. Lange Zeit hatte man den Club in Verdacht gehabt, aber wir waren es nicht. Grants Mord ist noch immer nicht aufgeklärt.
Black zündet sich eine Kippe an.
„So langsam checke ich die ganze Scheiße. Hanks wollte uns loswerden, er dachte, wenn er das Clubhaus in die Luft jagen lässt, ziehen wir den Schwanz ein und rennen zurück nach New York. Aber so war es nicht. Erstens haben wir dank Dog den Bombenanschlag vereitelt und zweitens wären wir sowieso nie gegangen. *Bloody Kings* geben nicht auf. Niemals!“
Ich spinne seinen Gedankengang zu Ende.
„Er wollte Grants Nachfolger werden, also hat er seinen Vorgänger ebenfalls beseitigen lassen.“
Black ballt die Fäuste.
„Der Wichser war schon immer scharf auf den Sheriffstern und mein Mädchen.“
Stimmt. Mia wollte er von Anfang an, aber die hat sich ja schlussendlich für Black entschieden.
Tyler reibt sich über den Nacken und spricht aus, was wir uns alle denken.
„Was ein Bullshit!“
Die Tatsache, dass bis jetzt keine Kavallerie aufgetaucht ist, bestätigt unseren Verdacht.

„Hanks will seinen Auftragskillern den Rücken frei halten. Wahrscheinlich hofft er, dass uns die Rumänen plattmachen. Wenn du stirbst, ist Mia wieder frei.“

Die Ader auf der Stirn unseres Präsidenten schwillt an – kein gutes Zeichen.

Fragend sehe ich ihn an.

„Wie geht es jetzt weiter, Präs?“

Seine Waffe auf den Sterbenden vor uns richtend, betätigt er den Abzug. Das Röcheln verstummt, der Sohn schreit.

„Lass ihn los, Seven.“

Seven befolgt nur widerwillig Blacks Befehl.

„Lauf, Arschloch.“

Nach einem letzten Blick auf seinen toten Vater beginnt er zu rennen.

Nach geschätzten fünf Sekunden gibt Black Seven mit einem Nicken zu verstehen, dass er ihn abknallen darf.

Überrascht sieht dieser ihn an.

„Was soll das?“

„Wir haben versprochen, ihn laufen zu lassen. Das haben wir getan. Von *‚am Leben lassen'* war nie die Rede.“

Wir alle wissen, dass er recht hat.

Der Enforcer zuckt mit den Schultern.

„Du bist der Boss.“

Einen Atemzug später knallt es ein letztes Mal, der Junge fällt tot um – die Scheiße ist erledigt.

Genervt sehe ich mir den Kriegsschauplatz direkt vor unserem Clubhaus an.

Hunderte Patronenhülsen, zerschossene Autos und Glassplitter.

Einer der Wagen hat zu brennen angefangen, eine schwarze Rauchsäule steigt gen Himmel auf.

Ich mache mir nicht die Mühe, die vielen Toten zu zählen, sondern genehmige mir erst mal eine Zigarette.

„Was nun?“

Das freudlose Lachen unseres Präsidenten verrät uns allen, dass die Scheiße gerade erst angefangen hat.

„Na, was wohl? Hier hat ein Verbrechen stattgefunden. Lasst uns die Cops rufen.“

Seven und ich tauschen einen wissenden Blick.

Hanks weiß es zwar noch nicht, aber seine letzte Stunde hat geschlagen ...

Das warme Nikotin tief in die Lunge ziehend sehe ich zu Seven und deute mit einem Nicken auf seinen blutigen Arm.

„Alles klar bei dir?“

„Yeah, nur ein Kratzer.“

So sieht es nicht aus.

„Sicher?“

„Logo, den Spaß mit dem Sheriff lasse ich mir nicht entgehen. Sandra kann mich später zusammenflicken.“

Die Lady unseres Vizes hat sich als respektable Krankenschwester entpuppt. Erst neulich hat sie GangBang, einem Member aus dem New Yorker Chapter der Kings, der in Meadville zu Besuch war, eine Kugel aus der linken Arschbacke gezogen.

Zwar widerwillig, aber sie hat es getan.

Tyler wählt längst den Notruf.

Als er der Beamtin am Telefon die Lage schildert, klingt er beinahe schon gelangweilt.

„Hanks wird ausflippen, wenn er feststellt, dass sein Plan nach hinten losgegangen ist.“

Seven grinst schadenfroh.

„Es ärgert mich nur, dass wir nicht selbst dahintergekommen sind. Dieser Dreck hat uns jede Menge Ärger bereitet.“

Nachdem er das Handy wieder weggesteckt hat, verschränkt Tyler die Arme vor der Brust.

„In ein paar Minuten wird hier die Hölle los sein. Black und Knife, ihr solltet euch verpissen. Legt euch auf die Lauer und fangt den Sheriff ab. Wir kümmern uns um den Rest.“

Ich nicke zustimmend, Black ebenfalls.

Meine Munition ist zwar leer, aber das stört mich nicht, diesen uniformierten Verräter werde ich mit dem Messer bearbeiten.

So bin ich ihm näher, kann seine Angst riechen, seine Furcht schmecken und seinen Tod bis ins letzte Detail auskosten.

Voll Vorfreude reibe ich mir die Hände.

Was ein geiler Tag ...

## 7. Kapitel

### Eine Frau, die sich eingestehen muss, dass sie sich in einen Killer verliebt hat

Mit zitternden Fingern, rasendem Puls und ohne Slip unter der Jeans – für den hatte ich keine Zeit – sitze ich neben Mia und den anderen Ladys im großen Hauptraum und lausche dem Knallen vor den Clubtoren.

Bei jeden neuen *Bumm* hoffe ich, dass es Knife gut geht, und wünsche mir, dass die Schüsse endlich aufhören.

Noch nie in meinem ganzen Leben habe ich mir solche Sorgen um jemanden gemacht wie in diesem Moment.

Keine Ahnung, wann genau sich der Sergeant at Arms der *Bloody Kings* in mein Herz geschlichen hat, aber jetzt, wo die Gefahr besteht, dass ich ihn nie wiedersehen werde, kapiere ich erst, wie viel mir dieser Rocker bedeutet.

*Oh verdammt!*

Ich habe mich in diesen rauen, gefährlichen, stets bewaffneten Outlaw mit den Meeresaugen verliebt. Und zwar so richtig!

Ich schätze, dass der grandiose Sex mein armes Herz endgültig ins Verderben gestürzt hat. Wobei ich mir nicht mal sicher bin, ob dieser Sergeant überhaupt mein Verderben ist?

Ja okay, zugegeben, jetzt in dieser Sekunde ist er damit beschäftigt, wie ein Verrückter auf irgendwelche Rumänen zu schießen, mit dem Ziel sie zu töten.

Aber, na und?

Ich meine, was sagt das schon über ihn aus?

Dass er für seinen Club einsteht?

Dass er bereit ist, seine Brüder zu schützen?

Dass er mich mit seinem Leben verteidigt?

Also wenn das bedeutet, dass er ein schlechter Mensch ist, dann akzeptiere ich das, ohne mit der Wimper zu zucken.

Brandon hat soweit ich weiß, noch nie auf jemanden geschossen, er war auch kein Mörder und trotzdem war er definitiv kein guter Mann.

Das Leben ist nicht immer nur schwarz und weiß, es gibt da verdammt viele Grauzonen.

Seit Knife und seine Brüder sich gewaltsam Zutritt zu meiner Wohnung verschafft haben, war dieser Rocker ausnahmslos gut zu mir.

Er hat mich vor den Problemen, die mir mein Ex eingebrockt hat, beschützt, für mich gesorgt und mir seine Wohnung überlassen.

*Scheiße!*

Dank ihm habe ich meinen heißgeliebten MINI zurück.

Also, wenn das nicht für den Outlaw spricht, dann weiß ich auch nicht ...

Die Schüsse werden weniger, das Knattern des Maschinengewehrs verstummt, Claire nennt das ein gutes Zeichen.

Mir hingegen wird einfach nur schlecht. Es knallt noch ein paar Male, dann tritt eine besorgniserregende Stille ein, eine Stille, die so drückend ist, dass ich meine eigenen Atemzüge hören kann.

Claire und ihre Schwester tauschen einen besorgten Blick.

Mia zündet sich mit zitternden Fingern eine Zigarette an und Katinka weint leise vor sich hin. Wir alle kommen fast um vor Sorge.

Am liebsten würde ich den Club nach einer Waffe absuchen, raus vor die bewachten Tore gehen und Knife den Rücken sichern, aber dafür fehlt mir der Mut.

„Was passiert da?“

Mein Flüstern hängt in der Luft.

„Unsere Männer machen die Arschlöcher fertig.“

Mia versucht überzeugend zu klingen, scheitert jedoch kläglich.

„Vielleicht sollten wir mal nachsehen?“

Sandra schüttelt entschieden den Kopf.

„Wenn sich auch nur eine von uns da draußen blicken lässt, sind wir geliefert. Tyler würde mir so den Arsch versohlen, wenn ich gegen seinen Befehl verstoße und das Clubhaus verlasse, dass ich ein Jahr lang nicht mehr sitzen kann.“

Überrascht sehe ich sie an.

Das sagt ausgerechnet sie? Die Emanzipierteste von uns.

„Irgendwie habe ich nicht damit gerechnet, dass du dich an so etwas wie Befehle hältst.“

Mit einem flüchtigen Lächeln verdreht sie die Augen.

„Glaube mir, Anny. Ich habe meine Lektion gelernt ...“

Keine Ahnung, was das zu bedeuten hat oder worauf sie anspielt, aber wenn sie sich so strikt an Tylers Ermahnungen hält, sollte ich das vielleicht besser auch tun.

Ich weiß nicht, wie lange wir hier so sitzen, aber es kommt mir wie eine Ewigkeit vor, als dann endlich die Türe auffliegt, zucken wir fünf erschrocken zusammen.

Black und Knife stürmen herein, vor Erleichterung, dass es meinem Sergeant gut geht und er anscheinend nicht verletzt ist, bricht mein Kreislauf zusammen, vor meinen Augen wird es kurz schwarz.

Ich wanke, was Knife einen Fluch entlockt.

Mit wenigen großen Schritten ist er bei mir, hält mich fest und drückt mich besitzergreifend an seine breite Brust.
Süchtig nach seiner Nähe kralle ich mich an seiner Kutte fest, atme tief ein, inhaliere seinen Duft und schicke ein Stoßgebet zum Himmel.
*Danke, lieber Gott!*
Knife sieht mich prüfend an, er wirkt besorgt.
Was ein Witz ist, wenn man bedenkt, auf wen von uns beiden gerade geschossen wurde.
„Geht es dir gut, Schnecke?“
„Jetzt, wo du wieder bei mir bist, schon.“
Seine Lippen zucken.
„Ich musste doch nur kurz was erledigen.“
Eine seltsame Formulierung für die Geschehnisse der letzten Minuten.
„Was ist passiert?“
„Sagen wir es mal so, das mit den Rumänen hat sich erledigt.“
*Halleluja!*
Ich schlucke hart, mein Puls rast.
„Wie geht es jetzt weiter?“
„Gut, dass du fragst. Die Cops werden kommen, sie werden dir und den anderen Ladys dutzende von Fragen stellen. Aber du sagst nichts, verstanden! Kein Wort! Mia kümmert sich darum und unser Clubanwalt ist bereits informiert.“
*Polizei? Anwalt? Scheiße ...*
„Okay, ich verweigere die Aussage.“
Er nickt zufrieden und drückt mir einen sanften, beinahe schon zärtlichen Kuss auf den Mund.
„Black und ich müssen noch mal los. Bleib bei den Mädels. Alles wird gut. Versprochen.“
Am liebsten würde ich ihn festhalten und ihn anflehen, bei mir zu bleiben, aber dazu fehlt mir das Recht.
Ich habe keine Ahnung, was das zwischen uns ist oder wo wir stehen. Der Sex hat alles verändert, und eigentlich hat Knife auch keinen Zweifel daran gelassen, dass er mich will und dass es ihm ernst mit uns ist. Aber na ja ...
Dieses kleine Wörtchen *eigentlich* lässt verdammt viel Spielraum.
Widerwillig löse ich die Finger von seinem Leder und trete einen Schritt zurück.
„Pass gut auf dich auf.“
Er zwinkert mir frech zu, sofort ist da wieder dieser eine Schmetterling in meinem Bauch ...

„Oh Baby, das werde ich. Schließlich hat das mit uns doch gerade erst angefangen. Ich habe also keine Zeit zum Sterben."

Wirklich sehr witzig.

„Über so etwas Ernstes wie den Tod macht man keine Scherze."

Sanft streicht er mit seinem Handrücken über meine Wange.

„Das war kein Scherz."

Black ruft ihn, zerstört unseren kurzen Moment der Zweisamkeit.

Die beiden verschwinden in Richtung der Büros und dann zur Hintertüre raus.

Ich bleibe verwirrt, besorgt und mit dem Flattermann in meinem Bauch zurück.

*... Schließlich hat das mit uns doch gerade erst angefangen ...*

Hoffnung breitet sich in mir aus.

So sehr ich auch gegen das breite Grinsen, zu dem sich meine Lippen verziehen, ankämpfe, ich habe keine Chance.

Bei allen Höllen, ich habe mich in den Sergeant at Arms des *Bloody Kings Motorcycle Clubs* verliebt und ich will absolut nichts dagegen tun.

Mia taucht neben mir auf, zieht mich in eine freundschaftliche Umarmung und murmelt mir ein „Glückwunsch, Süße!" zu.

Mehr sagt sie nicht und das ist auch gar nicht nötig ...

## 8. Kapitel

## Der Rocker, ein toter Sheriff
## und ein weiteres Kapitel dieser Geschichte

Die ersten vier Streifenwagen lassen wir unbehelligt an uns vorbeiziehen, erst beim fünften versperren Black und ich die Straße, sodass Hanks gestoppt und von seinen Kollegen getrennt wird.
Es spielt uns in die Hände, dass er als Letzter in der Kolonne gefahren und alleine im Wagen ist.
Kollateralschäden sind etwas, das ich im Normalfall gerne vermeide. Ganz besonders, wenn es sich um Cops handelt, denn die haben die dumme Angewohnheit, nach ihrem Ableben für unheimlich viel Ärger zu sorgen.

Hanks scheint sich nicht im Klaren darüber zu sein, wieso wir ihn von seinen Kollegen getrennt haben, er lässt den Motor laufen und steigt mit genervter Miene aus dem Wagen.

Falls er wütend auf die Rumänen ist, weil sie es nicht geschafft haben, Black und mich auszuschalten, lässt er es sich nicht anmerken.

Die Arme scheinbar lässig auf dem Dach abgestützt sieht er uns herausfordernd an.

„Was soll das werden?"

„Bist du nicht verwundert, uns zu sehen?"

Irritiert runzelt er die Stirn.

„Redet gefälligst Klartext. Was wollt ihr?"

Noch strahlt er pure Arroganz aus, in wenigen Minuten jedoch wird er um Gnade betteln und sich vor Angst in die Hose pissen.

„Du willst Klartext?"

Hanks nickt, Black grinst und ich ziehe schon mal den Dolch aus der ledernen Scheide an meinem Bein.

„Wir wissen, was läuft. Wir wissen, dass du uns die Rumänen auf den Hals gehetzt hast und dass du für den Mord an Grant verantwortlich bist."

Er wirkt immer noch selbstbewusst, einzig die Furcht, die kurz in seinen Augen aufblitzt, verrät, dass es damit nicht weit her ist.

„Und was wollt ihr jetzt mit diesem Wissen anfangen? Diese Geschichte wird euch keiner glauben."

Als ob wir vorhätten, sie jemandem zu erzählen.

„Das ist unwichtig, wir haben nicht vor, sie zu verbreiten."

Seine rechte Hand zuckt zu seiner Dienstwaffe, ich klappe den Ständer aus und steige vom Bike. Black hat längst seine Knarre gezogen, zielt damit auf den Kopf des Sheriffs.

„Noch eine falsche Bewegung und du stirbst hier und jetzt!"

Hanks erstarrt, das selbstsichere Lächeln rutscht ihm aus der Visage.

„Wie sieht es aus, Hanky Boy? Wie willst du sterben? Klinge oder Kugel?"

Blacks lautes Lachen hallt über die ansonsten leere Straße.

„Bitte. Kommt schon, wir können uns doch bestimmt irgendwie einigen."

*Einigen? Ernsthaft? Fuck!*

„Ist dir eigentlich klar, wie viele Menschenleben dein durchtriebenes Spiel gekostet hat?"

Er zuckt mit den Schultern, meine Wut erreicht ein ganz neues Niveau.

„Das Blut klebt an euren Händen, ich habe niemanden umgebracht."

„Eine ziemlich scheinheilige Einstellung für jemanden, der seinen Vorgesetzten umbringen lassen hat."

Wieder gleitet seine Hand ein Stückchen weiter Richtung Waffe, Black bemerkt es und gibt einen Warnschuss ab. Das Projektil bohrt sich keine zwei Zentimeter von Hanks' linker Hand in das Autodach. Der Cop zuckt entsetzt zusammen, hebt in einer kapitulierenden Geste beide Hände, fast so, als würde er sich ergeben.

Aber auf diesen Bullshit fallen weder Black noch ich rein.

Ein Mann, der so durchtrieben ist wie Hanks, gibt nicht so schnell auf, schon gar nicht, wenn es um nichts Geringeres als das eigene Überleben geht.

„Ich will, dass du auf die Knie gehst, ich will, dass du meine Stiefel küsst und mich um Verzeihung anflehst. Wenn du das tust, sehe ich vielleicht davon ab, dich vom Sack bis zur Nasenspitze aufzuschlitzen."

Ich weiß, dass mein Präsident blufft, und warte gespannt ab, was passiert, denn ganz ehrlich, das würde ich nur zu gerne sehen.

Wie ein Sheriff vor einem Outlaw-Biker auf die Knie sinkt und ihm die Stiefel leckt, während er um sein Leben fleht.

So etwas hat es bestimmt noch nicht gegeben ...

Aber Hanky Boy ist zu stolz, was Black dazu bringt, ebenfalls von seiner Harley zu steigen, den Streifenwagen zu umrunden und dem Sheriff die Kniescheiben zu zerschießen. Der Polizist geht zu Boden, sinkt wie eine willige Nutte vor uns auf die Knie und schreit dabei laut.

Ich gehe auf ihn zu, lege mir dabei den Zeigefinger auf den Mund.

„Schhhh... hör auf, so ein Theater zu machen. Du hättest auch freiwillig vor uns auf die Knie gehen können."
Pure Verzweiflung spiegelt sich in Hanks' Augen.
„So langsam beginnt mir das hier Spaß zu machen. Dir auch, Sergeant?"
Ich nicke.
„Aye, nur schade, dass wir uns beeilen müssen. Schließlich müssen wir im Club sein, wenn seine Kollegen eintreffen, um die vielen toten Rumänen einzusammeln."
Black streckt mir seine rechte Hand entgegen.
„Siehst du da Blutflecken?"
„Nein."
„Na, dann ist ja nach der Logik unseres Sheriffs alles gut."
Galgenhumor ist schon was Feines ...
Ich wende mich wieder Hanks zu.
„Letzte Worte?"
Darauf scheint er gehofft zu haben.
„Bitte ... bitte tut das nicht, ich flehe euch an."
Dank der Schmerzen klingt seine Stimme so verzerrt, dass ich ihn kaum verstehen kann.
„Was sollen wir nicht tun? Für Gerechtigkeit sorgen?"
Es mag unpassend sein, aber bei so viel Scheiße kann ich mir ein Lachen nicht verkneifen.
„Ich will nicht sterben."
Tja ... *Fuck ...*
„Das wollten die vielen Rumänen, die du auf uns angesetzt hast, auch nicht!"
Black gibt mir ein Zeichen, sofort gehe ich vor dem Sheriff in die Hocke und setze meinen Dolch an seiner Kehle an. Dann gebe ich Black die Chance, Hanks endgültig zu vernichten.
Genau wie erwartet, lässt er sie nicht ungenutzt verstreichen.
„Aber keine Sorge, du kannst beruhigt sterben. Ich verspreche dir, gut auf Mia aufzupassen. Ich beschütze das Mädchen, das du schon immer wolltest und das für immer mir gehören wird. Und heute Nacht werde ich sie mit der Waffe ficken, mit der ich dich in die Knie gezwungen habe."
Und das sind bei Gott keine leeren Worte!
Was der Präsident und seine Old Lady so alles treiben, übersteigt meinen Horizont bei weitem.
Ich bin, wenn es ums Ficken geht, eher Old School.
„Du bist ein perverses Schwein, Black."

„Oh und wie ich das bin, und Mia genießt meine Perversionen Nacht für Nacht."

Mit letzter Kraft hebt der Sheriff den Kopf und sieht mir direkt in die Augen, während ich ihm, ohne zu zögern, die Kehle aufschneide.

Sein Blut spritzt, warm tropft es mir über die Finger.

Er gurgelt und röchelt, als seine Luftröhre vollläuft und er qualvoll erstickt. Seine Pupillen weiten sich, er beginnt zu zucken, nach wenigen Minuten ist es vorbei.

Wie ich bereits sagte, Klingen sind um einiges persönlicher als Pistolen ...

„Lass uns von hier verschwinden."

Nach einem letzten Blick auf mein neuestes Mordopfer sehe ich mich prüfend um, kann jedoch keine ungebetenen Zuschauer entdecken.

Alles lief perfekt, geradezu unheimlich reibungslos, fast so, als ob das Schicksal gewollt hätte, dass wir Hanks aus dem Verkehr ziehen.

Der Motor des Streifenwagens läuft noch immer, aus dem Funkgerät ertönt eine eindringlich klingende Frauenstimme, die sich nach dem Sheriff erkundigt, über unseren Köpfen beginnen die Raben zu kreisen.

*Das wäre erledigt!*

Ich informiere kurz Dog, dass er sich sofort einen Prospect schnappen und die Leiche und alle Spuren beseitigen soll.

Dann steige ich auf mein Bike, gebe Gas und folge unserem Präsidenten zurück zum Club.

Endlich ist die Scheiße mit den Rumänen ein für alle Mal vorbei. Dieses Kapitel unserer Geschichte kann beendet werden, dafür fängt das mit meinem süßen Pokergewinn gerade erst an ...

## 9. Kapitel

## Ein Mädchen, ein neues Leben und ein Happy End

Die Katastrophe mit den Rumänen ist jetzt knapp eine Woche her.

Seitdem musste ich drei Mal zur Polizei, um eine Aussage zu machen, gesagt habe ich jedoch kein Wort.

Kein einziges, um genau zu sein ...

Es ist schon faszinierend, die Schießerei hat am helllichten Tag und auf offener Straße stattgefunden, aber nachweisen können die Cops den Rockern nichts – absolut gar nichts.

Die Tatsache, dass Hanks vermisst wird, trägt auch nicht gerade dazu bei, dass die Ermittlungen gut laufen.

Black, Tyler, Knife und all die anderen sind zufrieden, ich glaube, ich habe die Rocker noch nie so viel lächeln sehen wie seit dem Blutbad, das sie angerichtet haben.

*Schon verrückt ...*

Jetzt, wo das Rumänenproblem geklärt ist und ich meinen heiß geliebten MINI wiederhabe, hat mein Leben seine alte Routine zurückbekommen.

Wobei es nicht ganz die alte geworden ist.

Ich gehe zwar wieder arbeiten, aber in meiner Wohnung bin ich so gut wie gar nicht mehr. Die Nächte und meine Freizeit verbringe ich im Club bei dem Sergeant at Ars der *Bloody Kings*.

Obwohl ich die ganze Zeit damit rechne, Brandon über den Weg zu laufen, bin ich meinem Ex kein einziges Mal mehr begegnet. Gerüchten zufolge hat er einen Tag nach der Schießerei zwischen den *Kings* und den Rumänen nicht ganz freiwillig die Stadt verlassen.

Es wird erzählt, er sei von drei breitschultrigen Bikern verprügelt und aus Meadville rausgeschmissen worden.

Ich kann mir schon vorstellen, um wen es sich bei den dreien gehandelt hat: Black, Tyler und Knife.

Diese Outlaws mögen der restlichen Welt nur die kalte Schulter zeigen und ihr mit Brutalität und Gnadenlosigkeit begegnen, aber wenn man erst mal zu dieser eingeschworenen Gemeinschaft gehört, dann zeigen sie ihr wahres Gesicht.

Dieser Motorcycle Club besteht aus Loyalität, Bruderschaft, Zusammenhalt und Freundschaft.

Jeder steht für den anderen ein – niemand ist allein – niemals!

Meine Wohnung befindet sich nur wenige Straßen von dem Club entfernt, trotzdem fühlt es sich so an, als wären es hunderte von Meilen, als wäre ich dank des Rockers mit den Meeresaugen in einer ganz anderen Welt gelandet.

Zusammen mit Mia sitze ich an der Bar, unsere Männer haben irgendetwas zu besprechen – es geht um Clubangelegenheiten – was auch immer das zu bedeuten hat.
Claire und Seven sind einkaufen und Katinka ist in der Arbeit.

Alles ist ruhig, zumindest bis plötzlich ein lautes Kreischen durch den Hauptraum schallt. Irritiert drehe ich mich um.

Dog, der mit BlingBling hinten bei den Billardtischen steht, zieht instinktiv seine Knarre. Doch anstatt einer Bedrohung taucht nur eine atemlose und vor Tyler flüchtende Sandra auf.

Sie wirkt aufgebracht, ihrem Mann hingegen steht pure Entschlossenheit ins Gesicht geschrieben.

„Du kommst jetzt sofort her!"

Sandra schüttelt so entschieden den Kopf, dass ihre braunen Locken wild umherwirbeln.

„Nein, das werde ich nicht. Du blöder Arsch hast mich viel zu lange auf diesen Moment warten lassen und darum werde ich es dir jetzt nicht leicht machen."

Mia sieht mich an und als sie kapiert, dass ich nicht verstanden habe, worum es hier eigentlich gerade geht, deutet sie breit grinsend auf ihre Kutte.

„Es ist endlich so weit. Sandra wird offiziell zur Old Lady. Zumindest wenn es dem Vize gelingt, sie einzufangen."

Dieser flucht.

„Fuck Mädchen! Du treibst mich in den Wahnsinn!"

Fest entschlossen, es ihrem Mann möglichst schwer zu machen, bleibt Sandra erst hinter einem der Sofas stehen, sodass sie sich außerhalb von Tylers Reichweite befindet, verschränkt die Arme vor der Brust und starrt ihn herausfordernd an.

„Ich habe noch nie einen Mann um den Verstand gebracht, die meisten hatten schon vorher keinen!"

Die Andeutung ist nur schwer misszuverstehen.

Mut hat sie ja, das muss ich ihr lassen.

„Geduld ist nicht gerade meine Kernkompetenz, Baby. Also beweg jetzt sofort deinen Arsch hierher – es wird Zeit, dass du endlich mein Leder trägst."

Mias zustimmendes „Amen!" bringt mich zum Lachen.

„Warum trägt sie denn nicht schon lange eine Ladykutte?“

Meine Frage scheint Mia nicht zu überraschen.

„Sandra war bis jetzt immer zu stolz, sie wollte nicht als *Eigentum* bezeichnet werden. In ihr schlummert eine kleine Emanze.“

Das kann ich sogar irgendwie verstehen.

„Und das hat sich jetzt geändert?“

Die Lady des Präsidenten nickt.

„Offensichtlich, ich denke, sie war sogar lange Zeit traurig, weil Tyler keine Anstalten gemacht hat, sie zu seiner Old Lady zu ernennen. Emanze hin oder her, sie will das, was wir alle wollen.“

„Ach, und was ist das?“

Bevor sie mir antwortet, zündet sich Mia erst eine Zigarette an.

„Na, was wohl? Ein *‚Und sie lebten glücklich bis ans Ende ihrer Tage‘*. Das willst du doch auch. Oder?“

*Und wie ich das will!*

„Ja, ich denke schon. Aber das zwischen Knife und mir ist noch ziemlich frisch.“

„Komm her!“

Tylers wütende Stimme hat mittlerweile einen mehr als bedrohlichen Klang angenommen.

Sandra bleibt tapfer.

„Was kriege ich dafür?“

„Mich, meine Kutte, mein Leben absolut alles, was du dir jemals gewünscht hast.“

*WOW!* Das nenne ich mal ein Angebot.

Sie knickt ein.

„Ehrlich?“

Der Vize nicht.

„Ehrlich, Baby!“

Zögerlich geht Sandra auf ihren Rocker zu, wirft sich ihm in die Arme, lässt sich stürmisch küssen.

*Von wegen Rocker, lieben nicht ...*

Mia und ich klatschen Beifall, Tyler zieht seiner Frau stolz sein Leder an. Ab heute ziert ein *Property of Tyler* Sandras Rücken.

Knife taucht hinter mir auf, er wirkt belustigt.

„Sagt bloß, unser VP hat es endlich geschafft?“

„Ganz offensichtlich.“

So sehr ich Sandra ihr Glück auch gönne, kann ich nicht umhin, ein winziges Fünkchen Neid zu verspüren.

Das, was sie hat – das will ich auch.

Der Sergeant sieht mich prüfend an, schiebt die Hände in die Taschen und lehnt sich mit der Hüfte an die Bar.
*Groß und bedrohlich und ganz und gar mein!*
„Bist du bereit?"
Überrascht sehe ich ihn an.
„Wofür?"
Seine Mundwinkel zucken.
„Das zeige ich dir oben."
Anzüglich mit den Augenbrauen wackelnd, wartet er auf meine Antwort.
„Für dich bin ich immer bereit."
Mia stößt ein lautes Pfeifen aus.
„Anscheinend liegt Romantik in der Luft."
Schnell trinke ich meinen Tee aus, kaum dass ich vom Hocker gerutscht bin, werde ich gepackt und durch die Luft gewirbelt. Plötzlich hänge ich mit dem Kopf nach unten über Knifes Rücken.
„Hey, was soll das?"
„Ich kümmere mich um unsere Zukunft."
Mehr sagt er nicht, aber das ist auch gar nicht nötig.
Oben in seiner Wohnung angekommen, lässt er mich mitten auf sein Bett fallen, es dauert einen Moment bis ich wieder weiß, wo oben und unten ist. Als ich mich endlich wieder orientiert habe, entdecke ich das braune Päckchen neben mir, das mit einer roten Schleife zusammengebunden ist.
„Was ist das?"
„Ein Geschenk."
Ach, was er nicht sagt.
„Für wen?"
„Dich natürlich. Pack es aus."
Ich zögere noch immer, Knife reißt der Geduldsfaden.
„Jetzt, Schnecke!"
*Arghhh... Immer dieses ‚Schnecke' ...*
Keine Ahnung warum, vielleicht liegt es an dem angespannten Ausdruck in den Augen meines Sergeants, aber mein Puls schnellt immer weiter in die Höhe, mein Herz rast und meine Hände werden schwitzig.
Ich löse die Schleife, klappe den Karton auf, entferne das braune Seidenpapier und spüre auf einmal etwas Glattes an den Fingerspitzen. Ich glaube zu ahnen, was sich darin befindet, traue mich aber kaum, die in mir aufwallende Hoffnung zuzulassen.

Nervös sehe ich zu Knife, er nickt zustimmend, also hebe ich den Inhalt heraus und habe prompt eine Kutte vor mir liegen.

Sie ist schwarz, neu und einfach wunderschön.

Der intensive Geruch des Leders steigt mir in die Nase. Noch bevor ich sie umdrehe, um das *Property of Knife* auf der Rückseite zu bewundern, bilden sich Freudentränen in meinen Augenwinkeln.

„Sie ist wunderschön."

Meine Stimme ist nicht lauter als ein Flüstern.

„Wirst du sie tragen?" Selbst Knife klingt irgendwie heiser. „Wenn du sie ein Mal angelegt hast, gilt es für immer!"

*Himmel und Halleluja!*

Ich weiß, dass das mit uns eigentlich noch zu frisch ist, ich weiß, dass es unvernünftig ist und dass ich ihn um mehr Zeit bitten sollte.

Aber verdammt!

Ich will diese Kutte, ich will diesen Rocker und ich will seine Old Lady sein.

Gerade als ich den Mund öffne und ja sagen will, fällt mein Blick auf ein weiteres Patch, ein Patch, das es auf den Kutten der anderen Ladys nicht gibt.

Fünf Spielkarten der Reihe nach aufgefächert:

Herzzehn + Herzbube + Herzdame + Herzkönig + Herzass – ein Royal Flush!

Fragend sehe ich Knife an, ein Knurren ausstoßend kommt er auf mich zu, packt mich an den Schultern und zieht mich an sich.

Auge in Auge stehen wir uns gegenüber, mein Freund, der Schmetterling, meldet sich, einen Looping fliegend, in meinem Bauch zurück.

„Das Royal Flush ist die höchste Karte im Poker. Es gibt nichts, was diese Karte schlagen kann. Die Wahrscheinlichkeit, diesen jemals in der Hand zu halten, beträgt geschätzt 0,00323 % und ist somit verdammt gering. Genauso gering waren die Chancen, dir zu begegnen und dennoch hatte das Schicksal Erbarmen mit mir und hat mir dich geschickt. Ich will dich, Anny. Ich will dich an meiner Seite, in meinem Bett und in meinem Leben. Werde meine Old Lady und mach mich damit zum glücklichsten Mann der Welt."

Meine Tränen laufen über. Knife spricht weiter.

„Erinnerst du dich noch an unsere erste Begegnung in deiner Wohnung, nachdem ich deine Türe eingeschlagen habe?"

„Wie sollte ich das jemals vergessen?"

„Damals habe ich dich angelogen. Ich habe behauptet, Rocker lieben nicht, aber das stimmt nicht."

Geräuschvoll füllt er seine Lungenflügel mit Sauerstoff, sein Blick bohrt sich noch tiefer in den meinen, ein heißer Schauer rieselt zwischen meinen Schulterblättern hinab.

Sanft umfasst er mein Gesicht, haucht mir einen federleichten Kuss auf den Mund.

„Ich liebe dich, Anny!“

Weinend und zugleich lächelnd küsse ich ihn zurück.

„Und ich liebe dich, Sergeant!“

Sein gezischtes „Holy Fuck!“ passt perfekt – Rockerromantik pur.

Wieder finden sich unsere Lippen, grob wühlt sich seine Zunge durch meinen Mund, besiegelt so unseren Pakt.

Er und ich für immer.

Erst als ich japsend nach Luft schnappe, löst er sich kurz von mir, hebt die Kutte auf und hilft mir dann, mein Ladyleder anzuziehen.

Ehrfürchtig streiche ich über das glatte Leder, reibe mit der Daumenkuppe über das *Royal-Flush-Patch*.

Ich muss wohl gar nicht erst erwähnen, dass das der glücklichste Moment in meinem Leben ist.

Ich habe den Rocker, ich habe das Leder – ich habe absolut alles, was sich ein Mädchen nur wünschen kann.

## Epilog

### Der 14. Februar und ein Fluch, der zu einem Segen wird

Viele Monate sind ins Land gezogen, der Winter hatte den Schnee wie Puderzucker über das kleine Städtchen Meadville verteilt, die Rocker hat das nicht gestört.

Alles könnte so friedlich sein, wäre da nicht eine schwangere Old Lady, die jeden Tag panisch auf den Kalender in ihrem Schlafzimmer geschaut und sich vor einem ganz bestimmten Datum gefürchtet hat.

Für die meisten mag der 14. Februar ein Tag der Liebe und des Glücks sein, doch für Mia, die Old Lady des Präsidenten des *Bloody Kings Motorcycle Clubs*, ist er der Horror.

Für sie bedeutet dieser Tag Herzschmerz, Leid und Unglück.

Denn sie ist sich absolut sicher, dass ein Fluch auf ihr liegt, der dafür sorgt, dass all ihre Beziehungen an genau diesem Tag zerbrechen.

Unruhig streicht sie über ihren runden Bauch – es ist Mitternacht – 00:00 Uhr, in einer Minute ist es soweit und der vierzehnte Februar beginnt.

Panik breitet sich in ihr aus, sie schluckt, kämpft tapfer gegen ihre Tränen an.

Leise zählt sie die Sekunden mit, die LED-Anzeige auf der Uhr verändert sich – der so gefürchtete Tag ist da.

Schluchzend dreht sie sich zu dem Mann neben sich um, erwartet, ihn schlafend da liegen zu sehen, und wird überrascht.

Black wäre nicht Black, wenn er nicht längst erkannt hätte, was mit seiner Frau los ist.

Er ist vorbereitet. Zwischen ihm und seiner Lady steht eine samtene Schatulle, beleuchtet von dem aschfahlen Licht des Mondes.

„Mach es auf, Baby."

Sie zögert, die Angst, dass der Fluch jeden Moment zuschlagen könnte, ist zu groß.

Ohne ihren Rockerpräsidenten wäre sie verloren ...

Als sie nicht reagiert, setzt Black sich auf, zieht sich seine Frau auf den Schoß, sodass ihr Rücken gegen seinen harten Bauch gedrückt wird, streift mit seiner Nase an ihrem Nacken entlang und pinnt ihr einen feuchten Kuss hinters Ohr.

Sie erschaudert, er lacht – in diesem Augenblick sind sie ein ganz normales Paar, das sein Leben und seine Liebe genießt.

Geduldig umfasst er ihre Finger, stellt das Schmuckkästchen in ihre Handfläche und fordert sie mit belegter Stimme auf, es endlich zu öffnen.

Von seinem großen Körper umgeben, eingelullt von seiner Stärke, traut sie sich, und was sie sieht, entlockt ihr ein Schluchzen.

Ein Ring, so wunderschön, dass jede Prinzessin vor Neid erblassen würde, mit einem Diamanten so groß und rein, dass sich das Mondlicht in ihm bricht und bunte Reflexe an die ansonsten dunkle Wand wirft.

„Oh Gott, Black ...“

Mia schluckt, dreht sich zu ihrem Biker um und findet sich prompt in einem stürmischen Kuss wieder.

„Heirate mich, Mädchen!“

Er raunt die Bitte, sodass sie mehr wie ein Befehl klingt, ehe er erneut über ihren Mund herfällt.

Seine großen Hände legen sich schützend auf ihren Babybauch, das Glück scheint perfekt – jetzt fehlt nur noch ihre Antwort.

„Heirate mich, werde meine Frau! Trage diesen Ring und meinen Namen – lass uns eine richtige Familie sein.“

Wie könnte sie jemals nein zu ihm sagen, wo sie diesen Mann doch mehr liebt als das Leben selbst?

Mia schluckt, weint vor Freude und lacht dabei.

Sie lässt zu, dass der Rocker ihr den wunderschönen Ring ansteckt, und spürt plötzlich, wie der Fluch an Kraft verliert, unbedeutend wird und verschwindet.

All die Sorgen sind vergessen – jetzt zählt nur noch die Zukunft und das Kind, dass sie unter dem Herzen trägt.

„Ja, ich will deine Frau werden.“

Ihre gewisperte Antwort geht in seinem zufriedenen Brummen unter.

Sie spürt, wie er hart wird, wie sich sein Glied fordernd gegen ihre Öffnung drückt, bewegt sich leicht und nimmt auf ihm Platz.

Dick und hart bahnt sich sein Schwanz seinen Weg in ihren Körper, nimmt sie in Besitz, macht sie auf die ursprünglichste aller Arten erneut zu der seinen.

Aufs Innigste miteinander verbunden, küssen sie sich wieder, versprechen sich die Liebe und ein Leben voller Glück ...

**Ende**

## Buchempfehlung

**Kennt Ihr schon alle Rocker Romane von Bärbel Muschiol?**

Die Rocker Serie besteht aus:

**1. Rocker Dämon – Ace und Amy**
**2. Rocker Devil – Slide und Ellen**
**3. Rocker Bastard – Razzor und Nicki**
**4. Rocker Heart – Spider und Abigail**
**5. Rocker Ghost – Ghost und Angel**

Ihr könnt die Rocker Romane als Taschenbücher und eBooks lesen!

**„Rocker Dämon – Ace und Amy“**

***Klappentext:***
*Es ist ein Deal, um ihren Vater zu retten. Amy liefert sich Ace, dem dämonischen Präsidenten der Dead Riders aus. Doch schon bald genießt sie diese neue und gefährliche Welt des gefürchteten Rockerclubs. Das vollkommene Ausgeliefertsein, Aces Gier und der harte, bedingungslose Sex führen sie in immer neue Höhen. Aber die Schatten der Vergangenheit drohen das neue Glück zu zerstören. Gewalt bricht über die Familie der Riders herein und führt in ein tödliches Blutbad. Prickelnde Erotik, gnadenlose Härte und Dominanz und wahre Freundschaft zeichnen diese spannende Geschichte aus, die mehr als eine Lovestory ist: furchteinflößend, dabei sexy, verdammt heiß und voller Gefühl!*

Taschenbuch ISBN: 978-3-95573-549-4
eBook ISBN: 978-3-95573-550-0